완벽한
미카의 거짓말

완벽한
미카의 거짓말

에미코 진 지음
김나연 옮김

이 책에 영감을 준
유미와 겐조에게 바칩니다.

일러두기

· 본문 속 각주는 옮긴이 주입니다.

· 본문 속 볼드체는 원서에서 이탤릭체로 강조한 부분입니다.

· 도서명은《 》, 영화, TV 프로그램, 뮤지컬명은〈 〉, 잡지, 노래 제목, 예술 작품명은「 」로 표기했습니다.

· 외래어는 국립국어원의 외래어 표기법을 따랐으나, 일반적으로 통용되는 경우에는 관용에 따라 표기했습니다.

차례

완벽한 미카의 거짓말

사랑하는 페니에게

네가 태어나던 날에는 비가 내렸어. 산부인과 병동 밖의 하늘은 온통 잿빛이었고, '생일은 우리가 제일, 잘 축하합니다'라고 적힌 팻말이 붙어 있었어. 나는 진통이 오는 내내 그 팻말을 읽고 또 읽었어. 주변으로 의사와 간호사가 돌아다녔지. 한 간호사가 "산모님, 거의 다 됐어요!"라고 외쳤어.

나는 제발 이 진통이 빨리 끝나기를 바라면서 숨을 몰아쉬었어. 내 입에서는 비명이 터져 나왔지. 나는 시키는 대로 힘을 줘서 밀어냈고, 의사는 계속 당겼어. 그리고 네가 태어났어. **네가, 세상에, 나왔어.** 눈부신 조명 위로 너를 높이 들어 올리더라.

끔찍한 침묵이 이어졌어. 고통스러운 1초가 영겁의 세월처럼 느껴졌어. 너는 꼭 이 세상에 어떻게 등장해야 좋을지 고민하는 것 같았어. 그리고 마침내 엄청나게 큰 소리로 울어재끼기 시작했지. 네 우렁찬 울음에 의사도 놀라더라. 의사가 "애가 벌써부터 할 말이 많은가 보네" 하고 말했어. 사실 나는 네 목소리에 실린 울분이 남모르게 기뻤어. 너에게 잘 어울렸거든. 네가 결코 쉽게 침묵할 성격이 아니라는 뜻이잖아.

의사가 탯줄을 잘랐고, 나는 네게 손을 내밀었어. 잠시 동안 너를 키울 수 없다는 사실도 잊고 말이야. 간호사가 너를 내 품에 안겨줬어. 너의 고사리 같은 손, 검은담비 같은 머리카락, 동그랗게 말린 입술이며 황소처럼 벌렁거리는 콧구멍까지 내겐 전부 감탄이었어. 내 몸이 존재하는 이유가 있다면, 그건 너를 낳기 위함이었던 거야. 네가 딱 한 번 터트린 울음으로, 나는 존재하지 않던 사람이었다가 다시 태어난 거야.

그 뒤로는 흐릿해. 난 실밥을 꿰맸고, 새 침대에 너를 뉘었고, 계속해서 먹었어. 하나가 곁에 있어주었지. 아니, 처음부터 계속 내 곁에 있었어. 간호사가 열아홉 살이던 나와 하나를 보고는 혀를 끌끌 찼어. 우리가 너무 어리다면서. "애가 애를 낳았네"라고 말하더라. 아마 그런 뜻이겠지. 멍청한 년들, 무책임한 것들. 간호사는 하나가 병원식을 자판기 취급하듯 계속해서 주문하는 것도, 콩팥 모양의 수술용 곡반을 슬쩍하는 것도, 비치된 생리대를 주머니에 집어넣는 것도 눈여겨봤어. 하지만 내가 어지러워 서 있기도 힘들 때 내 몸을 씻겨주는 하나는 보지 못했지. 하나가 비누 거품을 내서 내 겨드랑이와 다리 사이를 조심스럽게 닦아주는 동안, 내가 끊임없이 "미안해"라고 중얼거리며 우는 모습도 못 봤어. 그리고 이 모든 게 별일 아니라는 듯 씩 웃고 마는 하나도 보지 못했어.

머리를 다 말리기도 전에 입양 에이전트의 피어슨 부인이 왔어. 오자마자 가방에서 서류 몇 가지를 꺼내더라. 서류 항목은 이미 다 채워져 있었어. 내가 할 일이라곤 마지막에 서명하는 것뿐이었지. 그때 병원 복도에 종소리가 울렸어. 아이가 태어날 때마다 「생명의 숨결」이라는 노래가 흘러나왔거든. 그 순간 나는 눈 딱 감고 펜을 집어 들었고, 하나는 그런 내 손을 꼭 움켜쥐며 물었어. 확실하냐고.

나는 고개를 끄덕였어. 숨만 쉬었던 것 같아. 나는 종이를 계속 넘기면서 내 이름을 휘갈겼어. 네가 자면서 내는 고요한 숨소리를 무시했어. 방 전체에 진동하는 소독약 냄새도 무시했어. 마지막으로 서명해야 하는 위치에 표시된 분홍색 형광펜 자국만 노려봤어. 그 위에 굵은 글씨로 경고문이 적혀 있었지. '**양육권 양도를 위한 서명란에 날인할 경우 기존 출생신고서는 말소되며, 양부모의 성명이 기재된 새로운 출생 신고서가 발급됩니다.**'

나는 서명을 했고, 그렇게 네 인생에서 나를 지웠어. 지나치게 간단한 절차였지.

마지막으로 널 안았어. 포대기를 풀고 열 손가락과 두 뺨, 자그마한 코에 입을 맞췄어. 네 심장에 손바닥도 대보았어. 너는 참 따뜻했고, 네가 나를 만든 것 같은 기분이 들었어. 나는 미안하다고 속삭였어. 너를 너무도 원했지만, 지키지 못해 미안하다고. 그렇게 1분 정도 너를 꼭 안았던 것 같아. 그리고 보내줬어. 피어슨 부인에게 너를 넘겨줬지.

차마 네가 가는 모습을 볼 수 없었어. 대신 고개를 숙이고, 초음파 사진을 통해 너를 처음 만났던 기억을 곱씹었어. 나를 향해 손을 흔들며 볼록한 배의 탯줄에 매달려 둥둥 떠 있던, 나의 자그마한 잠수부 같았던 너를. 그때의 나는 얕은 물에 빠져 같은 자리를 빙빙 돌면서 뭍으로 나가지 못하는 어미 소가 된 기분이었어. 네가 헛되이 헤엄치지 않기를, 네가 넓은 바다 깊은 곳을 유영하길 빌었어. 너의 인생이 곧고 완벽한 선을 따라가길 빌었어.

병실 문이 끽 소리를 내며 닫히는 소리. 네가 나를 떠나는 소리였어. 네가 떠나자 이상하게도 병실이 너무 허전했어. 너무 외로워서 금방이라도 죽을 것 같다는 생각이 들었어. 나 아닌 다른 사람이 자는 너를 돌보겠지. 나 아닌 다른 사람이 너의 가슴을 도닥이며 네가 숨을 쉰다는 사실에 안도하겠지. 나는 그제야 울기 시작했어. 하나는 내 실밥이 터지는 줄 알았대.

그게 다야. 그게 다였어. 그 모든 순간이 아직도 내 안에 생생하게 살아 있어. 너는 여전히 내 안에 살아 있어. 너는 내 숨의 절반이고, 내 심장 박동의 4분의 1은 네 거야. 자식이 생기면 그런 것 같아. 자식이 내 일부를 가져가는 거야.

나는 그날 미래에 대해 생각하지 않았어. 너의 새엄마, 새아빠가 될 캘빈 부부의 피부가 얼마나 하얀지 생각하지 않았어. 누가 너에게 '황색 피부'를 갖고 미국이라는 나라에 산다는 게 어떤 건지 가르쳐줄까? 네가 '당신은 누구고, 나는 누구예요?'라고 묻는다면 뭐라고 답을 해주어야 할지도 고민하지 않았어. 물론 나는 늘 네 삶의 일부가 되기를 꿈꿨지만, 그건 하늘에 소원을 빌거나 복권을 사는 것과 비슷한 소망이었지. 실제로 그런 일이 일어나지 않으리라는 걸 알면서 비는 소원처럼. 그리고 시간이 흘러 우리가 또 같은 병원에 있으리라곤 상상조차 하지 못했어. 네가 열여섯 살이고 내가 서른다섯 살이 되어서. 이번에는 네가 침대에 누워 있고, 내가 또다시 너에게 사과하리라고는 꿈에도 생각하지 못했어.

미안해, 페니. 내가 다 망쳤어. 내가 너를 아프게 했어.

다시는 널 아프게 하지 않겠다고는 약속할 수 없어. 실은 내가 약속할 수 있는 것 자체가 많지 않지. 그럼에도, 그럼에도. 내게 남은 몇 안 되는 모든 것은 전부 네 거야. 무슨 일이 있어도, 네가 나를 용서해주든 해주지 않든 말이야. 내가 항상 곁에 있을 거란 걸 알아줬으면 좋겠어. 다른 부모들처럼 나도 여기서, 내 아이가 내 품으로 돌아오기를 기다릴게.

미카

7개월 전…….

1

책상 비워줘야겠어.

미카는 눈을 느리게 깜빡였다.

"그게 무슨 말씀이세요?"

사람들이 빽빽이 들어찬 사무실 구석 끝에서 미카가 상사인 그렉에게 되물었다. 그곳은 엄밀히 따지자면 사무실도 아니었다. '케네디, 스미스 앤 맥두걸 법률 사무소'의 커다란 복사실 한쪽에 가벽을 세워 만든 코딱지만 한 공간이었다. 그러나 그렉은 이 손바닥만 한 공간이 빌딩 제일 꼭대기의 임원실이라도 되는 양 굴었다. 직접 책상 한쪽에 분재 나무를 두고 벽에는 값싼 사무라이 검을 삐뚜름히 걸어놓았다. 그렉은 백인이었고, 자칭 일본 문화 애호가였다. 미카에게 몇 번이나 일본어로 대화를 시도하기도 했다. 그럴 때마다 미카는 제법 유창한 일본어 실력을 숨기고 애써 못 알아듣는 척 대화를 피했다. 미카의 상사는 그런 남자였다.

그렉이 의자 등받이에 한껏 몸을 기대며 거들먹거렸다.

"뭘 그렇게 놀라고 그래."

그렉이 검지와 중지를 모아 매끈한 아래턱을 매만지며 덧붙였다.

"회사에 도는 소문, 들었을 거 아니야."

미카는 멍하니 고개를 끄덕였다. 최근 회사에 수임료를 억대로 가져다주던 시니어 파트너가 이직했다. 회사가 어려워졌다는 뜻이었다. 미카는 두 손바닥을 어깨까지 들어 올리며 말했다.

"하지만 전 시급 20달러짜리 말단인데요."

다른 월급쟁이 정규직들과 비교하면 터무니없이 적은 금액이었다. 임원진은 정말 복사나 도와주는 말단 사원 하나를 자름으로써 회사 재정난에 숨통이 트일 거라 기대하는 걸까?

그렉이 손을 내저으며 말했다.

"이해해. 근데 회사 조직이라는 게, 알잖아. 보통 피라미드 제일 밑바닥부터 순서대로 쳐내면서……."

그렉은 말끝을 흐렸다.

"부탁드릴게요."

애원은 정말 미카의 체질에 맞지 않았다. 특히 이 인간에게만큼은 더더욱.

"저, 일해야 해요."

미카는 '케네디, 스미스 앤 맥두걸 법률 사무소'에 만족하며 다녔다. 일도 쉬운 편이었고 급여도 좋았다. 매달 집세와 공과금을 내고도 대충 식비를 충당할 수 있는 금액. 식비라고 해봐야 말랑한 치즈를 사 먹는 정도였지만, 그게 어디인가. 게다가 사무실은 박물관 근처였다. 점심시간이면 박물관에 들러 '모네'의 그림을 감상하며 먹은 걸 소화시키고, 유물 전시관을 거닐며 영혼의 휴식을 취했다.

"그리고 그렇게 따지면 저보다 스테파니가 먼저 나가야 하는 거 아닌가요?"

스테파니는 미카보다 늦게 들어온 직원이었다.

"스테파니가 법률 보조 경험이 더 많잖아. 누가 회사에 더 나은 인재인가, 그게 이번 결정의 관건이었던 거지. 금방 다른 데 취직할 거야. 이렇게 된 마당에 미안한 소리지만, 재직 기간이 1년이 안 돼서 실업 수당 자격 요건은 안 되더라고. 그래도 내가 추천서는 기가 막히게 써줄게."

그렉이 슬그머니 의자에서 일어섰다. 통보의 마무리였다.

"월급을 삭감하시면 어떨까요?"

미카가 다급히 물었다. 시선이 발끝으로 떨어졌고, 추락한 자존심이 그 언저리에 나뒹구는 것 같았다. 미카는 도저히 감정을 추스를 수 없었다. 금방이라도 눈물이 쏟아질 것 같았다. 서른다섯의 나이에 또다시 잘리고야 말았다.

그렉은 고개를 가로저었다.

"미안해, 미카. 오늘 자로 정리합시다."

* * *

희미하게 퍼지는 오래된 팝콘의 고소한 향기. 진열대에 빼곡한 심신의 안정을 돕는다는 향초. 미카는 왜 이 마트에 끌리는 걸까? 미카는 가정용품 판매대 위에 놓인 베개를 꼼꼼히 살펴보고 있었다. '돈으로는 살 수 없는 진짜 나만의 집'이란 문장이 수놓아진 베개. 그때 전화기 너머로 하나가 웃음을 터트렸다.

"내가 이해한 게 맞나 들어봐. 그러니까, 그 남자가 너를 해고하면서 데이트 신청을 했다고?"

"자르자마자."

미카는 순서를 정정했다. 그렉은 미카를 자리까지 데려다주고 짐 싸는 모습을 곁에서 감시했다. 그러더니 나중에 같이 영화를 보거나 돌아오는 주말, 인근 대학에서 열리는 벚꽃 축제에 가자고 했다. 미카는 치밀어 오르는 분노만큼 깊은 굴욕감을 느꼈다.

하나가 코로 킁, 소리를 내며 웃어 재꼈다.

미카의 입가에 쓸쓸한 미소가 떠올랐다.

"그만 웃어. 나 지금 진지하게 심신 미약 상태야."

"그런 애가 타깃*에 있니?"

하나가 지적했다.

미카는 고개를 한쪽으로 기울이고 베개를 살피며 생각했다. 새 집을 오래 산 집처럼 꾸며주는 인테리어로 떼돈을 벌었다는 부부가 디자인한 베개였다. 사업의 비법은 벽에 덧댄 반턱변탕**이었다. 단돈 29.99달러만 내면 이 베개는 미카의 것이 된다.

"하루아침에 해고와 성희롱을 동시에 당할 줄은 상상도 못 했지.

---

* 미국 전역에서 쉽게 찾아볼 수 있는 대형 할인 마트
** 나무 패널 장식을 벽에 덧대 이은 인테리어의 일종

인생 참 새롭다."

미카는 와인 코너로 향했다. 지갑은 날아갈 듯 가벼웠지만, 현대인에게 5달러짜리 싸구려 와인 한 병은 필수품이다.

하나가 안쓰럽다는 듯 신음했다.

"그보다 더한 일도 있었는데, 뭐. 너 예전에 도넛 가게에서 일할 때 메이플 바*** 한 상자를 냉동실에 꿍쳐놓고 몰래 하나씩 빼먹다가 걸려서 잘린 적도 있잖아. 기억나?"

"그건 대학 다닐 때잖아."

미카는 휴대 전화를 귀와 어깨 사이에 끼워 넣었다. 와인을 다 고른 미카는 식품 통로에서 치즈맛 과자를 바구니에 담았다. 그 사이 하나는 이미 일장 연설을 시작했다.

"보모 일하면서 그 집 아이들한테 〈샤이닝〉도 보여줬지?"

"애들이 유령 이야기를 틀어달라고 했어."

미카가 항변했다.

"〈프레데터〉에 나오는 괴물을 주인공으로 19금 팬픽을 쓰고는 회사 컴퓨터 모니터에 띄워놓고 퇴근한 적도 있잖아."

미카는 순간 얼굴을 찌푸리며 받아쳤다.

"그런 적 없거든."

하나가 다시 웃음을 터트렸다. 미카는 이마를 문질렀다. 나무에서 떨어지면서 나뭇가지 하나하나에 온몸이 긁히고, 뱀과 곰이 우글거리는 구덩이에 빠진 것 같은 기분이었다.

***

*** 메이플 시럽을 올린 직사각형 모양의 도넛

"나 이제 어떡해?"

"그러게. 그래도 좋은 회사였는데. 나는 오늘 아침에 펄 잼이 이번 여름 투어에 개릿을 데려간다는 소리를 들었어."

하나는 '펄 잼'이라는 록밴드의 수어 통역사로 일하고 있었고, 개릿은 최근 기독교풍 얼터너티브 록 음악을 하다가 섭외된 뮤지션이었다.

"조만간 우리 밴드는 '어스, 윈드 앤 파이어*' 노래나 부르겠지. 망할 개릿. 빨리 집에 와. 진탕 먹고 마시면서 누가 더 불행한지 떠들자."

"금방 들어갈게."

미카는 전화를 끊고 휴대 전화를 가방에 넣었다. 미카는 시계 초침이 한 바퀴를 다 도는 동안에도 도무지 뭘 해야 좋을지 알 수 없었다. 그때 전화벨이 울렸다. 하나가 다시 전화를 걸었을까? 아니면 엄마일 수도. 미카의 엄마 히로미는 오전에 메시지를 남겨서 미카의 속을 뒤집어 놓았다.

방금 교회에서 새 신도를 만났지 뭐니. 하야토 형제님이라고, 나이키에서 일한단다. 형제님한테 네 전화번호를 줬으니 그리 알아.

또다시 전화벨이 울렸다. 엄마가 두세 번씩 연달아 전화를 거는 통에 미카는 이따금 패닉에 빠지곤 했다. 미카는 지난번에 황급히 열쇠를 챙겨 병원으로 달려갈 준비를 하면서 숨이 넘어갈 듯 전화를 받은 적이 있었다.

---

* 1970년대 미국을 관통한 R&B 펑크 밴드

"무슨 일이에요?"

정작 전화기 너머의 엄마는 너무도 평안했다.

"일은 무슨. 왜 그렇게 숨이 차니? 마트에서 닭을 세일하기에 알려주려고 전화한 건데……."

엄마의 유유자적한 목소리에 미카의 뚜껑이 열렸다.

"그런 일로 무슨 전화를 이렇게 많이 해요? 진짜 무슨 일 생긴 줄 알았잖아요!"

미카가 차갑게 쏘아붙였다.

엄마는 그 말에 코웃음을 치며 "꼭 무슨 일이 생기길 바란 애처럼 구는구나!" 하고 빈정거렸다. 벨 소리가 계속 울렸다. 미카는 가방에서 휴대 전화를 꺼내 액정을 들여다봤다. 발신자 표시가 없는 번호였다.

미카는 순간 호기심이 일어 통화 버튼을 누르고 대답했다.

"여보세요?"

동시에 이마가 살짝 찌그러졌다. 아, 젠장. 아마 엄마가 말했던 새 신도 하야토일 것이다. 미카가 재빨리 머리를 굴리며 핑곗거리를 떠올리려는 찰나였다.

휴대 전화 배터리가 나가기 직전이라 끊어야겠다고 할까? **따지고 보면, 내가 방전 직전이긴 하니까.**

"와! 오! 전화를 받으시네요? 받을 줄 몰랐어요!"

그때 수화기 너머로 상당히 벅차오른 듯 앳된 목소리가 들려왔다. 전화기 하단의 스피커를 손으로 막은 듯 목소리가 먹먹했다.

"받았어, 어떡하지?"

곁에 누가 있는 모양이었다.

"여보세요?"

미카의 목소리가 덩달아 커졌다.

"아, 죄송해요. 친구 소피한테 하는 말이었어요. 혼자서는 좀 무서워서. 혹시 미카 스즈키 씨 맞으세요?"

"네, 맞는데요. 누구시죠?"

미카는 손에 든 바구니를 발밑에 내려놓았다.

"저는 페니라고 하는데요. 페넬로페 캘빈이요. 제가 그쪽 딸인 것 같아요."

* * *

미카는 팔다리에 힘이 풀려도 전화기만은 꼭 붙잡았다. 온몸의 피가 혈관을 타고 빠르게 흐르고, 눈앞이 흐려졌다가 훤하게 밝아오는 동안에도. 시간을 거슬러 병원으로 돌아가, 갓난아기인 페니가 떠오르는 순간에도. 그날이 주마등처럼 스쳐 지나갈 때조차도. 미카는 페니를 안고 이마에 입을 맞추고, 머리를 쓸어 넘기며 파란색과 분홍색 줄무늬가 새겨진 얇은 신생아용 모자를 씌워주었다. 모든 것이 너무 벅차고, 아름다운 순간이었다.

"여보세요? 아직 안 끊으신 거죠?"

전화기 너머로 페니가 물었다.

"제가 찾는 미카 스즈키 씨 맞으세요? 온라인 검색 사이트에 돈을 쓰고 찾았거든요. 아빠 신용 카드로 무료 체험판을 결제했는데, 아빠가 알면 진짜 혼나요! 근데 걱정하지 마세요. 결제되기 전에 바로 취소할 거예요."

그리고 또 침묵이었다. 페니는 미카가 무슨 말이라도 하기를 기다렸다. 미카는 두 눈을 질끈 감았다가 떴다.

"그거 정말, 똑똑하다."

미카가 바르르 떨며 속삭였다. 앉아야 했다. 좀 앉을 필요가 있었다. 미카는 플라스틱으로 만든 야외 의자를 찾았다. 비틀거리며 팔걸이를 잡아 균형을 잡고, 조심스럽게 의자에 무너졌다. 팔걸이를 부여잡은 손가락 마디마디가 하얗게 질렸다. 대체 언제, 어떻게 '정원용품 코너'까지 온 걸까?

"그렇죠? 아빠는 맨날 '그런 똑똑한 능력을 좋은 곳에 쓰면 얼마나 좋을까?'라고 말씀하셔요."

페니는 목소리를 한 옥타브 낮추며 아빠 흉내를 냈다. 미카도 겨우 미소 비슷한 걸 흉내 냈다.

"그러니까, 제가 찾는 미카 스즈키 씨 맞죠? 오리건주에 같은 이름이 많진 않았거든요. 다른 후보 두 분은 나이가 좀 많았어요. 그러니까 제 말은, 제 친엄마가 그 분들 중에 있을 수도 있잖아요. 쉰 살에 쌍둥이를 낳았다는데, 그래도 가능성은 있잖아요? 하지만 그쪽이 맞을 것 같았어요……. 여보세요?"

식은땀이 나는 바람에 자꾸만 귀에서 휴대 전화가 미끄러졌다. 미카는 크게 숨을 들이마시고 내쉬었다.

"응, 여보세요."

"미카 스즈키 씨 맞죠? 16년 전에 아기를 입양 보내셨고요?"

문득 관자놀이가 욱신거렸다.

"응, 맞아."

미카는 목소리가 갈라졌다. 내심 이런 순간이 오기를 바란 적도 있었다. 딸의 목소리를 듣게 될 날. 딸과 대화하는 날이 오기를. 때로 상상은 망상에 가까웠다. 시간이 흐르면서 어쩌면 살다가 페니를 마주친 적이 있지는 않을까 싶기도 했다. 당연히 말도 안 되는 소리였다. 페니는 중서부에 살고 있다고 했으니까. 하지만 앞머리를 자른 소녀들을 마주치면 어딘가 모르게 마음이 끌렸다. **분명 내 딸이 맞을 것 같아서 돌아보았다가 코가 다르거나 눈이 짙은 갈색이 아닌 녹색인 걸 확인하고 부풀었던 마음이 가라앉기를 반복했다. 저건 페니가 아니야, 가짜야,** 하고.

미카는 있는 힘껏 부여잡았던 의자 팔걸이를 놓았다. 후들거리는 다리를 억지로 지탱하며 겨우 일어섰다. 그러고는 통로를 돌아다니기 시작했다. 움직여야 했다. 그래야 정신을 똑바로 차릴 수 있었다. 휘몰아치는 감정의 폭풍을 몰아내는 데에도 움직이는 편이 나았다.

"진짜 대박이다!"

페니가 꽥 소리를 질렀다.

"날 어떻게 찾은 거니?"

미카가 여전히 하얗게 질린 얼굴로 물었다. 미카는 이제 보라색 병에 담긴 마그네슘 영양제 코너를 돌고 있었다.

"어렵진 않았어요. 이름이 워낙 특이하고 멋지잖아요. 나도 일본 이름이었으면 좋았을 텐데."

페니가 아쉬운 한숨을 살짝 내쉬었다.

"아."

미카는 무슨 말을 해야 할지 몰라 얼굴을 찡그렸다. 미카가 페니의 이름을 지었다. 꽤나 소란을 피웠다. 입양 절차 중에 부린 고집이었다. 당신들이 내 딸을 데려가니까 이름은 꼭 내가 짓겠노라. 피어슨 부인은 입양이 거래로 느껴지지 않도록 애썼지만, 어쩔 수 없는 부분도 있었다. 양측 변호사가 조율을 했으니까 협상이나 마찬가지였다. 입양 가족에게 유리하게 기울어진 엄정한 서류 작업. 다만 이름은……, 이름은 미카가 지어야 했다. 처음에는 겨울에도 자라는 식물의 이름을 따서 '홀리'라는 이름이 어떨까 생각했다. 일본에서는 아이에게 희망이 깃든 이름을 지어주는 게 전통이었다. 미카의 한자 이름은 '아름다운 향기'라는 뜻이다. 미카가 그녀의 엄마에게 얼마나 소중한 존재인지 알려주는 이름이었다. 엄마의 가장 뿌듯한 액세서리이자 관심을 끄는 무언가. 미카는 아이에게 그런 이름을 주고 싶지 않았다. 그래서 결국 호메로스의《오디세이》에 나오는 '베짜는 사람'이라는 뜻의 '페넬로페'로 이름을 붙여주었다. 페넬로페는 강인하고 유연하며 열망에 찬 사람이었다. 미카가 딸에게 바라는 삶과도 잘 어울렸다. 그리고 언젠가 미카가 되고 싶었던 사람과도 닮아 있었다. 미카가 꿈꿨던 가족의 품에서 태어난 아이가 가질 법한 이름이었다.

미카는 조금 더 '미국스러운' 이름이 페니의 삶에 도움이 될 거라고 믿었다. 실제로 미카는 지난 수십 년간 미국에 살면서 이름의 발음이나 철자가 틀린 경험을 수도 없이 겪었다. '미카'가 아니라 '미키'라고 불린 적이 얼마나 많았던가. 미카는 페니가 다른 사람들과 잘 섞일 수 있기를 빌었다. 하지만 지금은 이 모든 걸 말해줄 때가 아닌 것 같았다. 그 대신 미카는 조용히 입을 열었다.

"네 어머니 소식 들었어. 정말 안타까워."

5년 전 피어슨 부인이 캐롤라인 캘빈이 암에 걸려 살날이 얼마 남지 않았다는 소식을 전했을 때, 미카는 페니와 연락하게 해달라고 애원했다. 미카에게 딸의 슬픔은 마치 뜨거운 다리미에 덴 듯한 화상 자국처럼 아프고 뜨거웠다. "그 애한텐 내가 필요해요" 하고 미카가 말했다. 피어슨 부인이 노력해 보겠다고 답했다. 그러나 아이의 양부인 토머스 캘빈은 미카의 부탁을 거절했다. 피어슨 부인은 "미안해요, 미카"라고 하며 캐롤라인에게 남은 시간이 많지 않다고 했다. '4기 암이래요. 너무 갑작스러워서 남은 시간은 가족끼리 보내고 싶다고 해요.'

"네."

페니의 목소리가 어두워졌다.

"힘든 시기였어요. 조금 있으면 벌써 5년이 돼요. 시간이 이렇게 빨리 지났다니, 믿을 수가 없어요."

또다시 침묵이 흘렀다. 미카는 계속 걸었다. 목적지는 알 수 없었다. 온몸이 소란스러웠다. 임신 테스트기가 진열된 통로를 걸었다. 17년쯤 전, 미카는 하나의 차를 뒤져서 현금을 박박 긁어모아 임신 테스트기를 산 다음, 근처 식료품점 화장실로 향했다. 두 개의 분홍색 선이 떠오르는 순간, 미카의 세상이 무너져 내렸다. 흐르는 물에 손도 겨우 닦았다.

문득 너무 오래 침묵을 지켰다는 사실을 깨달았다.

"네 엄마가 편지를 써서 보냈어. 네가 직접 그린 그림이랑 네 사진이랑 같이. 손 글씨가 너무 멋진 분이었어."

미카는 말끝을 흐렸다. 그녀는 페니를 입양한 캘빈 부부에 대해 잘 알지 못했다. 고작 수십 명의 인적 사항이 담긴 스크랩북에서 그 부부를 선택한 게 다였다. 미카는 페니의 부모가 될 사람들의 사진을 뚫어져라 쳐다보곤 했다. 저작권법 변호사인 토머스가 대학 시절 조정 팀에서 찍은 사진을 바라보았다. 미카는 노를 감싸 쥐고 있는 토머스의 손과 움푹 팬 초록색 눈자위에 집중했다. 강인한 인상이라고 생각했다. 페니를 잘 지켜줄 것 같았다. 그리스 문자가 새겨진 맨투맨 티셔츠를 입고 활짝 웃고 있는 대학 시절의 캐롤라인도 바라보았다. 페니에게 같은 미소를 보이며 '네가 자랑스러워. 너를 키울 수 있어서 너무 행복해. 엄마는 너를 위해서라면 보이지 않는 어둠도 뚫고 나갈 거야'라고 말할 캐롤라인의 모습을 상상하기란 그리 어렵지 않았다.

"엄마는 글씨를 참 잘 썼죠. 진짜 완벽했어요."

페니가 따뜻한 목소리로 말했다. 미카는 놀라지 않았다. 캐롤라인은 모든 면에서 완벽한 사람처럼 보였으니까.

"제 글씨는 엉성해요. 그게 혹시 유전은 아닐까 늘 궁금했어요."

아마 그건 아닐 것이다. 그러나 미카 역시 페니와의 연결 고리, 둘을 하나로 묶을 수 있는 어떤 것이 있진 않을까, 하고 늘 갈망했다.

"내 손 글씨도 형편없어."

"그래요?"

페니의 목소리에 희망이 깃들었다.

미카의 발걸음이 느려졌다. 조금 진정이 되는 것 같았다.

"나만의 서체라고 생각하고 살래. 지나친 '커피와 도넛 섭취'로 인한 글씨체인 셈이지."

페니가 깔깔 웃음을 터트렸다. 정말 듣기 좋은 소리였다. 온몸이 풍성하게 차오르고 진심이 가득한 소리. 미카의 딸.

"아니면 '엉망진창 청소 좀 해라' 아닐까요."

마침내 미카는 세제 통로에서 멈춰 섰다. 그곳에는 아무도 없었다. 미카는 몸을 뒤로 젖히며 깨끗한 빨래에서 나는 냄새를 가득 들이마셨다. 시간이 지나면 페니에 대한 기억이 희미해질 거라고 생각했지만, 오히려 최근의 시답잖은 기억들이 희미해지고 과거에 대한 기억이 더욱 선명해졌다. 대학 졸업, 첫 직장, 심지어 임신마저도. 멈추지 않고 돌아가는 시계는 그 모든 기억의 거친 모서리를 매끄럽게 다듬어 주었다. 그러나 페니는, 그 아기는, **미카의 아기만은** 마치 콘크리트에 찍힌 손자국처럼 늘 선명했다. 미카는 지금 알고 있는 것을 그때도 알았으면 얼마나 좋았을까, 하고 생각했다. 매일 아침 눈을 뜨면 페니가 떠올랐다. 페니가 몇 살인지, 무슨 옷을 입고 있을지, 누구를 보고 웃고 있을지. 아기를 향한 사랑이 치아와 손톱처럼 무럭무럭 자라 결코 자신을 놓아주지 않으리라는 걸 그때도 알았더라면.

"괜찮아요?"

두 아이의 손을 잡은 한 여자가 모퉁이를 돌며 물었다.

미카는 몸을 똑바로 세웠다.

"괜찮아요, 괜찮아요."

아이 중 한 명은 얼굴 전체에 초콜릿을 가득 묻히고 있었다. 아이가 천천히 혀로 원을 그리며 입술 주위를 핥았다. 아이 엄마는 미카가 움직일 때까지 기다렸다가 자리를 떴다.

"누구랑 같이 있어요?"

페니가 물었다.

"아니, 타깃에서 쇼핑 중이었어."

미카는 이보다 나은 핑계를 찾지 못하고 사실대로 말했다. 자신의 얼굴을 주먹으로 세게 치고 싶었다. 정말 있는 힘껏. 페니가 대체 뭐라고 생각할까? 다 큰 여자가 수요일 오후에 타깃에 있다니. 페니는 미카가 무슨 일을 하는지 궁금해할까?

페니가 혼잣말처럼 비속어를 내뱉었다.

"죄송해요. 통화가 가능하신지 먼저 여쭤봤어야 하는데. 그만 끊을게요."

미카는 그게 싫었다. 이 작고 연약한 끈이 다시 끊어질지도 모른다는 위협이 싫었다. 페니도 같은 기분을 느낄까? 둘 사이에 에너지처럼 흐르는 행복의 기운을?

"아니야, 괜찮아."

"저도 이제 그만 끊어야 해요. 좀 있으면 아빠가 퇴근하시거든요."

아니야, 계속 이야기하자. 네가 읽어주는 《전쟁과 평화》라도 좋아. 미카는 눈물이 쏟아질 것 같았다.

"그래, 그럼. 전화해줘서 너무 좋았어."

미카는 가게 밖으로 나왔다. 포틀랜드의 봄 하늘은 회색빛이었다. 까마귀 두 마리가 주차장의 쓰레기통을 쪼아대고 있었다. 미카가 눈을 깜빡이자 눈꺼풀 안쪽으로 또 다른 까마귀 한 쌍이 보였다. 오래전에 버려진 수박 껍질을 두고 싸우는 까마귀를 봤던 기억이 떠올랐다. 미카는 그 기억을 밀어냈다.

"언제든 필요한 게 있으면……, 나한테 부탁할 게 있으면 언제
든……."

"실은요."

페니가 숨을 크게 내쉬었다.

"계속 연락하고 싶어요. 다시 전화하고 싶어요. 영상 통화도 괜찮
을까요? 얼굴 보고 이야기하고 싶어요."

"아."

미카는 너무 놀라 숨이 턱 막혔다. 직접 듣고도 믿을 수가 없었다.
페니가 미카를 원하고 있다. 페니가 먼저 손을 내밀었다. 미카는 온
마음이 와르르 무너져 내렸고, 강한 목마름이 샘솟았다. 충동적이고
격렬한 욕심이 들끓었다.

"그럼, 물론이지. 나도 좋아."

미카가 대답했다.

2

미카는 정신이 아득한 상태로 집까지 운전했다. 자동차 열쇠를 꽂은 것도, 시동을 건 것도, 주차장을 떠난 것도, 가로등과 깜빡이, 좌회전과 우회전, 그리고 연석에 맞춰 주차한 것도 기억나지 않았다. 집에 다다른 미카는 시동을 끄고 멍하니 운전석에 앉아 있었다. 앞 유리창에 빗방울이 튀었다.

"페니."

미카가 적막을 가르며 속삭였다. 딸의 이름이 마치 기도처럼, 비밀처럼, 저녁 식사를 하러 오라는 종소리처럼 느껴졌다.

"페니, 페니, 페니."

미카는 계속해서 속삭였다. 차에서 내리는 미카의 입꼬리가 포물선을 그리며 활짝 올라갔다.

잡초와 다양한 가시가 달린 식물들이 망가지고 칠이 벗겨진 하얀 울타리 너머로 얼기설기 엉켜 있었다. 진입로는 겉으로 봐도 좁아

보였다. 아담한 주택이었다. 덧문 중 하나는 닫혀 있었고, 다른 하나
는 못이 빠져 달랑였다. '흉물'이라는 표현조차 고급스러웠다. 미카
가 문을 밀어보았지만, 덜컹거리며 무언가에 가로막혔다. 미카는 낑
낑거리며 한참 만에 택배 상자를 밀어내고 겨우 몸을 밀어 넣었다.

짜증이 기쁨을 빼앗았다.

"너는 오늘 아침에 눈 뜨자마자 이렇게 결심한 거지? '아, 그래,
오늘이야. 오늘에서야 비로소 나의 사재기를 한 단계 업그레이드시
키는 거야. 그리고 앞으로 20년 후에 내 해골이 발견될 때까지 아무
도 못 들어오게 바리케이드를 쳐야지.'"

집에 들어온 미카는 하나를 보자마자 빈정거렸다.

하나는 반쯤 퍼먹은 케이크를 무릎에 올려놓은 채 텔레비전을 보
고 있었다.

"진짜 신기하다. 내 생각을 어떻게 그렇게 잘 알았대? 늦었네."

하나가 케이크를 크게 한 입 욱여넣으며 말했다.

"너 없이 먼저 시작했어. 내가 먹으면서 브레인스토밍을 좀 해봤
는데, 개를 한 마리 키우면서 '똥' 대신 '개럿'이라고 가르치면 어떨
까? '여기서 똥 싸는 거야' 대신에 '여기서 개럿 싸는 거야'라고 가르
치는 거지. 그리고 그걸 녹화해서 그 새끼한테 보여주는 거야."

하나가 고개를 틀며 덧붙였다.

"와인은 어디 있어?"

"개 안 돼. 영상 안 돼. 개럿한테 보내는 거 안 돼. 그리고 와인은
깜빡했어."

미카는 개봉하지 않은 상자와 죽은 화분 주변을 서성이다가 잡

지 더미를 밀어내고 의자 위에 앉았다. 한동안 하나는 강박적인 수집 습관을 잘 억제하는 듯 보였다. 여자 친구인 니콜과 동거를 시작하면서였다. 두 사람은 창고 세일이나 벼룩시장에서 찾은 물건으로 집 안을 채우며 행복해했다. 강아지도 한 마리 입양했다. 그런데 니콜이 바람을 피웠다. 집은 하나의 차지가 되었고, 골든리트리버는 니콜이 데려갔다. 당시 사귀던 리프와 헤어진 지 얼마 되지 않아 현금이 부족했던 미카는 하나에게 함께 살자고 제안했다. 두 사람은 함께 와인과 비싼 테이크아웃 음식으로 실연의 아픔을 달랬고, 역시 사랑보다는 우정이 최고라며 엄지손가락을 치켜세웠다. 실제로 둘은 서로를 더 많이 이해했다. 미카는 하나의 온라인 쇼핑 중독을 신경 쓰지 않았다. 하나도 미카의 말도 안 되는 이직과 퇴사 혹은 해고를 개의치 않았다. 세상에 완벽한 사람은 없다. 서로의 결점을 포용하는 게 이들 우정의 밑거름이었다.

그래서 미카는 소파에 앉아 동료를 씹어대는 하나를 보면서도 아무렇지 않았다.

"이거 〈몬스터〉야? 너 지금 진짜 〈몬스터〉를 보는 거야? 레즈비언 연쇄 살인 영화?"

미카가 빈 에너지 드링크와 탄산음료 캔 사이에서 리모컨을 찾아 텔레비전을 껐다.

"야!"

하나가 즉각 소리쳤다.

"택배 상자 뜯을 게 산더미야."

미카는 손으로 방 안을 한 바퀴 휙 가리켰다. 물건을 쌓아둔 채

케이크를 퍼먹으며 〈몬스터〉나 보고 있는 현실까지 포함해서.

"그리고 이럴 때가 아니야. 나, 할 말 있어."

하나는 자리에서 일어나며 케이크를 내려놓았다.

"구미가 좀 당기는데."

하나가 입고 있는 롤러스케이트 팀의 로고가 그려진 크롭 티에는 케이크 크림이 조금 묻어 있었다.

"아까 페니한테서 전화가 왔었어."

"하!"

하나가 코웃음을 터트렸다. 그러고는 미카의 얼굴을 가만히 바라보다가 되물었다.

"말도 안 돼, 진짜구나!"

미카는 고개를 끄덕였다. 곰곰이 생각에 잠긴 미카는 속이 왈칵 뒤집혔다. 갓 태어난 페니를 안고 자신의 **뺨**을 페니의 **뺨**에 문지르며 **진짜 아기 냄새가 나**, 라고 말하던 하나.

하나가 도로 소파에 주저앉으며 중얼거렸다.

"워, 이건 좀 큰일인데."

"그렇지."

미카가 계속해서 더 말하려는데 문자 메시지 알림이 울렸다. 혹시 페니일까?

"걔야?"

하나가 몸을 앞으로 기울이며 미카의 안색을 살폈다.

미카는 고개를 숙이고 메시지를 확인했다.

"아니, 찰리. 투안(찰리의 남편이다)한테 실물 사이즈의 레고 초상화를 사주고 싶대."

하나는 기가 찬다는 듯 눈을 굴렸다.

"그냥 씹어. 페니는 너를 어떻게 찾았대?"

하나는 커피 테이블 위에 놓인 나무 상자를 집어 들고 뚜껑을 열었다. 상자 안에는 마리화나가 가득 담긴 작은 비닐봉지와 종이가 들어 있었다. 하나는 긴 손가락으로 마리화나를 말기 시작했다.

미카가 어깨를 으쓱거렸다.

"인터넷으로 찾았대. 마음만 먹으면 며칠이면 찾는다더라."

하지만…… 페니는 정말 미카를 어떻게 찾은 걸까? 미카는 비공개 입양을 선택했다. 미카의 인적 사항은 모두 비공개였고, 대신 매년 아이의 성장 소식을 전달받았다. 그 이상의 접촉은 고통을 배로 불렸을 것이다. 미카는 다른 선택이 있다는 걸 알면서도 스크랩북을 선택했다. 토머스 캘빈이 페니에게 미카의 이름을 말해주었는지, 페니가 부모님의 물건을 뒤지다가 우연히 알아냈는지는 중요하지 않다고 생각했다. 중요한 건 지금이다. 페니가 미카에게 먼저 전화했다는 사실. 페니가 미카를 알고 싶어 한다는 사실.

"맞는 말이네."

하나는 종이 끝을 혀로 핥고 이어 붙였다. 미카의 가장 친한 친구는 온라인으로 사람을 찾는 게 얼마나 쉬운 일인지 누구보다 잘 알고 있을 것이다. 몇 년 전, 하나는 자신의 피부색을 누런 커피 크림처럼 '반반'이라고 했던 초등학교 선생님을 찾아낸 적이 있었다. 하나는 흑인, 베트남인, 백인(헝가리계와 아일랜드계)이 4분의 1씩 섞인 혼혈이었다. 하나는 찾아낸 선생님에게 SNS를 그만두는 게 좋을 거라고 협박했다.

하나는 마리화나에 불을 붙이고 한 모금 들이마신 후, 미카에게 건넸다.

"어떤 애 같아?"

미카는 손가락 사이로 마리화나를 끼워 넣으며 천장을 바라보았다. 균열이 천장을 타고 벽까지 내려와 있었다. 이 집은 토대부터 잘못된 게 틀림없다.

"모르겠어. 그리 오래 통화하진 않았어. 어리고, 희망차고, 긍정적이야."

유전자의 힘이 이렇게 무섭다.

"아빠 신용 카드로 사람 찾는 사이트에서 체험판 결제를 했대."

미카는 하나를 향해 삐딱한 미소를 지으며 마리화나를 입술에 갖다 댔다.

"아빠가 알기 전에 취소해야 한다더라."

미카는 마리화나를 다시 하나에게 건넸다.

"우리 어렸을 때 생각난다."

하나가 미소를 지으며 한 모금 깊이 빨았다.

"그래서, 원하는 게 뭔데?"

하나가 숨을 내뱉으며 물었다.

미카는 아랫입술을 씹었다. 침실 문이 열려 있었다. 침대 시트는 구겨진 채 엉망진창이었고, 이불은 거의 바닥까지 떨어져 있었다. 몇 시간 후에 다시 이불로 들어갈 거라면 굳이 침대를 정리해야 할 이유를 찾을 수 없었다. 바닥에는 헬로키티 제작사가 만든 만화 '구데타마' 캐릭터가 그려진 티셔츠가 굴러다녔다. 노란 얼룩 같은 동 그란 모양의 달걀 캐릭터가 그려진, 미카가 제일 좋아하는 옷이었 다.

"나를 알고 싶어 해."

미카는 현실이 하나씩 자각되기 시작했다. 자신의 환경과 삶, 그 리고 자기 자신까지도. 미카는 곧바로 후회했다.

미카가 페니에게 무엇을 알려줄 수 있을까? 미카는 살면서 뭘 이 뤘을까? 미카의 연애는 손에 꼽을 정도로 적은 편이었다. 남자 친구 라고 할 것도 몇 없었고, 리프와의 진지한 관계도 끝났다. 직장 생활 은 또 어떤가. 만족스럽지 못한 일의 연속이었고 모두 계약직에 불 과했다. 미카는 스스로를 탁한 물에 사는 돌멩이라 여겼다. 아무 생 각 없이, 의미 없이 흘러가는 시간이 그 자리에 머무르며 점점 가라 앉는 중이라고 말이다. 조약돌은 아무리 노력해도 결코 물으로 나올 수 없다. 그저 천천히 가라앉을 뿐이다. **내가 언제 가라앉았더라?** 순간 명치끝이 저렸다.

"언제든 다시 이야기하자고 했는데, 이제 와보니…… 나도 모르 겠어."

병원에 누워 있던 그날처럼, 지금도 자격이 없는 사람이라는 생 각이 들었다.

"자세히 설명해 봐."

하나가 마리화나를 씹고 연기를 내뿜었다.

미카는 집 안을 둘러보던 시선을 거두고 무릎을 바라보았다. 페 니와 연락을 이어나간다면 어떤 대가가 따를까?

"나를 싫어할 수도 있어. 내가 그 애를 싫어할 수도 있고."

미카가 생각을 소리로 내뱉었다. 미카는 결코 페니를 미워할 리 없지만. 페니가 누군가를 죽이면 미카는 시체 묻을 삽을 가져다줄 것이다. 미카에게 페니는 늘 무죄 추정 원칙의 대상일 것이다. 그 아이의 말이라면 다 믿을 것이다.

"물론 궁금한 게 많겠지. 정말 많을 거야. 좀…… 고집이 있는 것 같아. 친아빠가 누군지 궁금할 수도 있어. 일본 이름을 갖고 싶대."

하나가 숨을 깊이 들이마시고는 소파에 앉아 있던 몸을 미카에게 더 가까이 밀착시켰다.

"궁금해하는 게 당연해. 우리 모두 우리가 어디서 왔는지 궁금하잖아. 그래도 네가 준비가 안 됐는데 알려줄 필요는 없어."

미카는 법에 따라 생부의 나이나 주소 따위는 전혀 모른다는 서류에 서명했다. 거기에는 그의 가슴팍에 새겨져 있던 메인주 모양의 모반도 포함이었다.

"나한테 화가 나면 어떡해?"

미카가 자그마한 목소리로 물었다.

하나가 마리화나를 한 모금 삼켰다.

"냉정하게 조언 하나 해줘?"

"언제는 물어보고 했니."

"니콜이 바람을 피웠을 때, 찰리가 나를 앉혀놓고 그러더라. 니콜을 떠나는 것도, 관계를 지속하는 것도 힘들 거라고."

하나는 무릎에 떨어진 재를 툭툭 털어냈다.

"내 생각엔 어디 자기 계발서에서 주워들은 거 같아."

미카가 인상을 잔뜩 구겼다.

"무슨 소리야, 그게?"

"내 말은, 페니를 키웠어도 힘들었겠지만, 그 애를 포기하는 데에도 똑같이 힘이 들었을 거란 뜻이야. 페니가 똑똑한 애라면 네가 무슨 짓을 했는지는 신경 쓰지 않고, 네가 어떤 사람인지에 더 관심을 가질 거야."

"그럼, 내가 누군데?"

미카가 돌연 따져 물었다. 자신의 초라한 이력서가 떠올랐다. 백수 그 자체. 마리화나 흡연. 생물학적 엄마.

하나가 손가락을 구부리며 하나씩 목록을 세었다.

"너는 첫째, 의리가 있지. 둘째, 동정심도 있어. 셋째, 마음이 따뜻해. 넷째, 예술에 관한 모든 것, 특히 어느 동굴에 원시인이 그려져 있는지 같은 정말 재미라고는 눈곱만큼도 없는 것까지 모두 아는 예술가야. 그리고 다섯째……."

"그 정도면 됐어."

미카가 손을 들어 올리며 하나의 말을 잘랐다.

"아직 감정적으로 완벽히 준비된 건 아니야."

미카는 이 모든 상황이 얼마나 더 엉망진창으로 흘러갈지 예상할 수 있었다. 매년 페니의 생일쯤이면 소포가 하나 도착했다. 미카는 캐롤라인이나 토머스가 보낸 편지를 읽고 행복한 가족사진을 바라보고, 페니가 크레파스로 그린 그림을 엄지손가락으로 문지른 다음 숨이 막힐 듯 끌어안았다. 그러고는 하루 종일 침대에만 누워 있었다. 하나도 마찬가지였다. 하나는 미카의 등 뒤로 기어들어 와서 말없이 두 팔로 감싸안고, 서로의 몸을 이불로 돌돌 말았다. 둘은 그렇게 함께 울었다. 미카는 페니를 위해, 하나는 친구를 위해.

"언제 준비가 완벽해져? 그게 감정의 핵심이야. 기대하지 않을수록 점점 더 강렬해져. 그게 감정의 미학이라고."

"말도 안 되는 소리."

미카는 머리를 소파 뒤로 젖혔다. 모든 상황이 미카를 압박하고 내리눌렀다. 하지만 하나는 늘 미카의 곁에 있어주었다. 언제나 그 자리에 있었다.

"너 진짜 예쁘다."

미카가 말했다. 두 사람이 처음 만난 날 하나가 미카에게 했던 말이기도 하다. 둘은 같은 대안 학교 신입생으로 만났을 때부터 언제나 주문처럼 서로에게 같은 칭찬을 내뱉었다. 대안 학교는 사실상 사람들이 큰 기대를 걸지 않는 학생들을 모아놓는 곳이다. 미카는 처음 하나를 본 순간 동질감을 느꼈다. 둘 다 집안 가계도에서 홀로 삐쭉 솟은 곁가지 같은 존재였다.

"너도 예뻐."

미카는 쿠션 아래에 놓았던 휴대 전화를 다시 찾았다. 전화를 끊기 직전, 페니는 미카에게 전화번호를 알려주었다. 그리고 이제 미카가 그 아이에게 문자를 남겼다. 너랑 영상 통화 할 생각에 신나. 몇 시가 괜찮니?

그래, 부딪혀보자. 미카는 휴대 전화를 멀리 떨어뜨린 후, 손가락으로 허벅지를 두드렸다. 괜찮을 거다.

미카의 기억이 다시 병원으로 날아갔다. 의사의 손에 안겨 있던 페니를 처음 봤던 순간으로.

그래, 다 괜찮을 거야. 어떻게 괜찮지 않을 수 있을까? 페니와 미
카는 첫눈에 사랑에 빠졌는데 말이다.

3

일주일 후, 미카는 부모님과 함께 교회에 갔다. 미카는 원목 의 자 끄트머리에 앉아 최대한 작게 몸을 웅크린 채 엄마를 슬쩍 쳐다 보았다. 엄마는 검고 자그마한 눈으로 정면의 예배당 강단을 뚫어져 라 쳐다봤다. 엄마는 작은 체구에 섬세한 이목구비, 웃을 때보다 찡 그릴 때가 더 잦은 입매를 가졌다. 엄마의 집에는 운동복으로 가득 찬 옷장이 있다. 오늘은 가지색 차림이었다. 영국 여왕처럼 말려 내 려오는 파마머리가 짧고 검은 머리카락과 잘 어울렸다. 아빠는 엄마 옆에서 꾸벅꾸벅 졸고 있었다.

우정에 관한 설교가 계속되자 미카는 휴대 전화를 꺼내 인스타그 램을 열었다. 미카의 계정 프로필에는 정확히 다섯 장의 사진이 남 아 있었다. 리프와 헤어지기 직전, 함께 푸에르토리코로 떠난 여행 에서 모래사장에 발가락을 담그고 있는 미카. 그 여행 중에 리프와 저녁 먹으러 나가기 위해 차려 입은 미카. 처음 이사 온 후, 집 뒷마당에서 사방에 작은 전구를 달아놓고 최고급 테킬라로 마가리타를 만들어 마시는 미카. 찰리의 결혼식에서 신부 들러리를 하는 미카. 그리고 비트와 염소 치즈 샐러드 사진. 그게 전부였다. 페니는 전부 마음에 들어 했다. 내일이다, 미카와 페니의 첫 영상 통화가.

미카는 프로필에서 탐색 탭을 클릭했다. 곧이어 화면에 이전 검색을 기반으로 생성된 알고리즘에 따른 게시물이 채워졌다. 완벽히 대칭인 얼굴을 한 여자들이 살고 있는 완벽한 베이지색 인테리어. 새로운 연방 공휴일을 축하하기 위해 만든 기념 화장지 광고. 엄마가 유모를 쓰지 않는다는 이유로 좋아하는 여자 연예인. 정말 인상적이었다.

검색창에 '입양'이라는 단어를 입력했다. 화면이 다시 채워졌다. 대부분 입양을 선택한 엄마들이 자신의 여정을 설명하는 글이었다. '드디어 아들이 집에 왔어요. 이름은 마테오(우리는 주로 '마티'라고 불러요!), 생후 6주지만 아직 한 번도 안아본 적이 없었답니다. 마테오의 적응을 위해 링슬링 아기띠로 최대한 많이 안고 다녔어요(유료 광고 아니에요). 허리가 뻐근하고, 항상 피곤해요. 마테오가 2시간마다 잠에서 깨거든요. 혹시 오늘 저처럼 힘든 하루를 보낸 맘들 계실까요?' 그 아래로 사람들의 댓글이 이어졌다. '파이팅이에요!', '할 수 있어요!', '제 블로그의 스무디 레시피로 에너지를 보충하세요.' 미카는 곧장 속이 뒤틀릴 것 같아 미간을 찌푸렸다. 아무도 그만둬도 괜찮다고 말하지 않았다. 할 수 없다고 인정해도 괜찮은데 말이다. 이건 당신이 할 수 있는 일이 아니라고. 그러나 이 사회의 여자들은 모든 걸 혼자 해내야 한다고 강요받는다. 피곤하고, 가난하고, 간신히 버티고 있다고 해도 계속 나아가야 한다. 미카는 입양

한 아들을 품에 안고 있는 여자의 사진을 다시 들여다보았다. 그 여자는 꼭 영웅처럼 웃고 있었다. 토머스와 캐롤라인은 페니를 구해냈다고 생각했을까?

그때 손 하나가 미카의 팔 뒤로 쑥 들어오더니 얇은 피부 아래쪽을 살짝 꼬집었다.

"집중하렴."

미카의 엄마는 초등학교 시절의 미카를 교실로 들여보낼 때마다 똑같은 말투로 말하곤 했었다.

"아우."

미카는 팔을 문지르며 엄마를 노려보았다. 그래도 엄마의 집으로 가는 것보단 교회가 나았다.

어릴 적에 살던 집을 떠올리자 미카는 마음이 불안해졌다. 집 자체는 특별히 위협적이지 않았다. 초록색 카펫에 노란 조명, 패널 장식 마감이 된 서재 등 1970년대 나무 주택 특유의 매력이 그대로 남아 있었다. 겉모습은 마을의 다른 집들과 비슷했다. 어떤 미술사 교과서에도 실릴 가치가 없는, 평범하기 짝이 없는 건축물이었다. 하지만 현관문 안쪽을 들여다보면 서랍에 꽂혀 있는 간장과 플라스틱 식기, 현관문 옆에 가지런히 놓인 슬리퍼, 뒷마당의 빨래 건조대, 아빠가 NHK나 일본 야구팀인 한신 타이거즈의 경기를 보면서 즐겨먹던 피스타치오 껍데기 등 고전적인 일본 감성이 가득했다.

어수선하고 향냄새가 짙은 집이었다. 하지만 낡은 장식에도 불구하고 엄마의 완벽함을 향한 열망은 계속되었다. 그것은 미카가 일본의 민속 축제 '아와오도리'에 참석하지 않으면서 방치하기 시작한 먼지 쌓인 기모노에 담겨 있었다. 미카의 아이비리그 학위증과 결혼 사진이 담겼어야 할 빈 액자 속에도 가득했다. 요리를 배운 적 없는 미카의 냄비와 프라이팬에도 그득했다.

미카는 임신 5개월이 되면서 티가 나기 시작했다. 더 이상 숨길 수 없었고, 숨기고 싶지도 않았다. 엄마와 함께 라임색 타일이 붙어 있는 부엌을 청소하던 미카가 비밀을 털어놓았다.

"나, 임신했어요."

아빠는 옆방에서 텔레비전을 보고 있었다. 복도는 모든 문이 깔끔하게 닫혀 있어서 엄마가 보여주고 싶은 부분만 보였다. 아주 찰나의 순간, 식탁을 닦던 엄마의 손이 멈추며 동작이 얼어붙었다.

"내 말 들었어요? 나 임신했다고요."

페니가 미카의 배 속에서 날개를 펄럭이듯 부드럽게 움직였다. 캠퍼스 내 무료 건강 클리닉의 산부인과 의사가 태동이라고 알려주었다.

엄마는 눈을 한 번 깜빡이고 나서 고개를 빳빳이 세웠다.

"애 아빠가 누구니."

엄마의 목소리는 차가웠다.

집 안에는 스키야키 냄새가 가득했다. 육수에 익힌 소고기와 채소가 맛술과 간장, 설탕에 조려지는 달큰한 냄새였다. 부모님은 날이 추워지면 항상 일본식 전통 전골 요리를 해먹었다. 그날 밤에는 눈이 많이 올 거라는 예보가 있었다.

"딸이래요."

미카가 말했다.

엄마는 싱크대에서 스펀지를 쭉 짜냈다.

"여자애는 키우기 까다로워."

너 키우기가 까다롭다는 뜻일 것이다. 그때 텔레비전에서 누군가 웃음을 터트렸다.

"입양 보낼 거예요."

즉흥적인 고백이었다. 미카는 그때까지 아무것도 결정한 게 없었다. 미카는 여전히 불신과 극심한 두려움 사이에서 흔들리는 진자처럼 임신을 받아들이고 있었다. 엄마가 무슨 말을 해주기를 기대했던 걸까? 미카는 뒤늦게 엄마가 아기를 키우라고 말해주기를 원했다는 사실을 깨달았다. 배 속의 그 작은 세포를 키우는 데 엄마가 도움이 되어주겠다는 약속 따위를. 하지만 미카는 진작 알았어야 했다. 엄마의 지원에는 항상 큰 대가가 따랐고, 미카는 그 대가를 어떻게 감당해야 할지 전혀 몰랐다는 사실을 말이다. 그런데도 미카는 엄마를 찾아갈 수밖에 없었고, 자신의 상처를 치유하기 위해 엄마가 더 많이, 더 나은 방향으로 바뀌기를 기대했다. 입양이라는 단어는 일종의 도전이었다.

엄마는 수도꼭지를 틀고 음식물 찌꺼기를 하수구에 흘려보냈다. 뜨거운 물이 엄마의 손을 빨갛게 데웠고, 수증기가 뿌옇게 차오르며 얼굴을 가렸다.

"그게 최선이겠지. 네가 애 키우는 거에 대해 뭘 아니?"

엄마에게 또 한 번 상처받는 순간이었다. 엄마는 미카에게 좋은 주부가 되는 법, 요리하는 법, 손님을 대접하는 법, 가정부 노릇하는 법 등을 가르치려 노력했다. 모두 미카가 미래의 남편과 아이를 가질 날을 대비한 것들이었다. 하지만 엄마는 미카에게 피임이나 섹스, 사랑, 갑자기 임신했을 때 어떻게 대처해야 하는지에 대해서는 가르쳐준 적이 없었다. 그건 바람직하지 않은 짓이었기 때문이다. 그리고 엄마는 원하지 않는 상황에 관한 이야기는 결코 입 밖에 내지 않는 사람이었다.

미카는 잠시 멍하니 정신을 놓았다. 찰진 밥 덩어리가 목구멍에 걸린 것처럼 실망감이 덜컥 미카의 숨구멍을 옥죄였다.

"그게 다예요? 나한테 해줄 말이 그게 다예요?"

엄마는 미카를 빤히 응시하다가 미카의 배를 향해 시선을 떨어뜨렸다. 엄마의 표정은 미카가 고등학교 때 중고품 가게에서 빈티지 옷을 사왔을 때와 별반 다르지 않았다. 당시에는 찢어진 청바지나 플란넬 셔츠, 크롭 티 같은 게 유행이었다. 그때 엄마는 훤히 드러난 미카의 맨살을 뚫어져라 바라보며 '네 꼴을 보면 교회 여자들이 어떻게 생각하겠어?'라고 말했다.

"무슨 말이 듣고 싶은 거니? 그거, 네 아빠한테는 내가 말하마."

그거. 엄마는 페니를 그렇게 지칭했다. 그러고는 손가락을 말아 쥐며 미카에게 등을 졌다.

"남은 음식은 기숙사에 싸갈래?"

미카는 배를 감싸 쥐며 대답했다.

"아니요, 괜찮아요."

미카는 1학년과 2학년을 낙제하고, 페니가 태어난 후에야 부모님을 다시 찾아갔다. 그리고 그 일은 굳게 닫힌 현관문 너머로 숨겨진,

부모님이 꽁꽁 감춘 비밀이 되었다.

미카의 의식은 다시 교회 예배당 의자로 돌아왔다. 스테인드글라스 창문 밖에는 무지개와 BLM* 깃발이 바람에 펄럭이고 있었다. 엄마와 아빠는 교회의 진보적인 견해를 용인하고 매주 일요일 예배에 참석했다. 미카는 부모님이 기독교의 신을 믿는지조차 확신할 수 없었다. 집에는 불상과 가정용 작은 불단이 가득했다. 부모님은 차를 마시고 열에 아홉은 일본인인 교회 사람들과 어울리며 미카의 데이트 상대를 그 안에서 찾았다.

바버라 목사는 강단에 서서 "SNS 계정을 관리해주실 신도님을 찾아요"라고 말했다.

"모든 소식을 업데이트해 주실 분이요."

백인이지만 일본어를 유창하게 구사하는 바버라 목사는 부드러운 목소리의 강단 있는 여자였다. 목사는 신도들과 대화할 때 두 손을 꼭 잡는 걸 좋아했다. 그녀의 뒤에는 특별히 위촉한 아시아인 예수상이 걸려 있었다. 작업을 맡은 조각가는 벌목하지 않고 땅에 뒹구는 쓰러진 통나무, 태평양에 떠다니는 쓰레기 더미에서 수거한 플라스틱 조각만 사용하는 사람이라고 했다.

엄마는 '지속 가능한 삶'이라는 측면에서는 박수를 받아 마땅한 사람이었다. 엄마는 지난 20년간 타파웨어 그릇을 한 번도 바꾸지

---

* Black Lives Matter, '흑인의 목숨도 소중하다'는 뜻으로, 2012년 미국에서 시작된 흑인 민권 운동

50

않았고, 사워크림 용기를 재활용했다. 포장지를 재사용하는 건 당연한 일이었다. 다섯 번 연속으로 미카의 생일 선물을 같은 포장지로 포장해주는 기염을 토했다. 엄마의 부모님, 즉 미카의 외조부모는 2차 대전 생존자로, 전쟁과 기근으로 과일이 추억의 음식이 되었던 시절의 일본에서 자랐다. 그들은 엄마에게 종잇조각 하나라도 아끼고, 들풀을 기름에 볶아 먹고, 폭탄으로 검게 변한 흙을 다시 기름지게 가꾸는 법을 가르쳤다.

"연례 바자회를 위한 음식을 준비할 자원봉사자도 함께 모집 중입니다."

목사가 계속해서 말했다.

"하지만 우리에게 정말 필요한 건 전시회에 지원하실 타이코** 연주자와 무용수입니다. 특별한 재능이 있으신 형제자매님, 지금이 바로 우리 교회를 위해 그 재능을 발휘할 때입니다!"

교회는 1년에 한 번, 봄이 되면 기금 모금 행사를 열었다. 행사 때는 주차장에 텐트를 치고 데리야끼 소스에 재운 닭고기를 구웠다. 냄비로 메밀국수도 보글보글 끓였다. 교회 밖에서는 일본의 길거리 음식을 팔았다. 교회 안에는 뜨개질로 뜬 냄비 받침과 목각 인형, 전통 수공예품을 전시했다. 저녁에는 신도들이 춤을 추고 음악을 연주했다.

엄마가 또다시 미카의 팔을 꼬집었다.

"너도 나가렴. 춤을 추거나 음식 준비하는 걸 도와야지."

** 일본 전통 북

엄마는 졸던 아빠의 팔꿈치를 치며 깨웠다.

"미카가 춤추던 거 기억나요?"

엄마는 결혼하기 전, 게이샤의 제자로서 마이코* 수련을 받았다. 그리고 미국으로 이주한 후에는 미카를 가르칠 스승을 찾았다. 자신이 마이코가 될 수 없다면 미카가 무용수가 될 거라고 믿었다. 엄마는 누구에게나 눈에 돋보이는 딸을 원했다. 미카는 그저 엄마에게서 자유로워지고 싶었다.

아빠는 멍하니 고개를 끄덕였다.

"그럼, 그럼. 기억나지."

미카는 의자 끝에 바짝 매달려 몸을 비틀었다. 아무 말도 하지 않았다. 완고한 입매에 이미 거절이 달려 있었다. 미카는 엄마가 전자레인지를 사용하는 날 정도는 되어야 다시 춤을 출 것이다. 그러니까, 그럴 일은 절대 없으리란 소리였다.

"레슨을 그렇게나 받았는데, 아깝구나."

엄마는 혀를 끌끌 찼다. 학교. 집안일. 춤. 미카의 세상은 엄마의 손바닥 위에서 노는 작은 성냥개비 인형이나 다름없었다.

예배가 끝난 후, 미카는 다과 테이블로 향했다. 미카는 한 손에 차 한 잔을 들고 도라야키**와 작은 사각형 모양의 쉬폰 케이크, 말차 케이크를 접시 높이 쌓아 올렸다. 관자놀이가 욱신거렸다. 공식적으로는 전날 과음으로 인한 숙취가 아닌 두통이었다.

---

* 게이샤가 되기 전 춤, 노래, 악기 등을 배우는 수련생
** 동그란 모양으로 구운 반죽 사이에 팥소를 넣은 일본 과자

미카는 고구마 케이크를 입안 가득 욱여넣으며 말했다.

"아빠, 요즘 뭐 하고 지내세요?"

아빠는 딸을 돌아보며 대답했다.

"최근에 미국 우편 시스템에 관한 다큐멘터리를 봤다."

"아, 그래요?"

미카는 관심을 보이는 척 연기했다. 엄마는 실내를 훑어보며 친구에게 목례하고 다른 사람을 찾는 게 분명한 표정으로 계속해서 걸음을 옮겼다.

반면 아빠는 엄마가 가져다준 차만 마셨다. 마이코가 될 수 없었던 엄마는 이제 전업주부였다. 즐겁게 살면서 사람들을 보살피는 게 삶의 원동력이었다. 미카는 살면서 아빠가 자신을 위해 식사나 간식을 챙겨준 기억이 없었다.

"우편으로 새도 보낼 수 있단다. 알고 있었냐?"

아빠가 미소를 지었다. 미카의 몸에 힘이 쭉 빠질 만큼 매력적인 미소였다.

미카가 어렸을 적만 해도 아빠는 딸에게 제법 친절했지만, 육아에 전념하는 사람은 아니었다. 미카는 그런 아빠를 이해했다. 아빠에게 엄마는 더 이상 신경 쓰고 싶지 않은 존재였다. 안타깝게도 미카는 그런 엄마의 폭풍우를 홀로 견뎌야 했다. 학창 시절, 미카는 포드사의 구형 토레스를 타고 여기저기 옮겨 다니며 누군가 차를 세워주기만을 간절히 빌었다. 뿌옇게 성에가 낀 창문에 '도와주세요, 납치당했어요'라는 글귀를 적기도 했다. 미카는 아빠의 유머에 힘을 얻어 배시시 웃었다. 엄마는 일본 여행 사진을 자랑하는 이토 부인의 말을 들어주느라 정신이 팔린 상태였다. 엄마와 이토 부인은 절친한 친구이자 숙적이었다. 그들은 엄마 노릇을 경쟁적인 스포츠라 여겼다. 자식의 나쁜 점을 고치는 전쟁. 서로를 재고 따지는 능력이 이 전쟁에 가장 효과적인 무기였다.

어쨌든 지금이 완벽한 타이밍이다. 아빠의 관심이 오롯이 자신에게 있고, 엄마의 눈초리가 자신을 향해 있지 않은 지금.

"아빠……."

미카가 입을 열었다.

"사실 요즘 좀 빠듯해요."

아빠의 얼굴이 잔뜩 일그러졌다.

"안 된다."

미카는 저축에는 영 젬병이었다. 충동적으로 돈을 물 쓰듯 하며 살았다.

'죽을 때 짊어지고 갈 것도 아닌데'가 삶의 모토였다. 통장 잔액은 언제나 금방 바닥났다. 퇴사하고 며칠 지나지 않아 상황이 꽤 급박해졌다. 월세가 밀렸고, 공과금은 꿈도 못 꿀 정도였다. 최대한 빨리 다른 일자리를 구한다는 플랜 A는 뜻대로 되지 않았다. 밥을 굶는다는 플랜 B 역시 4시간이 최대였다. 이제는 부모님에게 돈을 빌리는 플랜 C를 실행할 차례였다. 미카에게는 그야말로 끔찍한 일이었다. 미카는 입술에 침을 적시며 설득을 이어나갔다.

"미친 듯이 새 직장을 찾고 있어요. 금방 구할 거예요. 이번 달을 버틸 만큼만 좀 도와주세요. 죄송해요."

공공장소에서 돈을 빌려달라는 불효와 자신이 겪고 있는 금전적

어려움에 대한 대대적인 사과였다. 그럼에도 미카는 차마 집에 찾아가 돈을 빌려달라고 매달릴 수는 없었다.

"그게 무슨 소리야?"

엄마가 이토 부인과의 대화를 끊으며 휙 돌아섰다.

아빠는 잠깐 말이 없다가 가족들의 대화가 사람들에게 새어 나가지 않도록 주위를 둘러보며 속삭였다.

"미카가 돈을 빌려달래."

거의 들리지 않을 정도로 속삭이는 수준이었다.

엄마의 얼굴이 차갑게 굳었다. 미카는 그 무표정과 두 눈에 깃든 비난이 무슨 뜻인지 잘 알고 있었다. 그 눈빛은 딸을 꿰뚫고 있었다. 거기에는 일말의 두려움도 녹아 있었다. '이 애가 정녕 내가 낳아 기른 그 아이가 맞나? 너무 무지하네. 이래서 어떻게 과거를 끊어내고 미래를 꿈꿀 수 있겠어. 너무 후회돼.' 미카는 수치심과 자괴감에 손에 든 접시만 골똘히 내려다보았다.

"얼마나 필요하냐."

아빠가 물었다.

미카는 엄지손가락으로 접시 끝을 문질렀다.

"2,000달러 정도요. 금방 갚을게요."

엄마가 손사래를 쳤다.

"매번 말은 참 잘도 한다."

미카는 입을 다물었다. 다시는 부모님에게 돈을 빌리지 않으리라 다짐했다. 하지만 지금까지 살면서 자신과의 약속을 몇 번이나 어겼던가?

그때 엄마의 시선이 누군가에게 향했다.

"접시 내려놔."

엄마는 눈살을 찌푸리며 미카의 접시에 수북이 담긴 다과를 내려보고 쏘아붙였다. 이토 부인은 늘 미카의 먹성이 얼마나 좋은지를 떠벌렸다.

"저기 새 신도가 오네."

엄마가 미카의 옷장 속 마지막 남은 깨끗한 옷(단추 하나 떨어진 블라우스와 바지)을 눈으로 훑어 내리며 물었다.

"그걸 옷이라고 입고 왔니?"

미카가 얼굴을 찡그리며 대꾸했다.

"새 신도를 제가 왜 만나요."

엄마는 미카가 리프와 헤어졌을 때 "이제 어떻게 살아갈 거니? 대출은 어떡하고……"라고 말했다.

"조용히 해라."

엄마가 말을 끊었다.

"사람들 앞에서 엄마한테 대드는 모습을 보일 참이니? 당장 가서 인사하고 와."

엄마는 눈을 깜빡였다.

"그리고 이따가 아빠한테 수표 받아 가렴."

미카는 이 말이 나오기만을 기다렸다. 미카를 도와줄 돈줄이 눈앞에서 꼬리를 살랑살랑 흔들었다.

엄마가 주선한 사람과 데이트하는 건, 홀딱 벗고 엑스레이 검사를 하는 것만큼이나 끔찍한 일이었다.

"엄마······."

"엄마 말 들어. 네가 변할 의지가 있다는 걸 우리에게 보여줘야 하지 않겠니?"

아빠가 끼어들었다. 편을 선택할 때면 아빠는 늘 엄마 편이었다.

"올바른 남편감을 찾고, 인생을 더 진지하게 살란 말이다."

미카는 침을 꿀꺽 삼키고 접시를 내려놓았다.

"알았어요."

엄마는 배부른 고양이처럼 느긋한 미소를 지으며 미카를 새로운 신도에게 데려갔다. 그는 목사와 대화를 나누고 있었다.

"미카 양."

목사가 미카의 두 손을 맞잡으며 인사했다. 얼굴에 만연한 미소가 정다웠다.

"잘 지내셨어요?"

"새 형제님께 미카를 소개해 드리려고요."

엄마가 환히 웃으며 덧붙였다. 엄마는 길에서 우연히 행운을 맞닥뜨린 것처럼 미카의 팔을 꼭 움켜쥐고 놓아주지 않았다.

"아, 물론이죠!"

목사가 미카의 손을 놓으며 말했다.

"여기는 하야토 나카야 씨예요. 최근 일본 나이키 사에서 해외 주재원으로 파견 나오셨답니다."

하야토가 고개를 숙이며 인사했다.

"안녕하세요?"

하야토는 미카보다 키가 훤칠히 크고 호리호리했다. 대부분 미카보다는 큰 편이지만. 아주 기분이 좋은 날에 키를 재면 미카도 158센티미터는 간당간당하게 나왔다. 미카는 하야토의 미소가 제법 호감형이라고 생각했다.

"목사님, 바자회 관련해서 드릴 말씀이 있어요."

엄마가 목소리를 내리깔며 말했다.

"와타나베 부인이 이번에도 튀김을 하고 싶다네요. 다른 방향으로 설득이 필요할 것 같아요."

"아, 그럼요, 그럼요."

목사는 고개를 끄덕이며 엄마와 사라졌다. 그 바람에 미카와 하야토만 덩그러니 남았다.

"이거 참, 난감하네요."

하야토가 완벽한 영어로 말했다.

"일본에서 자라셨어요?"

미카가 예의를 차리며 물었다.

"아니요. LA, 캘리포니아에서요."

꽤 놀라운 말이었다.

"어머니가 일본계 미국인 1세대세요. 그쪽은요?"

"저도요. 오사카 외곽의 다이토라는 곳에서 태어났어요."

미카는 일본에 대한 희미한 인상만 가지고 있었다. 타일이 깔린 경사진 지붕. 현관 주변의 비닐. 고구마밭 때문에 늘 진흙투성이이던 뒷마당. 이전 주인이 버리고 간 오래된 장식장은 엄마가 아끼던 것이었지만, 미국으로 가져오기엔 비용이 만만치 않았다.

"여섯 살 때 이민 왔어요."

미카는 미국에 도착하던 날을 기억한다. 세 식구는 장장 15시간의 비행으로 온몸이 녹초가 되어 잔뜩 날이 선 상태였다. 미국은 오늘 며칠이었더라? 지금이 몇 시지? 창문이 없는 세관 복도에서는 아무것도 알 수가 없었다. 선풍기가 돌았지만, 빼곡한 여행객들의 입김에 공기가 퀴퀴했다. 통유리 뒤에서 파란색 유니폼을 입은 남자가 여권을 검사했고, 아빠는 자신의 직업과 취업 비자, 앞으로 거주할 아파트도 다 준비되어 있다고 설명했다. 엄마는 총구를 겨누듯 그 직원을 노려보았다. 그리고 미카는 슬그머니 자리를 떴다. 미카는 계단도 기억했다. 하나, 둘, 셋. 마치 줄타기하듯 벽에 다다라 위를 올려보았다.

벽에는 루이 암스트롱의 유화 초상화가 걸려 있었다. 마치 하늘의 문이 열리고 다른 세상을 들여다보는 듯한 기분이었다. 미카는 차오르는 눈물을 삼켰다. 마음속의 무언가가 꿈틀거렸다. 미카는 눈으로 붓 터치를 따라가며 생각에 잠겼다. 이건 기적이다. 그날, 미카의 세상이 무너졌다가 재건되었다. 도로는 그려야 할 선이었다. 나무는 채워야 할 색이었다. 태양은 그녀가 무한대로 쓸 수 있는 빛이었다. 무한한 가능성. 페니를 향한 미카의 사랑처럼, 그림을 향한 미카의 사랑도 본능이자 말로 설명할 수 없는 것이었다. 미카는 사람이 되기를 포기했다. 자신은 그저 붓질 한 번, 물감 한 통, 텅 빈 캔버스만 기다리는 존재였다.

"그럴 줄 알았어요. 일본 사람들은 싱글만 보면 어떻게든 억지로 엮어서 자손을 번식하라고 성화니까요."

하야토가 미카를 과거에서 끌어내며 말했다.

미카는 억지로 미소를 지었다.

"저번에 엄마가 제 전화번호를 드렸다면서요? 그런데 제가 지금 누굴 만날 상황이 아니라서요. 죄송해요."

"전혀요. 사실 전 남자랑 하는 데이트에 더 관심이 많아요."

하야토가 엄지손가락 두 개로 자신의 가슴팍을 가리켰다.

"슈퍼 게이예요."

미카의 미소가 훨씬 자연스러워졌다.

"그럼……."

하야토는 "네, 그렇죠" 하고 다정히 대꾸했다.

그 후로 두 사람은 한동안 대화를 나눴고, 언제 한번 같이 만나자는 약속도 했다. 미카는 몇 주 후에 있을 찰리의 집들이 파티에 하야토를 초대해도 괜찮겠다고 생각했다. 다과 시간이 끝나자 아빠는 교회 주차장에서 미카에게 약속했던 수표를 써주었다.

"그 남자랑 데이트하러 갈 땐 치마를 입어."

엄마가 말했다. 그 남자란 하야토를 뜻했다.

"향수도 좀 뿌리고. 그렇다고 너무 짙게는 말고."

"관심 없대요."

미카가 아빠의 손가락에서 수표를 뽑으며 대꾸했다.

"관심이 없다니, 그게 무슨 말이야? 너, 또 무슨 짓을 했니?"

엄마의 목소리가 썩은 생선을 두고 싸우는 갈매기처럼 날카롭게 찢어졌다.

미카의 얼굴이 차갑게 굳었다.

"아무 짓도 안 했어요."

"남자가 너한테 관심을 두게 만들어야지."

엄마는 정녕 포기를 모르는 사람이다.

"싫은 건 싫은 거예요."

미카가 단호하게 대답했다.

"좀."

아빠가 중간에서 눈썹을 문지르며 끼어들었다.

"어떻게 둘이 만나면 5분을 못 넘기고 싸워? 주변을 다 불태우는 불길이 만난 것 같군."

미카는 턱이 빳빳하게 굳었지만, 가까스로 말을 참아냈다. 미카는 아빠가 준 수표를 잘 접어 주머니에 쑤셔 넣고는 조용히 감사 인사를 건넨 다음 밖으로 걸어 나갔다.

4

영상 통화라니.

미카는 페니에게 전화를 걸기 몇 분 전까지만 해도 16년 만에 움직이는 딸의 모습을 보게 되리란 사실을 미처 깨닫지 못했다. 물론 캐롤라인이 1년에 한 번씩 페니의 사진을 동봉한 편지를 보내주었다. 하지만 그건 움직이는 모습이 아니었다. 시간이 멈춰버린 순간들이 짙은 호박색 사진 속에 갇힌 모습이었다. 미카는 페니의 얼굴 면면이 살아 움직이는 모습을 몰랐다. 흥분하거나 슬프거나 겁에 질렸을 때 손가락을 꼼지락거리는 모습도 몰랐다. 말을 할 때 목소리가 어떻게 크고 작아지는지, 어떻게 변하는지도 몰랐다. 미카가 페니를 가장 생생하게 지켜본 건 갓 태어난 직후가 전부였다.

미카는 부엌 식탁에 앉아 있었다. 하나가 미카를 도와 자리를 정리했다. 미카는 카메라를 켜서 자기 모습을 살폈다. 미카의 스웨터 소매에는 작은 구멍이 뚫려 있었다. 하나는 미카의 옷장을 들쑤시며 최대한 그녀의 심기를 거스르지 않을 옷을 찾고 찾다가 겨우 남색 꽈배기 스웨터를 골라 내밀었다.

"적당히 하고 이거 입어."

그런 다음 심장이 빠르게 뛰고 손바닥이 축축하게 젖어가는 미카를 홀로 화면 앞에 앉혔다. 1분 남았다. 오후 4시, 페니의 시간으로는 오후 7시에 영상 통화를 하기로 약속했다. 미카는 페니에게 전화를 걸었다. 전화벨은 딱 한 번 울렸다. 그리고 화면 너머로 페니가 나타났다. 미카의 딸. 미카는 딸의 광대뼈와 오똑한 코, 반짝이는 머리카락이 신기했다. **내가 만들었어.** 미카가 페니를 낳고 처음 안았을 때와 비슷한 느낌이었다. 경외감과 매혹감. 미카의 영혼 일부가 나머지 일부를 알아보는 것 같은 기분에 사로잡혔다.

미카는 오랜 친구에게 하듯 배시시 미소를 지으며 말했다.

"안녕."

"세상에!"

페니는 앞니를 전부 드러내며 환하게 웃었다. 미카도 언젠가 그렇게 웃을 때가 있었다. 열여섯 살 무렵, 세상을 손에 쥐고 있다고 믿던 시절. 시간의 저울을 두 손에 움켜잡고 있던 때. 더 이상 잃을 게 없다는 특별한 느낌이 가득했던, 그 찬란하고 치기 어린 시절.

"정말 동안이세요!"

페니가 말했다.

"뭐, 알다시피 아시안은 안 늙으니까."

페니가 까르르 웃었다.

"이상한 소리긴 한데요, 지금 제 머릿속에 이 생각밖에 안 들어요.

'정말 나랑 닮았다! 진짜 나랑 똑같이 생겼다!'"

미카는 더욱 환하게 웃어 보였다. 그 후 두 사람 사이에는 침묵이 내려앉았다. 페니의 배경은 벌써 어둑했다. 창문을 통해 들어오는 하루의 마지막 햇살이 아이의 얼굴 위로 드리웠다. 예전 같았으면 사진을 찍고, 연필로 아주 얇은 선을 써서 페니의 행복한 입매를 스케치했을지 모른다. 미카는 그러는 대신에 바깥 날씨, 다가오는 저녁, 창문을 두드리는 빗소리, 그때와 지금, 페니를 마주하고 느끼는 낯섦을 생각했다. 이건 서로에게 첫 만남이나 마찬가지였다.

"항상 궁금했어요."

페니가 아주 깊이 숨겨두었던 비밀을 드러냈다. 페니는 침실에 앉아 있었다. 페니의 등 뒤로 분홍색 벚꽃 무늬 벽지가 눈에 띄었다. 캐롤라인은 미카가 임신했을 때 페니의 일본 혈통을 부부의 삶에 접목하겠노라고 약속했다. 부부가 등록한 벚꽃 테마의 보육원과 초밥 만들기 수업 안내문도 편지에 담겨 있었다. 미카는 캘빈 부부의 일본 지식이 대부분 위키백과에서 나왔을 거라고 확신했다.

"이렇게 만났네, 나를……. 토머스와 캐롤라인이 나에 대해 말해 준 게 있니?"

화면 밑으로는 미카가 방금 축축한 겨드랑이를 닦고 구겨놓은 휴지 두 뭉치가 굴러다녔다.

"별로 없어요."

페니는 김이 모락모락 피어오르는 머그잔을 들어 한 모금 들이켰다. 커피일까? 아니, 차다. 미카는 물이라도 한 잔 마시고 싶었다. 페니 옆에는 작은 프레즐 과자 한 그릇, 펜, 메모장이 놓여 있었다. 페니의 준비성은 미카보다 나았다.

"친엄마가 너무 어렸다고 했어요. 열아홉 살. 대학에 갓 입학한 상태라 아이를 원하지 않았다고."

원하지 않았다고? 아니, 페니를 원하지 않은 게 아니었다. 미카는 페니를 가질 수 없었다. 미카가 원했던 건 페니가 자신보다 더 나은 가족과 함께 살고 성장하는 것이었다. 자신보다 더 나은 사람들과. 미카는 페니를 사랑했고, 페니를 키울 수 없다는 게 부끄러웠다. 자신이 페니에게 충분하지 않은 사람이라는 게 부끄러웠다. 미카가 아기를 키우는 것에 대해 무엇을 알았겠는가? 엄마의 말이 머릿속에서 미카를 괴롭혔다.

"아무튼요."

페니가 머그잔을 내려놓으며 대화를 이어나갔다.

"저한테 숨기신 적은 없어요. 제 말은, 저를 좀 보세요!"

페니가 손가락으로 자신의 얼굴을 가리켰다.

"너무 당연하잖아요. 백인 부모 밑에 혼혈인 아이니까. 저는 사실 어렸을 때 한동안은 모든 아이들이 입양되는 건 줄 알았어요."

페니가 킥킥 웃었다.

"부모님이 어딘가에서 아기를 골라오는 것처럼요. 그런데 유치원 때부터 알고 지낸 친구 소피가 자기 발가락은 아빠를 빼다 박아서 이상한 모양이라는 거예요. 저도 집에 가서 부모님께 제가 뭘 물려받았는지 물었죠. 그랬더니 부모님은 제가 생김새 대신 유머 감각이나 다정한 성품을 물려받았다고 설명해 주셨어요."

페니가 주먹을 불끈 쥐고 분개하듯 테이블을 내리쳤다. 미카는 허리를 바짝 세워 앉았다. 자신이 열여섯 살이나 열여덟 살에도 이 아이처럼 스스로를 자각했을까? 미카는 늘 흥분하고, 연약하고, 외로웠던 자신을 떠올렸다. 아무것도 준비되지 않았던 자신을. 하지만 페니는 다르다. 아이는 정말…… 자신감이 넘쳤다.

"하지만 저는 신체적으로 어떤 부분을 닮았냐고 고집스럽게 물었어요. 그러자 부모님이 모든 사실을 말해주셨죠. 우리는 일단 혈액형이 달랐어요. 손이나 발 모양도 다르고요. 세상의 다른 누군가가 제 DNA를 가진 거죠. 그 후로는 항상 생각했어요. 이 세상 어딘가에 존재할지도 모르는 내 일부에 대해서요. '나는 누구일까?' 그런 거요."

미카는 무릎을 꽉 움켜쥐었다. **나는 누구일까?** 미카는 딸에게 대답해 줄 수 없었다. 자신도 답을 모르는 질문이었다. 이마저도 아이를 키울 수 없는 이유이자 결격 사유였다.

"휴."

페니는 한숨으로 말을 마쳤다.

"저만 말하는 것 같아요. 죄송해요. 제가 중심이 되는 게 익숙해서요."

페니가 손으로 자신의 가슴팍을 가리켰다.

"외동이잖아요, 아시다시피."

"아니야, 괜찮아."

미카는 페니를 안심시켰다. 사실 미카는 괜찮은 것 이상이었다. 미카는 페니의 모습을 보며 목소리를 직접 들으니 마치 가장 차가운 바다 밑바닥에서 다시 건져 올려져 따스한 햇살을 맞는 것 같은 기분이었다.

"네 목소리를 들으니까 참 좋아."

"좋아요."

페니의 표정이 밝아졌다.

"저도 당신에 대해 알고 싶어요."

미카는 곰곰이 생각에 잠겼다. 그리고 귀 뒤로 머리를 넘겼다. 싱크대에 쌓여 있는 설거지와 택배 상자, 카운터에 놓인 휴대 전화 요금 연체 고지서 등을 살펴보았다.

"해줄 말이 별로 없네. 나는 좀 지루한 사람이야."

"아직 오리건주에 사세요?"

미카는 고개를 끄덕였다.

"포틀랜드."

미카가 사는 포틀랜드는 다른 어떤 도시보다 스트립쇼 극장이 많은 곳이다. 하지만 에클레어*를 파는 도넛 가게도 있고, 미국에서 가장 큰 규모의 정기 시장이 운영되는 곳이기도 했다. 사람들은 대마와 보석을 사거나 길거리 음식을 먹으러 포틀랜드를 찾아왔다. 자동차 네 대 중 한 대는 '정신 나간 포틀랜드를 유지하자'와 같은 범퍼 스티커를 붙이고 다녔다.

"나는 앨버타 근처에 살아."

전형적인 포틀랜드의 모습을 유지한 곳이었다.

"시내로 나가면 핫 플레이스도 몇 군데 있어. 수염을 기른 힙스

---

* 속에 크림을 채운 타원형 모양의 기다란 디저트

터*가 운영하는 '염소 요가' 스튜디오에서는 유기농 커피도 팔아. 지속 가능성을 추구하고 오랑우탄 보호 운동에 앞장서는 원두 같은 거 말이야."

"너무 멋져요."

페니가 웃었다.

"집이 정말 예뻐 보여요. 진짜, 대박."

대박. 페니는 이 단어를 자주 사용했다. 소녀에게 잘 어울리는 말이었다. 모든 것에 감탄하고, 모든 것이 대단한 것인 양 바라보는 삶의 태도랄까.

"적어도 정원은요. 사실 인스타그램에서 볼 수 있는 건 정원뿐이었거든요."

미카는 창문 너머로 뒷마당, 무너져 내린 울타리, 깎지 않아 무성한 잔디, 뒤집힌 가구, 민달팽이로 가득 찬 버려진 맥주병을 보았다. 그리고 페니가 '집'이라고 말한 곳의 실상을 깨달았다. 미카의 집은 그렇지 않았다. 미카는 페니의 말에 반박해 보려 했다.

"아니야, 사실 그렇게 좋은……."

"저도 빨리 독립하고 싶어요."

페니가 미카의 말을 자르며 끼어들었다.

"대학은 전부 서부 쪽이랑 동부 해안 쪽으로 지원할 거예요. 중서부 쪽도요. 오해하지 마세요. 저도 오하이오주 데이턴에 사는 게 좋긴 해요. 하지만 동네가 너무 작아요. 무슨 말인지 아시죠? 소피와

---

* 유행을 따르지 않고 자신만의 고유한 문화를 좇는 부류

저는 어디를 가든 결국 룸메이트가 될 거예요."

미카는 마침내 페니와의 공통점을 찾아냈다. 열여섯 살 때, 미카와 하나는 '타코벨'에서 함께 아르바이트했다. 두 사람은 보온 진열대에 고기 봉지를 채워 넣으며 힙합을 들었고, 미래에 대한 수다를 떨며 아시아계 미국인이라는 유대감을 쌓았고, '출신이 어디니?'와 같은 질문을 몇 번이나 받았다. 미카는 언젠가 여행도 하고 그림도 그릴 거라고 자랑스럽게 말했었다. 미카에게는 정말 많은 계획이 있었다. 오토바이로 남미 횡단하기, 곤돌라 타고 베니스 운하 지나가기, 파리에서 초콜릿 크루아상 사 먹기 등등.

"그리고요?"

페니는 손가락을 두드렸다.

"무슨 일 하세요? 그리고 저건 뭐예요? 남자 친구 사진이에요?"

리프였다. 미카는 지난 2년간 그를 본 적이 없었다. 그와의 연애의 끝이 좋지 않았다는 말은 '빈센트 반 고흐는 화가다'라고 말하는 것과 비슷했다.

"정말 잘생겼어요. 같이 여행 다녀온 거예요? 고등학교는 어디로 다니셨어요?"

페니가 멈칫했다. 숨을 몰아쉬며 속사포처럼 질문을 쏟아낼 준비를 하는 게 분명했다.

미카는 웃음을 터트리며 손바닥을 내밀어 멈추라는 제스처를 취했다.

"잠깐만. 나는 너에 대해 더 듣고 싶은걸."

페니는 눈살을 찌푸렸다. 미카에게 있는 사진 중 하나도 바로 그 모습이었다. 미카가 가장 좋아하는 사진 중 하나였다. 캐롤라인은 페니가 길바닥에 녹아내리는 아이스크림 두 덩이를 들고 있는 사진을 보내주었다. 아이는 꽃봉오리 자수가 놓인 자그마한 흰 원피스를 입은 채 여름 바람에 머리가 흩날리고 있었다.

"전 크로스 컨트리* 육상 선수예요. 책도 많이 읽고요. 하지만 정말 중요하거나 남들이 주목하는 책은 안 읽어요. 최근에 아빠가 《장거리 러너의 외로움》이라는 책을 선물로 주셨거든요. 제목만 보고 사주셨나 싶어서 굉장히 우울했어요. 근데 다 읽고 나니 꽤 마음에 들더라고요. 반체제적 주제가 담겨 있었거든요."

"난 읽어본 적 없어."

"좋은 책이에요. 꼭 읽어보세요. 고등학교는 어땠어요? 너무 궁금해요."

미카는 귀를 매만졌다. 그녀는 부적응자였고, 외로웠다. 그 공허함은 하나와 그림으로 채웠다. 밤이면 손전등과 연필, 도화지를 챙겨 이불 속에서 그림을 그렸다. 미카는 자기 손을 그렸고, 그 후에는 엄마 손등의 구부러진 정맥이나 아빠 손등의 검버섯을 탐구하며 다른 사람의 손을 그렸다. 미카에게 예술은 공기와 같았고, 삶의 원동력이었다. 그림은 어둠을 뚫고 아스라한 새벽빛을 향해 그녀를 이끌었다. 하지만 미카는 이제 더 이상 그림을 그리지 않았다. 그건 전부 과거일 뿐이다. 왜 그때 이야기를 꺼내는 걸까?

---

* 근대 5종 경기의 하나로 숲, 들이나 초원 또는 경작지를 달리는 경기

"나는 마그넷 스쿨**에 다녔어. 일반 학교에 적응하지 못하는 학생들을 위한 학교야."

그곳의 학생 대부분은 수업 시간에 잠을 잤고, 선생님들은 그런 아이들을 외면했다.

"어렸을 땐 비트족***을 좋아했어. 잭 케루악, 게리 스나이더, 닐 카사디처럼."

페니는 '비트족'이라는 말을 중얼거리며 메모를 휘갈겼다.

"친한 친구인 하나랑 늘 같이 다녔지. 사실 네가 태어날 때도 그 친구가 함께 있었어."

"정말요?"

페니의 눈이 반짝였다.

"응."

페니는 침묵을 지켰다. 미카는 더 이상 뭐라고 말하기가 망설여졌다. 뭐라고 해야 할까? 계속 음식을 달라고 해서 간호사가 우리를 싫어했어. 난 아직도 크게 웃을 때마다 소변이 찔끔 새어 나와. 내 가슴은 양말 주머니처럼 말랑거리지. 나는 매일 슬퍼해. 미카는 차분히 입을 열었다.

"하나가 너를 안았어. 내가 안고 난 다음에 말이야."

페니는 잠시 생각에 잠겼다.

"그분 사진 좀 보여주실 수 있어요?"

** 다른 지역 학생들을 유치하기 위해 일부 교과목의 특수반을 운영하는 특성화 공립 학교의 일종

*** 1950년대 미국의 풍요로운 물질 환경 속에서 보수화된 기성 질서를 거부하며 저항적인 문화를 추구했던 세대

"그럼. 그런데 지금은 사진이 없네."

벽난로 맨틀에 있는 액자에 사진이 한 장 있긴 했다. 핼러윈을 맞이해 수녀 복장을 한 사진이었는데, 테이블 위에 물담배가 같이 찍혔다.

"나중에 찾아서 보여줄게."

"좋아요."

페니는 미카를 향해 미소를 지었다.

미카도 덩달아 웃었다.

"직업은요? 어디서 일하세요?"

페니가 물었다.

"지금은 잠깐 쉬고 있어."

페니는 미카의 대답에 입술을 잘근거리며 더 자세한 답을 바라면서도 점점 기대가 떨어지는 듯한 표정을 지었다. 미카는 그 표정에서 엄마가 떠올랐다. 엄마가 자주 짓던 표정이었다. 노골적인 실망감. 완벽한 엄마가 되려면 어떻게 해야 할까? 완벽한 여자? 미카는 그게 무엇이든 자신과는 정반대라는 사실을 알았다.

"아, 최근에 다니던 직장을 그만두고 홀로서기를 시작하려고 해."

미카는 눈을 질끈 감았다. 벌써 서른다섯 살이다. 인생의 3분의 1이 끝난 지점. 지금쯤이면 뭐라도 해냈어야 했다. 미카는 정말 제 손으로 자기 자신을 세상으로부터 고립시킨 걸까? 미카는 감았던 눈을 떴다. 목구멍에 걸려 있던 거짓말이 툭 튀어나왔다.

"난 예술을 좋아해……. 그래서 전시회 공간을 알아보는 중이야. 대표 화가들을 몇 명 찾아서 내 사업을 시작해 보려고 하거든. 아직은 초기 단계야."

페니의 표정이 긍정적으로 빛났다.

"정말 멋있어요."

미카는 얼굴을 붉혔다. 너무 부끄러워서 진실을 고백할 자신이 없었다. 페니가 계속 그런 식으로 자신을 바라봐주길 원했다. 마치 자신이 착하고 친절하고 특별한 사람인 것처럼. 어쨌든 선의의 거짓말은 누구에게도 상처를 입히지 않으니까.

"뭐, 글쎄……."

두 사람은 한동안 질문을 주고받으며 잡담을 나눴다. 페니는 메달을 딴 육상 선수였다. 장학금도 많이 받았다고 했다. 페니의 친구 소피도 육상 선수였고, 무려 6남매라고 했다.

"모르몬교 아시죠?"

페니가 말했다. 미카는 몰랐지만 아는 것처럼 웃었다. 어느새 1시간이 지났고, 두 사람의 대화가 점점 줄어들었다.

"다음에 또 이렇게 이야기할 수 있을까요?"

페니가 물었다.

"그러고 싶은데."

미카는 진심을 담아 대답했다. 처음에 미카의 기대치는 낮았다. 페니가 안전하고 사랑받는다는 사실만 알고 싶었을 뿐이었다. 자신이 페니의 인생을 망치지 않았다는 것만 알고 싶었다. 하지만 이제는 페니와 다시 이야기하고 싶은 욕구를 억누를 수 없었다. 더 많은 것을 원하는 게 인간의 본능이다.

"계속 연락해요."

미카가 전화를 끊으려는 순간, 페니가 얼른 검지 끝을 화면에 갖다 붙이며 말했다.

미카는 잠시 멈칫했다. 무슨 뜻인지 이해할 수가 없었다.

"그게 뭐야?"

"아, 엄마가 예전에 하던 건데……."

페니는 고개를 숙였다. 속눈썹이 뺨에 반달 그림자를 만들었다. 페니가 다시 고개를 들어 미카를 유심히 바라보았다.

"예전에 엄마와 하던 거예요. 검지를 뻗어서 같이 화면을 두드리는 거죠. 바보 같죠?"

"하나도 바보 같지 않아."

미카는 무언가를 꿀꺽 삼키며 말했다. 그리고 손가락을 들어 화면을 두드렸다. 페니도 똑같이 따라 했다.

"계속 연락하자, 페니."

미국 입양 전문 에이전시

내셔널 오피스

(66546) 캔자스주 토피카 웨스트 57번가 56544, 111호

(800) 555-7794

미카에게

안녕하세요. 미카 스즈키(생모)와 캘빈 부부(양부모)가 동의한 입양 조건에 따라 서류를 동봉하여 보내드립니다. 내용은 아래와 같습니다.

- 입양아의 발달 및 양육 상황을 설명하는 양부모의 연간 편지
- 사진 또는 기타 기념품

궁금하신 점이 있으시면 연락 바랍니다(편지 내용이 지나치게 형식적인 점, 미안해요).

진심을 담아,

입양 담당자 모니카 피어슨

미카에게

페니가 우리 삶에 들어온 지 벌써 6년이 흘렀다는 게 믿기지 않네요. 시간이 참 빨라요. 페니는 정말 많이 자랐어요. 조숙하고 운동 신경이 빠른 아이랍니다. 얼마 전에는 달리기 대회에서 토머스를 거의 이길 뻔했어요! 페니의 머릿속을 스캔하면 '달려!'라는 단어만 나올 것 같아요.

한 달 전, 페니는 우리에게 약간의 공포를 안겨줬어요. 아무리 불러도 답이 없는 거예요. 우리는 소아과 의사가 소개한 청각 전문의에게 페니를 맡겼어요. 오후 내내 소아과에서 시간을 보냈어요. 의사는 페니의 귀에 커다란 헤드폰을 씌우고 특정 소리가 들리면 버튼을 누르라고 했고, 그 밖에도 여러 검사를 했어요. 그런 다음 작은 방에 앉아 결과를 기다렸답니다. 너무 긴장되더라고요. 토머스는 계속 무릎을 덜덜 떨면서 페니를 캘리포니아로 데려가야겠다고 중얼거렸어요. 그이는 청각 전문의가 방에 들어왔을 때, 이미 휴대 전화로 전문가를 검색하고 있었어요. 의사는 "페니의 검사 결과가 나왔습니다. 따님이 선택적 난청이네요"라고 했어요. 특히 듣고 싶은 말만 골라 듣는다면서 '선택적'이라는 말을 강조했어요.

우리 부부는 주차장에서 가장 진지한 표정으로 페니와 이야기를 나눴어요. 남의 말에 주의를 기울이는 게 얼마나 중요한지, 얼마나 큰 문제인지에 대해서요. 그렇게만 하면 모든 검사를 피할 수 있다고 말이죠. 토머스는 차 안에 타자마자 웃음을 터트렸고, 저도 웃음을 멈출 수가 없었어요. 한 가지 확실한 건 페니와 함께라면 우리의 삶이 결코 지루하진 않을 거란 거죠. 언제 나처럼 사진을 동봉해요. 페니가 겨자와 빵 몇 조각으로 만든 자화상이랍니다.

큰 포옹을 담아,
캐롤라인

5

미카와 페니는 3주 내내 쉬지 않고 대화를 나누었다. 함께 밤을 지새우며 미로처럼 얽힌 대화를 이어나갔다. 페니가 지금 이야기할 수 있어요?라고 문자를 보내면 미카는 당연하지! 하고 답장을 보내곤 했다. 할 일이 없어서가 아니었다. 페니와 대화를 나누는 것 외엔 아무것도 하지 않는 것뿐이었다.

두 사람은 서로의 성취에 축배를 들었다. 페니는 사과 사이다를, 미카는 샴페인을 들었다. 페니는 큰 규모의 크로스 컨트리 육상 대회에서 우승했고, 미카는 전시하고 싶은 예술가를 위한 완벽한 갤러리 공간을 찾은 척했다. 몇 주 후에 있을 공식적인 오픈 행사가 너무 기대된다는 연기도 곁들였다. 그 사이 미카는 이력서를 넣어봤지만, 여전히 연락이 없었다.

미카는 체념한 듯 계좌에서 돈이 빠져나가는 것을 지켜보았다. 페니는 남자 친구 잭과 헤어졌다. 그놈이 침대 매트리스가 깔린 실내에서만 놀고 싶어 한다는 이유였다. 페니가 리프에 관해 물었고, 미카는 그가 자신을 로맨틱한 저녁 식사와 하이킹, 박물관 전시회에 데려간다고 답했다.

미카는 거짓말을 하나씩 할 때마다 성공적인 커리어와 헌신적인 남자 친구를 꾸며내며 자신의 삶을 더욱더 밝게 칠했다. 미카는 지난 16년 동안 마치 망명자처럼 살았다. 그러나 페니와 함께하는 지금은 마침내 표류하던 삶에서 벗어나 새로운 배에 올라타고, 내내 꿈꿔왔지만 결코 도달할 수 없었던 목적지를 향해 나아가는 기분이었다. 다음 목적지는 사랑, 직업, 가족 그리고 집이었다. 페니를 갖기 전, 그림을 그만두기 전의 삶이 이런 모습이었을까. 페니는 행복해했다. 그건 미카도 마찬가지였다. 원하는 대로 이야기를 꾸며내는 것이 훨씬 쉬워졌다. 미카는 아주 오랜만에, 처음으로 만족을 느꼈다. 정말 충만한 만족감이었다.

"으, 찰리가 또 투안에게 음악을 고르라고 시킨 모양인데."

하나가 페인트를 새로 칠한 찰리의 현관문을 바라보며 불평했다. 오늘 밤은 찰리와 투안의 집들이가 있었다.

찰리 부부는 한 달 전에 이 집으로 이사 왔다. 미카와 하나는 벽난로 위에 어떤 그림을 걸지, 가구는 어떻게 배치할지 등 중요한 문제에 대해 의견을 나누며 집들이 준비를 도왔다. 부엌 전등이 깜빡거리는 걸 무시한 채 온 집 안에 세이지 허브를 태웠다. 거실 구석에서 허브를 태우는 도중, 투안이 집에 들어오며 물었다.

"저 전구는 확인해 본 거야?"

"당연하지, 투안. 우리가 바보야? 당연히 그것부터 확인했지."

하지만 찰리는 투안이 자전거를 타러 나가자마자 재빨리 전구를 교체했고, 세 사람은 절대 투안에게 이 사실을 털어놓지 않으리라 다짐했다.

문 너머로 낮은 톤의 R&B 음악이 흘렀다. 찰리의 말에 따르면 투안이 파티에서 즐겨 틀고 파티가 끝난 후 사랑을 나눌 때도 즐겨듣는 음악이라고 했다. 미카는 정말 평생 알고 싶지 않은 내용이었다. 대화 소리와 잔이 부딪치는 소리가 들렸다. 파티가 한창이었다. 당연히 미카와 하나는 지각이었다.

두 사람의 등 뒤쪽 인도에서 사람들의 발걸음 소리가 들렸다.

"미카, 미안해요. 좀 늦었죠. 차가 엄청 막히네요. 그래도 LA만큼은 아니지만."

하야토는 셔츠에 슬랙스 차림이었고, 목에는 회사 명찰을 걸고 있었다. 이름과 직책 위에 커다란 반달 모양의 검은색 로고가 선명했다. 팔에는 와인 한 병을 끼고 있었다.

"왔네요!"

미카와 하야토는 교회에서 만난 후부터 문자를 주고받았다. 토요일 내내 일본계 엄마들에 관한 이야기를 나누며 시간을 보냈다. 식기세척기 사용을 거부하고 점심으로 정성스러운 도시락을 싸주던 엄마들의 공통점을 확인하기도 했다. 미카는 하야토를 껴안고 하나에게 돌아섰다.

"하야토, 여기는 하나. 하나, 이 사람이 하야토."

하나와 하야토는 서로에게 가벼운 목 인사를 건넸다.

"재밌네요."

하야토가 하나의 손에 들린 화분을 가리켰다. 미카와 하나는 집들이 선물로 아티초크 화분을 준비했다. '집 진짜 근사하다'라는 글귀를 넣은 리본도 달았다.

하나는 눈살을 찌푸렸다.

"찰리가 손님방에 놓는다는 데에 20달러 걸게."

"손님방은 받기 싫은 선물을 유배시키는 곳이거든요."

미카가 하야토에게 설명했다. 손님방의 인기 아이템으로는 투안이 아기였을 때 시어머니가 그려주었다는 11×14인치 초상화, 찰리의 어머니가 선물한 거대한 크리스털 포푸리* 그릇과 투안이 선물한 어쿠스틱 기타가 있었다. 또한 옷장에는 부드러운 털이 복슬복슬한 토끼 인형도 있었다. 찰리가 아동용 부티크 매장에서 발견하고 사온 물건이었다. 그 이야기를 들은 엄마는 "언젠가 아이가 생기면 유용하겠구나"라고 중얼거리며 어깨를 으쓱했다. 엄마는 늘 찰리를 좋아했다. 찰리는 모든 일을 순서대로 정확히 해내는 사람이었다. 학부를 마치자마자 곧바로 대학원 교육학 석사 학위에 도전했다. 취직하던 날에는 투안이 프러포즈했다. 그리고 두 사람은 1년 후에 결혼했다. 그로부터 또 1년 후에는 이 집을 사들였고, 지금은 자녀를 계획 중이었다.

엄마는 언젠가 "네 친구 찰리처럼 살 수는 없는 거니?"라고 말했었다. '되라'는 말은 엄마가 미카에게 가장 자주 하는 말이었다. 엄마는 어

---

* 꽃잎이나 허브잎 등을 건조하여 자연적인 향을 내는 방향 소품

린 시절의 미카가 숨을 헐떡이며 울면 늘 "조용히 굴어라" 하고 명령
하곤 했다. 그리고 엄마는 오도리 축제를 준비하는 중에 "무용수가
되거라"라고 하며 미카의 허리에 오비*를 숨이 턱 막힐 때까지 감아
댔다.

'되라, 되라, 되라. 나를 위해 그렇게 살려무나. 너 아닌 다른 사람
이 되려무나.'

하야토는 웃음을 터트리며 철제 손잡이가 달린 문에 시선을 고정
했다. 하야토는 목에 건 명찰을 풀어 주머니에 집어넣으며 물었다.

"여기가 친구 집이에요? 근사하네요. 그런데 정말 내가 와도 되는
거예요?"

집은 아름다웠다. 1909년 모퉁이 부지에 지어진 이 집은 안팎으
로 완전히 새롭게 단장되었다. 애디론댁 의자**와 스테인드글라스
창으로 장식된 현관이 전면을 지배했다. 찰리와 투안은 태평양 북서
부에 자생하는 풀과 단풍나무, 덤불이 우거진 양치식물을 골라 마당
을 조경하는 데에도 시간을 한참 쏟아부었다.

"당연히 괜찮죠."

하나가 말했다.

"찰리는 좋은 사람이에요. 투안과 결혼했고, 정말 보석 같은 사람
이죠. 두 사람은 서로에게 푹 빠졌어요."

하나가 손잡이를 돌렸다. 현관 창으로 밝은 빛이 쏟아졌다. 하나

---

* 여성용 기모노의 허리띠
** 옥외용 안락의자의 일종

는 목소리를 한껏 낮춰 속삭였다.

"잘 들어, 두 사람. 혹시 배고프면 내 가방에 샌드위치가 있어."

"친구 집들이에 샌드위치를 가져왔어?"

미카가 속삭이듯 대답하며 하야토의 팔꿈치를 잡고 하나의 옆으로 들어섰다. 세 사람 뒤로 문이 닫혔다.

"찰리는 늘 이런 파티에 음식을 부족하게 준비한다는 거, 너도 알잖아."

하나가 말했다. 하야토의 눈이 즐거움으로 반짝였다.

금발에 커다란 갈색 눈을 가진 찰리가 방을 가로지르며 그들에게 다가왔다.

"드디어 왔구나."

미카와 하나는 대학교 1학년 때 찰리를 처음 만났다. 찰리는 낙오자들에게 마음이 약했고, 하나와 미카는 그런 찰리에게 매력을 느꼈다. 미카와 하나는 찰리에게 새끼 늑대처럼 각인된 존재였다.

찰리는 복도 건너편에 살았고, 미카의 존재는 기숙사 학생들에게 논란의 중심이었다. 기숙사에 사는 대학생이 임신이라니. 아기를 낳고 병원에서 돌아온 다음 날, 미카의 가슴에서 젖이 흘렀다. 찰리는 화장실에 숨어 브래지어 안에 화장지를 정신없이 쑤셔 넣는 하나와 미카의 모습을 목격했다.

어리숙했던 미카는 입양 서류에 서명만 하면 모든 것이 해결되고 예전으로 돌아갈 거라고 믿어 의심치 않았다. 그러나 상황은 더욱 악화되었다. 젖은 그녀의 몸이 보내는 신호였다. 아기를 포기하는 건 자연스러운 과정이 아니었다. **도저히 멈추질 않아.** 미카는 울음을 터트렸다.

"가슴에 패드를 채워 넣어."

찰리가 손에 샤워용품을 들고 나지막이 말했다.

"우리 언니가 작년에 아기를 낳았는데, 그렇게 하더라."

이후 찰리는 언니에게 전화를 걸어 젖을 멈추게 하는 법을 물어
봐 주기도 했다.

그리고 지금, 연쇄 포옹러인 찰리가 미카를 껴안고는 차례로 하
나와 하야토까지 껴안았다.

"미카의 교회 친구, 맞죠? 미카가 얼마 전에 이사 왔다고 말해줬
거든요."

찰리가 하야토를 힘껏 끌어안으며 물었다. 찰리는 몸집은 작지만
의외로 힘이 셌다. 일주일에 세 번 스피닝 수업을 듣고, 두 번 무술
의 일종인 크라브마가를 하면 몸이 그렇게 강해지나 보다.

"혹시 대형 크리스털 포푸리 바구니 사고 싶은 마음은 없어요? 그
쪽 집에 잘 어울릴지도 모르잖아요."

하야토가 헛기침을 하며 대꾸했다.

"딱히 제 취향은 아닐 것 같아요."

"젠장."

찰리가 탄식했다.

"미안해요."

미카가 하야토에게 대신 사과했다.

찰리는 시도는 나쁘지 않았다는 듯 어깨를 으쓱했다.

"즐거운 파티 기념으로."

하나가 손에 든 화분을 건네주었다.

찰리가 선물을 살펴보는 사이, 미카는 대리석 아일랜드 카운터 테이블을 유심히 살펴보았다. 브리오슈 빵에 얹은 치즈와 과일 꼬치, 샐러드, 디핑 소스와 같이 딱히 손이 가지 않은 애피타이저와 함께 많은 술이 있었다. 미카는 식료품 저장실에 음식이 동이 났을 때를 대비해 프링글스 몇 통과 무책임할 정도로 많은 양의 버터가 들어간 디저트가 준비되어 있다는 걸 알고 있었다. 세 여자는 소파에 옹기종기 모여 앉았다. 투안은 손님방에서 기타를 꺼내 그가 아는 유일한 노래인 「천국으로 가는 계단」을 연주했다.

"투안, 이리 와서 하나랑 미카가 가져온 선물 구경 좀 해."

찰리가 말했다.

그러자 투안이 그들에게 다가왔다. 투안은 베트남 출신으로, 키가 크고 육상 선수처럼 다부진 몸매의 소유자였다. 오늘은 검은 머리카락을 뒤로 깨끗이 넘긴 스타일이었다.

"안녕하세요, 투안입니다."

투안이 하야토와 악수하며 자신을 소개했다.

찰리가 입가를 두드리며 남편에게 물었다.

"이 물건을 어디다 놓으면 좋을까? 손님방에 식물이 하나쯤 필요하지 않을까?"

"모르겠네."

투안은 또다시 머리카락을 뒤로 넘겼다.

"벽난로는 어때?"

찰리는 투안에게 주먹을 날리고 싶다는 눈빛을 보냈다. 투안이 픽 웃으며 찰리의 코에 입을 맞췄다.

"집 멋지다."

미카가 끼어들었다.

"고마워!"

찰리가 미카를 향해 환한 미소를 지었다. 오픈형 주방이었다. 광택이 나는 스테인리스 스틸 가전제품과 대리석 아일랜드 카운터 테이블이 근사했다. 회색의 L자형 소파가 거실을 지배했다. 벽난로에는 장작이 타고 있었다. 조명을 조광기로 제어하여 은은한 분위기를 연출했는데, 그 덕에 살짝 어두우면서도 따스한 분위기인 저녁에 로맨틱한 감성이 가미되었다. 술은 전 세계 각지의 와인과 맥주를 선보였다. 옛날에는 미카도 맥주를 마셨다. 하지만 대학 졸업 이후로는 마시지 않았다. 이제 값싼 맥주 통에서 빨간 플라스틱 컵에 맥주를 따라 마시던 시절은 지난 지 오래였다. 미카는 갈색병을 건너뛰고 나쁜 기억을 날려버릴 와인을 한 잔 가득 따라 마셨다.

* * *

두 잔, 세 잔, 네 잔의 와인을 마신 후 (누가 술을 마시며 일일이 잔을 세겠는가?) 미카는 하야토와 깊은 대화를 나누었다. 둘은 소파에 바짝 붙어 앉아 있었다. 하나는 몇 걸음 떨어진 곳에서 투안의 동료와 천천히 춤을 추고 있었다. 하야토는 미카에게 나이키의 마케팅 자료를 만들고 새 운동화를 디자인하는 자신의 업무에 대해 설명했다. 하야토가 손에 든 잔을 빙그르르 돌렸다.

"미카는 무슨 일 해요?"

미카는 손을 흔들었다.

"안타깝지만 지금은 쉬고 있어요."

"오?"

하야토의 동정 어린 말투에 미카가 덧붙였다.

"괜찮아요. 진짜로요."

미카는 부모님에게 돈을 받았으니까.

"어디에 지원하고 있어요?"

미카는 와인을 한 모금 더 마셨다. 손에서 잔을 놓지 않는 바람에 잔에 담긴 샤르도네가 미적지근했다.

"딱히 좋은 곳은 아니었죠."

몇 주 동안 검색했지만, 미카의 마음에 드는 직장은 나타나지 않았다.

"하지만 저는 이 상황을 기회로 보기로 했어요. 한쪽 문이 닫히면 다른 쪽 문이 열리기 마련이니까요."

"그런 태도, 정말 좋은데요."

하야토가 말했다.

"혹시 나이키에 당신에게 맞는 일이 있는지 확인해 봐요. 제가 잘 말해볼 수 있어요."

"와, 고마워요. 그럼 정말 좋죠."

미카는 고마운 마음이 들면서도 남에게 부탁하는 제 모습을 상상할 수 없었다. 미카는 침묵에 잠겼다. 소파 등받이에 머리를 기대고 천장을 바라보았다. 미카는 하나의 커리어, 찰리의 결혼 생활을 떠올렸다. 자신과 달리 친구들이 어떻게 강 건너편에 도달했는지를.

그때 찰리의 목소리가 방 안에 울려 퍼졌다.

"이거."

찰리가 미카를 불렀다.

"전화가 울려."

찰리가 던진 휴대 전화의 벨 소리는 곧바로 끊어졌다. 페니에게서 온 부재중 전화 세 통이 있었다.

"잠깐 실례할게요."

미카는 하야토에게 말하며 자리에서 일어나 뒷문으로 나갔다. 페니는 두 개의 음성 메시지를 남겼다. 미카는 추운 봄날 저녁, 몸을 떨며 휴대 전화기에 귀를 대고 페니의 첫 번째 메시지를 들었다.

"안녕하세요, 저예요. 이 메시지 들으면 꼭 전화해 주세요. 깜짝 선물이 있어요."

그리고 두 번째 메시지.

"진짜 기다리기 너무 힘들어요. 정말 죽겠어요. **죽겠다고요.** 저번에 제 열여섯 번째 생일에 조부모님께서 보내주신 500달러짜리 수표로 뭘 해야 좋을지 고민 중이라고 말씀드렸던 거, 기억하세요?"

그리고 잠깐 말이 없었다. 아마 숨을 고르는 중이었던 모양이다. 미카는 페니의 메시지를 들으며 마음이 두근거리기 시작했다.

"새 휴대 전화를 사려고 했는데, 좋은 생각이 떠올랐어요! 봄 방학 때 당신을 만나러 갈게요!"

그 순간 미카는 울타리에 손을 뻗으며 휘청이는 몸을 진정시켰다. 포틀랜드는 지진이 잘 일어나지 않는 지역인데, 이상하게도 발밑이 흔들리는 기분이 들었다.

페니가 계속해서 말했다.

"2주만 지나면 진짜로 만날 수 있다고요! 표를 샀다는 게 믿기지 않아요. 아빠는 저한테 카드를 주신 걸 후회하시겠지만요. 걱정하지 마세요. 오늘 밤에 말씀드리려고요. 당신을 보러 간다니, 믿기지 않아요! 빨리 당신의 집과 갤러리를 보고 싶어요. 오픈 행사에도 꼭 갈게요! 리프도 만나보고 싶어요!"

비명이었다. 미카의 입에서 진짜 비명이 새어 나왔다.

"정말, 너무 신나요."

미카는 음성 메시지를 연달아 세 번이나 더 들어보았다. 내용은 조금도 달라지지 않았다. 그 말들은 속이 뒤집히는 느낌과 함께 하염없이 가라앉았다. 미카의 마음이 죄책감으로 뒤틀렸다. 세상에, 페니가 포틀랜드로 오고 있다. 미카가 사랑했던 페니가. 미카를 완전히 다른 사람이라고 생각하는 페니가. 미카는 하늘을 올려다보았다. 천둥번개와 구름이 몰려오는지 확인했다. 신화 속의 천둥번개를 관장한다는 거대한 말을 탄 맨몸의 남자가 하늘을 가로질러 질주하기를 기다렸다. 그러나 아무런 일도 일어나지 않았다. 그렇다. 종말은 아니었다. 성경에나 나올 법한 수준으로 망한 인간은 미카 하나뿐인가 보다. 그것참 다행이었다.

6

미카는 집 안으로 들어서서 하나를 찾았다.

"잠깐 실례할게."

미카가 하나의 팔을 힘껏 잡아당기며 함께 춤을 추던 파란 머리 여자와 떼어놓았다.

"저기요, 당신 싱글이라면서요."

여자가 인상을 찌푸리며 말했다.

"나 싱글 맞아요."

하나가 무해한 표정으로 대답했다.

미카는 등골이 오싹해졌다. 페니가 보낸 메시지가 절벽 앞의 경고 신호처럼 미카의 머릿속을 스쳐 지나갔다. **2주 후에 당신을 만나러 갈게요.**

"진짜 긴급 상황이야. 엄청나게 급해. 네가 필요해."

하나의 눈썹이 치켜 올라갔다.

"정말 흥미로운데. 저기, 릴리……."

"롤라예요."

파란 머리 여자의 미간이 더더욱 구겨졌다. 하야토는 여전히 거실에 남아 투안을 포함한 다른 남자 몇 명과 함께 활기 넘치는 대화를 하고 있었다.

"롤라."

하나가 그녀에게 예의 바른 인사를 건넸다.

"정말 재미있었습니다."

미카는 친구를 끌고 찰리의 침실로 들어섰다. 방에 들어가자마자 문을 닫고 파티의 소음을 차단했다.

"들어 봐."

미카는 휴대 전화 볼륨을 높이고 페니의 메시지를 재생한 다음, 킹사이즈 침대 위에 올려놓았다. 페니의 달콤한 목소리가 어두운 방을 가득 채웠다. 페니의 목소리를 듣자마자 미카의 마음이 다시 발끝으로 떨어졌다. 이런 일이 일어날 줄 미리 알았어야 했다. 모든 것이 잘 되다가 갑자기 잘못되는 경우를 지난 수년 간 충분히 경험하지 않았던가. 확실한 건 아무것도 없는데 말이다.

"페니가 널 만나러 온다고? 정말 잘됐다!"

하나가 외쳤다. 그러다 미카의 표정을 확인하고는 슬그머니 "잘된 게 아니네……?" 하며 말을 고치고 눈썹을 일그러뜨렸다.

"잠깐만. 네 갤러리라고? 리프 얘기는 또 뭐야?"

미카는 침대에 쓰러지다시피 주저앉았다. 그런 다음 무릎을 끌어안고 손깍지를 꼈다. 그런다고 해서 나아지는 건 없었지만.

"네 도움이 필요해. 우리 대화가 완벽하게 진실했던 건 아니거든."

미카는 자신의 손가락을 꼬집었다.

"아주 조금 양념을 쳤어."

하나가 눈을 가늘게 뜨며 물었다.

"얼마나 조금인데?"

"그러니까……."

미카는 셔츠 소매를 매만지며 다시 땀을 흘리기 시작했다.

"대학에서 미술사를 전공하고 학사 학위를 받았다고 했어."

미카는 미술 학사 학위를 받으면 유럽이나 남미로 배낭여행을 떠날 거라는 꿈을 꾼 적이 있었다. 하지만 미카는 경영학 학위를 취득했다. 남들처럼 4년이 아닌 8년씩이나 걸려서.

"좋아."

하나의 얼굴이 썩 나쁘진 않았다.

미카는 입안의 볼을 씹었다.

"그리고 우등으로 졸업했다고도."

하나가 푸핫 하고 웃음을 터트렸다.

망할 계집애.

"또?"

"나도 몰라. 내 갤러리가 있고, 집도 있다고 했어. 전 세계를 여행하고, 성공한 남자 친구도 있다고 했어. 기억은 잘 안 나지만, 자전거를 타고 동네를 활보한다고도 했던 거 같아."

하나의 눈썹이 치켜 올라갔다.

"그럼, 싹 다 거짓말이네?"

"다시 한번 말하지만, '완벽히 진실했던 건' 아니었을 뿐이야."

하나가 얼굴을 찌푸렸다.

"왜 그랬는데?"

미카는 하나가 이해하기 힘들 거라고 생각했다. 하나에게는 끔찍한 살림 솜씨 말고는 숨길 게 없었다. 하나는 훌륭한 직업을 갖고 있었다. 여자들은 그녀만 보면 어떻게든 꼬셔보려고 난리였다. 미카가 어떻게 설명할 수 있을까?

"마음이 좀 불편해서?"

미카가 대답했다.

"이유가 뭔지 알면서 왜 또 거짓말을 해."

하나가 바로 대꾸했다.

"그게 내가 되고 싶었던 모습이니까. 예전에 내가 될 거라고 생각했던 그런 사람."

미카의 거짓말 속에는 안전한 희망이 존재했다. 가능성이 무궁무진했다. 그 속에서 미카의 삶은 달라졌다. 더 긍정적이었다. 만약에, 만약에……. 게다가 미카는 16년 전, 캐롤라인에게 맡겨야 했던 페니에 대한 모든 일을 이제라도 직접 해주고 싶었다. 좋은 엄마, 완벽한 엄마 말이다.

"미카."

하나는 한숨을 내쉬었다. 그러고는 자리에서 일어나 밖으로 나가려는 듯 문 쪽으로 다가갔다.

공황이 미카를 칼처럼 베어내는 기분이었다.

"어디 가?"

하나가 고개를 돌리며 말했다.

"찰리 찾으러. 우리는 도움이 필요해."

* * *

몇 분이 지난 후 찰리와 미카, 하나는 함께 화장실에 앉아 있었다. 하나는 늘 화장실에서 최고의 아이디어를 떠올리기 때문이다.

"그러니까 뮤지컬 〈해밀턴〉 초연이랑 백스테이지 초대를 받았다고 했다고?"

찰리가 물었다. 찰리는 변기 뚜껑을 닫고 그 위에 앉아 노트북에 엑셀 스프레드시트를 열어놓고 있었다. 그리고 찰리는 그녀답게 미카의 거짓말을 학교와 직업, 취미, 연애 카테고리로 분류했다.

미카는 얼굴을 찌푸렸다.

"내가 제작에 참여했다고 한 건 아니고. 그냥 리프가 나를 뉴욕으로 데려가서 첫 공연의 출연진을 만날 수 있는 백스테이지 패스를 깜짝 선물로 준 것뿐이야."

하나는 와인 잔을 손에 들고 욕조에 누워 있었다.

"이상하게 구체적이네."

"원래 거짓말에는 빈틈이 없어야 하는 거니까."

미카가 대꾸했다.

"취미 카테고리에 넣을게."

찰리가 말했다.

누군가 거실에서 소리를 질렀다. 보드게임을 하고 있는 게 분명했다.

"밖에 나가서 사람들하고 어울려야 하는 거 아니야?"

미카가 찰리에게 물었다.

"너희는 내 사람이야."

찰리가 단호하게 말했다.

"괜찮아. 투안이 항상 날 보호해주고 있잖아. 투안도 충분히 이해할 거야."

"투안은 정말 멋진 사람이야."

미카는 자신에게도 투안 같은 남자가 있으면 좋겠다고 생각했다. 투안은 한때 캘리포니아를 횡단하는 자전거 대회에 출전한 적이 있었다. 큰 상금을 눈앞에 두고 갑자기 찰리가 '너무 보고 싶어서' 대회 도중에 기권하고 달려왔다. 미카는 그런 사랑을 받는 건 감상적이라고 생각했다. 한때는 자신도 그런 사랑에 빠진 적이 있다고 믿었다. 대학교 1학년 때였다. 그때는 너무 어리석었다. 너무 순진했고, 쉽게 이용당했다. 미카는 고개를 흔들며 페니 생부의 이미지를 밀어냈다. 아니, 기억조차 하고 싶지 않았다.

찰리는 손으로 허공을 휘저었다.

"그렇게 멋진 남자도 아니야. 매번 내가 샤워하고 나올 때마다 어떻게 한 번을 안 지나치고 가슴으로 돌진하는지."

찰리가 멜론 두 개를 잡듯 손을 오므렸다.

"그럼 나는 투안의 팔로 그곳을 때리려고 매번 용을 쓰고 난리도 아니야."

찰리가 픽 웃었다. 사랑에 빠진 바보 같은 웃음이었다.

"집중해."

하나가 다시 욕조에 누우며 말했다.

"또 뭐가 있어?"

미카는 기억을 더듬어 보았다. 또 1시간이 지났다. 파티가 조용해지고 현관문이 열렸다 닫혔다 하는 소리가 반복되었다. 투안이 노크를 하며 하야토와 함께 길 아래 바에 간다고 전했다. 카테고리는 계속 길어졌다.

학교와 직업

미술사 전공

지역 미술관 인턴

지역 미술관 채용

큐레이터로 승진

미술관 오너가 되기에 충분한 자금 저축

갤러리 오픈(2주 후!)

취미

여행(유럽과 남미 전역)

자전거 타기

연애

남자 친구 : 리프, 사업가

리프는 정기적으로 프러포즈를 하지만, 미카는 아직 정착할 준비가 되지 않음.

찰리가 일종의 순서도를 만들어야겠다며 나섰다. 미카는 단박에 거절했다. 찰리는 숨을 깊이 들이마시고 저장 버튼을 클릭한 다음, 노트북을 닫았다.

"내가 보기에 우리에게는 두 가지 선택지가 있어."

"그래."

미카가 암울하게 대답했다.

"첫째, 페니에게 솔직하게 말하는 거야. 완전히 솔직하게."

미카가 1초도 고민하지 않고 대답했다.

"맞아. 썩 마음에 들지는 않지만."

"아니면 둘째, 우리가 그 인생을 똑같이 만들어줄게."

"흥미로운데."

미카가 대답했다. 목이 메었다. 가슴속에 간절함이 커지면서 쿡쿡 쑤셔왔다. 페니를 입양 보낸 후, 미카는 언제나 페니를 직접 만나는 날을 꿈꿔왔다. 물론 그 상상은 보통 미카가 멋진 목적지로 가는 길에 데이턴에 잠시 들르는 스토리였다. 가령 메트로폴리탄 미술관에 첫 번째 작품을 설치하러 가는 길이 좋겠다. 함께 점심을 먹고, 페니의 얼굴이 자부심으로 빛나는 모습을 지켜볼 수 있는 충분한 시간이 되리라. 페니가 미카의 인생이 무너지기 직전의 젠가와 비슷하다는 걸 알아낸다면, 절대 생모를 그런 눈으로 바라보지 않을 것이다.

하나가 끼어들었다.

"그걸 어떻게 하는데?"

찰리는 볼을 잔뜩 부풀렸다.

"일단 대부분은 꾸며낼 수 있을 것 같은데. 집도 그렇고⋯⋯."

"미카는 나랑 같이 살아."

하나가 대꾸했다.

미카는 눈을 깜빡이며 하나의 집을 떠올렸다. 잡초가 무성하고 가시나무가 잔뜩 심어진 잔디밭. 먼지 쌓인 잡지와 택배 상자로 가득 찬 집 안. 이상한 냄새가 나는 냉장고. 미카의 수치심은 최고조에 달했다.

"그래, 그래도 집에 살고 있는 건 맞잖아."

찰리가 천천히 되받아쳤다.

"안전 부적격 판단을 받아도 집은 집이지?"

"하, 하, 하."

하나가 상당히 진지한 목소리로 비꼬았다.

미카는 차가운 욕조에 뺨을 댔다. 페니를 넘겨주던 날 병원에서 차가운 시트 사이로 손을 넣었던 기억이 떠올랐다. 촉각에도 기억이 있는 모양이다. 미카는 다른 것에 집중했다. 바로 지금, 여기. 하나의 금색 링 귀걸이. 세면대 가장자리에 놓인 투안의 면도기. 고개를 흔드는 찰리.

"잊어버려."

찰리가 힘차게 외쳤다.

"집이라고 부르면 그만이야. 정리만 조금 하면 돼."

찰리는 항상 낙관론자였다.

"투안이 취미로 자전거를 타니까 그 사람에게 몇 가지 조언이나 용어를 알려달라고 하면 돼."

"갤러리는 어쩌고?"

하나가 물었다. 찰리와 달리 하나는 언제나 비관론자에 가까웠다.

"나도 모르겠어."

찰리가 대답했다.

"그래도 어떻게 해결할 수 있을 거야. 자, 리프는…….."

찰리가 곰곰이 생각에 잠기며 입술을 오므렸다. 페니는 리프의 사진을 본 적이 있었다. 미카가 역할 대행을 고용할 여력이 있더라도 그건 대안이 될 수 없었다. 찰리는 고대 악마라도 소환할 기세로 숨을 힘껏 들이마신 후에 말했다.

"리프에게 연락해."

미카는 얼굴을 잔뜩 찡그렸다.

"으."

리프는 페니에 대해 몰랐다. 미카는 자신의 인생에서 그 부분은 비밀로 하려고 늘 조심했다. 리프를 다시 만나면 페니 이야기를 해야 한다. 미카는 리프에게 비밀을 말하지 않고 남은 인생을 보내는 게 좋겠다고 생각했다.

"그러지 말고."

찰리가 말했다. 미카와 리프의 연애사를 가장 잘 설명할 말은 '불나방'이었다. 두 사람의 친구들은 덩달아 화상을 입을까 봐 적대적인 그들의 연애에 끼어들지 않았다.

"투안은 여전히 리프와 만나."

미카는 투안과 리프의 우정에 대해 아무 말도 하지 않았다. 미카는 두 사람이 여전히 친구라는 사실을 알고 있었다. 투안은 상대가 어떤 사람이든 쉽게 친구가 되곤 했다. 찰리가 계속 대화를 이었다.

"리프는 마리화나가 합법이 된 후로 진짜 잘나간대. 자기 가게도 차리고 모든 걸 다 가졌어."

미카는 입을 다물었다. 미카는 리프가 잘 지내길 빌었다. 여기서 '잘'이란 생식기에 사마귀가 무성한 정도의 상태면 적당하리라. 그때 미카의 전화벨이 울렸다. 발신자를 알 수 없는 번호가 화면에 번쩍였다.

"오하이오야."

미카가 지역 번호를 알아차리고 속삭였다.

"페니야?"

하나가 물었다.

미카는 고개를 저었다.

"아니야."

미카는 페니의 연락처를 저장해 두었다.

"그럼 받지 마."

하나가 말했다.

"받아 봐."

찰리가 말했다.

미카는 통화 버튼을 누르고 스피커로 돌렸다.

"여보세요?"

"미카 스즈키 씨?"

"네, 말씀하세요."

미카는 배 속에 끔찍한 공포가 똘똘 뭉쳐지는 느낌을 받으며 대답했다.

"토머스 캘빈입니다. 페니의 아버지요."

그의 목소리는 깊고, 어딘가 위험해 보이는 듯 낮았다. 너무 심각하고 무감정했다. 페니의 활기를 모두 없애버리는 느낌이랄까. **정말 이 남자가 내 딸을 키웠다고?**

미카는 아무 말도 하지 않고 자리에서 벌떡 일어섰다. 컵에서 와인이 찰랑이며 흘러넘쳤다. 미카는 손바닥 위에 있는 휴대 전화를 부여잡으며 손가락을 깨물었다.

"여보세요, 여보세요?"

토머스가 되물었다.

"네, 말씀하세요."

미카가 대꾸했다. 뺨이 불타올랐다.

"잠깐 통화 가능합니까? 시간이 괜찮은지 모르겠네요. 터널에서 받는 것처럼 목소리가 울립니다."

"제 갤러리에 있거든요."

하나가 엄지 두 개를 번쩍 치켜세웠다.

찰리는 손으로 얼굴을 감쌌다.

"우선, 갑자기 전화해서 미안합니다. 페니가 당신을 만나러 갈 계획이라고 말해서요. 두 사람이 연락을 하는지 몰랐습니다. 페니가 당신 이름을 아는지도 몰랐어요."

미카는 움찔했다. **페니, 대체 무슨 짓을 한 거니?** 미카는 페니에게 양아버지가 무엇을 알고 있는지, 두 사람의 연락에 대해 어떻게 생각하는지 물어볼 생각은 조금도 하지 못했다. 두 사람의 대화는 오로지 서로를 향해 있었다. 행복, 슬픔, 지루함 등. 두 사람에게는 지나치게 감정에 몰두하는 스타일이라는 공통점이 있었다. 그리고 개를 좋아하지만, 모든 털에 알레르기가 있다는 공통점도 있었다. 두 사람은 다른 세상을 차단한 채 오로지 서로만을 위해 존재했다.

"미안하지만, 조금 충격입니다. 나한테 비밀을 만드는 건 그 아이답지 않아요. 포틀랜드행 비행기표까지 샀다니, 충분히 고민하지 않은 것 같아서 걱정입니다."

"생각할 게 뭐가 있나요?"

미카는 저도 모르게 방어적인 말투로 물었다. 미카의 뺨은 불안감으로 뜨끈뜨끈했다. 무슨 뜻일까? 당신은 대체 누구냐고? 페니의 인생에서 엄마의 역할을 할 자격이 있는지 묻는 걸까?

"전부 다요."

토머스가 날카롭게 대꾸했다.

"페니는 생일에 받은 용돈 전부를 비행기표 사는 데에 썼습니다. 그 돈은 대학교 입학금으로 저금했어야 했어요."

토머스는 잠시 말을 멈추고 뜸을 들였다.

"그냥…… 페니에게 지금은 만나기 좋은 시기가 아니라고 말해주십시오."

"이해해요."

미카가 대답했다.

"좋습니다."

토머스는 그 말을 끝으로 입을 다물었다.

"아니, 제 말은, 그러고 싶지 않다고요."

미카가 갑자기 덧붙였다. 말해놓고 본인도 놀랐다.

"뭐라고요?"

사람들이 토머스의 의견에 자주 반대 의견을 내비치지 않는 게 분명했다.

"마침 제 일정이 비어서요."

미카가 밝게 대답했다. 페니는 포틀랜드에 오고 싶어 했다. 그리고 미카는 페니를 직접 만나고 싶었다.

"페니를 만나고 싶어요. 직접 만나서 더 잘 알아가고 싶어요."

"진심입니까?"

"물론이죠."

"스즈키 씨."

"미카라고 불러주세요."

"스즈키 씨. 도와주려는 마음은 고맙습니다만, 제 딸을 모르지 않습니까. 페니는 충동적이어서 이끌어줄 사람이 필요합니다. 다른 봄 방학 계획도 있고, 그 돈에 대한 계획도 있어요. 아까 말씀드렸다시피 딸이 충분히 고민하지 않은 것 같습니다."

제 딸을 모르지 않습니까. 미카에게 들리는 건 그 말뿐이었다. 그리고 그 말은 미카에게 깊은 상처를 냈다. 미카는 상처를 감추고 평온한 어조를 유지하려 애썼다.

"사람들이 무언가를 향해 달려간다는 건 종종 무언가로부터 도망치고 있다는 뜻이죠."

"그게 무슨 뜻이죠?"

미카는 팔을 쭉 뻗었다.

"그냥 일반적으로 그렇다는 거예요. 어쩌면 충동적인 것 이상일 수도 있죠. 페니가 어떤 힘든 일을 겪고 있는 중일지도 모르잖아요."

미카는 자신의 열여섯 살 때를 떠올렸다. 그림을 그리고 하나와 어울리고, 더 나은 삶을 찾고 있었다. 누구나 그러지 않는가? 미카의 부모님은 미국에 왔을 때 어땠던가? 대학에 입학한 미카는 또 어땠고? 미카는 더 많은 것을 갈망했다. 페니도 마찬가지다. 미카는 더 큰 무언가가 주는 감정적인 이끌림이 얼마나 거부하기 힘든 것인지 깊이 이해했다.

토머스는 한숨을 푹 내쉬고는 조금 누그러진 목소리로 다시 입을 열었다.

"그럴지도 모르죠. 딸이…… 다 괜찮아진 줄 알았는데. 아이 엄마가……."

미카는 '엄마'라는 단어를 꿀꺽 삼켰다.

"아이 엄마가 열여섯 번째 생일에 열어보라고 페니에게 편지를 남겼습니다. 심지어 나도 못 읽게 했어요. 근데 그 후로 페니의 태도가 좀 달라졌어요. 당신을 만나는 이번 여행에서…… 답보다 더 많은 질문을 던질 수도 있을 것 같네요."

"토머스. 제가 토머스라고 불러도 될까요?"

미카는 작은 욕실을 따라 발걸음을 옮기기 시작했다. 세 걸음 앞으로. 방향을 틀어 또다시 세 걸음 뒤로.

"우려하는 마음은 알지만, 페니에게 오지 말라는 소리는 하지 않을 거예요."

"만약 페니가 간다면."

토머스의 목소리가 급격히 바뀌었다.

"혼자 보내진 않을 겁니다. 내가 같이 갈 거예요."

"잘됐네요."

미카는 좋다고 말하며 분노에 찬 눈을 일렁였다.

"손님은 많을수록 즐겁죠. 부디 둘 다 만날 수 있길 고대할게요. 이제 가 봐야겠네요."

미카는 땀을 비 오듯 흘렸다. 정말이지 축축하게.

"전화 주셔서 감사해요."

"잠깐······."

미카는 전화를 끊어버렸다.

"휴."

찰리가 참았던 숨을 내쉬었다.

"이런 망할."

하나가 속삭였다.

"그럼, 두 번째 선택지로?"

찰리가 손으로 노트북을 쓸어내리며 물었다.

"응, 두 번째로."

미카는 여전히 휴대 전화를 바라보며 말했다.

하나가 와인 잔을 높이 치켜들며 외쳤다.

"건투를 빌어."

7

그 후 48시간 동안 정말 많은 일이 일어났다. 페니가 항공편 정보를 보냈다. 그리고 문자가 이어졌다.

으, 아빠도 따라온대요. 하지만 따돌릴 수 있을 것 같아요. 아빠가 미카의 이메일 주소를 달라고 하는데, 알려줘도 될까요? 아빠가 이쪽을 보고 있어요. 죄송해요.

미카는 토머스에게 이메일 주소를 전해줘도 된다고 답장했다. 미카가 여기서 뭘 더 할 수 있을까? 머지않아 토머스와 페니가 같은 비행기를 탔다는 메일을 보냈다. 또한 토머스는 일정을 논의하고 협상할 수 있도록 워드 문서에 트랙 변경 사항을 남겨두고 여행 일정 제안서를 보냈다. 빌어먹을 변호사들.

세부 사항은 이렇게 합의되었다.

첫째 날(일요일). 오전 10시 21분, 3021편으로 도착. 탑승구에서 수하물 찾는 곳까지 약 15분 정도 소요되며, 미카가 마중을 나간다.

수하물을 찾은 후 점심 식사를 위해 이동한다.

"페니가 길거리 음식을 고집했습니까?"

토머스는 퍽 당황했다.

점심 식사 후, 페니와 토머스는 호텔에서 휴식을 취하며 오후를 보내고 이른 저녁 식사를 한다. 토머스는 젊은 남자의 몸 안에 사는 깐깐한 노인네가 분명하기 때문이다.

둘째 날(월요일). 가짜 미카가 일했던 포틀랜드 미술관을 방문하고, 가짜 미카의 집에서 저녁을 먹는다. 가짜 미카의 매력적인 남자 친구 리프도 동석한다.

그리고 일정은 계속되었다.

셋째 날(화요일). 포틀랜드 미슐랭 스타 레스토랑에서 저녁 식사를 한다.

넷째 날(수요일). 하나와 점심 식사를 한다.

다섯째 날(목요일). 이날이 절정이다. 미카의 가짜 갤러리 오픈식. 미카가 페니에게 장황하게 늘어놓던 거짓말. '내겐 **최고의 예술가들**이 있어, 정말 **훌륭해**. 다른 갤러리에 뺏기지 않았다는 게 정말 믿기지 않아. **난 진짜 운이 좋은 것 같아.**'

미카는 공포와 흥분 속에서 몸을 떨었다. 2주, 정확히 말하면 12일. 미카의 삶을 꾸며낼 시간은 2주도 채 남지 않았다. 페니를 다시 만날 때까지 2주가 채 남지 않았다는 뜻이기도 했다. 카운트다운이 시작되었다.

찰리와 하나는 적극적으로 미카를 도와주겠다고 했다. 그들은 평일 저녁과 주말에 시간을 비우고 페니를 맞이할 준비를 도왔다. 심지어 찰리는 학교 기술 담당자에게 실제로 찍은 것처럼 전 세계에 있는 미카의 사진을 합성해 달라고 부탁할 생각도 했다. 집, 취미 등. 전부 처리했거나 곧 처리할 예정이었다. 이제 남은 건 두 가지였다. 갤러리로 속일 공간과 리프. 두 가지 중 리프가 더 쉬워 보였다. 그는 설득하기 가장 쉬운 상대였다.

그러나 리프는 미카의 전화나 문자에 답이 없었다. **나쁜 놈**. 미카가 대여섯 번이나 시도해 봤지만 아무 답이 없었다. 분명 읽은 건 맞았다. 확신할 수 있었다. 점 세 개짜리 말풍선이 나타났다가 사라지기를 반복했으니까. 그러다가 결국 침묵이 자리 잡았다. 리프는 미카에게 선택의 여지를 주지 않았다.

미카는 노스웨스트 23번가의 고급 쇼핑거리에 서 있었다. 투안이 주소를 알려주었을 때, 미카는 깜짝 놀랐다. 미카는 리프의 가게가 노스 포틀랜드의 깊숙한 거리, '해적의 여자들'처럼 싸구려 스트립 쇼 클럽 근처에 있을 거라고 생각했다. 외관은 전혀 마리화나 가게처럼 보이지 않았다. 창문은 베이지색 대나무 블라인드로 덮여 있었다. '23번가 마리화나'라는 이름은 그다지 독창적이지 않다고 생각했다. 나무 간판에는 지나치게 잘난 척하는 느낌으로 새겨놓은 글자가 있었고, 그 아래에는 은은한 조명이 켜져 있었다. 미카는 한숨을 쉬며 문을 열었다. **될 대로 되라.**

목에 타투가 있는 거구의 백인 남자가 출입구 근처에 서서 "신분증" 하며 미카를 막아 세웠다.

미카는 지갑에서 면허증을 꺼냈다.

"리프를 만나러 왔어요."

남자는 신분증에 불빛을 비추더니 미카의 얼굴을 확인하고 다시 돌려주었다.

"아델에게 말해요."

남자가 베티 페이지* 머리를 한 멋진 백인 여자를 가리켰다.

"저 여자가 사장님 일정을 관리합니다. 뭐든 사고 싶으면 현금으로 사십쇼. 현금 인출기는 구석에 있습니다."

"고마워요."

미카는 면허증을 지갑에 넣고 아델을 향해 고개를 숙였다. 리프가 이 가게 사장이라고? '애플 스토어'와 '스파'가 만나는 거리 한복판에? 가게에는 뉴에이지 음악이 흘렀다. 엔야의 노래던가. 밝은 나무로 장식한 유리 카운터에는 온갖 종류의 마리화나가 진열되어 있었다. 가게는 문전성시였다. 다양한 높낮이의 목소리가 울려 퍼졌다.

"혹시 조금 더 부드러운 종류를 원하세요?"

점원의 목소리가 이어졌다.

"예."

포틀랜드 대학교 맨투맨 티셔츠를 입은 학생이 대답했다.

"완전 부드럽게 퍼지는 걸로요."

아델은 클립보드를 들고 무언가를 적고 있었고, 미카가 다가가자 고개를 들어 쳐다보았다.

"무엇을 도와드릴까요?"

---

* 1950년대를 대표하는 핀업 모델

아델은 매니저 명찰을 달고 있었다.

"리프를 만나러 왔어요."

아델은 껌을 씹으며 고개를 비스듬히 기울였다.

"약속하셨나요?"

"음, 아니요."

"죄송하지만, 사장님은 약속하셔야 만나실 수 있어요. 그리고 지금 가게에 안 계세요."

아델은 클립보드를 향해 시선을 돌렸다. 그녀의 팔에는 잉어와 한자로 된 타투가 있었다.

"타투 근사하네요. 뭐라고 써 있는 거예요?"

"오!"

아델이 다시 고개를 들어 미카를 바라보았다.

"'두려움이 없다'는 뜻이에요."

아니다. 미카는 10년간 서예를 배웠다. 그건 '족제비'를 뜻하는 한자였다.

"이봐요, 리프가 여기 있는 거 알아요. 재활용 식물성 기름으로 달릴 수 있도록 개조한 트럭이 뒷마당에 주차된 걸 봤거든요."

미카는 용감하고 단호해진 것 같은 기분에 사로잡혀 허리를 곧게 펴고 말했다.

"한때 그의 등을 밀어줬던 여자가 찾아왔다고 전해줘요."

아델의 입이 열렸다가 다시 굳게 닫혔다. 그녀는 풍선껌을 불고 터트렸다. 그러고는 전화기를 들고 버튼을 눌렀다.

"네, 네. 죄송해요. 누가 찾아왔어요."

아델이 미카를 조목조목 뜯어보았다.

"아시안, 키가 작고, 좀 화가 났네요……. 알겠습니다."

아델이 전화를 끊었다.

"들어가셔도 돼요."

아델은 직원 전용 표지판이 붙어 있는 흰색 문을 가리키며 손짓했다.

"사장님 사무실은 오른쪽 끝입니다."

미카는 어깨에 가방을 걸쳤다.

"만나서 반가웠어요."

미카는 아델이 대답하기도 전에 문을 열고 나갔다.

리프의 사무실 문은 살짝 열려 있었다. 미카는 노크를 하지 않았다. 리프는 책상 앞에 앉아서 일어날 생각도 하지 않았다. 미카는 먼저 그의 사무실에 집중했다. 별로 볼 건 없었다. 하얀 책상과 커다란 컴퓨터가 있는 아주 단출한 사무실이었다. 심지어 창문도 없었다. 다른 곳에 집중할 게 별로 없어서 미카의 시선은 자연스레 리프에게 옮겨갔다.

리프는 의자에 깊숙이 몸을 기대며 커다란 몸을 비틀었다. 그의 새로운 늘씬한 거구가 미카를 맞이했다. 통통한 배나 푸짐하던 얼굴은 온데간데없었다. 이제 리프의 뺨은 5시 방향으로 날카로운 각을 이루고 있었다. 덥수룩하던 금발 머리는 짧아졌고, 의도적으로 헝클어뜨린 것처럼 매만진 모양새였다. 그 모습에 미카의 심장이 잠시 멈췄다. 리프가 미카에게 처음으로 입을 맞추던 날, 그는 허락을 구했다. 식물을 키우던 보드라운 손이 미카의 뺨을 살며시 감싸 안고 물었다.

'지금 당장 입 맞추고 싶어. 그래도 돼?'

"이런, 이런."

리프의 목소리가 미카의 상념을 깨부쉈다.

"이렇게 직접 와서 내 성공을 축하해 줄 줄이야."

"데일."

리프의 본명이었다. 그가 싫어하는 이름이기도 했다.

"나도 만나서 반가워."

리프의 입술이 거친 미소를 그리며 미카가 기억하는 것보다 훨씬 더 하얀 치아를 드러냈다.

"미크."

미카는 그 애칭이 정말 싫었다. 미키마우스와 너무 비슷해서.

"나도 반갑다고 말하고 싶은데, 입 밖으로 안 나오네."

미카는 가짜 웃음을 지었다. 리프도 마찬가지였다. 이건 일종의 기 싸움이었다. 미카는 주저하지 않고 사무실 안으로 들어서서 의자에 편히 앉았다.

"집처럼 편하게 앉아."

리프가 코웃음을 치며 반박자 늦게 말했다.

"정말 근사하네."

미카는 뻣뻣하게 되받아쳤다.

"내가 직접 공사했어."

리프의 자존감이 부풀어 올랐다.

"지붕에 태양광 패널을 설치해서 전기세가 한 달에 100달러도 안 나와. 폐기물 제로 시설이기도 하지. 거의 모든 게 다 퇴비화돼."

"와, 하루 종일 침대에 누워 있다가 프리스비 골프*나 치러 가던 것과는 완전히 달라졌네."

미카는 잠시 멈칫했다. 그리고 고개를 있는 대로 치켜올리며 덧붙였다.

"내가 몇 번 연락했었는데."

"알아. 그리고 난 적극적으로 피했지."

리프는 등을 더 깊숙이 기대며 다리를 넓게 벌렸다. **개자식**. 이건 리프가 아니었다. 미카의 리프는 팬티 차림으로 〈블레어 위치〉라는 B급 공포 영화나 보던 게 전부였는데. 그의 3대 가치는 '노(no) 은행, 작은 집, 하키 스틱'이었다. 리프는 로널드 레이건 대통령을 싫어했다. 온수 욕조에 누워 부리토를 먹었고, '콧수염'이라 부르던 이름 모를 절친도 있었다. 누가 자기 집에 침입해 물건을 훔쳐갈까 두려워서 항상 현관문과 창문을 꽁꽁 잠갔다. 하지만 그게 미카를 안심시키기도 했다. 리프는 미카가 사랑을 나눌 때마다 침실 문을 열어두길 선호한다는 것도 개의치 않았다. 리프는 미카의 특이한 점 중 하나로 「리턴 오브 더 맥」이라는 노래를 싫어한다는 걸 꼽았지만, 누군들 그 노래를 좋아할 사람이 있겠는가? 그리고 리프는 직장에서 해고될 때마다 자기 몸보다 훨씬 작은 옷을 입고 「팻 가이 인 어 리

---

* 골프공 대신 프리스비 원반을 골 홀(디스캐처)에 넣는 게임으로 골프와 경기 방식, 규칙이 동일하다.

틀 코트」를 부르며 온 집 안을 돌아다니며 춤을 추었다. 그러나 눈앞
의 남자는 새로운 리프였다. 새로운 리프는 테일러드 청바지에 가죽
팔찌를 겹겹이 차고 녹즙을 마셨다. 아마도 전 애인에 대한 분노를
사악한 단검처럼 갈고 닦으며 운동에 매진했을 것이다.

미카의 말투가 조금 부드러워졌다.

"부탁이 있어."

리프는 눈을 깜빡였다.

"싫어."

미카는 리프가 자세히 설명할 때까지 기다렸다. 그리고 또 기다
렸다. 설명은 없었다는 뜻이다.

"그럼 좋은 하루 보내길."

리프는 책상의 휴대 전화를 집어 들고 손가락으로 스크롤을 내리
기 시작했다.

"리프."

미카는 자신의 목소리를 차분히 유지하려 애썼다.

"나한테 진 빚이 있잖아. 푸에르토리코에서."

그 순간, 리프는 휴대 전화를 내리고 얇은 티셔츠로 가린 가슴 근
육에 손을 올렸다. 리프에게 근육이라니?

"내가?"

리프의 목소리가 높아지자, 미카는 움찔했다.

"어째서?"

분노가 전기처럼 날카롭고 뜨겁게 미카를 관통했다.

"내가 널 위해 마약을 운반했잖아."

미카의 목소리가 갈라졌다.

공항에서 리프는 완전히 알려지지 않은 새로운 무언가를 발견한 사람처럼 눈을 반짝이며 가방을 떠밀었다.

"그냥 가방에 넣어, 자기야. 제발. 이게 내 사업을 시작할 열쇠가 될 거야. 우린 부자가 될 거라고."

그리고 미카는 해냈다. 비행 내내 땀을 뻘뻘 흘리며 세관에 줄을 섰다.

"씨앗이야."

리프는 기분이 나쁘다는 듯, 과민 반응이라는 듯 대꾸했다.

"그냥 씨앗이었다고."

리프는 손으로 머리를 훑으며 고개를 저었다. 감정을 추스르는 듯했다.

집으로 돌아오자 리프는 다시 변덕스럽고 뾰로통해졌다.

"자기는 내 꿈을 지지하지 않아."

리프가 말했다.

당황한 미카가 되물었다.

"내가 자기를 위해 직접 씨앗을 배달했잖아."

리프의 투덜거림은 점점 더 심해졌다.

"하지만 하기 싫은데 억지로 했잖아. 나는 내 편이 아닌 사람과는 함께할 수 없어."

"장난쳐?"

미카는 자기도 모르게 천둥 번개를 내뱉듯 외쳤다.

"내가 마약을 운반해 줬는데, 고작 그런 이유로 나랑 헤어지겠다는 거야?"

거기서부터 두 사람의 관계는 급속히 나빠졌다. 아마도 미카는 리프의 부모님이 사촌지간일지 모른다는 패륜 섞인 욕을 했던 것 같다. 그리고 그마저도 통하지 않자, 그의 꿈이 바보 같다고 비난했다.

"왜 그렇게 작은 집에 집착하는 거야?"

허리케인 같은 속도와 힘으로 비닐봉지에 옷을 쑤셔 넣으면서 그랬던 것 같다. 미카는 하나에게 데리러 오라고 전화를 걸었다.

"마리화나 가게라니, 그건 절대 못 열어. 말도 안 되는 소리야. 나이 서른둘이나 돼서 아직도 산타클로스를 믿는 거냐고."

리프는 미카에게 빈정거렸다.

"적어도 난 꿈은 있어."

미카는 그 집을 나오면서 리프에게 커다란 의미가 있는 씨앗을 주머니에 하나 슬쩍했고, 변기통에 버리고 물을 내리는 장면을 찍은 다음, 그 영상을 리프에게 보냈다. 리프는 미카에게 망할 년이라고 딱 한 마디의 답장을 보냈다. 리프의 문자에 미카는 당장 나가 뒈져버려, 영원히라고 답했다. 그렇게 두 사람의 불같던 연애는 끝이 났다.

미카의 얼굴이 수치심으로 달아올랐다. 미카는 무릎 위에 손을 올리고 말했다.

"그때 부모님이 사촌지간일지도 모른다는 욕을 해서 정말 미안해. 이제야 우리가 서로에게 얼마나 맞지 않았는지 깨달았어."

두 사람의 사이는 마치 경미한 교통사고 같았다. 서로를 향해 추돌한 후, 둘 다 의도하지 않았던 방식으로 '엮여'버렸다. 오래 지속될 관계는 아니었다. 만나는 시간의 대부분 리프는 마리화나에 취해 있었다(때로는 약이기도 했다). 미카는 정서적으로 꽉 막힌 사람이었다. 리프는 페니에 대해 하나도 몰랐지만, 페니는 항상 두 사람 사이에 유리판처럼 존재했다. 리프도 그 유리 벽을 감지할 때가 있었다. 미카가 침묵할 때, 음식이 타고 있는 냄비나 프라이팬을 멍하니 쳐다볼 때. 하지만 미카는 리프에게 털어놓을 엄두를 내지 못했다. 미카는 내심 리프가 자신의 내면에 있는 어두운 공간을 알아서 찾아내주었으면 했다. 그때 리프는 무슨 생각을 했을까? 어쨌든 그는 그런 미카를 모르는 척하려 애썼다. 미카는 오랫동안 살아 있다는 느낌 없이 살았다.

"그건 당신 말이 맞지."

리프가 고개를 절레절레 흔들며 후회한다는 신호를 보냈다.

그들은 잠시 멍하니 자리를 지켰다. 방 안에는 두껍고 무거운 침묵이 내려앉았다.

"당신 도움이 필요해."

미카가 마침내 입을 열었다. 이제 미카가 구걸할 차례였다. 자존심을 굽히고, 그가 원하는 곳에 엎드려 항복의 백기를 흔들어야 했다. 리프가 또 거절하면 미카는 집으로 돌아가 페니에게 들려줄 새로운 거짓말을 만들어내야 한다. '리프는 보트 사고를 당해서 바다에서 실종되었고, 사망한 것으로 추정돼. 슬프지만 이겨내야겠지. 혹시 주변에 삼

십 대 싱글인 남자가 있니?' 하지만 페니는 리프와 함께 있는 미카의 모습을 보고 싶어 했다. 미카가 누군가에게 사랑받는 모습을. 애정을 받을 만한 자격이 있는 미카를 말이다.

"16년 전에 아기를 낳고 입양 보냈어."

하고 싶은 말을 고르기도 전에 미카의 입이 먼저 열렸다.

미카는 리프를 응시했다. 상대의 얼굴을 읽고 싶었다. 리프의 턱이 굳었다. 마침내 리프는 자리에서 일어나 책상에서 열쇠를 집어 들었다.

"제발, 리프."

미카가 자리에서 일어나 리프의 길목을 막아섰다.

리프는 미카를 향해 시선을 내리깔았다.

"가자, 미카."

리프의 목소리는 한층 부드러웠고, 지나치게 다정했다.

"하루 종일 아무것도 안 먹었다고. 나가서 뭐 좀 먹자. 내가 살게."

미카는 할 말을 잃었다. 이 새로운 리프를 어떻게 대해야 할지 몰랐다. 그녀 자신도 어떻게 해야 좋을지 알 수 없었다.

"그래."

미카는 말끝을 흐렸다.

리프의 입가에 미소가 걸렸다. 마치 새로운 리프와 예전의 리프를 모두 섞은 것 같았다.

"그럴 줄 알았어. 네가 공짜 밥을 거절할 리가 없지."

미카는 리프가 옳은 말을 할 때가 제일 싫었다.

리프는 미카를 길 아래에 있는 식당으로 데려갔다. 미카는 팬케이크 더블과 베이컨을 골랐다. 리프는 드레싱이 없는 샐러드를 골랐지만, 식당 메뉴에 맑은 사골 육수 수프가 없어서 당황한 듯 보였다. 음식을 먹는 사이사이에 미카는 리프에게 페니와 자신의 거짓말에 관해 전부 다 이야기했다. 미카가 식사를 마치자 리프는 물을 한 모금 마시며 미카를 물끄러미 응시했다.

"어떻게 생각해?"

미카는 냅킨을 찢어 동그랗게 뭉치고 테이블 가장자리를 따라 늘어놓았다.

리프는 물을 내려놓고 마른세수를 했다.

"제기랄, 잠깐만. 갑자기 너무 많은 걸 알아버렸어. 당신이 늘 뭔가를 숨기고 있는 것 같긴 했는데."

리프가 큰 소리로 외쳤다.

"나는 네가, 내가 아니라 하나랑 그렇고 그런……."

미카가 리프를 향해 의아한 듯 눈썹을 치켜올렸다. 하지만 리프는 진지했다.

"정말? 정말 그렇게 믿었다고? 지금까지 내내 그런 생각을 했어?"

정말 남자니까 할 만한 생각이다. 하나는 나를 그렇게 생각하지 않아. **아무리 레즈비언이라 해도 눈과 취향이 있는 법이라고.**

"제발 당신의 자존심이 그렇게 나약하지 않다고 말해줄래?"

리프의 뺨에 슬그머니 희미한 붉은 기가 번졌다.

"네 말이 맞아. 미안. 그래도 전부 내 상상인 건 아니었어, 안 그래? 당신이 하나를 사랑한 게 아니라고 해도, 나한테는 절대 하지 않을 방식으로 하나에게 의지했잖아."

"그래, 그건 맞는 것 같아."

미카는 힘들 때면 하나에게 의지했다. 미카는 매년 페니의 생일이 되면 짐을 싸고는 **여자들의 여행을 간다**고 했다. 그리고 하나의 집에서 일주일을 틀어박힌 채, 리프의 전화를 무시하고 삶의 불공평함을 곱씹었다. 어떤 말로도 설명할 수 없는 슬픔이었다.

"그럼, 페니 친아빠가 누군지 물어봐도 돼? 그 남자는 아이에 대해 알아?"

"아무것도 몰라."

미카가 날카롭게 대꾸했다.

"그래."

리프는 조심스레 대답하며 미카를 살폈다.

"그 사람은 문제가 아니야."

미카는 서둘러 말했다.

"문제는 페니야. 페니가 곧 이곳을 찾아오는데, 네가 내 사랑스러운 애인이라고 생각해."

"미카."

리프의 얼굴에 슬픔이 적나라하게 드러났다. 미카는 더 이상 말을 잇지 못하고 고개를 돌렸다. 그때 웨이트리스가 영수증을 챙겨 다가왔다. 리프는 지갑에서 현금 뭉치를 꺼내 쟁반 위에 올려놓았다.

"바람 좀 쐬야겠어."

리프가 가게 문을 나서자마자 미카는 닫히는 문을 붙잡고 그를 뒤쫓았다. 23번가는 그리 번잡하지 않았다. 자전거를 탄 사람이 빠르게 지나갔다. 한 아기 엄마가 아기를 품에 안고 거리를 거닐었다.

"리프."

리프가 모퉁이에 멈춰 서자 미카가 그를 불렀다.

"이건 당신 없이는 못 해."

미카는 목이 파르르 떨렸다.

"난 당신이 필요해……."

고통스러운 얼마간의 시간이 지나고, 리프가 고개를 옆으로 젖혀 미카를 뚫어져라 바라보았다.

"알았어."

리프의 목소리는 거절과 비슷했지만, 알았다고 했다.

"할게."

미카의 입이 귀에 걸렸다.

"정말?"

"확실히 말해두는데, 이건 내 판단과는 정반대야."

리프가 손을 양옆으로 활짝 벌렸다.

"하지만 너한테 그렇게 중요한 일이라면……."

"정말 중요해. 그 무엇보다도."

"그럼 내가 뭘 해야 하는지 말해줘."

미카는 리프에게 날짜와 시간을 알려줬고, 그는 휴대 전화에 일정을 적었다.

"정장 같은 걸 입어. 페니에게 말한 건 다 정리해서 보내줄게. 우리는 미치도록 사랑에 빠졌고, 나는 갤러리를 오픈할 예정이야. 당신은 농업에 종사하고 있지만, 어떤 농작물인지는 구체적으로 말하지 않았어."

미카는 잠시 멈칫했다.

"남은 시간 동안 내가 변명거리를 생각해볼 수 있겠다."

리프가 한숨을 내쉬었다.

"알았어."

"그리고 당신이 〈해밀턴〉의 초연에 날 데려갔어."

미카는 잠시 말을 멈추었다.

"그리고 공연진을 만났어."

"와우."

"정말 로맨틱했어. 당신은 나를 놀라게 했고, 그다음에는 타임스스퀘어 앞에서 키스했어."

"감동받았겠네."

미카는 리프를 노려보았다.

"적당히 놀려."

리프는 손에 든 열쇠를 빙그르르 돌렸다.

"거짓말이 먹힐지 안 먹힐지는 50 대 50이지."

리프는 뺨 안쪽을 혀로 긁었다.

"갤러리는 어떻게 마련하려고?"

"아직 모르겠어. 페니에게 리모델링 중이라고 말하든가 해야지."

"그래도 보고 싶어 할걸."

"나도 몰라."

미카는 손가락을 튕겼다.

"석면 같은 게 검출되었다고 하지 뭐."

이제는 거짓말이 얼마나 술술 나오는지, 쉬워도 너무 쉬웠다. 미카는 그 거짓말이 그리 중요한 건 아니라며 스스로를 위로했다. 페니와 나눈 사랑이 제일 중요했다. 그게 가장 중요한 일이었다.

"어쩌면 내가 공간을 마련해 볼 수도 있어. 노스 포틀랜드에 내 소유의 창고가 있어. 원래는 내 작업실로 사용할 생각이었어. 그런데 임대료가 저렴해서 그런가, 예술가들이 몰리면서 길가에 스튜디오를 열더라고. 온 우주가 내게 말했지. 거기를 스튜디오로 바꿔 임대하라고."

미카는 공단 지역이 예술가들의 아지트가 되었다는 사실에 깜짝 놀라 눈을 깜빡였다. 리프는 뒤통수를 긁적였다.

"어쨌든, 지금은 내 친구가 쓰고 있어. 원한다면 그 자식 작품도 전시할 수 있을 거야."

미카는 생각할 겨를도 없이 리프를 힘껏 끌어안았다.

"고마워."

미카는 리프의 가슴에 얼굴을 기댔다. 리프는 여전히 같은 비누를 썼다. 하지만 뱃살이 하나도 없었다. 미카는 리프의 도톰한 뱃살이 그리웠다. 학교에서 아이들이 옆구리를 꼬집고 찌르며 놀린 적도 있다고 했다. 미카가 그의 몸을 얼마나 사랑했는지 말해주었더라면 좋았을걸. 당신이라는 사람이 다 좋진 않았어도 잠자리만큼은 끝내줬다고. 그게 자신에게 약간의 해방감을 주었다는 것도. 그때 미카는 리프가 자기 가슴을 아무리 힐끗거려도 거슬리지 않았었는데.

"천만에."

리프는 한 팔로 미카를 감싸안으며 중얼거렸다.

미카는 한 걸음 뒤로 물러나 햇빛에 눈을 가늘게 뜨며 말했다.

"예전에 당신이 '홀푸드'에서 레이저가 음식에 닿는 게 싫어서 계산원에게 바코드 숫자를 하나하나 입력해 달라고 했던 거 기억나?"

"응."

리프의 눈이 장난기로 반짝였다.

"그때만큼 짜증 났던 적이 없었어."

리프는 미카에게서 한 걸음 뒤로 물러났다.

"아델에게 레이저와 음식의 상관관계가 담긴 자료를 이메일로 보내라고 해야겠군."

"그렇게 해."

미카는 길을 가다가 돌아서서 소리쳤다.

"그리고 아델의 팔에 새긴 한자 타투, '족제비'라는 뜻이라고도 전해줘."

미카는 리프에게 장난스럽게 손을 흔들었다.

"갤러리가 어떤 곳인지 나한테 미리 말해주는 거 잊지 마."

8

"일어나, 일어나라고."

돌아온 토요일 아침, 미카는 컵 두 개를 들고 하나의 침대 곁에 섰다.

하나는 "저리 가" 하며 신음 소리를 냈다.

"일어나, 오늘 할 일이 많아."

미카가 쩍쩍거렸다.

"가짜 인생을 만들어야 한다고."

미카는 텅 빈 손목에서 가짜 시계를 보는 척하며 말했다.

"앞으로 8일밖에 안 남았어. 나. 진짜. 돌아버릴 것 같아. 그리고 너 가슴 보여."

하나는 투덜거리며 자리에서 일어나서 셔츠를 끌어당겨 몸을 가렸다.

"문에 자물쇠를 채우던가 해야지. 근데 너…… 지금 멜빵바지 입은 거야?"

"맘에 들어?"

미카가 포즈를 취했다.

"아니. 페니가 오기 전에 네 옷장에도 조치를 좀 취해야겠다. 할인 마트 세일 품목 스타일로는 절대 안 될 것 같아."

미카는 하나에게 머그잔을 건넸다.

"걱정 마. 이미 찰리가 유치원 선생님 같은 끔찍한 비즈니스 캐주얼 스타일로 입혀주기로 했어. 옷이 여자를 만들어 주거나 망치거나, 둘 중 하나겠지. 아무튼 이제 일어나. 오늘은 너를 위해 대청소 무료 여행 패키지 상품이 준비되어 있거든."

하나가 음료를 한 모금을 삼키다가 도로 컵에 뱉었다.

"제기랄, 이게 뭐야?"

"미지근한 사과 콤부차. 길 아래 염소 요가 스튜디오에서 샀어."

"토 나와."

"미카 2.0이 마시는 건 이런 거야. 미카는 프로바이오틱스와 건강한 생활에 관심이 많거든. 자전거 타기를 좋아하는데, 특히 자전거 뒷좌석에 장착하는 작은 의자에 관심이 많지. 자전거야말로 미카가 가장 좋아하는 취미니까."

미카는 제빵기 상자와 죽은 화분 네 개 사이에 머그잔을 끼워 넣었다. 그리고 허리를 숙여 티셔츠 한 장을 집어 들고 털었다.

"이 셔츠에는 담배 냄새와 방탕한 나날의 흔적이 잔뜩 배어 있네."

미카는 하나에게 티셔츠를 던졌다.

"걸쳐."

"제발 본인을 3인칭으로 지칭하지 말아줄래?"

하나가 팔로 눈을 가리며 중얼거렸다.

"하나."

미카는 짐짓 진지한 척을 했다.

"우리, 짧고 곱슬곱슬한 인생을 살자."

"염병할. 다시는 그런 표현 쓰지 말아줘."

"가자, 부엌에 도넛 있어."

하나는 그 말을 듣고 나서야 바지 없이 셔츠만 대충 입은 채 방에서 걸어 나왔다. 그러고는 카운터 테이블에 기대 메이플 바를 한 입 베어 물고 물었다.

"계획이 뭔데?"

"찰리랑 투안이 트럭을 몰고 오는 중이야. 하야토도 딱히 할 일이 없어서 같이 와. 우선은……."

미카는 정확한 단어를 고심했다. **구마 의식? 모든 걸 불태운다고 해야 할까?**

"정리. 그리고 오후에는 마당을 좀 손볼 거야. 오늘 다 안 끝날 거야, 아마도."

하나는 길 건너편에서 열린 이사 기념 바자회에서 싸게 산 메이플 바를 그릇에 내려놓았다. 그러고는 택배 상자를 만지다가 「건축 다이제스트」 잡지 위로 손을 올렸다. 거기에는 전 여자 친구 니콜의 이름이 있었다.

"난 잘 모르겠는걸."

하나가 퉁명스럽게 말했다.

미카는 잡지 더미에서 하나의 손가락을 조심스럽게 들어 올렸다.

"오븐 속 신발처럼 작은 것부터 시작해보면 어떨까?"

하나가 코로 숨을 잔뜩 들이마시며 대답했다.

"알았어, 알았다고."

미카는 하나에게 바지를 입으라고 재촉했고, 20분 후 찰리와 투안이 연두색 트럭을 타고 온갖 잡동사니를 실은 채 나타났다. 하야토도 그 무렵에 도착해서는 이사에 대한 것과 이사라는 게 얼마나 귀찮은 일인지 따위를 떠들었다. 물론 그들은 이삿짐을 푸는 게 분명하다고 믿는 하야토에게 일일이 설명해주지 않았다. 참고로 하나는 이미 지난 몇 년간 이 집에 살고 있었다.

모두 하루 종일 노동에 몰두했다. 굳은 미트로프*와 덩어리가 된 우유, 꽁꽁 언 김치 따위를 버리고 냉장고를 싹 비웠다. 그리고 박스를 뜯고 물건을 정리했다. 깨끗하게 정리한 식탁에 몇 가지 아이템을 장식하고, 버릴 것들은 투안이 빌려온 트럭에 전부 실었다. 집은 시작할 때보다 점점 더 엉망이 되고 있었다. 투안은 자전거 거치대를 설치했고, 찰리는 미카가 입을 옷과 자전거 운동복 몇 벌을 가져다주었다.

"페니가 내 옷장까지 뒤지지는 않을 거야."

찰리가 옷장에 상의와 라이크라에서 나온 반바지를 욱여넣는 모습을 지켜보던 미카가 말했다.

찰리는 한 손 가득 옷을 들어 올리며 말했다.

---

* 곱게 다진 고기, 양파 등을 섞어 빵 모양으로 만든 뒤 오븐에 구운 요리

"얘, 이건 진짜 스판이야."

그들은 집이 점점 더워지고 답답해지자 정원으로 자리를 옮겼다. 찰리는 정원용 장갑을 끼고 잡초를 뽑기 시작했다. 투안과 하야토는 앞마당에 있는 거대한 참나무의 가지를 쳤다. 가을이면 보기 싫게 마르고 이파리가 지저분하게 많이 떨어진다고 이웃들이 늘 불평하던 나무였다.

미카는 뒷마당을 돌아다니다가 하나를 찾았다.

"찰리가 꽃 시장에 가서 사철 식물을 좀 사 오자는데, 내 생각에는 대충 꽃을 사러 가자는 뜻인 것 같아. 너도 같이 갈래? 근데 너 지금 뭐 해?"

하나는 미카를 등진 채 손에 호스를 들고 있었다. 미카는 바싹 마른 풀을 밟으며 하나의 앞을 빙빙 돌았다.

"그 나무는 확실히 죽은 것 같은데."

하나는 작고 말라비틀어진 갈색 단풍나무에 물을 주고 있었다.

"니콜이랑 내가 심은 거야. 우리가 이 집에 이사 와서 가장 먼저 한 일이었지."

미카는 조심스럽게 나무를 살폈다.

"살릴 수 있을지 모르겠네."

하나는 고개를 젓고 살며시 미간을 찌푸렸다. 슬픈 눈이었다.

"사랑을 듬뿍 주면 살아날 거야."

그때 찰리가 대장부처럼 뚜벅뚜벅 걸어왔다.

"꽃 시장은 잊어버려."

찰리가 장갑을 벗으며 덧붙였다.

"너무 힘들다. 한잔할 사람?"

하나가 호스를 바닥에 떨어뜨리며 말했다.

"잔 가져올게."

그날 하루가 끝날 때쯤, 미카는 더 이상 근육이 아픈 줄도 몰랐다. 미카는 침대에 드러누워 느리게 돌아가는 천장 선풍기를 멍하니 바라보았다. 신발을 신은 채 침대에 누운 걸 알면 엄마가 기절을 하실 텐데. 부엌과 응접실은 여전히 지저분했지만, 적어도 박스는 전부 치웠다. 그 정도면 상당한 진전이었다.

그때 휴대 전화가 울렸다. 미카는 침대를 손바닥으로 뒤져 휴대 전화를 찾았다. 문자 두 통이 수신되었다는 소리였다. 첫 번째는 리프에게서 온 문자였다. 주소 하나와 함께였다. 스탠리가 자기 그림 걸어도 된대. 근데 이번 주는 작업을 해야 해서 아직 출입은 힘들어.

또 다른 문자는 페니였다. 너무 기대돼요. 이제 일주일만 기다리면 돼요! 내일 영상 통화 할까요?

미카는 응, 내일 하자라고 답장했다. 나도 너무 기대돼. 오늘은 하루 종일 너를 맞이하기 위해 집을 정리했어. 미카는 파르르 떨리는 눈을 감았다. 그때 휴대 전화가 한 번 더 울렸다. 페니의 답장이었다. 너무 무리하지 않으셨으면 해요. 미카는 그저 웃음을 터트릴 수밖에 없었다.

* * *

끔찍한 닷새가 지난 후, 하나와 찰리, 미카는 새로 청소한 집에서 저녁 식사를 하기 위해 모였다. 바닥은 깨끗하게 닦여 있었다. 벽에는 페인트칠을 새로 했다. 잔디도 바짝 깎았고, 작은 꽃나무들이 현관으로 통하는 길목을 둘러쌌다. 투안은 천장의 균열을 싹 수리해주었다. 벽난로 주변에 가구를 배치했고, 벽난로 맨틀에는 찰리의 학교 기술자가 매만진 세계 각국을 배경으로 한 미카의 사진이 걸려 있었다. 비 오는 날에 책을 읽을 수 있는 아늑한 안락의자도 있었다. 미카의 침실에는 새하얀 이불과 작은 크리스털 램프가 있었고, 협탁에는 액세서리를 담는 작은 접시가 놓여 있었다.

부엌은 카운터 테이블을 치우고, 뒷마당이 보이고 통풍이 잘되는 창문을 중심으로 밝게 꾸몄다. 작은 램프를 켜고 페인트 스프레이를 뿌린 낡은 피크닉 테이블에 허리케인 꽃병과 하얀 양초를 놓아 미카의 인스타그램 사진을 재현했다. 화강암 카운터 테이블 위에는 반짝이는 새 소형 가전제품이 놓여 있었다. 전부 다 하나가 심야 홈쇼핑으로 사 모은 것들이었다. 하나는 플러그를 꽂으며 니콜에게 근사한 집을 주고 싶었다고 중얼거렸다. 섬세한 양치류 식물과 하얀 난초가 식탁 한가운데를 장식했다. 갓 구운 빵 냄새가 나고, 따뜻한 벽난로에 불을 지펴 밤을 보내고, 햇볕이 내리쬐는 날이면 달콤한 잼을 졸이는 집이 되었다. 미카는 그 모습을 지켜보며 미소를 지었다. 여기서 아기를 키울 수도 있었을 텐데. 전 세계를 여행하거나 갤러리에서 힘든 하루를 보내고 이런 집으로 돌아왔을 수도 있다. 이 과정에서 미카는 고등학생 시절을 떠올렸다. 미카는 새 캔버스를 살 돈이 없어서 중고품 가게에서 캔버스를 사다가 그림을 그리곤 했다. 그리고 캔버스의 물감을 벗겨내거나 그 위에 물감을 덧칠했다. 그렇게 새로운 무언가를 만들어내곤 했다. 예전보다 더 나은 작품을.

"나쁘지 않은데. 썩 괜찮아 보여."

찰리는 소파에 몸을 기대 뒤로 활짝 젖혔다. 오늘 밤 메뉴는 팟타이와 쌀국수였다. 페니가 오기 전 마지막 만찬이었다.

국수를 먹는 사이사이, 미카는 페니를 위해 앨범에 사진을 붙였다. 찰리와 미카는 커피 테이블 위에 사진을 펼쳐놓고 하나씩 골랐다. 하나는 지난 1시간 내내 이상하게도 와인을 마시는 데만 집중하며 말이 없었다.

"오! 이건 꼭 넣어야겠다."

찰리가 미카에게 사진 하나를 건넸다.

미카가 페니의 나이였을 때 찍은 사진이었다. 열여섯 살의 미카가 이젤 앞에 앉아 있고, 그 뒤로 목탄 스케치가 걸려 있었다. 미카는 손가락 사이로 느껴지던 거친 목탄의 느낌을 떠올리며 손가락 끝을 문질렀다. 창작하는 기분이 얼마나 좋았던지. 마치 피부 밖으로 환희가 펑펑 터지는 기분이었다. 미카는 사진을 다시 테이블 위에 올려놓았다. 엄마는 초상화를 앞에 두고 고개를 종이 가까이 처박은 채 냄새를 맡았었다. '네가 그린 거니? 따라 그린 게 아니고?' 미카는 어린 시절 내내 엄마에게 그림을 잘 그릴 수 있다고 설득하느라 바빴고, 대학교 1학년 때는 그럴 능력이 있다고 설득했다.

"이건 빼자."

찰리가 인상을 구기며 "알았어……" 하고 조심스레 대답했다. 찰리는 미카가 왜 더 이상 그림을 그리지 않는지 몰랐다. 오직 하나만이 진실을 알고 있었다.

"너 정말 실력 있었다."

미카는 '있었다'는 말에 버튼이 눌렸다. 그 모든 그림과 여행은 이제 사라진 삶이었다. 가능했지만, 가능하지 않았던 것들.

"거기에 우리 부모님 사진 있니?"

미카가 물었다.

하나는 다시 와인 잔을 채웠다.

"여기."

찰리가 다른 사진을 건네주었다. 여섯 살 미카가 엄마, 아빠와 함께 새 텔레비전 앞에서 포즈를 취하고 있는 사진이었다. 아빠는 '크리스티 야마구치'가 올림픽에서 스케이트를 타는 모습을 보기 위해 그 텔레비전을 샀다. 3년 후, 그들은 그 텔레비전을 통해 일본에서 발생한 옴 진리교 테러*를 시청했고, 엄마는 친척들에게 밤새도록 전화를 걸며 함께 울었다. 사진 속 미카는 두 손을 앞으로 가지런히 모으고 있었고, 머리는 전형적인 동양인의 바가지 머리를 하고 있었다. 그 뒤로는 엄마가 자주 입던 빛바랜 청바지와 금색 안경을 쓰고 있었다. 미카의 어깨를 힘껏 움켜쥔 손은 '내게서 벗어날 생각 마라'라는 경고처럼 보였다.

미카는 사진을 앨범에 채워 넣었다.

"완벽해."

페니가 조부모님에 관해 물어볼지도 모른다. 미카는 두 분이 크루즈 여행 중이시라, 다음에 뵙게 될 거란 변명을 할 예정이었다. 하지만 미

---

* 1995년 3월 20일에 도쿄에서 발생한 동시다발 테러 사건으로, 지하철 내에 독극물 가스를 무차별적으로 살포하여 약 6,000명의 사상자를 냈다.

카는 페니가 지금은 믿을지라도 다음은 없다는 걸 알고 있었다. 딸은 생모를 만나 답을 얻으러 왔다가 다시 현실의 삶에 얽매여 미카를 두고 떠날 것이다. 미카는 자신이 한평생이 아니라 한 계절 동안만 사랑받을 수 있는 존재라는 걸 충분히 알고 있었다.

앨범에는 고등학교 시절 하나와 미카의 사진이 많았다. 미카는 사진 하나를 뚫어져라 바라보았다. 시내에서 찍은 두 장의 사진 중 하나였다. 하나는 미카의 팔을 감싸안고 있었고, 뒤에는 시위대가 있었다. 시위대의 손에는 '우리는 할 수 있다!'라는 팻말이 들려 있었다. 그들은 농장 노동자 시위에 참석하기 위해 학교도 결석했다. 미카는 시위대가 무엇에 항의하는지도 잘 모르면서 (그건 하나가 더 잘 알고 있었을 것이다) 그저 소리를 지르는 것만으로도 기분이 좋았다. 구호를 외치고 소란을 피우는 게 좋았다. 하나는 미카가 자신의 목소리를 찾도록 도와주었다. 참으로 부산스럽고, 강력한 힘이었다. 미카는 그 사진을 앨범에 붙였다.

다음으로 미카는 하나가 찍어준 폴라로이드 사진을 집어 들었다. 대학 입학 첫날이었는데, 미카는 마치 크리스마스 아침인 것처럼 환하게 웃고 있었다. 엄마는 미카가 경영학을 전공하고 집에서 통학해야 한다고 주장했지만, 미카는 항상 회화를 전공하며 기숙사에서 살기를 원했다.

하나와 미카는 함께 재정 지원 및 주거 서류를 작성하고 연방 정부의 무상 장학금을 받았다. 기숙사로 이사하기 전날 밤, 미카는 시계를 보며 엄마가 평소 잠자리에 드는 밤 9시가 되기만을 기다렸다. 엄마가 가장 피곤할 시간이었고, 싸울 가능성이 가장 적은 시간이었다. 미카는 아빠가 텔레비전을 끄자마자 긴장을 풀고 방 밖으로 나와 미술을 전공하겠다고 선언했다. 두 손은 주먹을 불끈 쥐었다. 미카는 꿈을 위해 자신의 삶을 내려놓을 준비가 되어 있었다.

배은망덕한 것. 엄마는 그렇게 말했다. 엄마는 집에서 입는 가운을 입고 있었다. 아빠는 미카를 쳐다보지도 않았다. 엄마는 이 계집애가 화가가 되려고 한다며 아빠를 잡았다. 그리고 미카에게 화살을 돌렸다. **'넌 절대 화가가 될 수 없어, 네 인생을 낭비하는 거다.'** 엄마가 미카에게 손을 날렸다. 엄마의 분노가 담긴 내리침이 어찌나 거대하게 울리는지, 이가 빠진 줄 알았다. **'그렇게 집이 싫으면 나가라. 이제야 발을 뻗고 자겠구나.'** 미카는 그대로 짐을 싸서 하나의 집에서 하룻밤을 보냈다. 그날은 비가 내렸다. 미카는 눈물을 훔치며 어차피 집에 남아 자신을 말살하려는 여자와는 더 이상 시간을 낭비하고 싶지 않았다며 자신을 위로했다. 미카에게는 원대한 포부가 있었다. 망가진 소녀는 그렇게 탈주했다.

기숙사 방은 미카가 처음으로 진짜 예술가가 된 기분이 들게 하는 곳이었다. 빛바랜 벽과 시끄러운 라디에이터, 검은 옷으로 가득 찬 옷장. 미카는 항상 모든 일에 5분 일찍 도착했다. 시계를 계속 확인하며 진짜 삶이 시작되기만을 초조하게 기다렸던 기억이 났다. 미카는 매분 매시에 너무 많은 관심을 기울였다. 사실, 미카는 페니가 잉태되던 정확한 시간도 알고 있었다. 고개를 돌려 탁자 위의 시계를 보는 순간, 디지털시계가 저격수의 레이저처럼 붉은빛을 내뿜으며 자정하고 1분으로 넘어가는 찰나였다. 하지만 미카는 이제 더 이상 시간에 신경 쓰지 않았다. 미카는 행복하게 시간을 흘려보냈다.

미카는 사진을 앨범에 넣고 한숨과 함께 빛나는 얼굴을 엄지로 눌러 보았다.

마지막 사진은 페니를 임신한 지 7개월이 된 미카의 사진이었다. 미카는 미소를 지으며 작은 동물처럼 안락의자에 몸을 웅크리고 앉아 머리카락을 높이 말아 올린 모습이었다.

하나는 잔에 담긴 와인을 휘저었고, 이윽고 표정에 감정이 깃들기 시작했다.

"미안."

그리고 하나는 뒷문으로 사라졌다.

찰리와 미카는 하나를 따라갔다. 두 사람은 창문 너머로 니콜과 함께 심었던 메마른 단풍나무를 향해 쿵쾅거리며 다가가는 하나를 지켜보았다. 하나는 몸을 구부리고 양손으로 마른 나무줄기를 힘껏 잡아당겼다. 당연히 나무는 꿈쩍도 하지 않았다.

"삽을 가져다줘야 할까?"

찰리가 속삭였다.

"아니, 지금은 혼자 두자."

미카가 말했다.

하나는 기이하고, 슬프고, 우렁찬 울음소리를 터트렸다. 그러고는 다시 나무줄기를 양손으로 붙잡고 당기고 또 당겨서 마침내 죽은 뿌리가 꺾이고 뽑혀 나올 때까지 계속했다. 하나는 제힘에 못 이겨 뒤로 휘청이다가 엉덩방아를 찧었다. 헐떡이는 가슴과 달아오른 얼굴로 축축한 눈을 부릅뜬 채 멍하니 바닥에 앉아 있었다. 그리고 고개를 들어 창문 너머에 있는 미카와 찰리의 눈을 마주했다.

찰리는 손에 든 와인 잔을 높이 들어 올렸다. 미카도 마찬가지였다. 두 사람은 잔을 부딪치며 조용히 건배를 외쳤다.

"새로운 시작을 위하여."

찰리가 말했다.

"그리고 한껏 부푼 희망을 위하여."

미카가 덧붙였다.

9

　일요일, 미카는 포틀랜드 공항의 수하물 찾는 곳을 서성이고 있었다. 이미 다섯 번이나 휴대 전화로 페니와 토머스의 비행기를 확인했다. 비행기는 이미 20분 전, 예상 시간보다 빠르게 착륙했다. 그러나 미카가 기다리는 두 사람의 모습은 아직도 보이지 않았다. 페니가 출발 직전에 마음을 바꾼 거면 어떡하지? 토머스가 페니의 설득에 성공한 거라면? 미카는 사람들을 찬찬히 살펴보았다. 어린아이와 부모가 한 노부부에게 달려가는 모습이 보였다.

　"할아버지! 할머니!"

　소년이 외쳤다. 몸집이 호리호리한 남자는 더플백을 내려놓고 비니를 쓴 남자를 껴안았다. 발걸음이 통통 튀는 검은 머리카락의 소녀는 키가 크고 잘생긴 남자 곁을 나란히 걸으며 미카의 옆을 스쳤다. 미카의 머릿속에 온갖 상상이 떠올랐고, 그중에는 자동차 사고 같은 것도 있었다.

그리고 페니와 토머스가 보였다. 두 사람이 여기 있다. 마침내.

미카는 저도 모르게 활짝 웃어 보였다. 따스한 기운이 몸속에 퍼졌고, 세로토닌이 최고조에 달했다. 페니는 미카를 보자마자 그녀를 향해 내달리기 시작했다. 순간 어린아이가 첫걸음을 내딛고, 부모가 팔을 내미는 영화의 장면이 미카의 머릿속을 스쳐 지나갔다. 페니는 미카의 앞에 멈춰 섰고, 두 사람은 말없이 서로를 바라보았다. 미카는 아마 이쯤에서 배경 음악이 깔리겠지, 하고 생각했다. 피아노 선율이 좋겠다. 근사한 사랑 노래. 미카의 하루가 갑자기 꿈처럼 흐릿하고 몽롱해졌다.

페니가 먼저 입을 열었다.

"안아봐도 돼요?"

페니가 수줍게 물었다.

"응, 안아줘."

미카가 팔을 벌리자 페니가 그 품으로 한 발짝 다가왔다. 미카는 마침내 품에 안은 아이를 꽉 껴안고, 꼭 붙잡았다. 다시는 놓치고 싶지 않았다. 이대로 시간이 영원히 멈췄으면 좋겠다고 생각했지만 욕심을 억누른 채 페니를 부드럽게 안아주었다. 그러나 가슴속에 피어난 사랑에 대한 열망으로 마음이 터질 것 같았다.

두 사람에게 다가온 토머스의 모습은 마치 태양을 가리는 먹구름 같았다.

페니가 한 걸음 뒤로 물러섰다. 토머스는 제 딸의 곁을 단단히 지키고 섰다.

"네가 꿀 먹은 벙어리가 된 건 처음 보는데."

토머스가 다정한 목소리로 핀잔했다. 어쩌면 이 남자는 미카의 예상처럼 그리 나쁜 사람인 건 아닐지도 모른다.

미카는 토머스와 눈을 마주했다. 마음의 준비를 해야 했다. 날카로운 광대뼈와 연녹색 눈동자. 희끗희끗한 머리는 약간 길고 제멋대로 헝클어졌지만, 단정하게 다듬은 모양새였다. 토머스는 매력적이었다. **아니, 섹시했다.** 그것도 너무나. 안 돼, 절대 안 돼. 미카는 자신을 채찍질했다. 양심이 쿡쿡 찔렸지만, 얼굴이 제멋대로 화끈거렸다.

"톰, 만나서 반가워요. 미카예요."

미카는 손을 내밀어 악수를 청했다.

"토머스라고 불러줘요."

페니에게 소곤거리던 따스함은 어디로 사라졌는지, 차가운 목소리로 돌아온 토머스가 이름을 정정했다. 서로 맞잡은 손을 통해 그의 단단한 힘이 느껴졌다. 반면 미카의 손은 죽은 물고기처럼 축축하고 부드러웠다.

"너무 떨리고 흥분돼요. 어디서부터 시작해야 할지 모르겠어요."

밝은 분홍색 매니큐어를 칠한 페니의 손톱이 뭉툭했다. 페니는 오른쪽 가운뎃손가락에 낀 반지를 빙글빙글 돌렸다.

미카는 여전히 토머스의 시선에서 뜨거운 열기를 느끼며 페니를 향해 시선을 돌렸다.

"일단 짐을 찾고 점심 먹으러 가자. 어때?"

"너무 좋아요."

페니가 말했다.

미카는 미소를 지었다. 페니도 따라 웃었다. 마치 거울을 보는 것

같았다. 어리고 희망차던 **아주 오래전**, 열여섯 살의 미카를 보는 것
같았다.

* * *

"정말 괜찮겠습니까?"

토머스는 주차장에서 초조한 기색으로 미카에게 물었다. 자동차
에서 경고음이 울리고 엔진이 덜덜 떨리며 시동이 걸렸다. 희미한
배기가스 냄새가 공기에 배었다. 화창한 햇볕이 내리쬐는 따스한 날
씨였다. 이런 날씨에는 기분이 나빠지기도 힘들었다. 뭐, 누군가는
그럴 거란 뜻이다. 토머스는 날씨와 상관없이 조용하고 침울한 모습
을 완벽히 소화하는 것 같았다. 그런 면에서 보면 참 노련하게 자신을 숨
길 줄 아는 남자였다.

"네, 제가 할게요."

미카는 열쇠 꾸러미를 초조하게 만지작거렸다. 페니와 토머스를
태우려고 찰리가 타고 다니던 중고 볼보를 빌렸다. 안타까운 사고로
가로수를 들이받고 사이드 미러를 덕트 테이프로 칭칭 감은 미카의
고물 코롤라보다는 한층 업그레이드된 자동차였다. 문제는 리모컨
키 배터리가 방전된 바람에 옛날 방식, 즉 실물 열쇠를 써야 한다는
점이었다. 가까스로 문을 여는 데는 성공했지만, 트렁크 잠금장치를
찾을 수가 없었다.

"진짜 괜찮아요."

"그 말만 벌써 여섯 번째인데요."

토머스가 발을 움직였다.

"저는 트렁크를 절대 사용하지 않는 타입이거든요."

미카는 차 안에 반쯤 몸을 구기고 앞좌석을 더듬거리는 내내, 허공에 뜬 자기 엉덩이가 페니와 토머스의 정면으로 보인다는 사실을 깨달았다.

"잠시만요, 진짜 찾았어요."

그러나 미카는 휴대 전화를 꺼내 찰리에게 문자를 보내고 있었다. 이 망할 트렁크, 대체 어떻게 열어?

"한번 봐요, 내가 찾아볼게요."

토머스가 성큼 다가왔다. 미카는 휴대 전화를 아래로 내리며 허리를 곧게 폈다. 두 사람은 거의 가슴을 맞대는 모양새였다. 어두운 주차장에서 토머스의 입매가 비뚜름하게 구부러졌다.

"제가 찾아도 되겠습니까?"

"아, 네. 네네, 보세요."

미카는 부끄러운 마음을 감추지 못하고 트렁크 근처에 서 있던 페니의 곁으로 얼른 물러섰다.

토머스가 긴 몸을 접어 운전석 안을 들여다보았다.

"여기 있네요."

지나치게 빨랐다. 미카는 뒷좌석 창문을 통해 토머스가 레버를 당기는 모습을 지켜보았다. 순식간에 트렁크가 열렸다.

"아빠가 차를 진짜 잘 다루시거든요."

페니가 말했다. 토머스는 얼굴에 미소를 띤 채 자신감을 내뿜으며 돌아왔다.

토머스가 트렁크를 열었다.

"트렁크 안 쓴다고 하지 않았어요?"

토머스는 피식 웃음을 흘렸다.

"네?"

미카는 한 뼘 정도의 거리를 유지하며 조심스럽게 토머스의 곁으로 다가갔다. **환장하겠네.** 찰리가 트렁크 비우는 걸 깜빡한 모양이다. 트렁크에는 구급 가방과 드라이클리닝 한 옷, '기부용'이라고 적힌 CD가 무더기로 담긴 박스가 있었다.

토머스는 박스 더미 제일 위에 있던 CD를 집어 들었다.

"사랑을 나눌 때 듣는 노래."

토머스는 CD 커버에 적힌 글씨를 읽었다. 그리고 미카를 향해 고개를 슬며시 기울이며 눈살을 찌푸렸다.

미카는 토머스의 손에서 CD를 빼앗아 다시 박스 안으로 던지고 트렁크를 닫았다.

"캐리어는 뒷좌석에 실어야 할 것 같네요."

토머스의 미간으로 삐쭉, 하고 주름이 잡혔다.

"짐을 뒷좌석에 실으라고요? 바퀴가 더러운데."

"뒤에 실어도 괜찮아요. 제가 뒤에 앉을게요. 저는 좁은 자리에 최적화된 사이즈잖아요."

페니가 미카와 함께 배시시 웃으며 말했다. 두 사람 다 약 158센티미터가 조금 안 되는 작은 키였다. 미카는 캐롤라인이 얼마나 큰지 몰랐지만, 토머스는 적어도 약 182센티미터가 훌쩍 넘어 보였다. 이제 미카가 우쭐할 차례였다. 미카는 키가 **작은 것도, 몸집이 작은 것도**

다 나를 닮은 거야, 라고 생각했다.

토머스가 낮은 목소리로 중얼거렸다.

"그것참 잘됐네."

"잘됐죠."

토머스가 가방을 뒷자리에 싣자, 페니가 말했다.

"이제 점심 먹으러 가요. 미리 말씀드리지만, 저는 혹독한 학업 생활을 마치고 방학을 맞이한 거라고요. 오늘은 맛있는 거 먹고 느긋하게 쉴 거예요."

페니가 두 손을 비비며 '나 진짜 놀러 온 거예요'라는 표정으로 웃었다.

"두 분 다 놀랄 준비하세요."

* * *

미카가 푸드 트럭의 메카인 카트랜디아 근처 도로변에 차를 세우자 토머스의 동공이 크게 흔들렸다. 그 모습을 본 미카의 행복 지수가 급상승했다. 이 남자가 제일 좋아하는 음식은 아마 굽지 않은 빵 따위가 아닐까.

"여기라면 각자에게 맞는 음식을 고를 수 있을 것 같아요."

미카가 차에서 내리며 말했다. 바람을 타고 카레와 미소 된장, 구운 고기 냄새가 솔솔 풍겨왔다. 근처에는 푸드 트럭만 삼십 대가 넘었다. 드리워진 흰색 차양 막 밑에는 접이식 테이블이 깔려 있었다.

페니와 미카가 앞서 나갔고, 그 뒤로 토머스가 팔짱을 낀 채 불만을 제시하며 따랐다.

페니와 미카는 한 바퀴를 돌아보면서 어디서 먹을지 살펴보기로 했다. 두 사람은 메뉴를 읽으며 즐겁게 수다를 떨었다. 알고 보니 페니는 잭 케루악을 싫어했다. 그런데 《온 더 로드》를 다운받아 비행기에서 읽기 시작했다고 했다.

"죄송해요."

페니가 전 세계 각국의 동그란 모양인 음식을 파는 볼-지(Ball-Z) 푸드 트럭 앞에 멈춰 서서 말했다.

"왜 좋아하는지는 알겠어요. 근데 그 작가, 완전 성차별주의자 아니에요? 자기가 존경하는 어머니를 묘사할 때 빼고는 성별에 대한 표현이 정말 끔찍하다고요."

"하지만 글에 담긴 에너지가 대단하지 않아? 3주 만에 그걸 썼잖아. 완전히 타고난 작가지. 그 작가를 생각하면 아무것도 안 하는 내가 너무 후회돼."

미카는 《온 더 로드》를 읽고 세계를 여행하고 싶었다. 온 세상을 누비며 꿈을 좇고 싶었다.

"나는 그 책 때문에 여행과 예술 공부를 시작했어."

"저한테는 충분히 포용적이지 않았어요. 비트족은 기본적으로 백인 남성에 의한, 지나치게 서로만을 사랑하는 집단이라고요."

"일리가 있네."

"그래도 미카에겐 잘 맞았다니 다행이에요."

"목적에 부합했다고 봐야지."

두 사람이 나아가는 사이, 토머스는 계속해서 그들의 한두 걸음 뒤를 따랐다. 그 모습을 보니 미카는 어린 시절에 보았던 만화가 떠올랐다. 비구름이 주인공 뒤를 졸졸 쫓아가던 장면이었다. 그들은 다시 출발점으로 돌아왔고, 페니는 입술을 톡톡 두드리며 고민했다.

"라멘 맛있어요?"

"아, 최고지. 나도 똑같은 걸로 할래. 내가 가서 사 올 테니 두 사람이 자리를 잡을래? 토머스는 뭘로 할래요?"

"당신이 추천해주는 걸로 아무거나요."

아무거나 추천해 달라니. 그렇다면 당신은 라멘에서 제외다. 뭐, 미림을 넣어 조린 반숙계란장도 괜찮을 것이다. 아니, 맛은 괜찮을지라도 커스터드처럼 부드러운 노른자가 토머스의 입맛에 맞지 않을 수도 있겠다.

토머스는 뒷주머니에서 지갑을 꺼내고 미카에게 빳빳한 20달러 지폐 두 장을 내밀었다.

미카는 재빨리 손을 흔들었다.

"제가 살게요."

토머스에게 돈을 내라고 할 수는 없었다. 현금이 두 사람 사이에서 흔들렸다. 미카는 토머스가 지폐를 억지로 자신의 손에 쥐여주려는 건 아닐까, 하고 생각했다.

"제가 사고 싶어요."

미카는 말투를 가다듬고 환하게 웃었다.

"금방 올게요."

그리고 서둘러 자리를 떴다.

미카는 주문을 마치고 자신의 카드를 계산대에 내밀었다. 미카는 식사 비용을 감당할 수 없었다. 은행 계좌의 남은 잔고가 박박 긁히는 소리가 들리는 것 같았다. **토머스의 돈을 받을 걸 그랬나.** 자기 발등을 찍은 셈이지만, 처음 있는 일도 아니었다. 주문한 음식은 빠르게 나왔고, 미카는 쟁반에 균형을 잡으며 음식을 올렸다. 토머스와 페니는 미카를 등지고 천막 아래에 자리를 잡았다. 두 사람은 미카를 볼 수 없었지만, 미카는 그들의 대화를 들을 수 있었다.

"재밌지 않아요?"

페니가 토머스에게 설렘이 가득한 목소리로 물었다. 미카도 잘 아는 말투였다. 부모님의 동의가 간절할 때 나오는 초조한 목소리. 미카도 엄마에게 여러 번 그런 말투를 쓴 적이 있었다. '엄마, 제가 그린 애벌레예요. 멋있죠?' 미카가 일곱 살 때였다. '흠, 애벌레보단 지렁이 같구나.' 엄마는 그렇게 대꾸했다.

"너와 함께 시간을 보내는 게 즐거운 거지."

토머스가 담담히 대꾸했다.

"푸드 트럭은 재미없고요?"

"뭐라고 대답해줘야 할까? 나는 위생 점검이 나오면 빨리 도망가기 위해 트럭에서 음식을 파는 거라고 확신해. 인터넷에 검색하면 식품 안전 등급이 나올걸."

페니가 킥킥 웃었다.

"제발 그러지 마세요."

그리고 잠깐 뜸을 들이다 물었다.

"아직도 저한테 화나셨어요?"

토머스는 휴대 전화를 내려놓고 긴 손가락으로 테이블을 두드렸다. 왼쪽 네 번째 손가락에는 반지가 없었다.

"아니, 화난 건 아니야. 그렇지만 아빠한테 거짓말을 하지 않았으면 더 좋았겠지."

"하지만, 뭐랄까. 마음이 상하신 건 아니에요?"

"내 마음을 걱정하는 건 네가 할 일이 아니야. 내가 네 마음을 걱정해야지."

저건, 꽤 훌륭한 아빠의 자질이다.

"어떻게 생각하니, 저 여자?"

여기서 '저 여자'란 미카를 의미했다.

"정말 좋아요. 진짜 잘 맞고, 좋아하는 것도 비슷해요."

이 말에 미카는 소원이 이뤄질 것 같은 기대감에 마음이 부풀었다. 미카는 페니와 친구가 되고 싶었다. 자신이 엄마에게 원했던 것도 같은 결이었다. 따뜻함, 동지애, 쉴 수 있는 곳. 언제든 돌아갈 수 있는 집.

"그러니까 네 친엄마가 열여섯 살짜리 소녀 같다는 거야?"

토머스가 슬쩍 물었다. 미카는 쟁반이 점점 무거워져서 발을 옮기기 시작했지만, 좀처럼 두 사람의 대화를 방해할 수가 없었다. 자신이 마치 밖에서 내부를 훔쳐보는 침입자처럼 느껴졌다.

"아빠!"

토머스가 목청을 가다듬었다.

"미안, 계속해."

"모르겠어요. 그냥 책이랑 남자애들, 꿈에 대한 대화를 나눴어요."

"나도 너랑 그런 대화를 나누고 싶은데."

"아빠랑은 좀 달라요."

페니가 몸을 들썩였다.

"키워준 엄마는 돌아가셨고, 낳아준 엄마는 나를 버렸어요. 저한테는 심각한 일이라고요. 그냥…… 뭐라도, 누구라도 필요해요."

"내가 있잖니."

토머스가 말했다.

페니는 손을 튕겼다.

"전형적인 남자들의 논리. 페니스가 모든 걸 해결해 준다고 생각하네요."

토머스가 헛기침을 터트리며 주먹으로 가슴을 통통 두드렸다.

"페니, 말조심."

"그냥 분위기 좀 끌어올리자고요. 진정하세요."

"친절한 여자긴 해. 근데 자기 자동차 트렁크 여는 법도 모른다는 게 좀 이상하지."

"식사할까요?"

그때 미카가 끼어들었다. 미카가 테이블에 쟁반을 내려놓자 토머스가 희미하게 미소를 지었다.

미카는 김이 모락모락 나는 라멘 그릇을 두 사람 앞에 놓았다. 페니는 포크와 나무젓가락 사이에서 눈을 동그랗게 뜬 채 망설였다. 그리고 얼굴을 벌겋게 물들이며 포크를 선택했다. 그 모습을 본 미카는 입술을 끌어올리며 집어 들었던 젓가락을 내려놓고 페니처럼 포크를 선택했다.

"이런 젓가락은 꼭 가시가 박히더라고요."

"그래요?"

페니의 시선이 조심스럽게 미카를 향했다가 다시 그릇으로 향했다. 콧등에서 뺨으로 이어지는 주근깨가 보였다. 페니의 생부도 팔에 주근깨가 있었다.

"당연하지, 이 싸구려 하시는 최악이야."

"하시?"

페니가 되물었다.

"일본어로 젓가락이라는 뜻이야."

페니는 이 말에 기쁜 내색을 감추지 못했다.

"하시."

토머스는 손을 말아 쥐었다. 손등에 핏줄이 불거졌다.

"나도 먹어봐야겠어. 카레를 사올까 봐. 뭐, 먹는다고 무슨 큰일이 나겠어?"

토머스가 자리에서 일어서며 물었다.

"페니, 네가 좋아하는 오트밀 초코칩 쿠키 먹을래?"

페니는 고개를 끄덕였다.

"네, 맛있을 것 같아요."

"금방 올게."

토머스는 페니의 어깨를 꼭 잡은 다음, 몸을 숙여 페니의 반짝이는 검은 머리카락에 가벼운 뽀뽀를 남겼다.

페니는 몸을 수그리며 "아, 아빠" 하고 칭얼거렸다.

"뭐 필요한 거 있습니까?"

토머스가 미카에게 물었다.

정말, 너무도 많지. 미카는 그렇게 생각했지만, 고개를 저으며 대답했다.

"전 괜찮아요. 고마워요."

미국 입양 전문 에이전시

내셔널 오피스

(66546) 캔자스주 토피카 웨스트 57번가 56544, 111호

(800) 555-7794

미카에게

정말 오랜만에 연락드립니다. 잘 지내고 계셨길 빕니다. 다시 한
번, 미카 스즈키(생모)와 캘빈 부부(양부모)가 동의한 입양 조건에
따라 서류를 동봉하여 보내드립니다. 내용은 아래와 같습니다.

- 입양아의 발달 및 양육 상황을 설명하는 양부모의 연간 편지
- 사진 또는 기타 기념품

언제나처럼 궁금하신 점이 있으시면 연락 바랍니다.

진심을 담아,

입양 담당자 모니카 피어슨

미카에게

열 살이에요! 페니는 이제 열 살이고, 저는 이 코딱지만 한 초등학교 4학년짜리의 인생에 한 가지 목표가 생겼다고 확신해요. 2달 전, 페니는 뒤로 걸어 다니기로 작정을 했답니다. 그리고 최근에는 베이킹을 시작하기로 했대요. <더 그레이트 브리티시 베이킹 쇼>를 보고 영감을 얻었나 봐요.

페니는 초콜릿 체스 파이, 호두 쇼트 브레드 케이크, 캐러멜 사과파이 비슷한 것까지 만들어 보겠다는 원대한 꿈을 안고 토머스에게 장 볼 목록을 한가득 안겨주며 식료품점으로 등을 떠밀었어요. 이름만 대면 다 먹어보고 싶다고 성화예요. 매일 오후, 페니는 학교에서 돌아오자마자 오븐을 예열하고 테이블에 믹싱볼부터 올려놔요. 그런 다음 싱크대에는 설거짓거리가 쌓여가고, 바닥은 밀가루 범벅이 되곤 하죠. 우리 부부는 아이가 만든 음식을 그 프로그램에 나오는 심사 위원처럼 비평해요. '속이 약간 덜 익었지만, 보기 좋고 맛도 좋은 빵이네요'라고 하면서요. 하지만 페니의 실력이 끔찍하다는 건 인정해야겠네요. 그래도 우리 부부는 페니가 만드는 건 다 먹고 뺨이 아프게 웃어준답니다. 어쩌겠어요? 전 페니가 하는 건 다 좋거든요. 저는 늘 페니가 꿈을 좇길 빌어요. 동봉하는 사진은 페니가 가장 최근에 만든 빵이에요. 고슴도치 케이크였나, 그럴 거예요.

큰 포옹을 담아,
캐롤라인

10

다음 날 아침, 미카는 호텔 로비에서 페니와 토머스를 기다렸다. 집 담보 대출금보다 비싼 벨벳 소파 옆에 선 미카는 자신의 갈라진 손톱과 오랫동안 다듬지 않은 머리카락이 신경 쓰였다. 그때 엘리베이터 문이 덜컹거리는 소리를 내며 열렸다. 그곳에서 페니와 토머스가 걸어 나왔다.

"안녕하세요."

페니가 밝게 웃으며 미카를 향해 뛰어왔다.

"좋은 아침입니다."

토머스도 천천히 다가왔다. 그와 페니는 둘 다 맨투맨 티셔츠에 청바지, 테니스 운동화 차림이었다.

"준비됐어?"

미카는 코트 단추를 채우고 정문을 향해 걸었다.

미카는 "걸어갈까 하는데, 어때? 일기 예보 보니까 오늘 오후까지는 비가 안 온대" 하고 물었지만, 솔직히 말하면 기름값이 너무 비쌌고, 주차비를 두 번 내고 싶지 않았기 때문이었다.

"박물관은 여기서 몇 블록만 걸어가면 되거든."

회전문을 빠져나오는 순간, 미카의 휴대 전화가 울렸다. 발신자를 확인하니 엄마였다. 미카는 전화를 거절하여 음성 사서함으로 넘긴 후, 휴대 전화를 다시 주머니에 넣었다.

페니는 호텔에서 몇 발짝 걸어 나오자마자 "여기 너무 예뻐요"라고 말했다. 윌래밋강에서 살랑살랑 바람이 불어왔다. 세 사람은 몸을 숙이며 바람을 피했다.

"어젯밤에 조금 걸었는데, 광장에 있는 나무를 감싼 조명이 너무 예쁘더라고요."

순간 토머스가 눈썹을 일그러뜨렸다.

"호텔을 나갔었니?"

"건너편 쇼핑몰만 잠깐 갔다 왔어요."

페니가 가볍게 대꾸했다.

"페니."

토머스가 일장 연설을 시작하려 했다.

"이 양말을 샀어요."

페니는 아르데코* 빌딩의 웅장한 철문 앞에 멈춰 섰다. 그러고는 바짓단을 걷어 올렸다. 고양이 얼굴이 그려진 파란 양말이 페니의

---

* 1차 세계 대전 직전에 프랑스에서 처음 등장한 시각 예술, 건축 및 디자인 양식으로 대칭적인 미 또는 패턴화된 곡선과 직선의 조화, 강한 힘을 보여주는 남성적 조각 등을 강조한 것이 특징이다.

가녀린 발목을 감싸고 있었다.

"귀엽죠?"

"진짜 귀엽다."

미카가 웃으며 말했다.

토머스는 미카에게 눈을 부라리며 페니에게 말했다.

"다음에 외출할 땐 미리 말해줬으면 좋겠군."

페니는 당황한 기색 없이 바짓단을 다시 밑으로 끌어내리며 "네" 하고 제 아빠에게 경례를 했다. 토머스는 인내심을 바란다는 듯 하늘을 향해 고개를 치켜들었다. 그리고 그들은 다시 걷기 시작했다. 곧 포틀랜드 미술관의 붉은 벽돌이 눈에 들어왔다.

공원이 있는 블록에서 조금 더 내려가면 미카가 다녔던 대학이 있었다. 미카는 예술과 건물만 겨우 알아볼 수 있었다. 별로 볼 것도 없었다. 그냥 네모난 회색 건물이었다. 하지만 가끔은 아름다운 것들이 태어나기도 했다. 미카는 그곳에 가고 싶어서 몸이 아플 정도로 간절했던 시절이 있었다.

미카가 미술 교수인 마커스 게레로를 만난 날도 비슷했다. 미카는 노란색 수강 신청서를 손에 쥐고 연구실 문을 두드렸다. 하늘색 티셔츠에 물감 얼룩이 잔뜩 묻어 있는 붉은 두건으로 검은 머리카락을 감춘 교수의 몸에는 담배 연기와 커피 냄새가 잔뜩 배어 있었다.

미카는 "등록처에서 채색 1, 2를 건너뛰려면 교수님 허락이 필요하다고 해서요" 하며 힘차게 다가가 그에게 신청서를 내밀었다. 그때의 미카는 지금보다 용감했다. 고집이 세고, 무엇이든 할 의지가 있었다. 말 그대로 무엇이든.

교수는 미카를 한참이나 말없이, 굉장히 차갑게 쳐다보았고, 미카는 천천히 문을 향해 몸을 틀기 시작했다. 교수는 한동안 연구실 문손잡이를 매만지다가 돌아섰다. 그러고는 책상으로 돌아가서 나무 팔걸이가 달린 낡은 녹색 가죽 의자에 앉았다. 대학이 설립된 1940년대부터 사용했을 법한 굉장히 오래된 의자였다. 교수가 몸을 뒤로 기대앉으며 입을 열었다.

"자네 실력을 증명해 봐."

"예?"

미카가 되물었다.

"자네 포트폴리오."

교수는 약간의 악센트를 주며 말했다. 그는 미대생들 사이에서 전설적인 인물로 통했다. 소문도 무성했다. 걸프전 참전 용사라는 둥, 책상 서랍에 보라색 하트 훈장*이 들어 있다는 둥. 부친은 유명한 조선업자였고, 지중해에서 요트를 타며 자랐다는 말도 있었다. 하지만 나중에 알고 보니 그는 이민자 출신 과수원 농부의 아들로 가난하게 자랐다고 했다. 어린 시절, 플로리다에서 부모님을 도와 바나나를 따면서.

"가져오지 않았어요."

"그럼, 지금 뭐라도 그려보게."

교수는 사무실 구석을 향해 고갯짓했다. 팔레트, 물감 튜브, 붓,

---

* 미국에서 전투 중 다친 군인에게 주는 훈장

테레빈유*로 가득한 두 개의 선반 사이에 커다란 이젤이 빽빽이 들어차 있었다.

"지금이요?"

미카는 메스꺼움을 느끼며 손가락을 말아 쥐었다.

교수는 기지개를 켠 후, 손깍지를 껴서 뒤통수를 감쌌다.

"그래, 지금."

"우와."

페니의 목소리가 미카를 상념에서 벗어나게 했다.

"여기서 인턴십을 하셨어요?"

페니는 놀라움을 감추지 못한 채 건물을 바라보며 물었다.

미카는 목구멍에서 앓는 소리를 내며 대답 대신 반응했다.

"대학 졸업하고 나서 바로. 오래 하진 않았어. 정말 오래전이야. 아마 그때 함께 일했던 사람들은 다 다른 곳으로 옮겼을 거야."

"그러니까, 대학교 1학년 때 제가 생긴 거군요."

페니가 미카의 가짜 타임라인을 짜맞추며 물었다.

"졸업하고는 박물관에서 일을 하셨고요. 진짜 대단해요. 저희 학년에 테일러 하인즈라는 여자애가 있는데요, 고1 때 단핵구증**을 앓고 1년을 쉬었대요. 근데 미카는 아기를 낳고도 학업과 직업을 병행했네요."

---

* 소나무에서 얻는 무색의 기름으로 유화용 물감을 녹이거나 희석할 때 사용하며 특유의 냄새가 있다.

** 순환하는 혈액에서 핵이 하나인 백혈구 숫자가 비정상적으로 많아지는 증상

갑작스러운 칭찬에 미카의 얼굴이 붉게 달아올랐다. 진실을 알면 토머스와 페니가 뭐라고 생각할까?

미카는 학교를 졸업하는 데에만 8년이 걸렸다. 미카는 1학년 때 낙제하여 장학금을 놓쳤고, 그 후 부모님께 도움을 요청하며 본가로 백기를 들고 들어갔다. 미카는 그 모든 일이 일어나고 얼마 지나지 않아 부모님께 "좋은 소식이 있어요. 전공을 경영학으로 바꿨어요. 저 좀 도와주시면 안 될까요?"라고 말했다. 사회는 불가능한 일을 해낸 사람에게 박수를 보낸다. 열심히 노력하는 사람에게. 자신의 힘으로 일어서는 사람에게. 그게 미국의 방식이었다. 하지만 미카는 발을 디딜 수조차 없었다. 그리고 자신이 없는 페니의 삶이 더 나을 거라는 기대도 있었다. 희생할 만한 가치가 있다고 생각했다.

미카와 토머스는 매표소에서 동시에 지갑을 꺼냈다.

"어제 점심도 샀고, 오늘 저녁도 초대해 주셨잖습니까. 이건 제가 내겠습니다."

토머스는 말을 끝내고 묵묵히 미카를 바라보며 그녀가 자신의 말을 순순히 따르기를 기다렸다. 페니에게는 잘 먹히지 않는 수법이 미카에게는 잘 먹혔다.

"아, 네. 그럴까요. 감사합니다."

미카는 지갑을 도로 집어넣으며 안도했다. 미카는 여전히 무직 상태였으므로.

토머스가 표를 산 다음, 미카는 필요 없었지만 미술관 지도를 얻었다. 안으로 들어선 미카는 숨을 깊이 들이마셨다. 그리고 출처는 알 수 없었지만, 이 정도 규모에서 나는 특유의 냄새에서 큰 위안을 얻었다. 미카는 정기적으로 미술관을 찾았다. 너무 조용했다. 머릿속을 파고드는 생각에서 자유로울 순 없었지만, 안전하다는 느낌을 받았다. 이곳만 오면 슬퍼하거나 꿈을 꾸다가도 모든 걸 잊을 수 있었다. 미카는 이 신성한 공간에 페니가 곁에 있으니 이제 모든 게 완전하다고 느꼈다.

세 사람은 대리석 계단을 따라 올라갔고, 늘 그렇듯 한쪽 구석에 밀려난 아시아 전시관(박물관은 대개 이미 죽은 백인 남성을 선호한다)을 우회해 유럽 전시관으로 향했다.

미카는 두 사람을 이끌고 이카로스의 그림을 보여주며 일종의 미니 투어를 선보였다. 미카는 종종 태양에 너무 가까이 날아가 밀랍 날개가 녹아버린 인간을 생각하곤 했다. 이카로스가 자신의 운명을 미리 알았다면 그렇게 높이 날아갈 수 있었을지 궁금했다. 과연 추락할 만한 가치가 있는 비행이었을까?

모네의 그림 앞에 잠시 멈춘 미카는 두 사람에게 인상주의를 설명했다.

"여기 작고 가늘고, 눈에 잘 보이지 않는 섬세한 붓 터치가 보여? 이게 바로 인상주의의 특징이야. 한순간의 풍경과 빛의 본질을 포착하기 위해 야외에 나가 풍경화를 그렸지."

미카의 대학교 예술학과 커리큘럼에는 미술사 과목이 포함되어 있었다. 예술적 재능만으로는 충분하지 않았다. 예술가가 되기 위해서는 학자가 되어야 했다. 거장을 연구하고 그들의 기술을 배워야 했다. 즉흥 연주를 하기 전, 기술 숙달이 먼저 필요한 재즈처럼. 지난 겨울 서리가 내린 정원에 있던 엄마처럼. 미카는 페니를 임신했다는 사실을 알기도 전에 인상주의를 중도에 그만뒀다.

"그림이 갈라졌어요."

페니가 코를 킁적였다.

미카는 배시시 웃었다.

"잔금이라고, 오래된 그림의 표면에 생기는 균열이야. 바니시가 말라서 그래. 예전에 그린 그림에서 자주 보이지."

페니는 앞서 걷다가 드가의 그림 앞에 멈춰 섰다. 그러고는 고개를 들어 종이에 그려진 파스텔을 바라보며 킁킁 냄새를 맡고 코를 킁적였다. 한편 토머스는 여전히 모네의 그림에 푹 빠져 있었다. 미카가 페니의 곁으로 다가가 "괜찮니?" 하고 조용히 물었다.

페니는 고개를 푹 숙였다.

"네, 괜찮아요. 엄마가…… 예전에 저한테 바보 같은 별명을 엄청 붙여주곤 하셨거든요. '설탕 자두 요정'이니, '새끼 칠면조'라느니, '꼬마 무용수'라느니. 근데 이 작품을 보니까 그때 생각이 나요."

드가는 발레 무용수가 허리에 두른 튤 스커트를 손가락으로 매만지는 모습을 그림으로 남겼다.

"멋진걸."

드가는 미카가 공부하다가 중단한 곳이었고, 캐롤라인은 페니를 '꼬마 무용수'라고 불렀다. 미카는 그 의미를 깨달았다. 끝과 시작. 이 모든 것이 운명이었다면. 아니면 미카는 추락한 이카로스처럼 허공을 부여잡고 어떤 신호를 찾고 있었던 걸까.

페니의 미소가 조금씩 사라졌다.

"이런 일로 우는 건 바보 같잖아요."

"난 그렇게 생각하지 않아."

미카가 속삭였다.

"얼마든지 엄마에 대해 이야기해도 돼."

여기서 엄마란, 캐롤라인을 의미했다.

"걱정하지 말고. 나한텐 뭐든 이야기해도 돼."

내가 항상 귀를 기울일게. 내가 늘 네 곁에 있을게. 난, 언제나 너를 믿을게.

"고마워요."

페니는 한 발짝 뒤로 물러나 모퉁이에서 의자를 찾았다. 미카도 페니와 함께 의자에 앉았다. 미카는 지나가는 사람들의 눈에 두 사람이 엄마와 딸처럼 보일 거라고 생각했다. 죄책감이 미카의 마음을 쿡쿡 찔렀다. 캐롤라인과 토머스는 페니와 함께 마라톤을 했고, 미카는 곁에서 지켜보는 역할에 불과했으니까.

"엄마는 진짜 대단했어요. 작가 칼릴 지브란도 좋아했고, E. E. 커밍스도 좋아하셨어요. 엄마의 결혼반지에는 '당신의 마음을 내 마음에 품을게'라는 글귀가 새겨져 있었어요."

페니는 끼고 있던 반지를 빼 안쪽을 보여주었다. 안쪽으로 에드워드 서체가 새겨져 있었다. 페니는 다시 반지를 손가락에 끼웠다.

"저를 닮은 부모님이 아니라는 게 견디기 힘들었어요. 하지만 아빠가 아직도 이 모든 일에 너무 슬퍼하고 계셔서 차마 아빠 앞에서는 그런 말을 할 수가 없어요."

미카의 심장이 뚝 떨어졌다. 토머스와 페니는 아직도 슬픔에 잠겨 있었다.

"백인 부모님께 입양된 게 힘들었니?"

미카는 후자보다는 전자에 초점을 맞춰 물었다.

페니는 등을 뒤로 젖히고 다리를 꼬아 올리며 말했다.

"글쎄요. 부모님은 저랑 같이 일본어를 배우려고 노력하셨어요. 수업도 몇 번 등록했고, 데이턴에서 열리는 축제에도 갔었어요. 그래도 늘 단절이 있었어요. 사람들이 우리 가족에 관해 물어보는 게 좀 불편하셨던 것 같아요. '애를 어디서 데려왔어요?' 뭐, 그런 질문이요."

페니는 잠시 말을 멈추고 손톱을 뜯었다.

"초등학교 때는 친구들이 제 눈을 보고 놀리곤 했어요. 애니메이션 〈레이디 앤 트램프〉의 샴고양이 노래를 따라 부르면서 눈을 양옆으로 찢곤 했죠."

미카의 마음속으로 스며드는 통증이 점점 더 심해졌다. 아이를 낳는다는 건 아름다운 고통이다. 아이의 감정이 고스란히 자신에게 전해지는 경험이다.

"개자식들."

페니는 희미하게 미소를 지었다.

"가끔 데이턴이 너무 작게 느껴지고, 그에 비해 나는 너무 크게 느껴져요. 제 말 이해되세요?"

"응. 이해돼."

미카는 곧바로 대답했다. 미카는 제 곁의 어린 소녀와 자신이 과도하게 겹친다는 인상을 받았다. 미카도 고등학교 시절에 같은 기분을 느꼈다. 엄마의 파괴적인 완벽주의에서, 엄마의 손아귀에서 벗어나 대학에 진학하고 캠퍼스 생활을 누리고 싶었다. 이제 미카는 페니에게 주의를 주고 싶었다. 천천히 앞으로 나아가렴. 절대 한 번에 크게 뛰려고 하지 마. 이건 경주가 아니야. 지금 당장 모든 걸 해결할 필요는 없어.

페니는 대화를 이어나갔다.

"데이턴에서는 어딜 가든 엄마가 생각나요. 우리 가족이 떠올라요. 하지만 우리가 더 이상 예전의 가족인지 아닌지, 아니면 조금 달라진 건지. 이 모든 게 무슨 의미인지 혼란스러워요. 진짜 아무것도 모르겠어요."

페니는 반짝이는 바닥에 발바닥을 긁어댔다. 보라색 모자를 쓴 여성 무리가 옆 전시관에 있는 피카소에 대해 수다를 떨며 두 사람을 스쳐 지나갔다.

"엄청난 바람둥이였다며?"

한 여자가 물었다. 미카는 그들이 지나가는 모습을 지켜보다가 모퉁이를 돌아 나타난 토머스를 발견했다.

"아, 여기 있었군."

토머스가 두 사람 앞으로 다가와 말했다.

"괜찮니, 딸?"

토머스의 눈썹이 내려앉았다.

"네."

페니의 밝은 얼굴과 미소에 눈이 부실 정도였다. 아빠를 속이고 있었다.

"너무 좋아요."

페니는 미카를 향해 반짝이며 웃었다. 미카는 그 모습에 가슴이 쿵쿵 뛰었다.

페니는 감사한 마음을 담은 다정한 눈빛으로 미카를 바라보았다. 미카의 마음속에서 무언가가 갈라졌다가 하나로 합쳐졌다. 어쩌면 오랫동안 부서져 있던 무언가. 미카는 전 세계 과학자들에게 '**연구를 그만해도 되겠어요. 제가 융합의 열쇠를 찾았습니다**'라고 발표하고 싶었다. 갈라진 마음을 하나로 묶는 건, 부모와 자식 사이의 유대감이었다.

11

그로부터 6시간 후, 주방에서 분주하게 움직이던 미카는 오븐을 열고 직접 만든 마카로니 앤 치즈를 확인했다. 리프가 어깨 너머에서 들여다보며 물었다.

"세상에, 치즈를 얼마나 넣은 거야?"

하얀 베샤멜소스*가 부글부글 끓고 있었다.

"체다랑 그뤼에르 치즈 680그램 정도."

경비가 만만찮았다. 인생을 속이는 데는 어마어마한 비용이 들었다. 미카는 오븐을 닫고 리프를 피해 냉장고로 돌아가더니 샐러드 통을 가져왔다.

"마사 스튜어트** 레시피야."

리프가 자신의 이두박근을 쓸어내리며 말했다.

---

* 화이트 루에 우유를 넣어가며 볶아주다가 소금, 통후추 등을 넣고 걸러낸 소스

"마사 스튜어트와 스눕독***이 친구였던 거 기억나지?"

미카는 대답하지 않기로 했다. 미카는 샐러드를 은색 접시에 담았다. 리프가 과일 그릇에서 레몬 하나를 집어 들어 내밀다가 중얼거렸다.

"뭐야, 가짜네."

리프는 장식용 레몬을 다시 접시에 올려놓고 미카에게 돌아섰다.

"나, 옷을 더 차려입었어야 했나?"

리프는 목깃이 달린 셔츠에 청바지를 입고 있었다.

미카는 샐러드 집게를 내려놓았다. 안 그래도 충분히 긴장한 미카에게 리프는 상황을 더욱 악화시킬 뿐이었다.

"리프."

"와, 오랜만에 듣는 목소리다. 진짜 옛날 생각나는데."

가짜로 몸을 떠는 리프의 몸짓에 조롱이 가득했다.

미카는 그를 향해 눈을 흘기며 물었다.

"혹시 지금 약에 취한 거야?"

리프는 콧방귀를 뀌었다.

"당연히 아니지. 난 이제 프로라고. 내가 공급하는 걸 내가 흡입할 리가 있겠어?"

미카는 짜증을 터트렸다.

** 미국의 여성 기업인. 주부의 일상을 비즈니스로 끌어올린 입지전적 인물로 전 세계 주부들의 살림 롤모델로 통하며, 국내에서도 '살림의 여왕'이라는 별칭으로 유명하다.

*** 미국 힙합계의 전설적인 래퍼

"오늘 밤 약 이야기는 이게 끝인 줄 알아."

"당신이 먼저 꺼냈잖아."

리프는 피식 웃은 후, 몸을 낮추고 두 손으로 무릎을 짚으며 미카와 눈을 마주했다.

"괜찮을 거야. 약속할게. 당신이 보내준 메모도 다 외웠어. 그리고 당신 지금 멋져 보여. 로스트 치킨을 만드는 줄리아 차일드* 같아."

미카는 긴장이 사르르 풀렸다.

"고마워."

미카는 오븐의 시계를 확인하며 말했다.

"20분 후면 도착할 거야."

"그래서, 어떤 것 같아?"

리프가 몸을 세우며 그릇에서 가짜 레몬을 집어 커다란 손바닥으로 굴렸다.

"직접 보니까."

미카는 그것에 대해 생각할 필요도 없었다.

"엄청나. 진짜 대단한 애야."

미카는 딸의 모습에 눈이 부신 듯 환히 웃었다.

"페니를 실제로 만나게 돼서 너무 기뻐."

미카는 다른 사람들과 페니를 공유하고 싶었다. 미카가 춤을 출 때 엄마가 느끼던 감정. 다른 사람에게 전화를 걸어 자신이 만든 사

---

* 미국의 요리 연구가이자 셰프. 1960~1970년대 미국에 프랑스 요리를 소개해 대중화한 인물이다.

람에 대해 자랑하고 싶은 미친 충동이 아마 그런 것이었을까. 그 아이의 모든 것을 '내가' 만들었다고 자랑하고 싶었던 걸까.

"그 애 아빠는?"

미카는 토머스에 대해서는 말을 아꼈다.

"강한 느낌이야. 나를 좋아하는 건지 싫어하는 건지, 아니면 그냥 세상 자체를 싫어하는 건지 모르겠어. 그래도 페니를 사랑하는 건 분명해."

미카는 푸드 트럭에서 오트밀 초코칩 쿠키를 한가득 사다가 바치던 그의 손과 딸이 상처를 입을까 봐 전전긍긍하며 조심스럽게 눈치를 보던 눈빛 따위를 떠올렸다.

그때 현관문 초인종이 울렸다.

"젠장, 좀 일찍 왔네."

미카는 네 역할이 무엇인지 말하지 않아도 아는 게 현명할 거야, 와 같은 눈빛으로 리프를 응시했다.

"난 샐러드를 마무리할게."

"당신이 문을 열어. 샐러드는 내가 마무리할 테니까."

리프가 미카를 슬그머니 밀었다. 미카는 문으로 달려가다가 그 앞에서 천천히 속도를 줄였다. 미카는 머리카락을 귀 뒤로 넘기고 환한 미소를 지으며 문을 활짝 열었다.

토머스와 페니는 현관 앞에 서 있었고, 두 사람이 타고 온 우버 택시가 그 뒤를 지나갔다. 토머스는 네이비 정장에 넥타이를 매지 않았고, 페니는 치마와 블라우스 차림이었다.

"아, 대박. 이래서 너무 차려입지 말자고 했잖아요."

페니가 토머스를 째려보며 투덜거렸다.

씩 웃는 토머스를 보고 있자니 슈트를 차려입은 악마가 떠올랐다. 토머스는 미카의 청바지와 티셔츠를 위아래로 훑어보았다.

"너무 후줄근한 것보다는 차려입는 게 나아."

"두 사람 다 멋진걸요."

미카는 억지로 미소를 지으며 문을 조금 더 활짝 열어주었다. 토머스는 망설였다.

"들어와요. 리프는 부엌에 있고, 저녁은 거의 다 됐어요."

"저희가 좀 빨리 왔나요?"

페니가 집 안으로 들어서며 물었다.

"아빠한테 동네라도 한 바퀴 돌고 오자고 했는데."

"아니야, 딱 맞춰 왔어."

미카가 대답했다.

마침내 토머스가 집 안으로 들어왔다. 그는 손을 주머니에 넣은 채 집 안을 슥 돌아보는 눈치였다. 그리고 투안이 고쳐주었던 천장의 균열을 바라보았다. 미카는 갑자기 석고가 쪼개져 떨어지는 아찔한 상상을 해보았다.

"리프, 페니……랑 토머스가 왔어."

미카는 두 사람을 부엌으로 이끌며 목소리를 끌어올렸다.

리프는 채소 자르던 칼을 내려놓고 손을 닦은 다음 토머스에게 손을 내밀었다. 그는 차례로 토머스, 페니와 악수를 나누었다.

마치 다람쥐처럼 활기차고 흥분을 감추지 못하는 표정으로 리프의 손을 잡은 페니가 열심히 위아래로 흔들며 말했다.

"너무 행복해요. 아저씨 이야기는 많이 들었어요."

"나도 마찬가지야."

리프가 미소를 지은 다음 페니의 손을 놓고 미카를 향해 몸을 돌렸다.

"셋이 밖을 구경하는 게 어때? 날씨가 좋으니까 테라스에서 식사하자. 내가 준비할게."

"당신이?"

미카가 놀라 되물었다. 리프가 미카에게 가져다준 음식은 지금껏 종이봉투에 담긴 배달 음식이 전부였으니까.

"물론이지. 얼른. 여자들만큼 남자들도 부엌일을 잘한다고."

미카는 페니와 토머스를 향해 미소를 지어 보이다가 리프를 향해 고개를 숙이고 기침하는 척 손으로 입을 가리며 중얼거렸다.

"적당히 하자."

그리고 토머스와 페니를 이끌고 거실로 갔다.

페니는 잠시 멈춰 벽난로에 놓여 있는 사진을 바라보았다.

"여행 사진들이네요."

페니가 다정히 말했다. 미카도 페니와 어깨를 나란히 하며 사진을 향해 시선을 옮겼다. 폼페이 유적지의 신비의 저택에서 찍은 미카의 모습, 아니 합성 사진이었다. 미카의 등 뒤로 독특한 선홍색 프레스코 벽화가 보였다. 그 옆에는 루브르 박물관의 모나리자 앞에서 웃고 있는 사진도 있었다.

토머스가 눈을 가늘게 뜨고 코를 찡그렸다. 미카의 눈에 보이는 게 토머스의 눈에도 보일까? 사진 속 빛의 방향이 다르다는 게? 그림자와 빛이 물리 법칙을 어기며 각기 다른 광원으로 빛난다는 게?

"밖으로 나갈까?"

미카가 물었다. 미카는 얼굴이 분홍빛으로 상기된 페니를 문밖으로 이끌었다.

뒷마당의 작은 조명이 페니의 어두운 눈동자 속에서 빛났다.

"어, 여기 인스타그램에서 봤어요!"

토머스는 하나가 나무를 뽑아 생긴 구멍을 발끝으로 밟았다.

"땅다람쥐라도 사나 보죠?"

"네?"

미카는 눈살을 찌푸렸다가 말뜻을 이해하고서야 얼굴을 폈다.

"아니요, 조경을 좀 해보려고요. 아시다시피 집안일은 끝이 없잖아요."

"흙을 채워야죠. 누가 걸려서 발목을 삐끗하면 어쩌려고요."

토머스가 말했다.

"멋있지 않아요, 아빠?"

페니가 물었다.

"우리 집엔 아직도 눈이 쌓여 있는데. 포틀랜드의 봄이 이렇게 따뜻할 줄 몰랐어요."

미카는 마른침을 삼켰다.

"흔치 않은 일이긴 해. 하지만 일기 예보에서 앞으로 며칠간은 날이 좋을 거라더라. 네가 햇살 요정이었나 봐."

미카는 페니를 다정하게 바라보며 자신의 행복 지수를 유지하려 애썼다. 페니가 여기 있으니 이 모든 게 얼마나 좋은지 모르겠다. 집이 어쩌나 아득해지는지.

세 사람은 피크닉 테이블에 자리를 잡았다. 곧 리프가 마카로니 앤 치즈와 샐러드를 들고 나타났다. 네 사람은 식사를 시작했다. 미카는 허리케인 꽃병에 촛불을 켰고, 네 사람은 은은한 촛불 아래에서 잠시 말없이 식사를 했다.

"두 사람은 어떻게 만났습니까?"

토머스가 냅킨으로 입을 닦으며 물었다.

"어떻게 만났냐고요?"

미카의 눈이 리프에게 향했다. 방금 입에 넣은 마카로니가 목구멍에 턱 하고 걸렸다. **젠장.** 두 사람은 어떻게 처음 만났는지에 대한 이야기를 꾸밀 생각을 하지 못했다. 사실대로 말하자면, 하나가 리프에게 마리화나를 사러 갔다가 세 사람이 약에 취했고, 미카와 리프가 관계를 가졌다는 것이다. 가벼운 하룻밤이 정기적인 잠자리로 바뀌었고, 곧 미카와 리프는 동거를 시작했다. 미카는 지난 몇 년 동안 자신의 삶을 통제하지 못했다는 사실을 깨달았다. 직장에서 잘렸다. 리프와의 관계는 파탄이었다. 다음 날도, 그다음 날도 계속해서 망가질 뿐이었다.

리프는 포크를 내려놓으며 말했다.

"뭐, 미카가 우리 이야기는 더 잘하니까. 당신이 이야기해 줘."

리프는 갈색 눈동자를 픽 대담하게 반짝이며 미카를 향해 배시시 웃었다.

"음."

미카는 테이블 가장자리를 움켜잡았다. 속이 뒤집히고 목 혈관으로 피가 몰렸다.

"예술가 친구 몇 명과 저녁을 먹으러 나갔는데……."

미카가 잠시 말을 멈추며 기억 속의 장소, 목적지, 아니면 그럴듯한 **무언가**를 계속 곱씹었다.

"그리스라고 했었지."

리프가 자연스레 끼어들었다.

"그리스에서 온 친구들, 맞지?"

"응. 당신도 거기 있었나? 어떻게 왔었는지 기억이 잘 안 나네?"

미카는 코를 긁적이며 리프를 바라보았다.

리프는 와인을 한 모금 마시고 대답했다.

"일 때문이었어."

"무슨 일을 하십니까?"

토머스가 리프에게 물었다.

"농업 쪽 일을 하신다고 페니한테 듣긴 했는데, 구체적으로 무슨 일을 하시는지는 듣지 못했거든요."

"예, 농업 쪽 일을 합니다. 미카는 제 일이 지루하다고 생각해서 자세히 이야기해 주지 않았을 겁니다. 주로 생화학 관련 분야인데, 대학이나 정부 계약 쪽에 프리랜서로 컨설팅을 해주는 뭐, 그런 겁니다."

미카가 안도의 숨을 내쉬었다. 꽤 그럴싸했다. 믿을 만한 이야기였다.

"그쪽은 무슨 일을 하십니까?"

리프가 토머스에게 되물었다.

토머스는 포크와 나이프를 내려놓았다.

"저작권 변호사입니다. 데이턴에서 법률 사무소를 운영하고 있어요. 열 살 때 꿈꿨던 소방관과는 거리가 먼 직업이죠."

토머스만의 유머인 모양이다.

"모든 사람이 어린 시절 꿈을 좇을 순 없죠. 그래도 위험을 감수하는 게 중요하다고 생각합니다. 예를 들면, 포틀랜드의 알몸 바이크 라이딩이라던가……."

"페니."

미카가 목소리를 키우며 끼어들었다.

"너한테 줄 선물이 있는데, 잊을 뻔했어."

"정말요?"

페니의 얼굴이 환해졌다.

"잠깐만 기다려."

집으로 들어간 미카가 앨범을 들고 돌아와 페니 앞에 놓았다.

"리프, 우리 디저트 준비해 줄 수 있어?"

페니가 앨범 모서리를 만지는 동안, 미카가 리프를 쳐다보며 말했다.

"그럼."

리프는 당연하다는 듯 말하며 테이블을 가볍게 두드리고 일어섰다. 미카는 그에게 '고마워' 하고 입을 벙긋거렸다.

"별거 아니야."

페니가 앨범을 열자 미카가 얼른 말을 걸었다.

"그냥 내가 네 나이 때 찍은 사진 몇 장이야."

토머스는 잠시 말이 없다가 조용히 중얼거렸다.

"참 멋진 선물이군요."

페니는 눈을 빛내며 고개를 들었다.

"맞아요."

그리고 앨범 페이지를 넘겼다.

미카가 열여섯 살 때 찍은 사진을 보고 페니가 멈칫거리자, 미카는 입을 열었다.

"세상에, 난 네 나이 때 너무 숫기가 없었어. 너만큼 자신감이 넘치지도 못했고. 부모님께서 너를 정말 잘 돌봐주신 거야."

미카의 말에 토머스의 눈이 순간 반짝였고, 입가엔 진심으로 고마운 미소가 번졌다. 미카는 목청을 가다듬었다.

"그맘때쯤 파마가 하고 싶어서 부모님을 열심히 설득했어. 하지만 머리 전체를 할 여유가 없어서 앞머리만 했었지."

페니는 웃음을 터트리고 나서 차분히 물었다.

"앨범에 두 분 사진도 있을까요?"

나지막한 목소리에는 두려움이 일면서도 궁금증이 두려움을 이긴 것 같은 감정이 담겨 있었다.

"응."

미카는 부모님의 사진을 한 장 포함해서 다행이라고 생각하며 대답했다.

"뒤쪽에 있을 거야."

"근처에 사십니까?"

깊고 낮은 토머스의 목소리가 미카를 놀라게 했다.

"네. 근데 지금은 크루즈 여행 중이셔."

미카는 페니에게 말했다.

페니는 고개를 끄덕이면서 앨범을 한 장씩 넘기며 모든 사진을 골똘히 탐구했다. 그러다가 어느 사진에서 시선이 멈췄다. 미카는 페니가 무슨 사진을 보고 있는 건지 보기 위해 자리에서 일어났다. 미카가 임신했을 때의 사진이었다.

"내가 저 배 속에 있는 거죠."

페니가 손가락으로 미카의 부른 배를 매만지며 물었다.

"어땠어요? 저를 임신했을 때요."

토머스의 눈빛이 미카에게 향했고, 미카는 가슴이 크게 두근거리기 시작했다.

"어땠을까?"

미카가 질문을 되뇌며 입술을 두드렸다. 마치 기억을 떠올리려는 사람처럼. 물론 그럴 필요는 없었지만 말이다. 모든 기억이 현재처럼 생생하게 미카의 몸속에 살아 숨 쉬고 있었다. 뼈 마디마디에 사무쳐 늘 미카를 끌어내리곤 했다. 배 속에서 아이가 무럭무럭 자라는 몇 달간, 미카는 자신이 이 아이를 미워하게 될지 사랑하게 될지 확신할 수 없었다. 하지만 의심은 불필요했다. 진통 끝에 페니를 품에 안은 순간, 미카는 페니에게 첫눈에 반해버렸다. 탯줄을 통해 흐르는 피처럼 두 사람은 자연스럽게 연결되어 있었으니까. 하지만 이걸 페니에게 어떻게 설명할 수 있을까? 그것도 토머스 앞에서?

"음, 난 네가 날 죽이려는 줄 알았어."

미카는 농담을 섞어 말했다.

"임신 초기에는 어찌나 식욕이 돌던지. 그러다가 점점 속 쓰림이 심해졌는데, 작은 화산을 삼킨 것 같았어. 완전히 똑바로 눕지 않으면 잠도 못 잤지. 그러다가 막바지에는 허리를 굽히고 신발을 신는 것만으로도 숨이 막혔어."

페니는 미카의 온몸을 식민지로 삼고 그녀를 괴롭혔다.

페니가 웃음을 터트렸고 토머스도 씩 웃고 말았다.

"넌 처음부터 참 씩씩했구나."

토머스가 페니에게 말했다.

페니는 다시 웃음을 터트렸다. 미카의 눈매도 밤하늘의 초승달처럼 구부러졌다. 미카는 이 순간이 자신에게 커다란 의미가 될 수 없다고 계속해서 주문처럼 되뇌었다. 한여름 밤처럼 가슴이 탁 트이지도, 모든 게 영원할 것처럼 느껴지지도 않는다고. 다시 열여덟 살이 되어 창창한 인생이 펼쳐지는 느낌도 아니라고. 온 세상이 그녀의 발밑에 있었을 때, 삶이 진한 물감과 선명한 색채, 대담한 획으로 가득했던 그때의 느낌도 아니라고. 계속해서 되뇌고 또 되뇌었다.

12

이튿날 저녁, 미카는 토머스와 페니를 만나기 위해 서둘러 호텔로 갔다. 세 사람은 한 블록 아래의 식당에서 저녁 식사를 하기로 약속했다. 하늘이 열리고 세찬 폭우가 쏟아질 무렵, 미카는 겨우 길거리에서 주차할 공간을 찾을 수 있었다. 호텔 로비 문을 열고 들어섰을 때, 미카는 이미 홀딱 젖은 후였다.

"미안해요."

미카는 토머스에게 달려가다가 살짝 미끄러졌다.

"미안해요, 내가 좀 늦었죠. 차가 막히더라고요. 주차할 곳도 없고. 페니는 어디 있어요?"

미카는 로비를 훑으며 물었다.

"금방 내려올 겁니다."

바로 그 순간, 토머스의 전화벨이 울렸다.

"잠깐만요, 페니네요."

토머스는 미카에게 양해를 구하고 전화를 받았다.

"응, 왔어. 준비는 다 했니?"

토머스는 한참이나 전화에 귀를 기울이다가 물었다.

"그래? 집에서 챙겨온 게 있어? 아니야, 괜찮아. 그럼 내가 가게에 다녀올게. 혹시 다른 건? 그래, 금방 올라갈게. 조금만 기다려. 괜찮아, 괜찮아. 응, 아빠가 설명할게. 알았어, 다정하게 말할게."

토머스의 목소리는 제법 차분했다. 한참 후에야 전화를 끊은 토머스가 미카를 향해 입을 열었다.

"음, 페니가 못 내려올 것 같습니다. 그날이래요."

미카의 눈썹이 일그러졌다.

"그날이요? 아!"

깨달음이 찾아왔다.

"예, 한 달에 한 번."

토머스가 뒤통수를 긁적였다.

"대신 마트에 가야 할 것 같은데."

"어, 한 블록 아래에 타깃이 있어요. 제가 안내해 드릴게요."

두 사람은 호텔 직원에게 우산 두 개를 빌렸다. 그리고 10분 후, 페니가 처음 전화를 걸었을 때 미카가 활보했던 그 마트로 함께 들어갔다. '미카 스즈키 씨? 저는 페니라고 하는데요. 페넬로페 캘빈이요. 제가 그쪽 딸인 것 같아요.' 토머스가 진열대를 훑어보고는 고개를 저으며 고민했다.

"실례합니다."

토머스는 빨간 셔츠를 입은 직원을 불러서 특정 브랜드의 탐폰이 있는지 물었다. 양이 많은 날에 쓰는 대형으로. 직원은 확인해 보겠다며 서둘러 자리를 떴다.

토머스가 주머니에 손을 집어넣고는 놀라운 말을 했다.

"페니는 좀 까다로워요."

미카가 되물었다.

"그래요?"

"예."

토머스는 어깨를 으쓱거렸다.

"뭐든 자기가 쓰는 것만 써요. 그게 없으면 다른 가게를 가고요. 왜 그럽니까?"

토머스는 눈이 휘둥그레진 미카를 보며 물었다.

"그냥…… 좀 놀라서요. 저희 아빠는 절대 여성용품을 사러 마트에 가는 분이 아니었거든요."

미카의 엄마는 마치 어두운 지하 세계에서 거래가 이루어지는 것처럼 검은 비닐봉지에 생리대를 담아 미카에게 건네주곤 했다. 언젠가 미카는 리프에게 부탁한 적이 있었다. 리프는 미카에게 영상 통화를 걸었고, 그의 고집에 따라 억지로 유기농 탐폰 코너를 구경해야 했다. 미카는 리프의 소파에 엉거주춤 앉아 이럴 거면 소파에 얼룩 정도는 남겨도 괜찮겠다고 생각하면서 전화를 끊었다. 그래도 싸다는 마음이었다.

토머스가 멋쩍게 턱을 긁으며 말했다.

"부끄러울 일도 아닌데요. 전 페니가 자기 몸을 부끄러워하지 않았으면 좋겠거든요."

그러고는 말을 더 해야 할지 그만 입을 다물어야 할지 고민하는 눈치였다. 그리고 조금 더 대화를 나누는 게 좋겠다고 결정한 듯 입을 열었다.

"페니의 초경 파티도 열어줬습니다."

"네? 뭘 열어줘요?"

토머스가 킥 웃으며 자신의 구두코를 뚫어져라 바라보았다.

"음. 캐롤라인이 떠나고 딱 1년 만에 초경을 시작했어요. 인터넷에 검색했죠. '싱글 아빠', '딸 초경 시작' 그런 거요. 딸이 여자가 된 것을 축하하는 파티를 열어줘야 한다는 글이 쏟아졌죠. 그래서 페니의 친구들을 초대해서 깜짝 파티를 열어줬습니다."

"페니가 좋아하던가요?"

미카는 자신의 초경이 얼마나 당황스럽고 혼란스러웠는지 떠올렸다. 엄마는 미카에게 그런 일이 일어날 거라는 이야기는 한 번도 한 적이 없었다. 그래서 미카는 당연히 놀랄 수밖에 없었다.

토머스는 열심히 고개를 저었다.

"싫어했어요. 방에서 나오질 않더라고요. 친구들을 전부 집으로 돌려보냈죠. 조금 기다리니까 페니가 방에서 나오면서 그러더군요. 그런 파티는 다시는 열지 말라고요. 아무래도 케이크와 깃발은 좀 과했나 봐요."

토머스가 구두코로 땅을 툭툭 긁었다.

그때 마트 직원이 페니가 찾던 탐폰 한 상자를 들고 나타났다. 두 사람은 계산하고 곧장 호텔로 돌아갔다. 11층에 다다른 토머스가 페니가 묵고 있는 방문을 두드리며 말했다.

"딸."

페니는 목욕 가운을 입은 채 문을 열었다. 방 안에는 전업주부들이 주인공인 리얼리티 프로그램 소리가 가득했다.

"다른 사람들하고 어울릴 기분이 아니에요."

페니가 손을 쑥 내밀며 말했다. 토머스는 페니의 손바닥에 마트 봉지를 올렸다. 그러자 페니가 말했다.

"두 분은 나가서 식사하세요. 저 때문에 시간을 낭비하지 마시고요. 미니바에 초콜릿이랑 짭짤한 스낵은 제가 다 먹어 치울 거예요."

그리고 문을 탁 닫았다.

엘리베이터 안에서 미카가 입을 열었다.

"오늘 저녁은 건너뛰어요. 저는 집으로 돌아갈까 봐요."

팔짱을 낀 토머스가 턱을 긁적였다.

"둘이 저녁까지 먹기는 영 불편하다 이거죠?"

"아니요, 아니요. 그런 게 아니라요."

양심에 찔린 듯 미카가 얼버무렸다.

토머스는 미카를 빤히 바라보다가 물었다.

"그럼 로비에서 술 한잔 어때요? 대화하면서 서로를 알아가는 것도 나쁘지 않잖아요? 페니를 위해서요."

엘리베이터가 로비 층에 도착했고, 스르륵 문이 열렸다. 미카는 핑곗거리를 찾고 또 찾았다. 그냥 도망칠까 잠깐 고민했지만, 그건 정말 최악의 선택지일 것 같았다.

토머스는 엘리베이터 밖에서 미카를 바라보며 단단한 어조로 "미카" 하고 불렀다.

"네, 토머스."

"그냥 나랑 술 한잔 해줘요."

"알았어요."

미카는 숨을 깊이 들이마시고 토머스의 곁을 스치며 나섰다.

"딱 한 잔이에요."

두 사람은 로비를 지나 호텔 바로 걸어갔다. 미카는 습관처럼 벽에 걸린 그림을 찾았다. 미관을 위해 걸어놓은, 단색 소용돌이가 있는 추상적인 작품들이었다. 전형적인 호텔 그림. 미카의 교수였던 마커스는 이런 그림을 일컬어 '소파용 그림'이라고 했다.

토머스가 구석에 있는 작은 테이블에 멈춰 서서 미카를 위해 의자를 꺼내주었다. 나무로 된 다리가 타일을 긁는 소리에 미카는 교수의 연구실을 다시 떠올렸다.

미카가 마커스 교수를 처음 만났던 날, 캐비닛에서 빈 캔버스를 꺼내 설치하려고 이젤을 꺼냈을 때도 비슷한 소리가 났었다.

"뭘 그리면 될까요?"

미카는 어깨 너머로 물었다. 창문으로 햇살이 들어오고 먼지가 나풀거렸다.

"그런 질문을 한다면, 자네는 고급 회화 강의에 들어올 수 없네."

교수는 그렇게 대답했다.

미카는 멍하니 고개를 끄덕이며 선반에서 목탄을 집었다. 캔버스에 대고 아치형 선을 그리던 미카가 움찔거렸다. 생각보다 선이 너무 굵고 넓었다. 목적 없는 획이었다. 손바닥으로 선을 지운 미카는 다시 그림을 구상하며 도서관에서 읽었던 해부학 지식을 곱씹었다. 교수는 미카가 그림을 그리는 동안 담배를 피웠다. 그림을 중간 정도 그렸을 때, 교수는 부드러운 선율의 포크 발라드 음악을 틀었다. 1시간이 지나자 미카의 손에서 감각이 사라졌다. 그림은 다 그렸지만, 손가락이 온통 시커멓고 욱신거렸다.

교수는 음악을 끄며 물었다.

"그 여자는 누구지?"

"저희 어머니요."

미카는 수건을 찾아 손을 닦으며 대답했다. 미카는 자신의 엄마를 그렸다. 매끄럽게 부풀려 아래로 묶은 머리와 잔인하고 자비 없는 눈매. 그리고 아래로 축 처져 실망이 가득한 입매.

"다시는 다른 사람에게 뭘 그려야 하냐고 묻지 말게."

구겨진 수강 신청서에 서명한 교수가 미카에게 서류를 내밀었다.

"고급 회화 3에 등록해. 자네를 가르치지."

미카는 서류를 들고 연구실에서 나와 벤치에 주저앉아서 한참을 생각했다. 누군가 그녀에게 가능성이 보인다고 말한 건 그때가 처음이었다. 미카는 힘이 솟았다. 완전히 살아 있는 것 같았다. 교수가 미카의 기억 속에 훨씬 커다란 존재로 자리매김하는 순간이었다.

다시 현실로 돌아온 미카는 의자에 앉았다. 토머스도 미카의 곁에 자리를 잡았다. 그는 바텐더를 불러 스카치 한 잔을 주문했다. 그보다 더 섹시할 필요가 없는데 말이다. 미카는 두근거리는 심장을 느끼며 까르베네 쇼비뇽 한 잔을 시켰다. 술을 기다리는 동안 어색한 침묵이 내려앉았다.

"페니는 괜찮은 거죠?"

미카가 먼저 입을 열었다.

토머스는 다리를 살짝 벌리고 편안히 자세를 고쳤다.

"괜찮을 겁니다. 첫째 날은 늘 최악이라서요."

"다행이네요."

그 순간 미카는 자신이 페니에 대해 아무것도 모른다고 생각했다. 아주 오래전, 미카는 자신이 페니에 대해 모르면 모를수록 좋을 거라고 여겼다. 페니가 살아 있다는 것만으로도 충분했다. 얼마나 멍청했던가. 이제 미카는 캐롤라인과 토머스가 페니와 함께 보낸 모든 순간이 욕심났고, 질투를 느꼈다. 질투심을 억눌러 보려고 아무리 애를 써도 가라앉지 않았다. 다시는 페니를 볼 수 없을 거라는 생각만 해도 견딜 수가 없었다. 그때 웨이터가 활짝 웃으며 다가왔다. 칵테일 코스터 두 개를 깔고 그 위에 두 사람이 시킨 술을 내려놓았다. 그들은 술을 한 모금 음미하며 피아니스트가 연주하는 모차르트의 유명한 소나타에 잠자코 귀를 기울였다.

"페니에 대해 더 이야기해 줄래요?"

미카가 와인 잔을 빙그르르 반 바퀴 돌렸다가 다시 반대로 돌리며 물었다.

토머스는 고개를 살짝 기울였다. 테이블 위에는 작은 향초가 켜져 있었다. 촛불이 일렁이며 그의 날카로운 광대뼈 아래로 그림자가 드리웠다.

"매년 편지를 보내드렸던 걸로 아는데요."

캐롤라인이 보낸 소포에는 페니의 사진과 그림, 심지어 페니가 초등학교 때 만들었던 지점토 접시까지 가득 들어 있었다. 편지의 내용은 길고 세심했다. 미카는 자신의 딸이 얼마나 잘 지내고 있는지, 얼마나 잘 보살핌을 받고 있는지 그녀의 삶을 마음껏 상상할 수 있었다. 그리고 캐롤라인의 친근한 말투에서 늘 위로를 얻곤 했다. 하지만 캐롤라인이 세상을 떠났다. 그 후로 받은 토머스의 편지는 짧고 직설적이었으며, 면도날처럼 날카로운 불확실함이 가득했다.

"네, 그랬죠."

미카는 조심스럽게 대답했다.

"그래도 모든 이야기를 자세히 하기는 힘들었을 거잖아요."

토머스가 불편한 듯 숨을 들이마셨다.

"글쎄요. 잘못된 선택이었던 초경 파티 이야기는 들으셨고, 또 뭐가 궁금해요?"

토머스는 자세를 고쳐 앉으며 생각에 잠겼다.

"페니의 편지 쓰기 시절?"

"편지 쓰기 시절이요?"

미카는 마음이 따뜻해졌다. 미카는 몸을 앞으로 기울였다.

"캐롤라인이 죽고 페니와 상담사를 찾았습니다. 상담사는 페니에게 자신의 감정을 편지에 담아보라고 했죠. 페니는 '나는 오늘 슬프고, 엄마가 그립다'라고 썼어요."

토머스는 입가에 술잔을 가져갔다. 미카는 그의 목울대가 위아래로 움직이는 모습을 관찰했다.

"그럼 저는 이렇게 답장했죠. '정말 미안하다, 딸. 아빠도 엄마가 보고 싶어.' 편지는 우리가 안전하고 솔직하게 감정을 털어놓을 수 있는 소통 창구였어요. 몇 년이나 편지를 주고받았죠. 꽤 효과적이었거든요. 페니가 열세 살쯤이던 어느 날, 저는 페니에게 샤워하고 방을 정리하라고 했어요. 무슨 의도가 있던 건 아니었어요."

미카는 토머스의 말에 귀를 기울이며 고개를 끄덕였다.

"그리고 몇 분 후에 페니가 이런 답장을 가져왔더군요. '아빠, 나 지금 정말 화가 나고 슬퍼요. 그러니 내가 다음 편지를 보낼 때까지 나를 내버려둬요.'"

토머스는 잠시 말을 거두고 스카치를 한 모금 마셨다.

미카가 다정히 웃으며 물었다.

"그래서 내버려두셨어요?"

토머스는 스읍, 하고 숨을 들이마셨다.

"그렇게 하는 게 현명했겠죠. 하지만 저는 당시 상담사의 조언에 따라 이렇게 편지를 썼어요. '나와 소통해줘서 고맙다. 가끔 화나거나 슬퍼도 괜찮아. 아빠와 이야기하고 싶으면 언제든 편지 주렴.'"

토머스의 눈에는 장난기가 가득했고, 입가에는 미소가 번졌다.

"그게 틀렸던 거예요?"

미카가 되물었다.

"전혀요. 페니는 갑자기 방문을 박차고 나왔어요. 맹세컨대 나한테 반항하려고 온갖 어둠의 기운을 모으는 것 같았죠. 페니가 내 앞에 자기가 쓴 편지를 펼치더니 그 자리에서 수정하기 시작했어요."

토머스는 잠시 말을 골랐다.

"'정말'이라는 단어에 밑줄을 긋고 '화가 나'라는 표현 밑에 '열받아'라고 썼어요. 그 밑에는 화를 잔뜩 담아 제멋대로 휘갈겼죠. '저리 가세요'라고."

"와우."

미카가 조용히 속삭였다. 임신과 출산, 그리고 지금 페니를 만난 것까지 모든 게 비현실적으로 느껴질 때가 있었다. 마치 미카가 다른 사람의 인생이 펼쳐지는 걸 곁에서 관찰하는 것처럼. 어떤 면에선 그게 맞는 것 같기도 했다. 미카는 이게 자신의 삶이라는 걸 도저히 믿을 수가 없었다.

토머스는 남은 잔을 비웠다.

"네, 늘 이런 식이죠. 몸집은 작은데 사납고 까칠하고. 싸움꾼이라니까요. 당신은 어릴 때 어땠습니까?"

"저요?"

미카는 몸을 곧추세우며 예전의 자신을 떠올려 보았다. 엄마는 미카가 지나치게 예민하다고 했다. 미카를 낯설고 이질적인 존재로 여겼고, 자신과 다른 그녀를 배신자라고 생각했다.

"전 수줍음이 많았어요. 그래도 꿈은 크게 꿨죠."

미카는 언젠가 훌륭한 사람이 되고 싶었다.

"가장 친한 친구인 하나를 만나기 전까지는요. 그때부터 반항을 했던 것 같아요."

하나는 불굴의 의지를 가진 친구였다. 고등학교 시절에는 주말마다 하우스 파티에 갔다. '내 자식이 술을 마실 거라면 차라리 내 집 지붕 아래에서 마시는 게 낫다'는 철학을 가진 친구 부모님들이 술을 가르쳐 주셨다. 대학에 가면서 술 마시는 시간이 두 배로 늘었다.

그리고 입학 첫 주에 이름도 기억나지 않는 남자와 처음으로 잤다. 섹스가 재미있었고, 타인의 몸이 자신의 몸에 닿는 느낌이 좋았다.

미카는 눈을 깜빡였다.

마커스 교수가 다시 미카의 주위를 맴돌았다. 미카는 문이 닫힌 강의실에 교수와 둘이 있었다. 1학년의 절반이 지난 어느 날이었다. 회화와 미술사 외에 철학 강의를 듣던 시절. 미카는 실존주의의 한 가운데에 있었다. 사르트르와 키르케고르 사이. '삶은 회상을 통해 이해할 수 있으나 그럼에도 우리는 계속해서 앞으로 나아가야 한다'고 했던가. 그리고 그리스, 로마, 비잔틴에서부터 고대 후기 예술사까지 공부해야 했다. 성모 마리아도. 마커스 교수의 가르침 아래, 미카는 스컴블링*, 웨트 온 웨트**, 글레이징***, 명암법**** 등의 전통 기법도 차례로 익혔다.

"자네 그림에는 생기가 부족해."

교수는 그렇게 말하며 검은 물감에 붓을 담그고 미카가 그린 오렌지에 죽죽 선을 그었다.

"이야기가 없잖나. 자네의 이야기는 뭐지?"

미카는 교수를 실망시켰다는 생각에 고뇌에 빠졌다. 교수는 벽에

---

* 건조된 색 위에 또 다른 물감 층을 덧칠하는 서양화의 채색 기법
** 처음 바른 도료가 마르기 전에 다음 도료를 바르는 채색 기법
*** 채색된 표면 위에 옅게 희석된 물감을 덧칠하는 채색 기법
**** 회화에서 한 가지 색상의 명도 차에 의해 묘사된 물체에 입체감과 거리감을 나타 내는 기법

기대어 있는 캔버스를 가리켰다. 그의 대학원 제자, 피터의 작품이었다. 에덴동산에서 사과를 들고 있는 팝 스타의 초상화.

"보기에는 엉터리지만, 여기에는 서사가 있지. 와서 보게. 보이는가? 이야기가 자네의 힘이야."

교수가 말했다.

"페니는 수줍음이 많은 아이는 아니었어요."

토머스의 목소리가 미카를 다시 현실로 불러들였다.

"그 애는……."

토머스는 고개를 저었다.

"어땠는데요?"

미카는 몸을 앞으로 기대며 재촉했다. 왠지 모르게 두 사람의 몸이 서로에게 기울었고, 무릎이 부딪혔다.

"이건 잊고 살던 건데. 페니가 어렸을 때 화장실 훈련을 했는데, 우리가 자기 똥을 보는 걸 좋아하더라고요."

미카는 웃음을 터트리고 말았다. 토머스는 씩 웃으며 이야기를 이어나갔다.

"모르겠어요. 아마 우리가 지나치게 호들갑을 떨었기 때문일 거예요. 캐롤라인이 책에서 읽은 건데, 화장실 물을 내릴 때마다 마구 기뻐해줘야 한다고 그랬대요. 그래서 둘이 변기 앞에서 어찌나 응원을 했는지. 하지만 페니는 화장실에 갈 때면 상당히 진지해지곤 했어요. 우리 눈을 똑바로 보면서 힘을 주더라니까요. '엄마, 나 봐봐. 아빠 나 봐봐'라고 하면서요."

토머스가 킥킥거렸다.

"그러다가 어느 날 캐롤라인이 '우리 이제 그만할 때가 됐어. 이러다가 애가 대학을 가도 화장실에 따라가겠어'라고 하더군요. 물론 페니는 이 이야기를 끔찍이 싫어하지만, 저는 참 좋아했어요."

미카는 테이블에 팔꿈치를 대고 턱을 괴며 토머스를 빤히 바라보았다.

"또 있어요?"

"음, 4학년 때는 복화술에 빠졌어요."

토머스는 몸을 파르르 떨었다.

"너무 소름 끼쳤어요. 그 시기가 지나가서 얼마나 다행인지. 그리고 얼마 후에는 마술에 빠졌어요."

"그랬겠죠."

미카의 반응에 두 사람은 피식 웃음을 터트리고 말았다. 미카는 큰 숨을 내쉬었다. 토머스에 대한 미카의 판단은 틀린 것이었다. 토머스는 보기보다 감성적인 사람이었다.

"두 분은 정말 좋은 부모님이에요. 당신은 진짜 좋은 아빠고요."

미카의 입에서 자신도 모르게 칭찬이 튀어나왔다.

토머스는 웃음을 터트렸다.

"고맙네요. 한동안은 매뉴얼이랄 게 없었어요. 캐롤라인이 가고 나서 돌이켜보니 내가 얼마나 아무것도 모르고 애를 키웠는지 부끄러웠어요. 육아는 거의 캐롤라인에게 의존하다시피 했어요. 그러다가 캐롤라인이 떠나니까 아이 키우는 게 내 능력 밖이라는 생각이 들어서……."

순간 미카는 심장이 찌르르 아파왔다.

"많이 힘들었어요?"

토머스가 미간을 찡그렸다.

"제 손으로 아이 머리를 묶어줘야 했어요. 처음엔 나쁘지 않았어요. 그런데 자기 전에 머리끈을 잡아 빼려고 했더니 페니가 울더라고요. 결국 가위로 머리카락 한 뭉텅이를 잘라내야 했어요. 잘라낸 부분을 다듬으러 미용실에 데려갔죠. 미용사가 단발머리로 자르면 더 예뻐질 거라고 했는데, 페니가 싫다고 난리를 쳤어요. 결국 앞머리는 짧게, 뒷머리는 길게 두는 걸로 타협을 했죠."

미카는 저도 모르게 뜨악한 표정을 지었다.

"그러니까 설명만 들어보면……."

"예, 멀릿컷*."

토머스가 씁쓸한 눈빛으로 고개를 끄덕였다.

"딸 머리를 그렇게 잘라줬어요."

---

* 울프컷이라고 부르기도 한다.

13

"그래서, 페니한테 나에 대해 뭐라고 말해줬어?"

하나가 물었다. 미카의 갤러리 오픈 전날인 수요일 밤이었다. 토머스와 페니가 하나와 처음 만나기로 한 날이기도 했다. 미카는 자신의 은행 잔고에 큰 타격을 주지 않는 호손에 위치한 최신 유행 샌드위치 레스토랑 라르도를 선택했다.

미카는 미소를 지으며 붐비는 식당에서 빈자리를 찾았다.

"네가 1학년 때 문학 교수님한테 빠져서 〈스몰빌〉이랑 배우 크리스틴 크룩에 대해 끊임없이 떠들었던 걸 말해줬지."

크리스틴은 일명 '라나 랭'이라고 불리는 크고 아름다운 갈색 눈을 가진 여자 주인공이었다.

하나의 입가에 미소가 번졌다.

"아, 샘슨 교수님. 그분과 이야기할 때마다 내 입에서 콧노래가 터져 나오는 걸 멈출 수가 없었지. 요즘은 어떻게 지내실까 궁금하다."

그때, 4인 가족이 테이블에서 일어섰고, 미카는 서둘러 그 자리를 차지했다. 그들은 주문하기 전에 토머스와 페니를 기다리기 위해 자리에 앉았다.

"또 무슨 말을 했어?"

하나가 손가락으로 테이블을 두드렸다.

미카는 두 사람이 앉은 벽의 네온사인을 힐끗 바라보았다. '돼지여도 되지'라고 쓰여 있었다.

"그냥 우리 이야기. 고등학교와 대학교를 같이 다닌 친구였고, 내가 페니를 낳을 때도 네가 곁에 있었다고. 그 애도 널 알고 싶어 할 거야."

미카는 디스펜서에서 냅킨을 꺼내 찢기 시작했다.

"페니가 우리에 대해서도, 그때에 대해서도 다 물어볼 거야. 그러니까 우리가 어떤 학생이었는지 적당히 말해, 알았지? 파티를 얼마나 했는지, 학교를 얼마나 빠졌는지, 그런 건 빼고."

"미카."

하나가 한숨을 쉬며 동정 어린 눈빛을 보였다.

"그 애가 자기 친엄마를 자랑스러워했으면 좋겠어. 난 그 애가 존경하는 사람이 되고 싶어."

'정말 그런 사람이 되고 싶어. 예전의 나지만 조금 더 대단한.' 미카는 그렇게 생각했다. 어쩌면 이게 미카에게 구원이 될지 모른다. 면죄부. 과거로 돌아가 일을 바로잡을 방법. 뒤틀린 논리였지만 미카에게 잃어버린 것을 되찾을 기회가 찾아온 것이다.

"애 낳다가 진짜 지릴 뻔했다는 이야기는 해주고 싶지 않고?"

하나가 핀잔을 주었다.

"세상에, 그 이야기는 절대 하지 않기로 약속했잖아!"

하나는 어깨를 으쓱했다.

"너 정말 예쁘다."

미카가 쏘아붙였다.

"나도 정말 사랑하지, 네 미모."

하나도 지지 않았다.

"비록 거짓말을 하는 나쁜 얼굴이지만."

"제발 내 기분을 더 끌어내리지 말아줘."

이미 페니에게 거짓말을 한 것으로도 기분이 충분히 바닥이었지만, 진실보다는 낫다고 생각했다. 미카는 항상 페니를 지켜주겠노라 약속했으니까.

이게 미카의 방식이었다.

"미안해."

하나는 바로 사과했다.

"나는 그냥, 네가 얼마나 근사한 사람인지 너도 알았으면 좋겠어."

미카가 대답하려는 순간, 가게 문이 딸랑거렸다. 토머스와 페니가 입구에 서 있었다.

"저기 왔다."

미카는 허공에 손을 내밀고 두 사람을 향해 흔들었다.

아빠와 딸이 동시에 미소를 지었다.

하나가 낮게 휘파람을 불며 속삭였다.

"무슨 아빠가 저렇게 섹시해?"

"하나."

토머스와 페니가 다가오자 미카는 붉어진 얼굴을 감추며 말했다.

"뭐가?"

하나가 자신의 가슴팍을 쓸어내리며 되받아쳤다.

"내가 레즈비언이긴 하지만, 잘생긴 남자 얼굴은 객관적으로 판단할 수 있다고."

"안녕하세요."

토머스는 미카에게 따뜻한 미소를 지었다. 그리고 하나에게 손을 내밀어 악수를 청했다.

"토머스야."

미카가 소개했다. 이어서 서로의 이름을 주고받은 다음, 각자 자리를 찾아 앉았다. 한쪽에는 미카와 하나가, 맞은편에는 토머스와 페니가 앉았다.

"여긴 뭐가 맛있습니까?"

토머스가 물었다.

"당연히 더티 바스타드 프라이죠."

하나가 대답했다.

"손으로 잘라서 베이컨 기름에 익힌 다음, 허브와 파마산 치즈를 넣어 버무린 감자튀김이요."

토머스는 모두의 메뉴를 받고 카운터로 가서 주문했다. 그가 돌아왔을 때 나머지 셋은 한창 잡담을 나누는 중이었다. 주로 록밴드의 수어 통역사로 일하고 있는 하나에 관한 이야기였다. 페니는 환하게 웃고 있었다. 미카는 이 모든 상황이 너무 감동적이고 인상 깊다고 생각했다.

미카는 마커스 교수와 함께했던 시간들 속 자신의 그림 실력이 얼마나 미숙했고 얼마나 그의 인정을 받고 싶어 했는지와 애교를 부리는 고양이처럼 교수에게 다가가 몸을 배배 꼬아대던 일이 떠올랐다. 그러자 속이 뒤집히고 절망감이 몰려들었다. 네 사람은 감자튀김과 돼지고기 샌드위치로 배를 채웠다. 토머스는 입을 닦고 냅킨을 동그랗게 말아 쥐며 말했다.

"너무 배부르네요."

토머스가 납작한 배를 문지르며 말했다. 그의 티셔츠가 살짝 말려 올라가며 숨어 있던 속살이 드러났다. 미카는 맞은편 벽을 응시하며 시선을 뺏기지 않으려 안간힘을 썼다.

하나는 테이블에 팔꿈치를 대고 턱을 괸 다음, 몸을 앞으로 숙여 페니를 바라보며 말했다.

"그래서?"

"그래서요?"

페니가 앵무새처럼 되물었다.

"뭘 더 알고 싶어?"

하나가 물었다.

페니는 하나의 직설적인 말투에 얼굴을 붉혔다.

"제가 태어났을 때 병원에 같이 계셨다면서요."

"응, 나 완전 1열."

하나가 가볍게 대꾸했다.

미카는 그 광경에 얼굴을 찡그리며 자신의 친구 보는 눈을 다시 한번 재고했다.

페니는 엄지손가락을 비틀며 부끄럽다는 듯 물었다.

"그럼…… 제가 태어나던 날에 대해 이야기해 주실 수 있어요?"

페니가 하나와 미카를 바라보며 물었다.

미카는 등을 기대고 앉았다. 배 속에 가득 찬 음식이 온통 얹히는 기분이었다. 그날을 제대로 기억하기가 힘들었다. 임신이 그녀의 삶을 어떻게 반으로 갈라놓았는지. 페니가 태어났을 때 미카는 사랑에 현기증이 났고, 마음이 찢어질 듯 아팠다. 그리고 무거운 돌처럼 하염없이 심연으로 가라앉았다. 돌돌 말아 뭉쳐 놓았던 시간의 실타래를 곧게 펴는 건 정말이지 고통스러운 일이었다.

"페니."

토머스가 페니를 부드럽게 다독였다.

"이 대화는 다음으로 미루는 게 어떨까?"

페니는 숨을 죽였다.

"물론이죠, 이해해요."

말은 그렇게 하면서도 표정은 영 떨떠름했다.

하나는 테이블 아래에서 미카의 무릎을 꼭 잡아주었다.

"비가 왔던 것 같아."

미카의 가장 친한 친구가 조심스럽게 입을 열었다.

"비가 왔지."

미카는 가볍고 희미한 목소리로 동조했다. 전날 산부인과에 갔더니 상태가 영 좋지 않다고 했었다. '그냥 낳으면 안 돼요?' 얼굴이 붉게 달아오른 미카는 거의 울부짖듯 물었다. '제발, 그냥 끝내고 싶어요. 제 삶을 되찾고 싶다고요.' 미카는 페니가 배 속에서도 엄마와 금방 헤어질 걸 다 안다는 듯, 자신에게 매달리고 있다고 생각했다.

"미카는 무통 주사를 맞았어."

하나가 덧붙이며 미카를 툭 건드렸다.

"간호사가 무통 주사를 맞기엔 너무 이르니까 호흡해 보라고 했던 거 기억나?"

미카의 얼굴에 희미한 웃음이 번졌다.

"나한테 눈덩이로 싸우라고 하는 거랑 뭐가 달라? 난 당장 수류탄이 필요한데."

"그 후로는 한참 지루했어. 몇 시간 눈도 붙였고."

하나가 말했다. 미카는 침대에 누워서 봤던 의자에 쓰러져 잠든 하나의 모습을 또렷이 떠올렸다.

"하나는 잤고, 난 뒤척이느라 쉴 수가 없었어."

미카가 억울하다는 듯 말했다. 지치고, 고통스럽고, 감정이 격해져서 계속 울기만 했다.

"그러다가 아침 일찍 본격적인 진통이 시작됐지."

하나가 말했다. 미카는 아이를 안고 싶지 않다고 말했다. 그러다가 마음을 바꿨다. '안아볼래요. 내가 안기 전에 다른 사람이 아기를 안게 하고 싶지 않아요'

"미카가 먼저 안고, 그다음엔 내가 바로 채갔어."

하나가 끼어들었다.

"얼굴이 진짜 빨갛고 쭈글쭈글했어."

"정말 아름다운 장면이었겠어요."

페니가 깔깔거렸다.

"정말 그랬어. 정말 예뻤어."

미카가 끼어들어 말했다. 그리고 그건 사실이었다. 미카의 시선이 토머스에게 닿았다. 토머스의 입가에도 페니와 마찬가지로 미소가 걸려 있었다.

"네 엄마와 나는 밖에 있는 대기실에서 기다리고 있었어."

토머스가 끼어들었다. 미카는 페니가 양부모의 품에 곧바로 안겼다는 사실에 왠지 모를 위안을 얻었다. 페니가 태어난 후로 지금껏 한순간도 쉬지 않고 사랑과 보살핌을 받았다는 뜻이니까.

"알아요."

페니가 대답했다.

"엄마가 제게 편지를 남겼어요."

캐롤라인이 페니의 열여섯 번째 생일을 위해 썼던 편지. 그 편지로 페니가 생모를 찾기 시작했다고 했다.

"엄마가?"

토머스의 눈썹이 살짝 구겨졌다. 미카는 페니가 캐롤라인의 마지막 편지를 토머스가 못 읽게 했다던 이야기가 그제야 떠올랐다.

페니는 제 아빠를 향해 손을 내저으며 환기했다.

"주제를 바꿔요. 빨리 갤러리 공간이 보고 싶어요."

페니의 짙은 눈동자가 미카를 향해 애원했다.

"내일 가면 안 돼요? 다른 사람들이 보기 전에 미리 구경시켜 주시면 안 될까요?"

아! 미카는 당황했다.

"아!"

입 밖으로도 소리가 내뱉어졌다. 지난밤에 리프가 주소를 보내주었다. 오늘부터 언제든 내부를 봐도 좋다고 했다. 미카는 스케줄을 비우고 갤러리를 한번 둘러봐야겠다고 생각했지만, 손님이 생길 줄은 몰랐다. 미카는 하나를 바라보았다. 친구의 입꼬리에 즐거움이 실려 있었다.

"물론이지!"

미카는 페니에게 웃어주면서도 마음 한구석이 움츠러들었다. 핑계는 나중에 만들면 그만이다.

"시간을 더 보내고 싶은데, 아쉽다."

하나가 테이블을 밀어내며 말했다.

"롤러 더비* 경기가 있거든."

"롤러 더비요?"

페니가 물었다.

"같이 갈래? 폭력적이고 피에 굶주린 경기지. 정신 차리면 너도 링크 위에 올라가 있을걸?"

하나가 말하자 페니의 얼굴이 크리스마스트리처럼 밝아졌다.

"끝나면 다 같이 올라가서 롤러스케이트도 탈 수 있는데."

페니가 테이블을 움켜쥐며 열정적으로 외쳤다.

"네, 네! 정말 가고 싶어요!"

---

* 롤러스케이트를 타고 격렬한 몸싸움을 하며 경주하는 단체 스포츠

토머스와 페니, 미카는 관중석에 앉았다. 20분이 지나자 하나가 스케이트장에 들어갔다. 토머스는 짧은 반바지와 탱크톱, 스케이트, 헬멧, 보호안경을 착용한 여자들을 바라보았다.

"오하이오에는 롤러스케이트 경기가 없어요."

토머스가 중얼거렸다.

"하나 이모는 뭘 하는 거예요?"

페니가 물었다.

미카는 관람석에 몸을 기대고 앉았다.

미카는 페니에게 "하나는 추월 선수라 팀 뒤에서 출발할 거야"라고 말하며 추월 선수가 상대 팀을 제치고 한 바퀴 돌면 어떻게 득점이 인정되는지 설명했다. 관중들은 1시간 반 동안 하나를 응원했고, 누군가 그녀를 팔꿈치로 치면 움찔했다. 심판이 트랙 커트**나 페널티를 외치면 야유를 보냈다. 하나의 팀인 '아시안 인베이전'이 라이벌 '프레시 미트'를 물리쳤을 때, 페니는 자리를 박차고 일어났다. 하나가 페니를 스케이트장으로 불렀고, 페니는 링크 위로 뛰어올라 하나와 함께 스케이트를 탔다.

"맥주 정원에 가볼래요?"

미카는 링크의 끝, 피크닉 벤치와 바가 있는 탁 트인 공간을 가리키며 물었다.

** 선수가 트랙에 진입할 때 이미 경기 중인 선수보다 앞에 입장하는 규칙

토머스는 무릎을 매만졌다.

"혹시 걱정해야 할 일이 벌어지진 않겠죠? 보험사에 미리 연락해야 할까요?"

하나는 링크에서 페니에게 헬멧과 무릎 보호대를 착용시키고 있었다.

"아니요, 괜찮을 거예요. 하나가 페니에게 몇 가지 동작을 보여주고 다른 친구들을 소개시켜 줄 거예요."

미카는 토머스를 안심시켰다.

얼마 지나지 않아 두 사람은 맥주 정원 한쪽에 자리를 잡았다. 토머스의 앞에는 시원한 IPA가, 미카의 앞에는 사과주가 놓여 있었다. 그리고 팔 전체에 문신을 하고 귀에 안전핀을 꽂은 소녀가 페니에게 블로킹하는 방법을 알려주는 모습을 함께 지켜봤다.

토머스는 유리잔 바깥쪽에 맺힌 물방울을 엄지손가락으로 닦으며 말을 걸었다.

"있죠, 이번 여행에 대해 솔직히 걱정이 많았습니다."

"정말요?"

미카가 미소를 지으며 토머스를 놀렸다. 그리고 술을 한 모금 마셨다.

그러나 토머스의 눈빛은 생각보다 진중했다.

"미안합니다. 내가 좀 투덜거렸죠. 그동안 내 태도가 좀……. 젠장, 나도 모르겠어요. 내 생각엔 지난 몇 년간 좀 안 좋았던 것 같아요. 페니가 잘 지내는 줄 알았어요. 우리는 꽤 오랫동안 서로밖에 없었어요. 페니가 당신에 관해 물어본 적이 없었는데, 갑자기 당신을 찾았고 만나러 가겠다고 하니까 충격을 받았습니다."

토머스는 가슴 위쪽을 문질렀다.

"아직도 적응이 안 된 것 같아요. 캐롤라인이 페니에게 남긴 편지도요. 아마 난 절대 못 읽게 하겠죠. 페니의 뜻을 존중하려고 노력하지만, 페니가 요즘 하는 일이라고는 내게 비밀을 만드는 것뿐인 느낌이에요."

토머스가 술잔을 빤히 응시했다.

미카의 입매가 슬그머니 뒤틀렸다.

"그러니까 페니가 지금 아빠에게 비밀을 만들고 아빠의 울타리 밖에서 자립할 준비를 하고 있다, 이거죠? 내 생각엔 평범한 십 대 소녀가 하는 일처럼 들리는데요."

미카는 쇄골 밑에 손을 얹으며 덧붙였다.

"경험에서 우러나온 거예요."

오히려 이 말이 토머스를 더욱 우울하게 만든 모양이었다. 토머스의 미간은 더욱 단단히 뭉쳐졌다.

"젠장. 난 그게 정말 마음에 들지 않아요."

"좋은 애잖아요. 좋은 사람이에요, 당신 딸."

토머스는 고개를 끄덕였다.

"예전에는 캐롤라인을 내 인생에서 가장 소중한 존재로 생각했는데, 우리에게 페니가 생기면서 죄책감이 들었어요. 왜냐하면……. 음, 왜냐하면 페니가 내가 인생에서 얻을 수 있는 가장 소중한 존재가 되었거든요."

미카는 아무런 말도 할 수 없었다. '나도 마찬가지예요.' 그렇게 속으로만 생각했다.

"페니가 자라는 거겠죠. 그냥 성장하는 과정이니까."

토머스가 말했다.

"맞아요. 하지만 페니는 좋은 선택을 하고 있어요. 그 남자 친구와 정리한 것만 봐도 그렇잖아요……."

미카는 토머스의 혼란스러운 얼굴을 보며 말끝을 흐렸다.

"무슨 남자 친구요?"

"아, 망할."

미카는 볼 안쪽을 씹었다.

"내가 하지 말아야 할 말을 했네요. 제발 내가 말했다고 말하지 말아줘요."

토머스가 손가락을 꼬아 가슴에 올렸다.

"절대 안 할게요."

미카는 전에 페니와 나눈 전 남자 친구 이야기를 최대한 떠올려 보았다.

"이름이 잭 아니면 제임스라고 했는데."

"잭이요."

토머스가 확신했다.

"페니가 예전에 몇 번 얘기했었어요."

"그러니까 둘이 사귀긴 했는데, 얼마 안 가서 페니가 헤어지자고 했대요."

미카가 몸을 앞으로 수그리며 속삭였다.

"자꾸 침대가 있는 곳에서만 데이트하자고 조르니까요."

토머스의 입매가 무자비하게 구겨졌다. 주먹도 마찬가지였다.

"그 개자식이."

미카가 토머스의 손등에 자신의 손을 얹었다가 내려놓았다. 목 위로 열기가 번졌다.

"진정해요. 부디 미성년자에게 심한 욕은 하지 말자고요. 아무튼 페니는 머리가 좋은 아이예요."

페니는 그 남자애와 헤어진 후, "**내 마음을 바라봐주고 아름답다고 해 주는 남자를 만나고 싶어요**"라고 말했다.

토머스는 손가락을 쥐락펴락하며 긴장을 풀었다.

"좋아요, 그렇게 하죠."

토머스는 잔에 담긴 맥주를 꿀꺽꿀꺽 삼켰다.

"난 이런 게 익숙하지 않아요. 페니를 다른 사람과 나누는 거."

"무슨 마음인지 알아요."

미카의 말투에 날카로움이 묻어났다. 미카는 처음부터 페니를 누군가와 나눠야 했다.

"아, 미안합니다."

토머스가 미카에게 민망한 미소를 지어 보였다. 그는 오늘 '다트머스 대학교 조정 팀'이 새겨진 후드티를 입었다. 제 나이인 마흔여섯 살보다는 훨씬 어려 보였다.

"혹시 뭐 하나 물어봐도 되겠습니까?"

미카는 술을 싹 비우며 "뭔데요?" 하고 말했다.

"후회해요?"

토머스가 물었다.

미카는 고개를 기울였다.

"뭘 후회해요?"

"페니요."

토머스가 한참을 망설이다가 덧붙였다.

"페니를 포기한 거요."

미카는 얼어붙었다. 피어슨 부인은 "**포기는 나보다 훌륭한 상대에게 나를 내어주는 행위예요**"라고 말했다.

"적절한 시기에 적절한 결정이었어요. 지금 생각해도……. 다른 사람이 페니를 키우리란 생각은 못 하겠어요. 페니는 자라야 할 모습으로 잘 자랐잖아요."

미카는 잠시 머뭇거리다가 덧붙였다.

"하지만…… 후회하죠. 뭐든 언제나 후회가 남는 법이잖아요. 안 그래요?"

토머스는 생각에 잠긴 듯 눈이 가늘어졌다. 이윽고 토머스가 입을 열었다.

"아이를 낳아 기를 때 누구나 겪는 경험의 일부죠."

미카는 누군가의 엄마로 인정하는 듯한 뉘앙스가 담긴 토머스의 말에 마음이 따뜻해졌다. 그때 페니가 스케이트를 타고 다가왔다. 얼굴이 상기됐고, 눈은 반짝였다. 손에는 기념품 가게에서 산 티셔츠를 들고 있었다.

"나 이거 살래요."

페니는 티셔츠를 눈앞에서 흔들었다. 티셔츠에는 고딕체로 '대가리를 깨부수자'라고 쓰여 있었다.

토머스가 웃음을 터트렸다가 금세 얼굴을 고치며 말했다.

"안 돼. 절대 안 돼. 다시 골라."

페니가 입술을 삐쭉거렸다.

"아빠……."

미카는 내가 놓친 게 또 있네, 하며 생각했다. 딸을 누구의 손에 맡겨 키울지는 선택할 수 있었지만, 어떤 옷을 입고 어떤 장난감을 가지고 놀고 어떤 침구에서 잠을 잘지는 선택할 수 없었다. 미카는 몇 년간 아동복 매장에서 아기 옷이나 유아 수영복, 티셔츠 등을 손으로 매만지며 페니가 무슨 옷을 입을지 상상하곤 했다. 미카가 놓친 게 너무도 많았다. 너무 많은 것을 잃어버렸다.

미카는 자리에서 벌떡 일어나며 외쳤다.

"이리 와, 나랑 같이 골라보자."

지금은 잃어버린 것들을 되찾을 수 있는 시간이었다.

14

오전 8시, 미카는 잠에서 깨어나 페니에게 문자를 보냈다. 오늘 정말 갤러리에 가보고 싶니? 엉망인데. 수치심이 날카로운 칼날이 되어 미카를 찔러댔지만, 미카는 재빨리 마음의 구멍을 메웠다. 오늘 밤에 오면 다 정리해 놓을게!

페니는 문자를 보내자마자 답장을 보냈다. 그럼요. 제가 도와드릴 수도 있고요! 손이 더러워지는 건 아무래도 상관없어요. 문자로 주소 보내주실래요? 미카는 깊은 패배의 한숨을 쉬며 페니에게 몇 시간만 여유를 달라고 부탁했다. 그리고 리프에게 문자로 스탠리라는 예술가는 준비가 된 건지 물어보았다. 리프는 엄지손가락을 치켜세우는 이모지로 답장했다.

가는 길에 미카의 휴대 전화가 울렸다. 하나가 보낸 문자였다. 페니 진짜 멋지더라. 미카는 이렇게 답장했다. 진짜 멋진 게 뭔지 알아?

미카는 하나가 집에 도착하기 전에 잠들었다가 그녀가 일어나기 전에 집에서 나왔다. 두 사람은 보통 늦게 자고 늦게 일어나며 생활 패턴이 비슷했다. 하지만 페니가 포틀랜드에 있는 요즘, 미카는 페니와 보내는 시간을 최대한 늘리기 위해 아침 일찍 일어나는 생활을 하는 중이었다.

신호등이 빨간불을 가리키자 미카는 답장을 확인했다. 보자 보자. 아침에 치즈케이크 먹기? 트레이닝팬츠? 창작 무용?

신호등이 파란불로 바뀌었고, 미카의 휴대 전화가 또 울렸다. 미카는 휴대 전화를 확인했다. 엄마의 전화였다. 또. 미카의 심장이 뚝 떨어졌다. 아마 미카가 아직도 구직 중인지 궁금해서일 것이다. 미카는 전화를 거절했다. 얼마 후, 미카의 전화에 새로운 음성 메시지 알림이 들어왔다. 또다시 빨간불이었고, 하나가 답장을 보냈다. 좋지. 근데 개럿의 설사병과 과민성 대장 증후군을 치료하려면 투어를 그만둬야 하는 거 아니야? 하나는 슬픈 표정의 이모지와 파티 모자를 쓴 이모지를 함께 보냈다. 맞아. 나 펄 잼이랑 투어 가.

미카는 답장을 보냈다. 일단, 다시는 개럿의 배변에 대해 나한테 말하지 말아줄래? 그리고 둘째, 투어 축하해.

이건 어때! 하나가 바로 답장했다. 네가 내 정서 안정을 위한 반려동물로 동행하는 거야. 무료 호텔에 식사, 백스테이지 입장권까지 다 나와…… 응? 어떻게 생각해? 몇 주 있다가 출발할 거야.

미카는 차를 세우고 평범한 창고 바깥에 주차했다. 매달 첫째 주 목요일마다 사람들이 플라스틱 컵에 따른 와인을 들고 부스를 옮겨 다니며 유망하지만 돈벌이는 못 하는 예술가들을 만나러 오는 '첫 번째 목요일' 행사의 표지판이 걸려 있었다.

미카는 육중한 문을 열고 안으로 들어갔다. 벽에는 입주 중인 예술가들의 명단이 걸려 있었다.

"다프네 창작, 1호. 젠 프로덕션. 2호……, 스탠리 울프. 10호……."

미카는 계단을 올라가 10호실 문을 두드린 후 안으로 들어서며 "안녕하세요" 하고 인사했다. 낡은 스테레오에서 '메탈리카'의 음악이 흘러나오며 귀를 공격했다. 미카가 오븐에서 냄비를 태울 때 나는 냄새가 났다. 사방에 뒤틀린 고철과 철근, 강철 밴드, 철근 더미가 쌓여 있었다. 네 개의 커다란 창문에서 들어오는 자연광이 공간을 가득 채웠다. 한 남자가 구석에서 불꽃을 내뿜으며 토치를 들고 조각품을 만들고 있었다. 미카의 인사에 토치 불꽃이 사그라졌고, 남자는 쓰고 있던 마스크를 벗고 음악을 껐다.

"오, 안녕하세요! 미카 맞죠?"

남자가 장갑을 벗고 방을 가로질렀다.

"스탠리라고 합니다."

남자는 손을 내밀며 미카에게 악수를 건넸다. 밝고 푸른 눈동자에 검은색으로 염색한 머리의 백인이었다. 피어싱으로 뚫은 한쪽 귀에는 깃털이 달린 작은 귀걸이가 대롱거렸다.

미카는 남자와 악수하며 미소를 지었다. 그리고 한 걸음 뒤로 물러나 약 2미터 정도 되는 조각품을 둘러보았다. 조각품의 정체를 한눈에 파악하기 쉽지 않았다. 사람인가? 그러나 사람이라기엔 등이 지나치게 굽어 있고 뒤틀린 모양새였다.

"흥미롭네요. 엄청 강한 감정이 느껴져요."

스탠리의 얼굴이 발갛게 물들었다.

"리프가 이 공간을 갤러리로 꾸미고 싶다고 하던데."

미카는 방 안으로 가까이 들어섰다.

"맞아요. 결정만 해주시면 이 공간은 멋지게 변할 거예요."

공간은 실제로 잠재력이 넘쳐흘렀다. 구석에는 몰아치는 폭풍우를 피해 천막 밑으로 몸을 숨기는 연인들처럼 서로를 향해 몸을 구부린 조각상 여섯 개가 더 모여 있었다. 스탠리의 장비를 치우면 천장의 간접 등 아래로 빛나는 조각품이 넓은 공간에서 더욱 눈에 띌 것 같았다. 미카는 스탠리를 힐끗 바라보며 물었다.

"정말 괜찮으실까요? 당신의 작품을 전시하고, 스튜디오를 빌리는 거요."

"그럼요."

스탠리는 기름을 비롯해 여러 재료가 뒤섞인 작업대 위에 장갑을 던졌다. 미카는 물감을 응시하며 그리움이 섞인 떨림을 참기 위해 주먹을 움켜쥐었다. 작업대 위에는 테레빈유도 한 병 있었다. 그 모습을 본 미카는 순간 몸이 얼어붙었다. 마치 수풀 더미 속에 있는 짐승이 미카를 빤히 노려보는 것처럼 사위가 고요해졌다.

"제가 할 일은 거의 끝났어요. 마음껏 쓰세요. 구석에 페인트랑 롤러도 몇 개 있어요. 리프 말로는 미카가 벽을 다시 색칠하고 싶을 거라고 하더라고요. 당신이 하고 싶은 대로 해요."

스탠리가 말했다.

미카는 멍하니 미소를 지으며 고맙다는 인사를 전했다. 문이 무겁게 쾅 닫히자 미카는 마른침을 삼켰다. 옷의 먼지를 툭툭 털고 소매를 걷어 올렸다. 일을 할 시간이었다.

* * *

미카가 땀을 뻘뻘 흘리며 일한 지 2시간 후, 페니가 우버에서 내렸다고 문자를 보냈다. 미카는 페니를 만나기 위해 설레는 마음으로 아래층으로 내려갔다.

"안녕하세요오."

페니가 폴짝거리며 멜로디를 흥얼거렸다.

"어때요?"

페니는 미카를 보며 두 팔을 벌렸다. 오늘 페니는 청재킷 안에 미카가 사준 새 티셔츠를 입고 있었다. 두 사람은 '대가리를 깨부수자'는 티셔츠와 밥공기에 젓가락을 꽂은 로고가 새겨진 '아시안 인베이전' 티셔츠를 서로 교환했다.

"예쁘다."

미카가 말했다. 페니가 행복하면 미카도 행복했다.

페니는 코를 긁적였다.

"어젯밤에 염색약을 사 달라고 아빠를 설득했어요. 부분 탈색을 해서 파란색으로 줄무늬를 만들면 오늘 룩이 훨씬 근사할 것 같았거든요."

페니는 자신의 얼굴을 가리고 있는 머리카락 뭉텅이를 살짝 집어 들었다.

"혼자서는 절대 하지 마. 나도 고등학교 때 혼자 탈색했었는데, 머릿결이 원래대로 돌아가는 데 1년이나 걸렸어. 정말 하고 싶으면 전문가한테 맡기는 게 나아."

페니는 제법 진지하게 고개를 끄덕였다.

"좋은 생각이에요."

"잠은 잘 잤어?"

미카는 페니를 이끌고 갤러리로 향하는 계단을 오르며 물었다.

"완전 푹 잤어요."

페니가 대답했다.

"갤러리 공간을 직접 보다니, 너무 신나요."

미카는 페니의 귀를 살짝 잡아당겼다.

"아직 할 게 너무 많아…… 너무 큰 기대는 하지 마."

페니의 걱정스러운 얼굴에 미카는 서둘러 덧붙였다.

"제대로 해내야 한다는 압박감이 커서 그래. 오늘 밤 오픈이니까."

"무슨 말인지 알아요. 저도 경기 전날에는 그래요. 불안하고 흥분되고, 모든 게 완벽했으면 좋겠고."

"내 말이 그 말이야."

미카는 갤러리 문을 열고 페니를 안으로 들여보냈다.

"어우!"

페니가 미카를 스치고 들어서며 소리쳤다.

"왜? 그렇게 별로야?"

미카는 페니의 눈으로 공간을 상상해보려 애썼다. 지난 몇 시간의 노력에도 불구하고 공간은 여전히 엉망진창이었다. 용접 장비는 바닥 한가운데에 여러 미술용품과 함께 쌓여 있었다.

"정리가 좀 필요할 것 같네요."

페니가 그 주변을 손으로 동그랗게 그리며 말했다.

"응."

미카가 조금 낙담한 말투로 말했다.

페니는 미카를 살며시 바라보다가 손뼉을 치며 외쳤다.

"우리 둘이 한두 시간이면 치울 수 있을 것 같은데요?"

"정말 괜찮겠어?"

"당연하죠! 어디부터 시작할까요?"

페니가 대답했다.

미카는 손가락으로 입술을 두드렸다.

"일단 이 장비부터 치우자."

미카는 방을 가로질러 옷장으로 추정되는 문을 열었다. 안을 살짝 들여다보니 먼지만 쌓여 있고 텅 비어 있었다. 미카는 옷장 문을 활짝 열어젖혔다.

둘이 함께 장장 1시간 동안 용접 장비와 고철 더미를 옮겼지만, 지치는 줄도 몰랐다. 두 사람의 이마에 땀이 송골송골 맺히기 시작했다.

"이것도 넣을까요?"

페니가 물었다. 페니의 발밑에는 물감들이 놓여 있었다.

미카는 떨림을 줄이려고 손을 말아 쥐었다. 두툼한 그래파이트 연필에 눈이 갔다.

마커스 교수는 연필로 그림을 그렸다. 고개를 오른쪽으로 기울이면 뛰는 심장처럼 보이는 깨진 도자기. 썩은 바나나 한 송이. 마른 우물. 겨울 학기가 끝날 무렵, 교수는 도자기 소묘로 상을 받았다.

"축하드려요."

미카는 미술사 강의를 마치자마자 교수를 만나기 위해 캠퍼스를 가로질러 달렸다. 미카는 숨이 가빠 헐떡이면서도 웃으며 축하 인사를 건넸다. 미술사 강의는 성모 마리아를 지나 의자에 널브러지거나 조개껍데기 위에 서 있는 여성의 엉덩이, 허벅지, 가슴에 빛줄기를 모아 매력을 한껏 돋보이게 만드는 여성 중심의 르네상스 시대로 접어들고 있었다. 연구실로 찾아간 미카는 빨간 리본이 달린 전동 연필깎이를 선물로 내밀었다. 손잡이를 돌려쓰는 낡은 연필깎이는 두 사람 사이의 농담거리였다.

"고맙네."

마커스 교수는 살짝 미소를 지으며 리본을 매만졌다.

"이 상은 어떻게 하실 거예요? 책상 옆에 걸어두시는 것도 좋을 것 같은데."

미카가 사우스웨스턴 예술대학의 명패를 가리키며 말했다.

"글쎄. 재떨이로 쓰면 딱일 것 같은데."

교수는 턱 주위에 무성하게 자란 터럭을 긁으며 말했다.

"그래도 축하는 하셔야 해요."

미카가 말했다.

"사실, 오늘 밤 피터의 집에서 술이나 한잔하기로 했네."

마커스 교수가 미카와 눈을 마주하며 말했다.

"난 아무것도 필요 없다고 누누이 말했건만, 그 자식이 고집을 부려. 그러니 자네도 오지 않겠어?"

미카는 순간적으로 얼굴을 붉히며 어떤 옷을 입을지 고민했다. 그리고 환하게 웃으며 대답했다.

"그럴게요. 감사해요."

"미카?"

페니가 미카의 눈앞에 서 있었다.

미카는 입매를 비틀어 억지로 미소를 지어 보였다.

"미안, 갑자기 옛날 생각이 나서. 옷장에 넣어줄래?"

페니는 고개를 끄덕이며 물감 더미를 들고 사라졌다. 미카는 발 뒤꿈치로 연필을 부러뜨려 구석으로 치웠다. 조각상 사이를 돌아다 니며 조각품을 어디에 어떻게 배치해야 할지, 어떤 순서로 배열해야 좋을지 고민했다. 그리고 그중 가장 구불구불한 조각상을 골라 입구 에 가깝게 밀었다. 페니가 미술용품을 다 정리했을 때, 미카는 네 번 째 작품을 전시 중이었다.

"우와, 정말 인상적인데요?"

페니는 숨을 들이마셨다.

미카는 한 걸음 뒤로 물러서며 이마에 흐르는 땀을 닦았다. 다음 조각상은 이전 작품들보다는 곡선이 덜했다. 마치 뒤틀린 인물이 허 리를 세우며 똑바로 자세를 바로잡는 스틸 컷처럼 보였다.

"내 생각도 그래."

이번엔 미카의 미소도 진심이었다. 자랑스럽고 행복했다.

두 사람은 마지막 조각상을 옮겼다. 그러나 무거운 천을 덮어놓은 조각상은 그대로 두었다.

"내 생각에 이건 스탠리가 아직 작업 중인 것 같아."

미카가 청바지에 손을 슥슥 닦으며 말했다.

"나중에 연락해서 어디에 두면 좋을지 상의해 봐야겠어. 우리 꽤 좋은 팀이다."

미카가 말하자 페니가 배시시 웃었다.

"뭐 좀 마실래? 복도에 자판기가 있더라."

"좋아요."

페니가 대답했다.

두 사람은 찰리의 차에 있던 빈 컵에서 나온 잔돈을 털어다가 물과 과자 몇 봉지를 산 후, 갤러리 바닥에 털썩 앉았다.

"아빠는 오늘 뭐 하셔?"

미카가 페니의 주변으로 제물을 바치듯 음식을 두르며 물었다.

"모르겠어요. 일하시지 않을까요? 사실 아빠한테 오지 말라고 했거든요."

"그랬어?"

페니는 도리토스 봉지에 손가락을 얹은 채 입술을 깨물었다.

"네, 우리 둘만 있으면 좋을 것 같아서요. 아빠를 사랑하지만……가끔은 흥을 깨잖아요."

미카가 웃었다.

"틀린 말은 아니지."

그러면서 롤러스케이트장에서 온 마음으로 자부심과 뿌듯함을 담아 페니를 바라보던 토머스를 떠올렸다.

"그래도 꽤 좋은 아빠인 것 같던걸."

페니의 얼굴 위로 희미한 미소가 스쳤다.

"좋은 분이에요. 특히 제가 어렸을 때는 말이죠, 매일 밤 책을 읽어주곤 했어요. 우리만의 시간이었죠. 저는 《골디락스와 곰 세 마리》를 제일 좋아했어요. '햇빛에 반짝이는 길고 아름다운 검은 머리카락'이란 대목만 나오면 아빠는 항상 저를 보며 "너처럼"이라고 하셨죠. 제가 조금 더 자란 후에는 맨날 책을 앞뒤로 넘겨서 그 부분만 읽고 또 읽었어요. 아빠는 샤피의 머리카락을 묘사하는 부분에서는 '밝다' 대신 '어둡다'로 바꿔서 읽어주셨고, 삽화에 덧칠도 해줬어요."

"너무 다정하신걸."

미카는 목이 메었다.

"이젠 그 정도로 친하지 않아요."

페니는 무릎에 떨어진 과자 부스러기를 털어내며 말했다.

"제가 변한 건지, 아빠가 변한 건지 아니면 우리 둘 다 변한 건지 잘 모르겠어요. 아마 제가 많이 변했겠죠. 가끔은 거울에 비친 제 모습을 보면서 '넌 누구야? 너 누군데?' 하고 물어볼 때도 있어요."

'난 누구지?' 또다시 그 질문이다. 미카는 예전에 입양아를 다룬 다큐멘터리를 본 적이 있었다. 입양아들이 친부모 밑에서 자랐다면 그들의 삶이 어떻게 달라졌을지, 친부모 대 양부모를 비교하는 내용이었다. 페니는 누가 만들었을까? 페니는 태어날 때 얼마나 정의되었고, 세월이 흐르면서 얼마나 많은 부분이 달라졌을까? 미카는 딸에게 어떤 부분을 물려줬을까? 토머스, 캐롤라인, 생부. 그게 얼마나 중요한 걸까? 생각에 잠겨 있던 미카는 천천히 입을 열었다.

"있잖아, 기분이 나아질지 모르겠지만, 사람들은 자기가 누군지 아무도 몰라. 나도 평생을 내가 누군지 알아내려고 노력했어."

페니가 턱을 치켜들었다.

"정말 기분이 좀 나아지는데요? 적어도 조금은 덜 외로운 기분이 에요."

"넌 혼자가 아니야."

미카는 손을 뻗어 페니의 손을 꼭 잡았다.

페니가 갑자기 자리에서 일어나기 전까지 두 사람 사이에는 편안한 침묵이 흘렀다.

"이 여행이 거의 끝나간다는 게 믿기지 않아요."

"나도 마찬가지야."

미카도 자리에서 일어서며 말했다. 그렇게 하루하루가 흘렀다. 내일이면 페니와 토머스가 떠난다. 미카는 페니가 떠난 후에 어떤 일이 일어날지 상상했다. 페니와 몇 번 더 전화하며 연락을 유지하려 노력하겠지. 하지만 전화는 천천히 줄어들 것이다. 그러다가 미카가 항해하는 인생의 유령선이 항구에 도착하고, 현실의 삶으로 돌아갈 것이다. 현실의 미카는 누구였을까? 페니와 함께 있을 때의 미카는? 페니가 없는 미카는?

"시간이 더 있었으면 좋겠어."

미카가 말했다. 그리고 그 순간, 그 말 한마디에 여러 가지 감정이 뒤엉키며 목이 메었다. 거짓말이 끝났다는 안도감과 페니를 다시 떠나보내야 한다는 슬픔이 뒤섞였다. 단 하나는 확실했다. 현실의 미카는 이보다 더 슬플 수 없다는 것이었다.

"그런 말씀을 하시니 말인데요."

페니가 아무렇지 않게 말했다.

"포틀랜드 대학교에 있는 여름 육상 프로그램이 엄청나요."

페니가 잠깐 말을 멈추고 바닥을 빤히 바라보며 덧붙였다.

"어젯밤에 지원했고요."

"그래?"

미카는 북받쳐 오르는 감정을 추스르며 아무렇지 않은 말투로 물었다. 그러나 실제로는 놀랐고, 무서웠고, 소름이 돋았다.

"네, 저는 포틀랜드가 좋아요."

페니는 미카와 눈을 마주하며 얼굴을 살폈다.

"그리고 당신이 정말 좋아요. 모든 게 저와 잘 맞는 느낌이에요."

"네가 또 오고 싶어 할 거라고 생각하지 못했어."

미카의 머릿속은 어지럽게 빙빙 돌았다. 미카는 페니와 영원히 함께하길 원했다. 그녀의 꿈이 이루어진 것이다. **페니를 보내고 싶지 않았다. 다시는 제 곁에서 떠나지 않으면 했다.**

하지만 이 모든 거짓말은 어떻게 해야 할까? 갤러리와 남자 친구는? 미카가 이 거짓말을 계속 유지할 수 있을지도 모른다. 페니는 육상 프로그램으로 바쁠 것이다. 두 사람은 저녁이나 주말에 가끔 만나면 된다. 페니가 할머니, 할아버지를 만나고 싶다고 하면 다른 크루즈 여행이나 일본에 있는 친척을 만나러 가셨다고 하면 된다. 미카는 매년 그렇게 거짓말을 할 수 있지 않을까, 하고 상상했다. 연초에 티켓을 구매해서 환불이 어려웠다고. 그리고 곁에서 페니와의 관계를 계속해서 쌓아가며 먹이고, 키울 것이다. 미카는 딸과 생각과 감정을 공유하는 것, 즉 '진짜'에 집중할 것이다. 딸을 지지하고, 딸의 말에 귀를 기울이고, 사랑해 줄 것이다.

"아빠는 뭐라서?"

미카가 물었다.

페니는 숨을 들이마셨다.

"괜찮대요. 솔직히 괜찮은 척하는 거죠. 아빠한테 6주간 캠퍼스 기숙사에 살아야 한다고 했더니, 눈에 띄게 동요하시더라고요. 그러면서도 긴장을 풀려고 애쓰는 게 보였어요."

또다시 침묵이 흘렀다.

"그래서, 어떠세요? 정말 제가 다시 와도 괜찮아요? 그러길 바라세요?"

페니의 질문은 특히 '바란다'는 단어에 초점이 맞춰진 것처럼 느껴졌다.

"당연히 네가 다시 오길 바라지."

이성보다 영혼이 먼저 반응하고 대답이 튀어나왔다.

"한마디만 더 해도 돼요?"

페니가 조금 튀는 목소리로 물었다. 미카는 고개를 끄덕이며 언제부터 여자아이들이 허락받고 말을 해야 한다는 사회적 통념을 배운 건지 궁금해했다.

"같이 있어서 너무 행복해요. 오랫동안 행복하다고 느끼지 못했거든요."

그러자 미카의 마음 한가운데에서 무언가 따뜻하고 끈적끈적한 느낌이 몽글몽글 끓어올랐다.

"나도, 나도 행복해."

미카가 대답했다.

15

미카는 그날 저녁에 와인과 플라스틱 컵을 양팔 가득 안아 들고
다시 스탠리의 스튜디오를 찾았다.

"줘, 내가 들게."

리프가 빠르게 걸어와 미카의 품에 있는 짐을 덜어주었다.

미카는 리프를 따라 흰 천을 깔아놓은 접이식 테이블이 있는 뒤
편으로 들어갔다. 리프는 와인을 정리하고 코르크를 따기 시작했다.

"리프, 당신에게 너무 고마워."

미카는 자신과 페니의 손길이 닿은 공간을 둘러보며 감탄했고 자
부심을 느꼈다. 조각상들은 이제 고유의 이야기를 들려주고 있었다.
남은 건 공간 중앙에 천으로 덮어놓은 무거운 캔버스뿐이었다.

"제일 좋은 걸 아직 못 봤는데? 이것 좀 봐."

리프가 작은 아크릴 스탠드에 '미카 스즈키 갤러리'라고 새긴 명
함을 꽂았다. 명함에는 미카의 이름과 전화번호가 적혀 있었다. 테

이블 위에는 전화번호는 없지만, 같은 문구가 적힌 배너가 걸려 있었다.

"아델이 도와줬어. 디자인을 잘하거든."

"오, 와우."

미카는 명함 하나를 집어 들고 날카롭지 않게 마감 처리한 모서리 부분을 손으로 매만졌다. 미카가 꿈꾸던 것에 가장 근접한 순간이었다. 그림을 그리던 시절의 미카는 전시회에서 자신의 이름을 보고 싶었고, 스포트라이트를 받는 자신의 작품을 상상했었다. 팬들과 악수하는 모습과 피사체를 포착하기 위해 빛을 어떻게 사용해야 좋을지 토론하는 모습. 조금 다르긴 하지만, 스튜디오에서 자신의 이름 옆에 '갤러리'라는 단어가 나란한 걸 보니 감격스러웠다. 미카는 목구멍에서 말이 엉긴 채 리프를 올려다보았다.

"리프……, 고마워. 어떻게 보답해야 좋을지 모르겠어."

"별거 아냐."

리프가 웃지 않으려고 아랫입술을 엄지손가락으로 문질렀다.

"아니야."

미카가 말했다.

"우리가 헤어졌을 때 내가 했던 말들은 하지 말았어야 했어. 네 꿈을 바보 같다고 해서 미안해. 그렇지 않아."

"나도 썩 멋진 사람은 아니었어. 씨앗 운반해 달라고 하지 말걸."

리프가 두 팔을 벌렸다.

"휴전할까?"

리프는 영화배우 크리스 팔리의 목소리를 흉내 냈다.

"좋아, 휴전."

미카가 말했다. 그리고 두 사람은 서로를 향해 미소 지으며 가볍게 끌어안았다.

그때 문이 열렸다. 미카는 리프에게서 급히 몸을 떨어뜨렸다. 토머스와 페니, 스탠리가 갤러리로 들어섰다. 미카는 그들에게 달려갔다. 토머스는 지난번에 입었던 정장 차림이었고, 페니는 여전히 롤러스케이트장에서 산 티셔츠를 입고 있었다.

"정말 멋있어요. 밖을 돌아다니다가 예술가들이 천막을 치고 있는 걸 봤어요. 진짜 창의적이고 행복한 분위기예요."

페니가 말했다.

"그리고 갤러리 오픈을 기념해서 저도 와인 한 잔을 마셔야 할 것 같고요."

"절대 그럴 일은 없을 거다."

토머스가 가벼운 눈빛으로 미카를 바라보며 장난기를 담아 유쾌하게 말했다. 미카는 머릿속이 멍해졌다. 두 사람의 맞닿은 시선이 불편한 침묵으로 이어졌고, 리프가 미카의 손가락을 꼭 움켜쥐었다.

"이렇게 다시 봐서 반갑네요."

리프가 토머스를 가로막으려는 듯 악수를 청했다.

"미카를 응원하러 와줘서 고맙습니다."

스탠리가 손뼉을 치며 끼어들었다.

"자, 다들 도착했으니 여러분 모두 제일 중요한 작품을 볼 준비가 되셨나요?"

스탠리의 불어는 정말 형편없었다.

미카는 리프의 품에서 슬그머니 빠져나왔다.

"네, 부탁해요."

그러고 나서 토머스와 페니에게 속삭였다.

"빨리 보고 싶어. 스탠리는 정말 재능이 넘치는 예술가거든."

스탠리가 작품으로 다가가 홀쩍 천을 벗겨냈다. 미카는 첫눈에 들어오는 작품이 영 눈에 익지 않아서 눈을 흐리게 떴다. 금속을 꼬아서 개의 머리와 사람의 몸을 만들었다고? 그리고…… 페니스까지 달려 있었다. 미카는 뇌가 햄스터 쳇바퀴로 바뀐 것 같았다. 미카의 눈에 보이는 건 매우 크고, 끝까지 발기한 남자의 성기였다.

"페니, 눈 감아."

토머스가 조용히 속삭였다.

"싫어요."

페니가 반항했다.

"어떻게 생각해요?"

스탠리는 마지막 조각상 옆에 당당히 섰다.

"남자의 형상이 주는 편견을 벗기고 싶었어요."

리프가 한 걸음 다가가 웃으며 말했다.

"정말 마음에 들어, 스탠리. 이번에도 스스로를 뛰어넘었네."

미카는 놀라움을 감추려 애썼다. 그리고 마른침을 삼키며 "그래요, 정말 잘 보이네요"라고 말했다. 그 말 외에 달리 뭐라고 할 수 있겠는가?

"용접 작업이 정말 대단하네요. 동물의 힘이 느껴져요. 그렇지 않나요?"

미카는 자신이 누구에게 묻는지도 모르는 상태에서 토머스와 눈이 마주쳤다.

토머스는 자세를 고치며 주머니에 손을 넣고, 장난기 넘치는 표정으로 눈을 찡그렸다.

"예, 굉장히……."

그러나 더 이상 말을 잇지 못하고 주먹으로 입을 가리며 헛기침을 터트렸다.

"미안합니다, 목이 말라서요."

토머스는 가슴을 쿵쿵 두드리며 "물을 좀 마셔야겠네요" 하고 변명했다.

페니는 미카의 곁으로 다가와서 미카에게 팔짱을 끼며 조용히 속삭였다.

"전 예술은 잘 모르거든요. 근데 당신이 좋으면 저도 좋아요."

무조건적이었다.

"그래?"

미카의 목소리가 나긋했다.

"물론이죠. 이 모든 게 미카 덕분에 존재하는 거잖아요."

페니가 말했다. 그리고 두 사람은 서로를 살피며 끌어안았다.

밤은 계속되었다. 스탠리의 작품은 꽤 많은 주목을 받았다. 좋든 나쁘든, 아직은 지켜봐야 할 단계였다. 하나도 왔지만, 다른 부스를 둘러본다며 자리를 떠났다. 갤러리는 점점 호황이었고, 사람들로 붐비기 시작했다. 곧 준비한 와인도 모두 소진되었다. 미카는 "차에 몇 병 더 있어" 하고 말했다.

"내가 도와줄게요."

토머스가 정장 재킷을 벗고 소매를 걷어 올렸다. 토머스는 미카를 따라 계단을 내려와 주차장으로 향했다. 차가운 밤공기가 그들을 감쌌고, 미카는 후끈하게 달아오른 얼굴을 식히려고 일부러 늦장을 부렸다. 해가 지면서 노점상과 예술가들의 부스가 붉은빛으로 물들어갔다. 보슬비가 내렸고, 대화의 열기도 세찼다.

"기분 좋아요."

미카가 뺨에 부채질하며 말했다.

"그래요."

토머스는 미카의 곁에서 주머니의 손을 넣은 채 보폭을 맞췄다.

"난 모르겠어요. 그 예술이라는 게……."

토머스가 말끝을 흐렸다.

미카는 놀란 눈으로 그를 바라보았다. 토머스의 입매는 굳게 닫혀 있었다.

"왜요?"

"그 작품은 정말 '우뚝' 서 있더라고요."

토머스의 입꼬리가 말려 올라가며 눈이 반짝였다.

"하, 하."

"미안해요, 어쩔 수가 없네요. 더 노력해보죠."

"농담이 지나쳐요. 자꾸 그러면 그만하라고 '사정'하는 수밖에 없어요."

미카가 의뭉스럽게 웃었다.

토머스는 손으로 입을 가리며 웃음을 터트렸다. 미카는 그 웃음소리가 좋았다. 낮고, 허스키한 목소리.

"당신 말이 맞아요. 내가 너무 '자신만만'하면 안 되는데."

그렇게 차에 도착했고, 미카가 뒷좌석 문을 열었다.

"이제 다 하신 거죠?"

토머스가 고개를 내저었다.

"마음만 먹으면 1시간은 더 떠들 수 있죠. 가장 자신 있는 농담 두 개를 시작으로요."

"저작권 변호사가 이렇게 웃길 줄 누가 알았겠어요?"

미카는 와인 한 병을 집어 들었다.

"마음은 아프지만, 미술에 대한 당신 지식이 부족해서 생긴 일이라고 받아들이겠어요."

"윽."

토머스가 움찔했다. 토머스는 미카가 든 와인 병 바닥을 손으로 받쳐 들었다.

"내가 당신의 기분을 상하게 했나요?"

"아니요."

미카는 자신의 얼굴이 붉어지는 것을 느꼈다.

"물론 아니죠. 스탠리는 훌륭한 용접공이지만, 콘셉트는 아직 발전시켜야 해요."

아니면 그냥 불태우던가. 세상 빛을 보지 않아도 되는 작품도 있다. 차라리 새로 시작하는 게 더 낫다는 뜻이다.

"정말 아름다운 전시예요, 미카."

토머스가 나지막이 말했다.

미카의 심장이 우뚝 멈춰버렸다. 1분 내내 두 사람은 아무 말이 없었다. 토머스의 눈꺼풀이 스르르 내려갔다. 눈을 깜빡였다면 미카가 놓쳤을지도 모를 장면. 그의 눈에 느껴지는 열기, 목을 지나가는 혈관을 두드리는 맥박. 욕망의 흔적. 미카가 두 사람 사이의 간격을 좁히면 어떻게 될까? 주변 공기는 가능성으로 가득 차 있었다. 미카는 고개를 저었다. **이건 말도 안 돼.** 말이 안 되는 소리였다. 미카는 토머스의 입술이 자신의 입술에 닿는다고 생각하니 즐거웠다. 미카는 황급히 병을 내려놓았고, 두 사람 사이의 스파크가 끊어지자 바닥의 자갈을 밟았다.

"고마워요."

미카가 더듬거리며 말했다. 시선은 뒷좌석에 놓인 와인 병으로 향했다.

"음, 여섯 병이 더 있는데, 대부분 레드와인이긴 하지만……."

미카는 목이 말랐다.

"우리 둘이 한 번에 나를 수 있을 거예요."

"물론이죠."

토머스는 한 걸음 뒤로 물러섰다. 두 사람은 말없이 와인을 챙겨 갤러리로 돌아갔다.

미카는 발걸음을 옮기면서 토머스의 편안한 안색을 훔쳐보았다. 미카가 상상이나 했을까? 그의 눈에 깃든 열기를? 당연히 꿈에도 몰랐다. 토머스는 그저 다정한 인사를 건넸을 뿐이다. 미카는 대체 언제 철이 들까? 미카는 마커스 교수한테도 비슷한 감정을 느낀 적이 있었다. 자신의 감정을 투영했고, 미소와 친절에 지나치게 반응했고,

욕망과 사랑을 혼동했다. 욕망이 현실을 가렸고, 그 안에서 길을 잃었다.

미카는 그날, 마커스 교수의 축하 파티에 조금 일찍 도착했다. 미카는 문을 두드리고 옷차림을 점검했다. 스타킹과 체크무늬 스커트, 고급 터틀넥 스웨터 때문에 나이 들어 보였지만, 사실은 한껏 꾸미고 어른 흉내를 낸 소녀에 불과했다. 파티를 주최한 대학원생 피터가 문을 열어주었고, 텅 빈 아파트에는 마커스 교수뿐이었다.

"제가 좀 빨리 왔죠?"

미카는 방 안을 둘러보며 "조금 이따가 올게요" 하고 말했다.

마커스 교수는 미소를 지으며 미카의 팔을 붙잡고 문 안쪽으로 끌어당겼다. 눈자위가 붉고 시선이 흐릿했다. 벌써 취한 기색이었다.

"제시간에 온 거지."

교수가 말했다. 그는 미카의 등에 손을 얹고 음악에 맞춰 몸을 흔들었다. 교수가 미카의 몸에 손을 댄 건 그때가 처음이었다. 미카는 손가락 아래에서 느껴지는 그의 근육과 셔츠를 타고 타오르던 뜨거운 피부를 기억했다. 바로 뒤이어 대학원생들과 동료 교수 몇 명이 더 와서 파티에 참석했다.

피터는 미카에게 빨간색 플라스틱 컵에 독한 술을 가져다주었다. 미카는 다시 교수와 함께 웃음을 터트리며 춤을 추었다. 교수의 관심이 물리적인 힘처럼 미카를 이끌었고, 바위가 굴러떨어져 압박하는 듯한 느낌도 들었다. 교수의 손이 미카를 새로운 방향으로 이끄는 것 같았다. 처음부터 마커스 교수의 마법에 빠져들었다. 누군가를 만났을 때 사랑에 빠지는 건 어쩔 도리가 없다는 말이 떠올랐다.

차가운 바람이 불면서 미카는 감상에서 벗어났다. 미카는 순간적인 부끄러움에 고개를 숙였다.

"저, 페니가 여기서 여름 프로그램을 신청한다고 하던데요."

미카는 저물어가는 햇살에 눈을 가늘게 찌푸리며 입을 열었다.

"네."

토머스가 낮게 읊조렸다.

"오늘 아침에 말하더라고요."

"이미 허락받았다고 하던데."

토머스는 살짝 웃음을 터트렸다.

"선택의 여지가 별로 없더군요."

두 사람의 걸음이 차츰 느려졌다.

"하지만 괜찮아요. 페니에게도 잘된 일이라고 보고."

토머스는 사려 깊은 사람이었다.

"게다가, 우리에게도 그렇죠."

토머스가 덧붙였다.

"당신이 여기에 있을 거잖아요."

미카는 얼굴에 미소가 번지는 걸 막을 수 없었다. 토머스는 미카가 페니를 잘 돌봐줄 거라고 믿었다.

"제가 잘 돌볼게요."

두 사람은 창고에 도착했고, 미카가 등으로 문을 열며 안으로 들어섰다. 미카는 토머스가 자신의 뒤에 있다는 걸 잔뜩 의식하며 계단을 올랐다. 두 사람이 와인을 테이블 위에 올려놓자 리프가 코르크 마개를 따기 시작했다.

"둘 다 얼굴이 왜 이렇게 빨개요?"

리프가 물었다.

미카는 심장이 뚝 떨어졌다.

"여기가 좀 덥잖아."

리프가 의심스러운 눈으로 미카와 어깨 너머의 토머스를 바라보았다.

"두 사람이 없는 동안 스탠리가 외주를 받았어."

"정말?"

미카가 와인 한 잔을 가득 따르며 물었다.

"어떤 힙스터가 자기를 켄타우로스로 조각해달래."

리프가 말했다.

미카는 방금 마신 와인 한 모금이 목에 턱 걸렸다. 미카는 가슴을 두드리며 "맙소사" 하고 중얼거렸다.

페니가 대화에 끼어들며 말했다.

"오늘 밤을 위해 건배할까요? 리프, 까르베네 쇼비뇽 한 잔 주실래요?"

"페니, 안 된다고 했지."

토머스가 또다시 가로막았다.

페니는 어깨를 으쓱하며 "시도해서 손해 볼 건 없죠" 하고 말하며 돌아섰다.

"미카."

235

누군가 자신를 부르는 소리에 미카는 고개를 내저었다. 분명 어디선가 엄마의 목소리가 들리는 것 같았다. 하지만 그럴 리 없다. 엄마가 여기 올 리 없지 않은가?

"미카."

그때 다시 한번 틀림없는 엄마의 목소리가 미카를 불렀다.

미카의 피가 차게 식었다. 허리를 세우고 한 발을 지탱해 천천히 몸을 돌렸다. 엄마는 머리를 곱게 질끈 묶은 채, 무릎길이의 치마를 입고 팔에 지갑을 걸치고 있었다.

"엄마!"

미카가 깜짝 놀라며 외쳤다.

"여기서 뭐 하세요?"

순간 갤러리 안의 수군거림이 사라졌다. 리프, 페니, 토머스, 미카, 엄마. 모두가 거품 속에 들어온 것처럼 사방이 멍했다.

"너야말로 여기서 뭐 하는 거니?"

엄마가 날카롭게 쏘아붙였다.

"안녕하세요."

토머스가 끼어들었다.

"저는 토머스 캘빈입니다. 페니 아빠예요."

토머스가 손을 내밀었지만, 엄마는 그 손을 거둘 때까지 빤히 바라보기만 했다.

페니가 망설이듯 미소 지으며 천천히 한 걸음 나섰다. 미카는 엄마와 페니가 서로를 처음으로 마주하는 모습을 지켜볼 수밖에 없었다. 그들은 광대뼈와 작은 코, 곡선을 그리는 입매가 똑 닮았다. 손이 가늘었고, 긴 손가락에 손톱이 타원형으로 가늘어지는 모양새도 비슷했다. 시간이 수십 년 앞으로 앞당겨진다면, 엄마는 페니와 미카의 모습과 판에 박힌 듯 닮았을지도 모른다는 생각이 들었다. 엄마의 피가 페니에게도 흐르고 있기 때문이다. 그때 엄마의 입술이 갈라지고 작고 까만 눈동자가 촉촉해졌다. 엄마는 자신의 손녀라는 걸 직감한듯 페니를 멍하니 바라봤다.

"대박이에요! 저는 할머니가 크루즈 여행을 가신 줄 알았어요."

페니는 전혀 망설이지 않고 말을 걸었다. 안 그럴 이유가 없었다. 페니는 사랑받는 것에 익숙한 아이였고, 다른 사람들이 자신을 사랑해주는 것에 거리낌이 없었다. 엄마가 미카의 임신을 반기지 않았다는 사실을 몰랐고, 페니를 '아기'나 '그 아이'가 아니라 '그것'이라고 불렀다는 사실도 몰랐으니까.

"크루즈?"

엄마의 까마귀 눈썹이 힐끗 올라갔다.

"나는 크루즈를 타본 적이 없단다."

"페니."

토머스가 페니를 부드럽게 타이르며 불러 세웠다.

미카의 심장이 나락으로 떨어졌다. 마치 케이블이 끊어진 엘리베이터처럼.

"엄마."

미카는 달리 할 말이 생각나지 않았다.

"내가 여기 있는 건 어떻게 알았어요?"

"네 뒤를 따라왔다. 내 전화는 받지도 않고, 걱정돼서 원. 여기서 뭘 하는 거야?"

엄마의 시선이 탁자 위에 놓인 명함으로 옮겨갔다. 미카 스즈키 갤러리.

"내가 준 돈을 이런 데다가 쓴 거니?"

엄마는 팔로 끔찍한 조각상에서 자신을 보호하듯 몸을 감싸고 갤러리를 향해 손짓하며 물었다.

"이런 것보다는 일자리를 찾아야 하지 않니?"

토머스의 미간이 당혹감으로 좁혀졌다. 페니의 미소도 점점 사그라졌다. 두 사람의 눈에 의문이 피어올랐다. 미카는 이 모든 걸 지켜볼 수밖에 없었다.

"엄마."

미카는 한 걸음 다가가 손을 내밀어 엄마를 안내했다.

"이러지 말고 나가서 얘기해요."

그러나 엄마는 미카의 팔을 피했다.

"쟤는 여기서 뭐 하는 거야? 두 사람, 헤어진 줄 알았더니."

엄마는 마음에 들지 않는 음식 접시를 바라보듯 리프를 보며 눈살을 찌푸렸다.

미카는 난처하다는 듯 눈썹을 긁었다. 파편이 주위로 마구 흩날리는 기분이었지만, 어떻게 주워 담아야 할지 모를 일이었다.

"헤어졌었어요. 근데……."

그 순간 토머스의 눈이 번뜩였다.

"잘 풀렸어요."

리프가 끼어들어 최악의 상황만은 피하려고 애썼다.

엄마는 콧방귀를 뀌었다. 그 비웃음이 모든 걸 말해주는 듯했다.

"넌 누구니?"

엄마가 페니를 가리켰다. 미카의 딸은 그 말에 물리적인 타격을 입은 것 같았다. 페니가 움찔했다.

"미카?"

엄마가 미카를 압박했다. 엄마는 페니가 누구인지 정확히 알고 있었다. 틀림없었다. 하지만 이게 바로 엄마의 방식이었다. 미카가 아기를 낳았다는 사실 자체를 외면하는 것. 엄마는 정원의 가지를 치는 가위처럼 말을 휘두르는 사람이었다. 그렇게 미카의 모든 혹을 잘라버리는 것이다.

"미카?"

토머스가 미카를 다그쳤다.

하지만 미카는 아무런 대답도 할 수 없었다. 뭐라고 해야 좋을지 알 수 없었다. 또다시 거짓말을 해야 할지, 진실을 말해야 할지. 머릿속이 혼란스러웠다. 그녀의 세상은 통제 불능 상태였다. 차가운 기운이 발끝, 손끝, 뼛속으로 퍼져나갔다. 미카는 그렇게 온몸이 얼어붙었다.

토머스는 목을 가다듬었다.

"이 아이는 페니입니다. 미카의 딸이에요."

토머스는 잠시 말을 멈추고 페니를 팔로 감싸며 끌어당겼다.

"따님과 하실 말씀이 있는 것 같으니 저희는 이만 가보겠습니다."

토머스는 발을 뗐다. 하지만 페니는 미카에게로 발걸음을 옮겼다.

"일자리를 구한다고요? 왜 일자리를 구해요? 갤러리를 열기 위해 그만둔 거라면서요."

페니가 이맛살을 구기며 속사포처럼 쏘아붙였다.

"너무 혼란스러워요. 갤러리를 열려고 대출을 받았다고 하셨잖아
요. 그런데 부모님께 돈을 빌렸다고요? 거짓말을 하신 거예요? 왜
그런 거짓말을 하셨어요?"

페니의 목소리가 갈라졌고, 간절함이 실렸다.

미카는 어깨가 점점 무거워졌고, 과거가 그녀를 잡아챘다. 미카는
그 순간, 많은 것을 후회했다. 페니의 눈빛 아래, 진실을 말하는 것
말고 무엇을 더 할 수 있을까?

"직장은 그만둔 게 아니야."

미카가 속삭였다.

"해고당한 거야."

페니는 가만히 멈춰 서 있었지만, 이 모든 것이 오해이기를 바라
는 듯 간절하게 미카를 바라보았다. 미카는 목소리를 가다듬었다.

"생활이 안 돼서 부모님께 돈을 빌렸어."

페니가 또다시 고개를 저었다.

"아직도 이해가 안 돼요."

미카는 손가락으로 입술을 매만졌다.

"음……, 솔직히 내가 말해준 이야기에 사실이 아닌 부분이 좀 있
어. 나는 미술사 학위가 없어. 경영학 전공으로 졸업하는 데 8년이나
걸렸어. 그 후로 이런저런 회사를 전전했어. 여기는 스탠리의 갤러
리고, 리프가 오늘 하루만 빌려준 거야. 그리고 리프하고는 사귀는
사이가 아니야. 예전에 만나던 남자인데, 1년 전에 헤어졌어."

미카는 두 손을 내보이며 힘없이 웃었다.

"이제 더 이상 아무것도 남은 게 없어."

"미카."

리프가 속상하다는 듯 차분하게 말했다.

"그럼, 거짓말을 한 거네요?"

페니가 눈을 부릅뜨며 노려보았다.

토머스와 페니, 리프와 엄마가 모두 미카만 바라보고 있었고, 미카는 그저 시선을 돌릴 수밖에 없었다. 더 이상 목소리가 나오지 않아서 그저 고개를 푹 숙인 채 끄덕이기만 했다. **맞아, 난 거짓말쟁이야.**

"그만 가자."

토머스가 말했다.

"더 이상 여기 있을 필요가 없을 것 같아."

토머스가 페니를 끌어당겼고, 미카는 고개를 들어 두 사람을 바라보았다.

"왜 거짓말을 했을까요?"

페니가 토머스에게 속삭였다. 눈물이 뺨을 타고 흘러내렸다.

"나도 모르겠어."

토머스가 대답했다.

"호텔로 가자. 거기 가서 얘기해."

토머스와 미카의 눈이 마주쳤다. 토머스는 묵례를 건네고 차갑고 단호한 눈빛으로 문을 향해 걸었다.

"미카, 그럼 이만."

페니는 아빠의 손에 이끌려갔다. 미카는 그 자리에 멈춰 서서 옴

짝달싹하지 못했다. 미카는 두 사람이 갤러리 밖으로, 자신의 삶 밖으로 걸어 나가는 모습을 멍하니 지켜보았다.

페니를 낳고 병원에서 퇴원하던 날, 간호사가 미카를 휠체어에 태워 산부인과 병동 밖 벤치에 내려놓았고, 하나는 배낭을 멘 채 그 옆에 앉아 있었다. 두 사람은 한참을 말없이 앉아 있었다. 미카는 빈 손을 떨어뜨린 채 허공을 응시했다. 의사와 간호사가 분주히 오갔다. 막 엄마가 된 여자가 아기를 카시트에 태우고 손잡이에 풍선을 묶은 채 걸어 나왔다. 아이의 아빠는 연석에 차를 세우고 조심스럽게 아기를 받아 차에 태웠다.

다들 제각기 할 일이 있어 보였다. **하지만 미카의 눈에는 아무것도 들어오지 않았다.** 사람들의 세상은 계속해서 돌아가는데, 미카의 세상은 그대로 멈춰 있었다. 미카는 임신했고, 힘이 넘치는 아기를 낳았고, 고작 몇 시간 동안 그 아기를 품에 안았을 뿐이지만 이제 아기가 없었다. 그리고 약간의 경련과 출혈을 제외하면 지난 일들이 기억 속에 흐릿하기만 했다.

"지금 안 가면 막차도 놓쳐."

하나의 목소리가 가늘게 떨렸다. 돌풍이 불어 하나의 머리카락이 마구잡이로 흩날렸다. 하늘에는 저녁 빛이 스며들었다.

"아, 그래."

미카가 중얼거렸다.

이제 그들의 주변은 온통 사람들로 가득했다. 마치 아무 일도 없었다는 듯, 갤러리 구석에 모여 예술 작품을 감상했다. 가슴이 미어지는 그녀의 두 번째 실연은 애초에 일어나지 않았던 일이라는 듯이, 다들 애써 모르는 척했다. 미카는 엄마에게 집중했다. 미카에게 엄마를 찾는 건 자연스러운 본능이었다.

엄마는 한참 후에 혀를 찼다.

"미카."

엄마의 목소리에 깊이 밴 실망감. 미카는 그 목소리에 더욱더 깊은 수렁으로, 아무도 따라올 수 없는 심연으로 빠져들었다.

그때 누군가가 미카의 어깨를 그러쥐었다. 아마 리프겠지. 하지만 미카는 겹겹이 쌓인 고통 속에서 그를 느낄 수 없었다. 미카는 비명을 지르고 싶었다. 페니에게 달려가 담쟁이덩굴처럼 엉겨 붙고 싶었다. 하지만 미카는 단 한 발짝도 움직일 수 없었다. 소리도 내지 않았다. 미카는 지금까지 배운 대로 행동했다. 아무런 소리도 내지 말 것. 그저 조용히, 소란 피우지 말고 얌전히 굴 것.

미국 입양 전문 에이전시

내셔널 오피스

(66546) 캔자스주 토피카 웨스트 57번가 56544, 111호

(800) 555-7794

미카에게

계속 시도했는데 연락이 닿지 않네요. 캐롤라인 캘빈 씨가 세상을 떠났습니다. 매우 힘드실 거라고 생각해요. 그래도 페니는 토머스와 함께 잘 지내고 있습니다. 주위의 많은 가족, 친지들이 힘든 시기를 보내는 두 부녀를 응원하고 있답니다. 캐롤라인의 부모님 사진을 본 적이 있으시죠? 두 분도 같은 지역에 살고 계세요. 혹시 필요하신 것이 있거나 상담이 필요하면 언제든 연락 주세요.

늘 진심으로,

입양 담당자 모니카 피어슨

P.S. 장례식 안내 팸플릿을 첨부합니다. 페니에 대한 토머스의 마음이 잘 담겨 있어서요.

캐롤라인 '리니' 캘빈 (1972년-2016년)

오하이오주 데이턴

캐롤라인 애비게일 캘빈이 2016년 1월 21일, 우리 곁을 떠났습니다. 캐롤라인은 1972년 9월 19일에 태어나 오하이오주 데이턴에서 자랐습니다. 2000년 5월, 어릴 적 연인이었던 저작권 변호사 토머스 프레스턴 캘빈과 결혼하였습니다. 소아과 간호사로 근무하며 친절한 간호사로 모두에게 사랑받았습니다. 환자들은 고인의 친절한 태도와 자신들의 이야기에 언제든 귀를 기울여주는 다정함에 칭찬을 아끼지 않았습니다. 한 환자의 어머니는 "캐롤라인은 늘 우리 곁에서 우리를 위해 시간을 쪼개 쓰는 분이었습니다"라는 이야기를 전해주기도 하셨습니다.

캐롤라인의 꿈은 행복한 가정을 꾸리는 것이었고, 2005년 토머스와 캐롤라인 부부는 딸 페니를 입양하여 그 꿈을 이뤘습니다. 그 후 캐롤라인은 페니에게 온전히 집중하기 위해 퇴직하고 엄마가 되었습니다. 말기 암 진단을 받은 후에는 토머스 역시 휴직하고 가족의 곁에 머물렀습니다. 세 가족은 여행을 다니는 등 함께 시간을 보냈고, 캐롤라인에게도 그보다 더 중요한 건 없었습니다.

토머스의 인사

캐롤라인은 잘 구워진 햄버거와 퀼트 공예, 정원 가꾸기, 시를 좋아했습니다. 또 특가 상품 찾기에 푹 빠져서 할인 상품은 그냥 지나치는 법이 없었어요. 무엇보다 캐롤라인은 마지막까지 웃음을 잃지 않게 해준 딸, 페니를 사랑했습니다. 페니를 입양한 순간부터 우리 부부는 평생 잊지 못할 사랑을 경험했습니다. 아내는 제 눈을 보며 지금 너무 행복하다는 말을 셀 수 없이 했습니다. 저는 마지막 순간까지 캐롤라인의 마음이 행복으로 충만했다고 자신합니다. 아내는 페니와 자신을 위해 마음 써주신 모든 분들이 '무슨 일이 있어도 사랑은 되돌아온다'는 것을 알아주기를 원했습니다.

16

　미카는 침대에 누워 반쯤 잠이든 채로 악몽에 시달리고 있었다. 꿈속에서 미카는 열 살이었고, 무대 위 핀 조명 아래에서 기모노를 입은 채 서 있었다. 강당에는 빨간 쿠션이 깔린 좌석이 줄을 지었고, 부모님이 앉은 맨 앞줄의 두 자리를 제외하고는 텅 비어 있었다. 순간, 마치 폭탄이 터진 것처럼 강당 뒤쪽이 날아갔고, 나무 파편들이 공중에서 산산조각이 났다. 폭탄이 아니라 폭풍이었다. 토네이도 소용돌이에 사과파이, 빨간색 플라스틱 컵, 물감, 깨진 도자기 조각들이 휩쓸렸다. 미카는 비명을 지르며 입을 쩍 벌렸고, 자신의 목구멍, 그 어두컴컴한 터널 너머로 빨려 들어가는 것을 느꼈다.

　꿈은 현실로, 또 기억으로 바뀌었다.

　미카는 다시 마커스 교수의 축하 파티가 한창인 피터의 아파트로 돌아왔다. 작은 공간에 사람들이 빽빽했다. 스피커에서는 마크 모리

슨이 연주하는 「리턴 오브 더 맥」이 흘러나오고 있었다. 미카는 벽에 기댄 채 반대편에서 교수가 한 대학원생과 뜨거운 토론을 벌이는 모습을 지켜보았다. 미카는 눈과 몸이 무거웠다. 당시에는 슬퍼서라고 생각했는데, 이제 와 보니 다른 이유였다. 눈을 끔뻑이던 미카가 스르르 눈을 감고 축 늘어졌다. 눈을 떴을 때, 미카의 시야에는 피터가 가득했다.

"이봐."

미소를 짓는 피터의 입매가 늑대처럼 음흉했다.

"한 잔 더 마셔봐."

피터는 밤새도록 미카의 술잔을 채워주느라 여념이 없었다. 직접 잔을 들고 미카의 입가에 대어주기도 했다. 미카가 고개를 틀자 맥주가 뺨을 타고 흘러내렸고, 검은 스웨터 목깃이 흠뻑 젖었다.

"나, 속이 안 좋아."

미카가 중얼거렸다.

피터는 미카를 조용한 곳으로 데려가 주겠다고 안심시키며 허리에 팔을 둘렀다. 미카는 비틀거리며 피터의 몸에 기댔다. 그리고 그들은 침실로 갔다. 피터가 침대에 미카를 눕혔다. 미카의 뿌연 시야 너머로 그가 문을 닫는 모습이 보였다. 그리고 피터는 방 안에서 문을 잠갔다. 파티의 소음이 멀찍이 사라졌다. 미카는 눈을 끔뻑거리며 졸았다. 그리고 다시 눈을 떴을 때, 피터는 미카의 몸을 짓누르고 있었다.

미카는 어떻게든 피터를 밀쳐내려 했지만, 움직임이 물먹은 솜처럼 무겁고 느렸다.

"안 돼."

미카의 목소리가 조금씩 꽉 막힌 목구멍을 뚫고 터졌다.

"싫어!"

입을 틀어막고 뺨을 짓누르는 피터의 손에서 테레빈유 냄새가 났다. 눈물이 뺨을 타고 흘러내리기 시작했다. 미카가 할 수 있는 일은 자욱한 물안개 속에서 입체파 그림처럼 조각난 그의 얼굴을 바라보는 것뿐이었다. 마커스 교수가 아니라 피터가 미카의 몸을 짓눌렀다. 이건 옳지 않다. 이건 미카가 원한 게 아니다. 미카는 침대 옆 탁상시계를 바라보았다. 시간은 똑딱똑딱 흘렀다. 12시 1분, 2분, 3분. 페니가 생긴 바로 그 시간. 미카의 시야가 천장으로 향했다. 삐걱, 삐걱, 삐걱······. 침대가 움직였다. 그리고 미카의 조각들이 그녀의 몸에서 삐걱거리며 떨어져 나갔다. 미카의 삶은 그 한순간에 돌이킬 수 없이 조각났다.

미카는 숨을 헉하고 들이마시며 번쩍 눈을 떴다. 손가락으로 긴 목을 훑어 두근거리는 맥박을 짚었다. 기억이 사라졌고, 미카는 눈을 감았다. 깊고 무거운 숨을 몰아쉬었다. 미카는 안전했다. 전부 지난 일이다. 생각이 뒤죽박죽 뒤섞이고 현실이 꿈과 기억, 악몽의 안개를 걷어냈다. 페니. 토머스. 갤러리. 그러자 새로운 공포의 끈이 미카의 폐를 꽁꽁 묶고, 뒤틀고, 잡아당겼다. 그들의 비행기는 11시 15분 이륙이었다. 지금 출발하면 공항에서 두 사람을 잡을 수 있을지도 모른다. 미카는 그런 생각이 드는 동시에 바닥에 널브러져 있던 트레이닝 바지와 맨투맨 티셔츠를 정신없이 꿰어 입었다. 방에서 나오자 부엌에 하나가 있었다. 미카는 말없이 허둥거리며 열쇠를 찾았다.

"응, 나도 잘 잤어."

하나는 커피를 한 모금 마시며 답 없는 인사를 건넸다.

미카는 하나를 신경 쓸 겨를이 없었다. 서류 더미 아래, 소파 쿠션 밑. 빌어먹을, 열쇠가 대체 어디 있는 거지? 미카는 턱이 덜덜 떨렸다.

"페니와 토머스가 오늘 떠나는데……. 내가 일을 다 망쳤어. 공항에 가서 잡아야 하는데, 열쇠를 찾을 수가 없어."

미카는 하얀 반점이 일렁거릴 때까지 두 눈을 사정없이 비볐다.

"이거 찾아요?"

그때 미카는 부엌에 하나만 있는 게 아니라는 사실을 알아차렸다. 작고 아담한 갈색 머리의 여자가 높이 쳐든 손끝에 밝은 아침 햇살에 빛나는 금속 열쇠가 달랑거렸다.

"아, 난 조세핀이에요."

조세핀이 왼쪽 뺨에 보조개를 드러내며 미소를 지었다. 하나도 덩달아 배시시 웃었다.

"고마워요."

미카는 열쇠를 집어 들고 현관문 앞에서 신발을 꿰신었다.

"내가 태워줘?"

하나가 미카를 쫓아 현관문 밖으로 나섰다.

"아니야."

미카는 손을 내저었다.

"괜찮아, 괜찮을 거야."

공항으로 가는 길은 기억 속에 흐릿했다. 미카는 차 사이를 마구 잡이로 끼어들었고, 미친 듯이 경적을 울려댔다. 바다 한가운데에 빠진 사람처럼 심장이 두근거렸다. 그리고 하차 전용 차선에 차를 버리다시피 세우고 뛰어내렸다. 사방에 '하차 전용', '주정차 금지' 팻말이 붙어 있었지만, 개의치 않았다. 그때 노란색 조끼를 입은 주차 요원이 호루라기를 불며 쫓아왔다.

"여기에 차 세우시면 안 돼요!"

미카의 귀에는 그 말이 들리지 않았다. 그저 검은 머리카락을 흩날리며 키가 크고 무뚝뚝한 눈빛을 가진 남자를 찾는 데에만 열중했다. 공항 밖에는 없었다. 미카는 이중 유리문을 통과했고, 두 사람이 타고 온 항공사 이름을 어렴풋이 떠올렸다. 알래스카 항공이라고 했던가. 미카는 서둘러 발권 부스로 가서 줄 선 사람들을 훑어보았다. 페니는 없었다. 토머스도 마찬가지였다. 지금이 몇 시지? 카운터 너머 디지털시계는 오전 10시 35분을 가리켰다. 시간을 확인한 미카는 황급히 비행기 이륙 안내판으로 달려갔지만, 항공편 번호까지 기억해 낼 수는 없었다. 그래도 항공편과 목적지로 대충 유추했다. 이거다. 미카가 커다란 대문자로 쓰인 '보딩 타임'이라는 글씨를 읽었다. 그때 누군가가 미카의 팔뚝을 움켜쥐고 끌어당겼다.

"선생님, 차를 저렇게 세우고 가시면 어떡합니까?"

미카는 자신을 잡은 손을 뿌리쳤다. 가슴이 꽉 조여드는 기분이었다. 이 상황을 타개할 방법이 떠오르지 않았다. 16년이 흐른 미래를 배경으로 펼쳐지는 사건의 연속. 피어슨 부인이 페니를 데려가던 모습이 떠올랐다. 고사리 같은 두 손을 말아 쥔 모습. 미카의 아기. 결국 이렇게 될 거였다. 페니는 갔다. 또다시 떠났다. 상실감에 무릎이 꺾였다. 차가운 파도가 미카를 덮쳤다.

"페니."

미카가 중얼거렸다.

"이거 보세요, 선생님."

주차 요원이 계속 말을 걸었다.

"견인하겠습니다. 경찰도 불러야겠군요."

미카는 우뚝 서서 미동이 없었다. 몸이 말을 듣지 않았다. 주차 요원이 미카에게 조금 더 가까이 다가왔다. 두 눈 앞에 손을 대고 이리저리 흔들더니 "경찰까지 부르게 하지 맙시다. 저 방금 교대했어요. 지금 차 빼시면 없던 일로 해드릴게요" 하고 투덜거렸다.

마침내 미카는 허무하게 고개를 끄덕이고 비틀거리며 자리에서 벗어났다. 몸에서 혼이 빠져나간 기분이었다. 파티 다음 날 아침, 피터의 아파트를 떠날 때와 비슷한 상태였다.

피터는 자고 있었고, 미카는 피터의 팔이 몸 위로 툭 떨어지는 순간에 깜짝 놀라 잠에서 깼다. 몸을 얽어오는 피터의 팔에서 벗어나 침대 가장자리에 걸터앉은 채로 쓰라린 하반신을 살폈다. 혹시 상처가 너무 깊어 달릴 수 없는 건 아닐까, 하는 마음으로 동물이 자기 몸을 핥고 관찰하듯이. 치마는 입고 있었지만, 스타킹과 속옷은 찢긴 채였다. 허벅지에는 검고 푸른 손자국이 가득했다. 부들거리는 다리에 억지로 힘을 싣고 간신히 까치발을 들어 문을 향해 걸었다.

미카는 작은 소리에도 소스라치게 놀랐다. 잠든 피터가 깨어날까 봐 두려웠다. 지옥의 문지기인 케르베로스를 빙 둘러 피해 가던 페르세포네처럼 소리를 죽이고 걸었다.

미카는 아파트 건물을 빠져나옴과 동시에 참았던 숨을 터트렸다. 그런 다음 비틀거리며 캠퍼스를 걸었다. 찢어진 스타킹처럼 찢어진 피부와 찢어진 영혼이 너덜거렸다. 미카의 몸은 일종의 작은 종말이었다. 나머지는 추상적으로 기억에 남았다. 따갑고 창백하게 그녀를 비추던 아침 햇살. 짧은 풀밭을 흩트리던 날카로운 바람결을 따라 찢어질 듯 고통스럽던 뺨과 맨다리. 버려진 수박 껍질을 놓고 싸우던 까마귀 두 마리. 긴급 요청 전화기 위쪽의 조명에서는 푸른빛이 반짝였다. 만약 미카가 저 수화기를 든다면, 누군가 그녀를 안전한 곳으로 데려다줄 것이다. 미카는 잠시 생각에 잠겼다가 껌 종이를 버리듯 그 생각을 구겨버렸다. **지금까지 몇 명과 잠자리를 가졌습니까?** 누구도 상관할 일이 아니지만, 경찰이 그렇게 물어볼 수도 있다. 미카는 여덟 명이라고 생각하면서도 그중 두 명은 잘 기억나지 않았다. 하지만 피터만큼은 확실했다. 분명 '싫다'고, '하지 말라'고 의사 표현을 했다. 하지만 누가 그 말을 믿어줄까? 그림 그리는 일에 인생을 낭비하고, 사람들과 파티를 즐기며 밤을 새우고, 누군가의 뒷마당에서 처음 만난 남자 앞에 무릎을 꿇고 바지 앞섶을 제 손으로 풀어 헤친 전적이 있는 여자의 말을 누가 믿어줄까? 언제부터 여성의 성관계 여부가 정직함을 판단하는 기준점이 되었던 걸까? 미카는 답을 내릴 수 없었다. 단지 그게 현실 세계의 사실이라는 것을 알았다.

미카는 자동차 경적 소리에 화들짝 놀랐다. 자신은 여전히 공항이었고, 주차 요원이 도로변에 서서 미카를 걱정스럽다는 듯 바라보고 있었다. 직원은 "출발하세요" 하고 입을 뻐끔거리며 출구를 가리켰다.

미카는 휴대 전화를 사용할 수 있는 곳까지 차를 몰고 간 다음, 핸들에 이마를 처박았다. 미카는 다시 길을 잃었다. 또 한 번 상실감과 고독에 빠졌다.

어떻게 인생이 늘 이렇게 틀린 길로만 빠지는 걸까?

미카는 몸을 뒤로 젖혔다. 페니에게 거짓말을 한 건 선의였다. 그러나 그건 중요치 않았다. 중요한 건 페니가 상처를 입었다는 것이다. 그건 미카가 절대로 원하지 않는 일이었다. 이 모든 게 그렇게 시작되지 않았던가? 미카가 원했던 건 페니를 진실로부터, 피터로부터, 자신으로부터, 세상이 그렇게 끔찍하고 잔인한 곳일 수 있다는 사실로부터 보호하는 것이었다. 그 입양이 두 사람 모두에게 중요한 가치를 지닌 일이었다는 걸 보여주고 싶었다. 미카가 포기함으로써 페니는 사랑스러운 가족을 얻었고, 자신은 꿈을 이루는 데 성공했다는 것을 증명하고 싶었다.

미카는 창문을 내리고 시원한 아침 바람에 눈물을 말렸다. 비와 갓 베어낸 풀 냄새가 났다. 그리고 휴대 전화를 꺼내 페니에게 전화를 걸었다.

"페니입니다, 메시지를 남겨주세요."

페니의 전화는 곧장 음성 사서함으로 넘어갔다. 페니는 아마 지금쯤 비행기를 타고 있을 것이다.

"페니……."

미카는 까끌한 목에 힘을 실어 목소리를 긁어냈다.

"나야. 물론 나라는 걸 알겠지만. 미안해, 내가 정말 미안해."

미카는 미안하다는 말만 반복했다. 그러다가 잠시 숨을 고르고 다시 감정을 추슬렀다.

"설명하고 싶어. 네가 내 인스타그램을 봤다고 말했을 때……."

미카는 자동차 시트를 움켜잡았다. 그러자 가죽은 플란넬로 바뀌었고, 아기를 안고 젖병을 물리는 순간에 손아귀에서 바스락거리던 병원 담요의 거친 촉감이 느껴졌다. 미카는 계속해서 이야기를 이어나가며 진실을 털어놓았다. 페니가 전화했을 때 자신이 얼마나 놀랐는지와 자신의 삶을 돌이켜보니 남은 게 아무것도 없었다는 것, 그리고 그 이후로 거짓말이 눈덩이처럼 불어났다는 것까지. 1시간처럼 느껴지던 1분가량이 지나고, 미카는 또다시 '미안하다'는 말로 혼잣말을 끝맺었다. 평생을 사과하며 살 준비가 된 것 같았다.

"내가 무슨 생각이었는지 모르겠어. 그냥……, 그냥 네가 나를 자랑스러워해 주길 원했던 것 같아. 이 메시지 들으면 꼭 다시 전화해 줘. 제발……, 부탁할게."

미카는 그 말을 끝으로 전화를 끊었다. 머릿속의 누군가가 그녀에게 어서 이 메시지를 보내라고 종용했다. 그러나 미카는 망설였다. 어쩌면 더러운 진실이 거짓보다 더 위험한 게 아닐까. 손가락을 버튼에 갖다 대고 주저했을 때, 상처 위로 시퍼렇게 날이 선 칼이 기다리는 느낌이 들었다. 미카는 버튼을 눌렀고, 그대로 칼에 찔린 사람처럼 무너져 내렸다.

끝났다.

산들바람이 그녀의 머리카락을 흩뜨렸고, 미카는 손으로 눈자위를 쓸었다. 한참이나 더 그 자리에 멍하니 앉아서 회색 하늘을 바라보았다. 비행기가 뜨고 내리는 소리를 듣고 있으니 자신이 마치 시간 여행을 온 사람처럼 느껴졌다. 미카는 하나에게 네가 필요해라고 문자를 보냈다. 하나는 곧바로 답장했다. 나 여기 있어. 너 기다리고 있어. 조세핀은 갔어. 빨리 집으로 와.

미카는 기어를 드라이브로 변경하고 집으로 향했다. 하나가 있고, 미카가 언제나 완벽하게 사랑받고 있다고 느끼는 집으로. 약속대로 하나는 두 팔을 벌리고 미카를 기다리고 있었고, 미카는 하나의 뼈만 앙상한 어깨에 안겨 위안을 얻었다. 두 사람은 몸집이 비슷했다. 서로의 빈 곳이 완벽하게 들어맞았다. 미카가 엄마에게 갈망하던 것이 바로 이런 품이었다. 하지만 엄마는 너무 딱딱했다. 딱딱한 부싯돌 같은 두 눈과 굳은살이 박인 손. 그냥 모든 게 딱딱한 사람이었다. 자녀가 상처받지 않도록 막을 수는 없지만, 언제든 쉬고 싶을 때 내려앉을 수 있도록 부드러운 품을 내어주는 것. 어쩌면 그게 양육의 핵심일지도 모르겠다.

하나는 품에 안은 미카를 이끌어 소파에 앉혔다.

"무슨 일이 있었던 거야? 빨리 말해봐, 오믈렛 만들어줄게."

"우리 집에 달걀 없잖아."

미카는 그 말을 시작으로 흐느끼기 시작했다. 그러고는 몸에 둘둘 감은 부드러운 담요에 콧물을 닦았다.

하나는 미카의 얼굴에서 손을 떼어내고 안아주며 머리를 쓰다듬었다.

"괜찮아."

하나는 미카가 다시 호흡을 가다듬을 때까지 계속해서 속삭이고
또 속삭였다.

"아, 젠장. 너 진정시킬 만한 걸 좀 찾아봐야겠다. 아, 휴지도."

하나가 말했다. 20분 후, 하나는 미카의 손에 누들 수프 한 잔을
쥐여주었다. 그리고 미카가 몇 입 먹을 때까지 기다렸다가 국물도
한 모금 마시라고 성화를 부렸다.

"자, 이제 무슨 일이 있었는지 말해봐."

하나가 말했다.

미카는 하나에게 모든 일이 어떻게 벌어졌는지 털어놓았다. 엄마
가 갤러리 오픈식에 나타나서 미카의 거짓말을 폭로한 일부터 페니
와 토머스를 쫓아 공항에 갔던 일, 그리고 미카가 남긴 장황한 음성
메시지까지 전부 다.

"다시 연락이 올 것 같아?"

이야기를 다 들은 하나가 물었다.

미카는 어깨를 으쓱이며 전화나 문자가 왔는지 휴대 전화를 확인
하고 싶은 충동을 참아냈다. 물론 지금 당장은 아무런 연락도 없을
것이다. 페니와 토머스를 태운 비행기가 아직 상공을 날고 있을 테
니까.

"진실과 거짓 중에 뭐가 더 나은 건지 모르겠어."

미카는 수프를 담은 머그잔을 손바닥으로 천천히 비볐다.

하나는 입술을 말아 물었다.

"나, 투어 가지 말까?"

하나는 3주 뒤에 투어를 떠나기로 되어 있었다.

"뭐? 아니."

미카는 코밑을 닦으며 서둘러 대답했다.

"바보 같은 소리 하지 마. 꼭 가야지. 우리 둘 다 바닥을 기어야 할 이유는 없어."

"그렇지만 너, 내가 없어도 괜찮겠어?"

"그러지 마. 절대 고민도 하지 마."

미카는 머그잔을 테이블에 내려놓으며 단호하게 말했다. 여전히 배 속 깊은 곳이 욱신거렸지만, 통증을 무시했다.

"이제 내 얘기는 그만하자. 조세핀은 누구야?"

그러자 하나의 얼굴에 미소가 사르르 번지며 붉게 달아올랐다.

"별로 말할 것도 없어. 어젯밤에 쉴라에 놀러 갔다가 만났어."

'쉴라'는 힙스터들이 모인다는 게이 바였다.

"영상, 음악 분야의 종합 예술가래. 손기술이 진짜 죽여줘."

하나가 손가락으로 물결을 만들었다.

"아, 좀!"

미카는 피식 웃으며 손을 내저었다.

"그냥 해본 말이지."

하나가 어깨를 으쓱거렸다.

"나도 몰라. 이번에 집 치우면서 내 인생도 좀 달라진 것 같아."

"너, 행복하구나."

미카가 말했다.

"응, 행복해."

하나가 대답했다.

"기뻐."

미카는 하나에게 말했다.

"너 정말 예뻐."

"네가 더 예뻐."

하나가 대답하고는 조용히 덧붙였다.

"네가 원치 않으면 나 진짜 투어 안 가도 돼."

미카는 고개를 저었지만, 목구멍에서 묵직한 말이 탁 걸린 것처럼 소리가 나오지 않았다. 하나가 진심으로 하는 말이라는 걸 알았다. 미카가 부탁한다면 하나는 투어를 떠나지 않을 것이다. 그 군더더기 없는 진심에 미카의 심장이 터져버릴 것 같았다.

17

미카는 집 밖으로 나가지 않았다. 미카는 지난 72시간 내내 테이크아웃 태국 음식과 다이어트 콜라 그리고 〈로 앤 오더 : 성범죄 전담반〉을 정주행하며 버텼다. 눈을 깜빡이면 눈꺼풀 안쪽에서 갤러리오픈 날이 펼쳐졌다. **깜빡.** 엄마가 손가락질하며 "넌 누구니?" 하고묻는 순간 페니의 얼굴. **깜빡.** 토머스가 슬픔에 잠긴 채 고개를 푹 숙이고 몸을 움츠리는 페니의 어깨를 감싸안는 모습. **깜빡.** 페니가 애처로운 눈물로 뺨을 적시며 토머스에게 "왜 거짓말을 했을까요?" 하고 묻는 모습. 그날의 잔상과 고통은 절대 무뎌지지 않았다.

미카는 계속해서 휴대 전화와 이메일을 확인했지만, 페니나 토머스로부터 온 연락은 없었다. 미카는 그들을 머릿속에서 지우려고 노력했지만, 조금만 방심하면 자꾸 두 사람이 떠올랐다. 페니의 미소와 활기찬 에너지가 그리웠다. 토머스의 매력적이고 심술궂은 분위기와 페니를 바라보던 따스한 눈빛도 그리웠다. 페니, 토머스와 함께했던 해변에 배 한 척이 도착했다. 배는 미카를 태우고 그녀를 원래 갇혀 있던 유배지로 데려가려고 드릉거렸다.

미카의 방문 앞에 금색 귀걸이를 낀 하나가 모습을 드러냈다. 하나는 조세핀과 외출을 하려고 했다. 이번 주에 벌써 세 번째 데이트였다.

"그 드라마, 아직도 봐?"

미카는 소파에서 몸을 뒤척였다. 미카는 리프에게서 훔쳐 온 낡은 '그레이트풀 데드' 록밴드의 로고 티셔츠에 헐렁한 트레이닝 바지를 입고 있었다. 커피 테이블 위에는 테이크아웃 용기, 빈 음료수 캔, 과자 봉지 따위가 널브러져 굴러다녔다. 그리고 미카는 어젯밤에 전 주인이 남긴 유물인 찬장 뒤편에 있는 오래된 옥수수 견과류를 간식으로 먹었다.

"응, 시즌 11이야. 여행 가방 안에 박제된 젊은 여자 시체가 발견돼서 엘리엇 스테이블러랑 올리비아 벤슨이 슈가 대디*를 살인범으로 의심하는 에피소드야."

"아, 정말 옛날 옛적 이야기네."

하나는 지갑에 콤팩트를 넣으며 말했다.

"정말 같이 안 나갈 거야?"

"응. 네 데이트를 망칠 생각은 꿈에도 없지."

미카는 퉁명스레 대꾸했다.

"그럼 오늘 저녁은 이렇게 보낼 거야? 텔레비전이랑 테이크아웃

---

* 딸뻘인 젊은 여성에게 용돈을 주며 연인 관계를 요구하는 남성을 일컫는 말

음식으로?"

하나가 커피 테이블에 놓인 테이크아웃 용기를 집어 들고 냄새를 맡으며 말했다.

미카는 등을 동그랗게 말면서 하나를 바라보았다.

"응, 그리고 이런저런 생각을 하면서 내 존재의 진부함을 깨닫게 되겠지."

하나는 테이크아웃 용기를 다시 내려놓았다.

"그럼 이런저런 생각을 하는 동안 채소가 들어간 음식을 먹는 건 어때?"

"팟타이에도 채소가 많이 들어가."

미카는 언짢다는 기색으로 대꾸했다.

하나가 콧방귀를 뀌며 현관문을 열었다.

"나는 오늘 조세핀 집에 가서 자고 올 거야. 내일 아침에 만나."

미카는 엄지손가락 두 개를 치켜세웠다. 미카는 하나의 차가 멀어지는 소리를 들으며 몸을 모로 틀어 누웠다. 그 순간 휴대 전화 문자 수신음이 울렸고, 미카의 심장은 곤두박질쳤다. 희망이 나뭇가지에 엉켜서 가라앉기를 거부하는 헬륨 풍선처럼 두둥실 떠올랐다. 엄마나 리프, 찰리와 하야토의 연락에 심장이 떨어지고 튀어 오르기를 몇 번이나 반복했는데도 말이다. 미카는 그럴 때마다 '거절하기'를 눌렀다. 그럼에도 불구하고 미카는 실망의 끝자락에서 다시 휴대 전화를 확인했다.

페니였다.

페니의 이름이 액정 위로 떠올랐다. 메시지 들었어요. 잠깐 이야기할 수 있어요? 페니가 메시지를 보냈다.

미카는 허리를 세우고 똑바로 앉으며 텔레비전을 껐다. 지금? 페니에게 답장을 보내고 자리에서 일어나 휴대 전화를 손에 들고 거실을 서성이기 시작했다. 고통스러운 5분의 시간이 지난 후, 휴대 전화가 울렸다. 미카는 곧바로 전화를 받으며 "안녕" 하고 인사했다.

"네."

페니는 평소의 밝은 목소리가 아니었다. 미카가 한 짓이다. 미카가 밝고 환하던 페니를 어둡게 만들었다. 미카의 가치관은 페니가 느끼는 감정과 페니가 생각하는 자신의 삶에, 페니가 생각하는 미카라는 사람에게 달려 있었다.

"음성 메시지, 들었다고……."

미카는 평정심을 유지하며 물었다. 마치 '원하는 만큼 날 비난하고 욕해도 돼. 난 참을 수 있어'라고 말하는 것처럼 들렸다.

"네. 집에 오자마자 들었어요."

그건 사흘 전인데? 페니가 사흘 전에 메시지를 들었다고?

"생각을 정리하는 데 시간이 좀 걸렸어요."

미카는 목이 턱 막혔다.

"이해해."

"저는 이해가 안 돼요."

페니의 목소리는 날카로웠다.

"그래."

미카가 말했다. 미카는 부엌으로 걸어가 찬장에서 유리잔을 꺼내고 수도꼭지를 열어 물을 채웠다. 미카가 마지막으로 물을 마신 게 언제였더라? 어깨와 귀 사이에 휴대 전화를 끼운 미카는 "어떤 점이 이해가 안 돼?" 하고 물었다.

"왜 나를 버렸어요?"

페니의 목소리 끝에 걸린 절망감은 칼날처럼 날카로웠다.

미카는 전혀 예상하지 못했던 질문에 소스라치게 놀랐다. 하지만 그럼에도 두 사람은 한 번은 이 이야기를 해야 했다. 미카와 페니 사이에 이 문제는 늘 떼려야 뗄 수 없는 문제였는데, 서로 억지로 외면하고 회피했을 뿐이었다.

"내가 널 키울 수가 없어서……."

미카는 부엌을 나와 소파 가장자리에 걸터앉았다. 당시의 미카는 아기를 키울 준비가 하나도 되어 있지 않았다. 미카는 인스타그램에서 봤던 게시물을 떠올렸다. 막 아기를 낳은 초보 엄마들의 글이었다. 댓글에는 긍정적인 응원이 가득했다. '할 수 있어요! 강인한 엄마잖아요! 힘내세요!' 초보 엄마들은 자신의 한계를 뛰어넘자며 서로를 응원하고 격려했다. 이런 메시지가 온 게시글에 가득했다. 좋은 엄마는 자식을 버리지 않는다. 절대 생물학적 의무를 저버리지 않는다. 만약 아기를 버린다면, 그 엄마에게 무슨 문제가 있는 게 틀림없을 것이다. 아니면 자식에게 문제가 있거나. 페니도 그렇게 생각했던 걸까? 자신의 DNA가 엉망이라 엄마가 버린 거라고 생각했을까?

한동안 말이 없던 페니가 조용히 물었다.

"나를 낳고 싶긴 했어요?"

"낳고 싶었어."

미카는 숨을 들이마셨다. 그리고 내쉬었다. 피터가 그녀에게 무슨 짓을 했든, 미카는 아기를 낳고 싶었다. 엄마가 뭐라고 하든, 엄마의 침묵이 무슨 뜻인지 알면서도 낳고 싶었다.

"나는 너를 원했어. 하지만 난 너에게 좋은 것들을 주고 싶었어. 훨씬 좋은 것들. 너에게 큰 집, 제대로 된 가족, 부모님, 사촌, 할머니와 할아버지를 주고 싶었어. 새 학용품과 옷을 마음껏 받고, 좋은 학교에 다니길 원했어. 내가 가지지 못했고, 내가 결코 줄 수 없는 모든 것을 누리며 살길 빌었어. 그만큼 너를 낳고 싶었어."

미카가 페니를 입양 보냈던 건, 더 커다랗고 궁극적인 의미의 사랑이었다. 페니는 더 나은 대우를 받으며 자랄 자격이 있는 아이였다. 전화기 너머의 페니는 아무런 말이 없었다. 그저 규칙적으로 숨을 들이마시고 내쉬는 소리만 일정하게 들렸다.

"모든 게 엉망이라는 거 알아. 너한테 거짓말을 했고, 평생 너에게 미안한 마음일 거야."

미카는 말을 이었다.

"만약……, 만약 네가 나를 다시 한번 받아준다면……, 그럼 정말 다시는 너에게 거짓말을 하지 않겠다고 약속할게."

무거운 침묵이 두 사람 사이에 다시 내려앉았다. 그리고 마침내 페니가 입을 열었다.

"혹시, 내가 부끄러워서 버렸어요?"

미카는 고개를 쳐들었다.

"그럴 리가!"

목소리가 튀어나왔다. 페니가 어떻게 이런 생각을 했을까?

"정반대야. 나는 네가 나를 부끄러워하지 않았으면 했어."

미카는 엄마라는 이름에 붙는 제약과 꼬리표가 버거웠다. 강해져야 한다, 똑똑해야 한다, 누구보다 잘 해내야 한다는 그 압박감. 하지만 페니에게 그런 마음을 전할 수는 없었다. 자신의 내면에서 무언가 빠져나간 것 같은 허전함을 어떻게 설명하겠는가.

"내 인생은 그리 예쁘지가 않아. 말 그대로 개판이거든."

순간 페니의 나지막한 웃음소리가 들렸다. 미카는 말을 이어나갔다.

"정말이야. 나는 주방 식탁에 늘 초콜릿 한 봉지를 펼쳐놔. 오며가며 한 움큼씩 집어 먹을 수 있게."

페니는 또다시 웃었지만, 이내 냉정함을 되찾았다. 그리고 다시 서글픈 생각에 잠긴 듯 나지막이 물었다.

"말씀하셨던 것 중에 진짜가 있었나요?"

죄책감과 슬픔이 맹수처럼 미카의 목덜미를 향해 달려들었다. 미카에게는 모든 것이 진짜였다. 포옹과 따스한 감정, 갈망, 사랑, 모두 사실이었다. 그러나 자신이 무슨 짓을 벌였는지도 분명하게 알았다. 미카의 거짓말이 두 사람 사이에 힘겹게 쌓아 올린 유대감을 전부 무너뜨렸다.

"난 진실과 거짓을 뒤섞었어. 하나는 내 제일 친한 친구이고 롤러 더비를 좋아해. 그리고 이 집에 나 혼자 사는 건 아니야. 집이 없어서 하나랑 같이 살고 있어. 하나는 쇼핑 중독이야. 예전에는 더 심했는데, 지금은 좀 나아진 수준이지. 리프는 전 남자 친구야. 생화학 전공은 아니고, 마리화나를 재배해. 그러니까 생화학 분야에 관심이 있는 건 맞다고 봐야지. 지금은 포틀랜드에서 가게를 운영해. 주로 마리화나를 팔고, 예금보다는 현금을 선호하는 사람이야."

"그렇게 말씀하시니까 이제 이해가 좀 되네요."

페니의 목소리에 온기가 배어났다.

"우리가 사귈 때 리프는 여성용 '크리스털 데오도란트'를 썼어."

미카는 잠시 멈칫했다.

"정말 효과가 없었지."

미카는 페니의 귓가에 비밀 이야기를 속삭이듯 조용히 중얼거렸
다. 페니가 킥킥 웃었다. 미카는 소파에 몸을 조금 더 편하게 기대고,
트레이닝 바지의 끈을 만지작거렸다.

"또 뭐가 알고 싶어? 뭐든 다 말해줄게."

페니는 조용해졌다.

"그……, 또 물어보고 싶은 게 있는데요."

주저하는 말투였다.

"포틀랜드에서 물어보고 싶었는데, 적당한 때가 언제인지 몰라서
못 물어봤어요."

"젠장."

미카가 중얼거렸다.

"아빠……. 그러니까, 제 친아빠요. 혹시…… 아세요? 이름이나
뭐, 아무거나요."

이번에는 미카가 침묵을 지켰다. 페니에게 차마 피터와 그가 벌
인 짓을 설명할 용기가 나지 않았다. 강간. 미카는 그 폭력적인 단어
에 움찔했다. 강간이라니, 정말 추악한 단어다. 미카는 자신에게 일
어난 일을 설명할 때, 그 단어를 사용하기가 쉽지 않았다. 몸은 폭력

을 기억했지만, 마음은 굴복하지 않았다. 난 아니다, 나에게 일어날 수 없는 일이다. 이 단어를 사용하는 데 어려움을 겪는 피해자는 그녀뿐만이 아니었다. 미디어나 뉴스에서는 강간보다 성폭행이라는 단어를 선호했다. 왠지 덜 폭력적이고, 덜 직설적으로 느껴지니까. 폭행에서는 회복할 수 있지만, 강간에서는 절대 살아남을 수 없는 것처럼 느껴지니까. 마음속 깊은 곳에서 미카는 그날 밤 자신의 행동에 대해 괴로움을 느꼈다. 그녀의 보잘것없는 거절. 힘이라고는 하나도 없이 널브러져 있던 몸. 구원은 꿈도 꿀 수 없던 모습. 이 모든 걸 어떻게 페니에게 설명할 수 있을까? 미카는 딸을 그 사건과 분리했다. 페니가 태어났을 때 피터와 전혀 닮지 않았던 것이 도움이 되었던 걸까? 페니는 미카를 꼭 빼닮았다. 미카는 만약 페니의 피부가 더 밝고, 눈이 더 동그랗고 녹색이며 머리카락이 갈색이었다면 다르게 반응했을까? 아니, 미카는 확신했다. 만약 그렇다고 하더라도 자신은 페니를 똑같이 사랑했을 것이다. 미카는 부풀어 오르는 배를 내려다보며 속삭이곤 했다. "그 사람은 절대 모르게 할 거야."

"여보세요?"

페니가 미카를 재촉했다.

"아, 생각 중이었어."

미카가 얼른 대답했다.

"나는……."

미카는 마른침을 삼켰다. 이따금 피터의 이름을 인터넷으로 검색해 보기도 했다. 피터는 현재 가족과 함께 뉴욕에서 살면서 예술가로 활동 중이었다. 미카는 자신을 썩은 과일 조각처럼 찢어버렸던 그가 어떻게 다른 사람들을 젠틀하게 대하는지 이해할 수 없었다. 피터는 큰 성공을 거두진 못했지만, 가끔씩 프리랜서로 외주를 받으며 활동하는 것 같았다.

"말로 설명하기 힘든 일들이 좀 있었어."

미카는 페니도 피터의 피해자라는 사실을 깨달았다. 두 사람 다 짊어져야 할 짐이 있었다. 그러나 그 짐이 꼭 페니의 짐일 필요는 없지 않을까. 언젠가는 페니에게 말을 해줄 것이다. 하지만 미카는 그 전에 페니가 얼마나 좋은 사람인지, 얼마나 아름답고, 강하고, 사랑받는 사람인지 가득 알려주고 싶었다.

페니는 언젠가 자신이 만들어진 환경이 그런 식으로 얼룩진 곳이라고 할지라도, 앞으로 나아가야 할 방향은 결코 추하지 않으리라는 걸 이해할 것이다.

"지금 당장 네가 알아야 할 건 다 알려줬어. 물론 이런 부탁이 네게 합당하다고 생각하지는 않지만, 내가 준비되었을 때 말할 수 있게 해주지 않을래? 그 부분은 네 존중이 필요해."

미카는 그때 두 사람의 관계가 우정에서 다른 무언가로 미묘하게 바뀌고 있다는 걸 느꼈다. 그게 무엇일까? 그건 미카도 알 수 없었다. 하지만 우정보다는 더 큰 무언가였다. 페니는 고작 열여섯 살, 미카는 서른다섯 살이라는 사실을 서로 깨달았달까. 거의 20년에 가까운 삶의 경험이 그들을 갈라놓았다. 미카는 페니 위에 군림하지는 않았지만, 최소한 딸을 보호하는 데 그 힘을 사용하고 싶었다.

미카는 페니의 규칙적인 숨소리에 귀를 기울였다.

"알았어요. 그건 받아들일 수 있어요."

페니가 마침내 입을 열었다.

미카는 안도의 한숨을 내쉬었다.

"언젠가는 네가 날 용서해 줬으면 좋겠어."

미카가 말했다.

"아직 나한테 화가 많이 나겠지만, 괜찮아."

"화가 나요."

페니가 말을 끊었다.

"하지만…… 다시는 말도 섞고 싶지 않을 정도로 화가 난 건 아니에요. 아직도…… 궁금한 게 너무 많아요. 당신을 믿고 싶은데, 그럴 수 있을지 아직 잘 모르겠어요."

"알았어. 당연히 시간이 필요할 거야. 나도 받아들일 수 있어."

미카가 페니의 말을 되뇌며 말했다.

"너를 입양 보낸 나를 용서해 줬으면 해."

쇠뿔도 단김에 빼는 작전이었다.

"아, 그 부분은 제가 용서하고 말고 할 게 아니에요."

페니가 말했다.

"하늘이 파랗다고, 내가 일본인이라고, 여자로 태어났다고 사과하라는 거랑 똑같아요. 어떤 건 그냥 그 자체로 존재하는 거잖아요. 그게 저라는 사람이고요."

미카는 눈물이 차올랐고, "고마워" 하며 겨우 입을 달싹였다.

"네."

페니는 가볍게 대답했다. 또다시 침묵이 흘렀다.

"그만 끊어야겠어요, 시간도 늦었고."

미카는 자리에서 일어나 코끝을 닦았다.

"응, 그래. 저기…… 다음에 또 통화할 수 있을까?"

"다음 주쯤 괜찮아요?"

페니가 물었다.

"응."

미카는 너무 간절하고 절박해 보이지 않으려고 노력했다. 그들은 인사하고 전화를 끊었다. 미카는 그 후로도 한참 동안 소파에 앉아 전화로 나눈 이야기와 자신의 인생을 정리했다. 피터 이후, 페니 이후. 미카는 미래에 대해 별다른 생각을 하지 않았다. 더 이상 아름답고 무한한 가능성을 가진 삶을 상상할 수가 없었다. 하지만 이 순간, 미카는 조금 달라졌다. 자리에서 일어나 싱크대 아래 수납장을 열고 쓰레기통을 꺼냈다. 팔을 쭉 뻗어 커피 테이블 위에 있는 내용물을 쓰레기통에 한 번에 쓸어 담았다. 그리고 소파 밑에서 썩어가던 담요를 접어 소파 팔걸이에 올렸다. 그런 다음 휴대 전화를 확인했다. 엄마에게서 걸려 온 부재중 전화가 가득했다. 아직은 엄마와 통화할 준비가 되지 않았다. 미카는 다른 사람의 전화번호를 눌러 통화를 걸었다.

세 번째 통화 연결음이 울리고 하야토가 전화를 받았다.

"안녕."

"안녕."

미카가 쾌활하게 말했다.

"잘 지냈어요?"

"네, 잘 지냈어요. 미카는요?"

전화 너머로 텔레비전 속 유명한 뉴스 앵커의 목소리가 희미하게 들렸다.

"저도 잘 지냈어요."

미카는 미소를 지었다.

"내가 술 한잔 살게요. 저번에 말했던 회사 이야기, 조금 더 자세히 들을 수 있을까요?"

18

"제일 좋아하는 영화가 뭐예요?"

그다음 주 통화에서 페니가 물었다. 미카는 〈쇼생크 탈출〉, 〈쉰들러 리스트〉, 〈대부〉처럼 세련된 취향의 영화들이 혀끝에 맴돌았다. 그러나 미카는 하나와 보고 또 봤던 영화인 〈덤 앤 더머〉라고 대답했다.

그 영화를 본 적 없는 페니는 주말에 챙겨본 후, 다음 전화 통화에서 물었다.

"왜 그 영화가 제일 좋아요?"

"글쎄, 그냥 재밌잖아. 그렇지 않아?"

미카가 대꾸했다. 미카는 전화기를 귀에 댄 채로 주방 테이블에 기대서 있었다. 나이키에서 첫 면접을 본 지 얼마 되지 않아 여전히 셔츠에 펜슬 스커트, 높은 구두를 신은 오피스 룩 차림이었다. 미카는 하야토와 달콤한 술을 마시며 페니와 입양, 거짓말, 바닥난 통장 잔고 등에 대해 털어놓은 후, 일자리를 구할 수 있게 도와달라고 부탁했다. 하야토는 기꺼이 미카를 도와주었다. 하야토의 조언에 따라 나이키의 채용 공고를 샅샅이 뒤진 미카는 자격 요건에 맞춰 첫 번째 직책인 행정 보조직에 지원했다. 그리고 하야토는 인맥을 동원해 미카의 지원서를 최우선 순위로 올리는 데 도움을 주었다.

"웃기긴 엄청나게 웃겨요."

페니도 동의했다.

미카는 페니의 질문에 대해 생각했다.

"내게 그 영화는 일종의 탈출구였어. 어린 시절이 영 순탄치 않았거든. 부모님은 상당히 보수적이셨고, 우리 집은 쉽게 웃는 분위기가 아니었어."

"그럼 저를 임신하셨을 때 화를 내셨겠네요?"

페니가 물었다.

"실은 잘 모르겠어."

엄마의 얼굴이 머릿속을 스쳐 지나갔다. 미카는 아직도 엄마와 연락하지 않은 상태였다. 딱히 이상한 일은 아니었다. 며칠, 몇 주, 심지어 몇 달 동안 서로 말을 하지 않을 때도 있었으니까. 하지만 미카는 항상 돌아갔다. 미카는 엄마가 미국 이민 직후에 바나나를 잔뜩 사는 실수를 했던 기억이 떠올랐다.

"바나나 좀 적당히 사."

아빠가 주방 테이블에서 썩어가는 과일을 바라보며 핀잔했다.

"그럴 수가 없어요."

엄마가 되받아쳤다.

"나도 한 묶음을 왜 이렇게 많이 파는지 모르겠다고요. 대체 누가 바나나를 열두 개씩 먹는담?"

일본에서는 절대 소비자가 바나나 묶음을 쪼개지 않았다. 그래서 엄마는 미국도 마찬가지일 거라고 지레짐작했다. 엄마는 어쩔 수 없이 점장에게 서툰 영어로 더 적은 양의 바나나를 팔아달라고 부탁했다. 점장은 웃으며 알아서 떼어가라고 했다. 엄마는 점장이 자신을 놀린다고 생각했다. 오직 미카만 점장의 말뜻을 이해했고, 엄마에게 방법을 알려주었다. 서로가 없으면 방향을 잃을지도 모른다는 우려. 그게 미카와 엄마가 늘 붙어 있는 이유였다.

"엄마가 실망하시긴 했어."

미카가 페니에게 말했다. 그리고 잠시 멈칫했다. 엄마의 조롱이 뜨거운 사막의 태양처럼 내리쬐는 기분이었다. 엄마는 "네가 아기를 키우는 것에 대해 뭘 아니?"라고 말했다.

"굉장히 실망하셨어."

"가끔은 그게 더 나빠요."

페니가 중얼거렸다.

"맞아."

미카 역시 한숨을 내쉬었다.

시간이 조금 더 흐른 후, 미카는 나이키에서 두 번째 면접을 봤다. 페니는 중학교 3학년을 마무리하는 시기였다. 페니는 파티를 열어 친구들과 춤을 추고 놀았다. 페니와 미카는 펄 잼의 투어 직전, 하나의 마지막 롤러 더비 경기에서 또 한 번 영상 통화를 했다. 미카는 나이키에 취직했고, 상당히 유능하고 활기찬 인사 담당 직원과 함께 회사를 둘러보기도 했다. 그날 밤, 미카는 페니에게 **공식적**으로 자신의 사진이 담긴 사원증을 보여주었다. 미카가 갤러리 공간을 찾은 척 연기를 했던 날에는 화면 너머로 샴페인을 터트리고 낄낄거리며 건배를 했었다. 그리고 이번에 페니는 파티 모자와 깃발로 응원해 주었다. 페니는 더 이상 미카에게 화를 내지 않았다. 그들의 관계는 불 난 집이 아니라 불이 난 후에 힘들게 재건 중인 집처럼 바뀌었다.

2주 후, 미카는 검은색 정장 바지를 다려 입고 페니가 보낸 최근 문자를 들여다보았다. 첫 출근 축하해요! 이따가 전화할게요.

언제 퇴근할지 아직 모르지만, 내가 전화할게. 미카가 휴대 전화를 두드려 답장을 보냈다. 미카는 나이키 본사 한가운데서 약간의 부담감을 느끼며 머리카락을 귀 뒤로 넘겼다. 약 35만 평에 75동의 건물, 수천 명의 직원. 별거 아니다. 그때 전화벨이 울렸다. 미카는 안도의 미소를 지으며 전화를 받았다.

"여보세요."

"길은 잘 찾았어요?"

하야토였다.

"내가 세레나 윌리엄스* 빌딩까지 데려다줄 수도 있는데."

"괜찮아요."

미카가 당당하게 대답했다.

---

* 미국의 유명 테니스 선수

"대단해요. 일이 잘 풀려서 너무 다행이고요."

하야토가 말했다.

"좋게 말해줘서 너무 고마워요. 어떻게 보답을 해야 할지 모르겠어요."

"나중에 점심 사고, 저녁에 초콜릿 마티니 몇 잔 사주면 되죠."

하야토는 잠시 말을 골랐다.

"우리가 같은 부서가 아니라 아쉽네요. 그래도 오늘 점심은 같이 먹어요. 정오에 카페테리아에서 만나죠. 어딘지 알아요? 미아 햄**빌딩인데."

미카는 미아 햄이 누군지는 몰랐지만, 카페테리아가 어딘지는 알았다.

"거기서 만나요."

미카가 대답했다.

"좋아요. 출근 첫날 잘 보내요. 이따가 전부 다 말해줘야 해요."

하야토의 인사를 끝으로 전화가 끊어졌다. 미카는 곧장 세레나 윌리엄스 빌딩으로 향했다. 다행히 세레나 윌리엄스가 누구인지는 알고 있었다. 서로를 소개하고 컴퓨터를 세팅하는 동안 하루가 쏜살같이 지나갔다. 미카는 하야토를 만나 점심을 먹었다. 메뉴는 두 사람 모두 다이어트 콜라와 샐러드였다. 그 후 하야토는 미카에게 커다란 테이블이 있는 오픈 스페이스 사무실을 구경시켜 주었다. 이젤이 여러 개 설치되어 있었고, 그 위에는 꽃이 만발한 디자인의 상징

** 미국의 전직 여자 축구 선수

적인 로고의 신발이 그려진 아트 보드가 놓여 있었다.

"내년 여름 컬렉션이에요."

하야토가 주머니에 손을 꽂으며 설명했다.

"며칠간 계속 렌더링을 했어요. 디자인이 뭔가 이상하지 않아요? 유명한 모델 뒤에 세워놓는 거대한 꽃 배경 같은 느낌이에요. 디자이너가 영 마음에 안 들어요."

"색감 때문이에요."

미카가 자기도 모르게 대답했다.

"그게 무슨 뜻이에요?"

하야토가 미카를 날카롭게 바라보았다.

미카는 한 걸음 앞으로 나섰다. 미카는 이번 일을 맡은 디자이너가 누구인지 알고 있었다. 그녀가 대학에 다닐 때 막 떠오르던 신예 예술가였다. 지금은 감히 올려다볼 수도 없이 승승장구하고 있지만.

"제가 이 예술가를 알아요."

미카가 얼굴을 붉혔다.

"개인적으로 안다는 말이에요. 그 예술가는 현대 초상화에 전통적인 색채를 사용하곤 해요. 예를 들어 아기와 함께 탈북한 북한 여성 난민의 초상화를 그린다고 치면, 14세기 예술가 지오토의 그림인 「이집트로의 도피」와 비슷한 색감을 사용해서……."

설명을 이어나가던 미카가 고개를 저으며 말을 흐렸다.

"그렇게 깊이 들어갈 필요는 없고요. 어쨌든 색감 사용이나 새로운 아이디어 같은 문제가 늘 발목을 잡죠."

하야토는 신중하게 귀를 기울이며 고개를 끄덕였다.

"나이키의 레트로풍 색감을 살리는 게 좋겠군요."

미카가 어깨를 으쓱했다.

"그래도 괜찮을 거고요."

하야토는 곧바로 책상 위의 미술용품 상자에서 색연필 세트를 꺼냈다. 그러고는 세 개를 골라 도화지에 선을 죽 그었다. 미카는 마음속에서 무언가가 솟아오르는 느낌을 받았다. 부러움이었다. 그림을 그리고 싶은 욕망이 미카를 삼켜버릴 것 같았다. 미카는 하야토가 자신의 눈에 깃든 깊은 갈등을 알아차릴까 궁금했다. 피터 사건 이후로 미카는 그림을 그릴 때 쓰던 모든 색을 잃었다. 그와 마주칠까 봐 두려워서 출석도 하지 않았고, 종국에는 전공도 바꿨다. **미카는 모든 것을 잃었다. 시간과 그녀 자신, 미래.** 모든 걸 도둑맞았다고밖에 설명할 수 없었다. 첫째, 그녀의 몸. 둘째, 그녀의 그림. 마지막으로 그녀의 아기까지.

"이렇게요?"

하야토가 영감에 불타는 눈빛으로 물었다.

"괜찮네요."

미카는 격려하듯 미소를 보냈다.

"미카가 완전히 새로운 시야를 열어줬어요. 대체 이걸 어떻게 알았어요?"

미카는 어깨를 으쓱했다.

"누구나 알 수 있는 건데요."

"아니, 그렇게 쉬운 일이 아니에요. 아무튼 너무 고마워요."

"별거 아니에요. 영리를 목적으로 예술을 활용하실 거면 언제든 말해줘요."

미카는 농담을 던졌다. 그러다가 그 말이 다소 비열하게 들린다는 걸 깨달았다. 좋아하는 일과 너무 오래 떨어져 있다 보니 자기도 모르게 자조적으로 변했달까?

"농담이었어요. 미안해요."

하야토는 전혀 아니라는 듯 고개를 저었다.

"무슨 그런 말씀을."

하야토는 웃음을 터트렸다.

"내일도 같이 점심 먹을까요?"

하야토가 미카를 밖으로 안내하며 물었고, 미카는 그러자고 했다.

퇴근 후, 미카는 마트에 들러서 식료품 몇 가지를 구입했다. 통로를 돌아다니며 은행 계좌도 확인했다. 하야토와의 점심 식사가 통장 잔고에 상당한 타격을 주었다. 라면과 시리얼은 살 수 있겠지만, 와인은 포기해야겠다고 마음먹었다.

집에 돌아온 미카는 바로 페니에게 전화를 걸었다.

"여보세요, 오늘 어땠어요?"

페니가 전화를 받자마자 물었다.

미카는 플랫 슈즈를 벗고 바지 단추를 풀었다.

"괜찮았어. 스프레드시트를 작성하고, 상사의 회의 일정을 잡아주는 일이더라."

미카의 상사는 어거스터스, 줄여서 거스라고 불리는 친절한 남자였다. 둥그스름한 얼굴에 붉은 피부였고, 약간의 남부 억양이 섞인 말투를 썼다. 거스에게는 매일 점심 도시락을 싸주는 사랑하는 아내가 있다고 했다. 거스는 미카가 일본인이라는 사실은 전혀 거론하지 않으면서 미카의 이름을 정확하게 발음했다.

"음……."

이야기를 다 들은 페니가 뜸을 들였다.

"몇 가지 소식이 있어요. 일단 포틀랜드 대학교에서 육상 프로그램 합격 통지를 받았어요."

미카가 멈칫했다. 페니가 그녀를 만나러 왔을 때 지원했던 육상 프로그램. 미카는 그 지원서를 기억하고 있었지만, 물어보지 않으려고 조심했다. 페니가 부담을 느끼지 않았으면 하는 마음이었다.

"그래?"

미카는 가벼운 어조에 적당한 호기심을 실어 되물었다.

"네, 합격이래요."

페니가 말했다.

"그리고 저도 가고 싶어요."

"그거 정말 좋은 소식인데."

미카는 잘됐다고 하며 가벼운 목소리를 꾸며냈다.

"아빠가 허락하실까?"

토머스는 두 사람의 대화에서 자주 언급되지 않는 주제였다. 페니는 미카를 안심시켰지만, 그들이 다시 연락을 주고받는다는 것을 토머스도 알고 있었다. 토머스는 지금 미카를 어떻게 생각할까? 갤러리 오픈 날 밤, 와인을 두고 느꼈던 두 사람 사이의 묘한 분위기를 떠올렸다. 미카는 벨벳을 잔뜩 구기면 이렇게 부드러우면서도 묵직할까, 싶었던 그의 목소리와 어투가 좋았다. '우리에게도 그렇죠.' 그 후로 토머스의 배려와 어렵게 얻은 신뢰를 잃었다. 그는 특히 페니에 관해서는 쉽게 용서하는 사람이 아니었다. 미카는 토머스의 그런 단호한 면이 마음에 들었다. 두 사람이 공유하는 유일한 존재에 관한 것이었으니까. 하지만 이제 자신이 토머스의 실망과 조롱의 대상으로 전락했다는 게 너무도 싫었다.

"아, 물론이죠."

페니가 씨근거렸다.

"제가 내린 결정이잖아요. 물론 '그래, 해봐'라는 말은 처음으로 보조 바퀴를 떼고 자전거를 타겠다고 했을 때 돌아온 말투랑 비슷했죠. 마음에 들진 않지만, 막을 방법이 없을 때의 말투요."

"그 프로그램은 언제 시작하는데?"

미카가 물었다.

"6월 셋째 주요. 방학하고 시작해서 개학 전까지 2~3주 정도 될 거예요. 하루쯤 일찍 가서 적응하면서 같이 시간을 보내도 될까요?"

"그럼, 당연하지."

미카는 남은 시간을 세어보았다. 지금은 5월 말이었다.

"같이 아시안 마트도 가자. 롤러 더비 경기도 보고. 내 친구 찰리와 투안도 소개해줄게."

"진짜 재밌겠다!"

페니가 신나서 대답하고는 잠시 멈칫했다.

"혹시…… 할머니, 할아버지도 만나 뵐 수 있을까요?"

새로운 마음의 짐이 미카의 가슴을 턱 짓눌렀다.

"그건 잘 모르겠어, 페니. 여쭤볼게. 그런데 너무 큰 기대는 하지

마. 엄마랑 나 사이에는…… 해결하지 못한 문제가 있거든."

엄마의 불행은 미카의 어린 시절 대부분을 먹구름처럼 덮고 있었다. 어떻게 사랑하는 페니를 그 먹구름 아래로 밀어 넣을 수 있을까?

"괜찮아요."

페니는 아무렇지 않은 척했지만, 실은 하나도 괜찮지 않다는 게 느껴졌다.

"이해해요. 갤러리 오픈 날에 만났을 때 저를 거의 쳐다보지도 않으셨거든요."

미카는 입술을 잘근잘근 씹었다.

"엄마한테 말해볼게. 설득해볼게, 진짜로."

"알았어요."

페니가 감정 없이 대답했다.

"정말 그냥 물어본 거예요."

하지만 페니에게는 중요한 일이었다. 미카가 그걸 눈치 못 챌 리 없었다. 페니는 몰랐을까? 미카는 페니를 위해서라면 무엇이든 할 준비가 되어 있었다.

*　*　*

미카는 이틀을 더 기다리다가 금요일 저녁, 소파에 앉아 엄마에게 전화를 걸었다. 미카는 통화가 연결되자마자 텔레비전을 껐다.

"미카."

엄마가 전화를 받자마자 쏘아붙였다.

"정말 내 딸이니? 나한테 딸이 하나 있긴 했는데, 그 애가 아직 내 딸인지 모르겠구나."

"엄마."

미카는 손으로 눈썹을 비볐다.

"잘 지냈어요?"

엄마는 곧 폭풍우가 몰아칠 거라는 둥, 아빠가 반찬 투정을 부렸다는 둥의 이야기를 늘어놓았다. 물론 갤러리나 그날 밤 있었던 일에 대해서는 조금도 말하지 않았다. 미카는 10학년 때 도둑질을 하다가 걸린 적이 있었다. 기모노를 입고 눈매를 검게 칠한 백인 팝 스타가 모델인 가게에서 옷을 한 벌 훔쳤는데, 엄마는 그걸 도둑질이 아닌 향수병이라고 우겼다. 미카는 자신이 일본인이라는 자각도 하지 않았고, 그 팝 스타가 일본을 대변한다고 생각하지도 않았다. 어쨌거나 엄마는 경비실로 미카를 데리러 왔다. 차를 타고 집으로 돌아가는 내내 침묵이 감돌았다. 그리고 그날 저녁과 다음 날까지 내리 사흘 동안을. 그게 진짜 문제의 근원이었다. 침묵과 아집, 감정적 살인과 엇비슷한 무언가.

미카는 소파에 다시 앉아 눈을 감고, 페니와의 약속을 떠올렸다.

"엄마."

미카가 엄마의 말을 끊었다.

"나 요즘, 회사에 출근하고 있어요. 페니랑 다시 연락도 하고요."

수화기 건너편이 조용했다. 미카는 혹시 전화가 끊어진 건가 싶어서 휴대 전화를 확인했다. 아직 통화 중이었다. 미카는 휴대 전화를 귀에 대고 입을 열었다.

"6월에 크로스 컨트리 훈련 캠프에 참가하게 돼서 다시 포틀랜드로 온대요. 애가 육상 선수인데, 메달이랑 상을 휩쓸어요."

말투에 자랑이 배었다.

"그리고 엄마를 만나고 싶대요."

미카는 엄마의 대답을 기다리며 천장을 바라보았다.

"끊어야겠구나."

엄마가 긴 침묵 끝에 대답했다.

"아빠가 부르신다."

뚝. 엄마는 그대로 전화를 끊었다. 그게 끝이었다.

* * *

마침내 고대하던 6월이었다.

"빨리 시간이 갔으면 좋겠어요. 아직도 2주나 더 남았다니."

어느 날 밤, 전화 너머의 페니가 잔뜩 신이 나서 외쳤다.

"새 육상 장비도 잔뜩 샀고, 캘리포니아에서 온 올리브라는 애와 룸메이트가 된다는 이야기도 들었어요."

"사람 이름이 올리브야?"

미카가 물었다. 미카는 집에 있었다. 요즘은 집에서 보내는 시간이 점점 더 많아지고 있었다. 외식 대신 조용한 혼밥을 선택했다. 와인 대신 물을 마셨다. 통장에 돈을 몇 푼이라도 더 모으기 위해서였다. 미카는 아주 오랜만에 미래를 계획하고 있었다. 페니와 함께하기 위해.

"네, 잠시만요."

약간의 소음이 섞여 들었다. 페니는 전화 너머의 누군가와 짧은 대화를 나누었다.

"나 지금 통화 중이에요, 아빠."

역시, 토머스였다. 미카는 잠자코 귀를 기울였지만, 수화기 너머에서 토머스의 목소리는 들리지 않았다. 그저 둔탁한 소음뿐이었다.

"미카와 대화 중이에요. 알았어요. 돈은 주방 테이블에 있어요. 네, 알았어요. 피자 같은 거 시켜 먹을게요. 여보세요?"

페니가 돌아왔다.

"아빠가 저를 혼자 두고 외출한 적이 없다는 게 티가 나죠?"

미카는 정장을 입고 데이트를 하러 나가는 토머스의 모습을 상상했다. 토머스는 어떤 여자를 만날까? 그는 낮에는 멋진 아빠, 밤에는 섹시한 남자로 돌변하는 걸까?

"몇 시간 후에 돌아오신대요. 내일 중요한 증언이 있어서 세부 사항을 마무리해야 하는데, 아마 세 번 정도 전화할 거예요. 사무실 도착해서 한 번, 거의 끝나간다고 한 번, 집에 가는 중이라고 또 한 번."

그래, 토머스가 섹스에 돌아버린 슈퍼 핫 가이 홀아비가 아니라 다행이었다. 그냥 늦게까지 일을 해야 했던 것이다.

"어쨌든, 제가 어디까지 얘기했죠? 아, 맞다……."

페니가 대화를 이어나갔고, 미카도 다시 즐거운 마음으로 귀를 기울였다.

토요일, 미카는 부모님 댁 앞에 차를 세우고 경적을 울렸다. 엄마가 바로 현관문을 열었고, 아빠는 그 뒤를 아주 천천히 뒤따랐다. 하늘은 밝고 파랬다. 구름 한 점 없는 날씨였다.

"미카."

엄마가 시멘트로 된 통로를 걸어 내려오며 꾸짖었다. 마치 이렇게 하면 경적 소음이 줄어들기라도 한다는 양, 손에 든 가제 수건을 휘휘 흔들었다.

미카는 차에서 내려 보닛 앞으로 걸어갔고, 손에 든 종이 한 장을 엄마에게 내밀었다.

"이거요."

"이게 뭐니?"

엄마가 얼떨결에 손에 쥔 종이를 읽어내렸다.

"수표요."

미카는 그날 교회 주차장에서 빌렸던 금액의 5퍼센트인 100달러짜리 수표를 건넸다.

"월급 받으면 마저 갚을게요."

엄마는 코웃음을 치면서도 수표를 앞치마 주머니에 잘 접어서 집어넣었다.

"저건 뭐니?"

엄마가 자동차 뒷좌석을 가리켰다. 열린 창문으로 단풍나무의 덤불 같은 가지가 반쯤 튀어나와 있었다.

"뒷마당에 심으려고요."

하나가 영양실조에 걸려 죽은 나무를 뽑아버리고 남은 구멍에 심을 나무였다.

"새롭게 자라나는 걸 보고 싶어서요."

미카는 엄마와 사건이 일어난 그날, 그리고 그녀의 인생을 향해 미소 지었다.

"물은 매일 줘야 한다."

엄마가 주의를 주었다.

미카는 당연한 소리라는 듯 "알아요" 하고 대꾸했다.

"적어도 20분씩."

"알았어요."

미카는 다시 자동차를 빙 둘러 운전석으로 향했다. 밧줄에 묶여 집 안으로 끌려 들어갈 수는 없었다. 지금 가야 했다. 제발.

엄마는 엄지와 검지로 나뭇잎을 문질렀다.

"여기 흰 반점이 있네. 이거 곰팡이일지 몰라."

"괜찮아요."

미카는 차 문을 열고 운전석에 앉았다. 시동을 걸자 엄마가 창문을 두드렸다. 미카는 운전석 창문을 힘껏 내렸다. 버튼만 누르면 내려가는 창문과 에어컨이 있는 찰리의 차가 그리웠다. 1~2년만 고생하면 새 중고차를 살 수 있을 것이다.

엄마가 차 안을 힐끔거리다가 미카와 시선을 맞췄다.

"네 아빠와 이야기했다. 그 아이, 한번 보고 싶구나."

엄마는 그 주제가 마치 금기인 것처럼 조용히 속삭였다.

미카는 혼란스러운 눈으로 엄마를 가만히 응시했다. 엄마의 입이 열렸다가 닫혔다. 페니. 페니를 말하고 싶은 모양이었다. 하지만 페니는 더 이상 미카의 아이가 아니었다. 미카가 낳았던 그 아이는 사라졌다. 미카는 상념을 떨쳐냈다. 아직은 그런 생각을 할 때가 아니었다.

"엄마, 페니를 만나고 싶다고요?"

엄마는 고개를 딱 한 번 끄덕였다.

"저녁 식사에 데리고 오려무나."

"아니면 밖에서 식사해도 되고요."

미카가 제안했다. 미카조차도 몇 년 동안 부모님의 집에 들어가지 않았으니까.

"아니야. 외식은 너무 비싸."

엄마는 단호하게 고개를 저었다.

"집으로 데려와라. 밥은 내가 해주마."

"알았어요."

미카는 동의할 수밖에 없었다. 페니를 위해서라면 기꺼웠다. 친조부모를 만나고 싶다던 페니, 미카가 자란 곳을 보고 싶어 하던 페니.

"그렇게 전해줄게요. 정말 좋아할 거예요."

엄마는 여상히 덧붙였다.

"나무에 물 주는 거 잊지 마라."

19

페니가 도착하기 일주일 전, 토머스는 미카에게 문자를 보냈다.

토머스는 안녕하세요. 하고 말문을 열었다. 출근한 미카는 키보드 옆에 놓인 휴대 전화를 빤히 바라보고 사무실을 둘러보았다. 다들 서류를 정리하거나 키보드를 두드리며 바삐 움직이고 있었다. 물론 미카의 딸을 키워준 양부모가 문자를 보냈다는 사실이나 엄마가 세상 떠들썩하게 소란을 피웠던 갤러리 오픈 이후로 두 사람이 대화를 나눈 적이 없다는 사실은 그 누구도 알 수 없었다.

네, 안녕하세요. 미카는 몸을 잔뜩 웅크리고 칸막이 밑에 숨어서 답장을 보냈다.

토머스입니다. 토머스가 곧장 답장했다.

미카도 알아요. 하고 자판을 두드렸다.

회색 말풍선 안에 세 개의 점이 반짝거렸다. 그렇죠, 미안합니다. 페니는 일요일에 도착 예정입니다. 데리러 갈 수 있나요? 혼자 우버나 택시를 태우는 것보다는 누가 나와줬으면 좋겠는데. 토머스가 말했다.

미카는 굽었던 허리를 바로 세웠다. 미카의 계획도 비슷했다. 이미 자신이 공항으로 마중 나가서 포틀랜드 대학교 기숙사까지 데려다주고, 함께 시간을 보내며 적응하는 데 도움을 주기로 약속했다. 페니가 기분이 좋으면 단둘이 밖으로 나가서 저녁을 먹으며 시간을 보낼 수도 있을 것이다.

지금까지 혼자 비행기를 탄 적이 없는 아이입니다. 내가 같이 가겠다고 했는데, 싫다네요. 토머스의 답장이 이어졌다. 기다렸다는 듯이 단호하게요. 미카는 토머스와 그의 사무실을 상상했다. 양복과 넥타이 차림으로 거대한 마호가니 책상에 앉아 있는 토머스. 얼굴을 조금 찡그린 모습. 토머스는 미카를 싫어할까?

미카의 상사인 거스가 칸막이 옆을 지나갔다. 미카는 얼른 휴대전화를 내려놓고 몸을 돌려 키보드에 손을 얹었다. 그리고 상사를 향해 손을 흔들었다.

"너무 열심히 일하지 말아요."

거스는 진심 어린 미소를 지으며 지나갔다. 미카 역시 가짜 웃음을 지어 보이고는 거스가 사라질 때까지 기다렸다가 토머스에게 답장을 보냈다. 제가 알아서 할게요.

20분 후, 토머스가 다시 답장을 보냈다. 정말 할 수 있겠어요? 불편하지 않겠어요?

아니요, 정말 괜찮아요. 오후 계획도 세워놨어요. 홍등가에 가서 마약도 좀 하려고요. 미카는 입술을 깨물었다. 농담이에요, 선을 너무 넘었나요?

몇 분이 더 지나는 사이, 미카는 작업 중이던 스프레드시트 작성

에 몰두했다. 그때 토머스가 답장을 보냈다. 지나치게요. 역시 토머스
는 미카를 싫어한다. 확실하다.

　걱정 마세요. 미카는 답장을 보냈다. 잘 돌볼게요. 약속해요.

　그럼, 페니를 만나는 대로 연락해줘요. 토머스에게서 온 답장은 그게
전부였다.

* * *

　페니가 오는 일요일, 미카는 공항 터미널에 차를 세웠다. 페니는
도로변에 서서 한 손을 흔들고 다른 손으로는 버건디색 여행 가방
의 손잡이를 쥐고 있었다. 페니는 윤기 나는 머리카락을 높이 모아
묶었다. 미카는 트렁크를 열고 차에서 내렸다. 두 사람은 동시에 인
사를 건네며 서로의 품에 아무렇지 않게 안겼다. 물론 미카가 꽤 오
래도록 페니를 놓아주지 않은 거라고 해야겠지만. 그런 다음 미카는
페니의 가방을 트렁크에 훌쩍 실었고, 페니와 함께 오래된 코롤라에
올라탔다.

　페니는 안전벨트를 맸다. 거미줄처럼 쪼개진 앞 유리나 사이드
미러에 둘둘 말아놓은 박스 테이프는 눈치채지 못했거나 못 본 척하
는 중일 것이다.

　"어휴, 하마터면 제시간에 못 오는 줄 알았어요. 아빠가 오늘 아침
에 공항까지 데려다주셨는데, 눈물이 그렁그렁했다니까요. 저를 납
치할 생각도 했던 거 같아요. 대박. 아니, 자기 자식을 납치하는 사람
이 어디 있냐고요."

미카는 백미러를 확인하며 대꾸했다.

"나한테도 문자를 엄청 보냈어."

페니가 탄 비행기 12시 15분에 도착할 예정이라고 한 번, 그리고 1시간 후에는 페니가 탄 비행기 연착 예정이라고 한 번. 미카는 토머스를 진정시키기 위해 별일 아닐 거라는 답장을 보냈다. 페니의 신뢰는 되찾았지만, 토머스의 신뢰는 도무지 되찾을 길이 없었다. 그래도 싸긴하지만. 알아요, 걱정 말아요. 이미 공항에서 기다리고 있어요. 미카가 답장을 보냈다. 차에 앉아 페니에게 말도 안 되는 장황한 음성 메시지를 보냈던 바로 그곳이었다.

언제든 페니가 내리면 바로 만날 수 있어요.

"제 말이 그 말이에요. 진짜 최악이에요. 비행기가 착륙하자마자 아빠한테 문자를 보냈어요."

페니가 말하고는 손으로 부채질을 했다.

"더운데 에어컨 좀 틀어주실래요?"

"덥지?"

미카가 대답했다.

"창문을 내리렴."

페니는 점점 더 붉게 달아오르는 얼굴로 손잡이를 힘껏 돌리며 창문을 내렸다. 두 사람이 탄 차가 공항 도로를 벗어나 호텔 몇 군데와 스웨덴 가구점을 지나쳤다. 미카는 페니의 얼굴과 전방을 오락가락하며 바라보았다. 페니가 조수석의 선바이저를 내리자 얼굴 절반에 그림자가 드리웠다. 미카는 머리를 흩뜨리는 바람과 여름 냄새를 맡으며 자신이 다시 십 대 소녀가 된 것 같은 기분을 느꼈다. 정처 없이 운전하거나 하나와 함께 24시간 스타벅스에서 수다를 떨던 시절 말이다. 엄마가 **문제를 찾아다닌다**고 말한 적도 있었다. 하지만 하나와 미카는 그저 무언가를 찾고 있었을 뿐이다.

페니는 가방에서 립글로스를 꺼냈다. 미카는 페니가 화장한 걸 본 기억이 없었다. 미카는 입술을 말아 물었지만, 굳이 물어보지는 않았다. 그들은 해안 도로인 80번가를 따라 마을 북쪽으로 향했다. 포틀랜드 대학교는 윌래밋강이 내려다보이는 절벽 위 세인트존스 인근에 위치해 있었다. 동부 해안 어딘가에서 볼 법한 푸른 잔디와 벽돌 건물, 하얀 장식이 아름다웠다. 입구에 노트르담 대학교의 자매 학교라는 간판이 자랑스럽게 걸려 있었다. 페니는 배낭에서 서류 더미를 꺼냈다. 그중에 지도가 있었다.

"코라도 홀에 가서 등록하고 방 배정을 받아야 한대요."

페니가 오른쪽을 가리켰고, 미카는 좁은 도로로 차를 몰았다.

기숙사 근처에 주차장이 있었다. 미카는 트렁크를 열고 페니의 가방을 꺼내주었다.

"자, 이것도 네 거야."

미카는 뒷좌석 문을 열고 깨끗하게 세탁한 새 베개와 침대 시트를 꺼냈다. 작고 귀여운 노란 국화꽃 무늬의 침구 세트였다.

"제 거예요?"

페니는 정면으로 내리쬐는 오후의 햇살에 눈을 찌푸렸다.

"응. 전부 다 제공이라고는 하지만, 이왕이면 부드러운 침구 세트랑 새 베개가 좋을 것 같아서. 잠자리는 정말 중요하잖아."

미카는 선조의 지혜를 전수하듯 진지하게 말했다.

페니는 시트와 베개를 받아 들고 살펴보았다.

"고마워요. 진짜 생각도 못 했어요. 근데 정말…… 받아도 돼요?"

페니가 서둘러 물었다.

"그러니까, 재정적으로……, 자동차도 너무……."

"쉿."

미카가 자동차의 녹슬고 움푹 팬 부분을 손으로 톡톡 두드렸다.

"다 알아들었어. 계속하면 마음 상할 거야. 오늘 저녁 식사비 대신 이불과 베개를 샀냐고 묻는 거라면, 아니야. 이 정도는 무리하는 거 아니야. 진짜야."

불과 이틀 전, 미카는 부모님께 수표를 한 장 더 드렸다. 엄마는 상당히 의심스러운 눈빛으로 미카가 내민 수표를 이리저리 살폈다. 마치 마술처럼 휘리릭 불타서 사라지는 종이가 아닐까, 하는 눈으로. 그러고는 앞치마 주머니에 수표를 넣고 아이에 대해, 그리고 그 아이를 언제 데려올 건지 물었다. 미카는 다음 주 저녁 식사에 초대해 달라고 말했다. 페니 역시 할머니와 할아버지를 만난다는 생각에 들떠 있었다. 미카는 썩 신이 난다고는 할 수 없었다. 정말이지 걱정이 앞섰다.

페니는 미소를 지으며 이불을 품에 꼭 끌어안았다. 미카는 자동차 문을 잠그고 페니의 곁으로 돌아왔다.

"준비됐어? 정말 괜찮은 거지?"

아랫입술을 잘근 씹으며 걱정하는 페니의 모습을 보고 미카가 물었다.

"네, 그냥……."

페니는 폭풍우가 몰아치기 직전, 몸에 두른 담요를 끌어안는 듯이 미카가 선물로 준 침구 세트를 힘껏 끌어안았다.

"전국 각지의 육상 선수들이 모이는 거잖아요. 다들 얼마나 실력이 대단하겠어요……. 그래서 뽑힌 거겠지만."

그 눈부신 연약함이 미카를 자극했다. 미카는 페니의 어깨를 잡으며 말했다.

"너도 잘할 거야."

만약 자식에게 불어넣는 엄마의 자신감 같은 힘이 존재한다면, 세상은 달라졌을 것이다.

"따라 해봐. 나는 진짜 잘할 거야."

"나는 진짜 잘할 거야."

페니는 부끄러움에 달아오른 분홍빛 얼굴로 미카의 말을 따라 중얼거렸다.

"그게 뭐야!"

미카가 페니를 흔들며 더 큰 소리로 말했다. 학생들이 가던 길을 멈추고 정신 나간 동양인과 그녀의 딸을 구경했다.

"목소리가 작아. 너를 믿어야지!"

미카는 거의 외치다시피 다그쳤다.

"나는 진짜 잘할 거야!"

페니가 덩달아 소리쳤다.

미카는 씩 웃으며 페니를 놓아주었다.

"훨씬 낫네."

두 사람은 나란히 기숙사로 걸어갔다. 로비에 '포틀랜드 대학교에 오신 것을 환영합니다!'라고 적힌 금색과 보라색 현수막이 휘황 찬란하게 펄럭였다. 길고 구불거리는 머리를 한 여학생이 페니의 등록을 도왔다.

"페넬로페 캘빈. 계단을 올라가서 왼쪽에 있는 205호실입니다."

여학생이 열쇠 꾸러미를 건넸다. 그리고 페니 뒤에 서 있던 학생을 향해 손짓했다. 다른 가족들과 함께 2층으로 올라온 페니와 미카는 배정받은 방을 발견했다. 미카는 복도에 십 대 소년, 소녀들이 가득한 걸 알아차렸다. 그 아이들은 마치 자기 집처럼 편안하게 지내고 있었다.

"혼성 캠프라고는 말하지 않았잖아."

미카는 눈매가 푹 꺼진 남자아이가 체크무늬 이불을 침대에 펼치는 사이, 그 아이의 어머니가 미니 냉장고에 음료수를 채워 넣는 모습을 바라보며 말했다.

"제가 말 안 했어요?"

페니는 열쇠를 자물쇠에 넣고 돌려서 방문을 열었다.

"그것참 이상하네, 분명 말한 줄 알았는데."

"아니, 안 했거든."

미카는 페니의 여행 가방을 끌고 방으로 들어갔다. 창문이 하나 있었고, 양쪽으로 사다리가 달린 높은 침대가 하나씩, 그 밑으로는 책상과 수납장이 놓여 있었다. 복도에 공용 화장실이 있긴 했지만, 방 안에도 자그마한 싱크대와 거울이 붙어 있었다. 일반적인 기숙사와 비교하면 시설이 썩 나쁘지 않았다. 미카의 기숙사는 오래된 건물이었고, 거의 현관만큼 작고 협소했다. 그러나 미카에게는 그 작은 방이 너무도 넓고, 잠재력이 가득해 보였다. 페니는 여행 가방을 방 한가운데로 끌고 가서 지퍼를 열었다. 그 안에서 운동복과 신축성 있는 탱크톱, 짧은 반바지 등이 쏟아져 나왔다. 그 위에 미카가 사준 롤러 더비 티셔츠가 포개져 있었다. 페니는 티셔츠를 탈탈 털어낸 다음, 조심스럽게 다시 접어서 옷장 서랍에 넣었다.

때맞춰 페니의 룸메이트가 도착했다. 주근깨가 귀여운 빨간 머리 소녀는 올리브라는 이름이 정말 잘 어울렸다. 느낌표가 사람이라면 저런 모습일까, 싶을 정도로 키가 크고 탄탄한 몸매에 에너지가 넘치는 아이였다.

"세상에! 정말 재밌을 것 같아! 작년에는 어느 캠프에 갔었어? 난 월요일에는 약 13킬로미터 파틀렉*, 화요일은 80미터씩 약 8~11킬로미터로 가볍게 달렸어. 수요일에는 언덕을 반복해서 달리고……."

미카는 올리브의 말을 하나도 알아들을 수 없었지만, 페니는 말 잘 듣는 강아지처럼 열심히 고개를 끄덕였다. 미카는 페니의 울퉁불퉁한 매트리스에 이불을 깔아주며 반쯤 귀를 닫았다.

"안녕."

그때 아이돌 머리를 한 소년이 주머니에 손을 꽂은 채 문간에 기대서서 말했다. 잘생겼다. 정말 잘생겼다. 미카는 거의 째려보듯 소년을 훑어내렸다.

"난 데번이야."

데번이라는 소년이 턱을 까딱였다.

---

* 달리는 속도를 변화시키면서 하는 달리기 훈련법

"난 페니."

페니가 새침하게 대답했다. 올리브 역시 비슷한 말투였다.

"저기, 우리끼리 나가서 저녁 먹고 프리스비 할 건데, 같이 갈래?"

데번이 물었다.

페니는 주저하며 미카를 바라보았다.

"아, 나는 선약이 있어서……."

미카는 폭발하는 실망감을 애써 미소로 지우며 손을 저었다.

"아니야, 우리는 나중에 만나도 돼."

"정말요? 그래도 돼요?"

"당연하지."

미카는 억지로 미소를 지으며 행복한 표정을 꾸며냈다.

"그럼, 그러자."

데번이 고개를 까딱였다.

"이따 밖에서 만나."

"고마워요."

페니가 미카를 힘껏 껴안았다.

"나중에 전화할게요."

그런 다음 페니와 올리브는 다시 달리기 기법에 관한 대화를 시작했다. 미카는 두 소녀를 애절한 눈빛으로 바라보며 잠시 기다렸다가 슬그머니 자리를 피해주었다.

미카는 닫히는 문틈으로 올리브와 페니가 나누는 대화를 우연히 들었다.

"너희 엄마셔? 진짜 예쁘시다."

"그런 셈이지. 낳아주신 분이야."

"아하, 복잡한 이야기. 알지, 알지. 이따가 저녁 먹으면서 말해줘도 돼."

올리브가 말했다.

미카는 겨우 서른다섯의 나이에 할머니가 된 듯한 이상한 기분에 사로잡혀 몇 분간 캠퍼스를 거닐었다. 자신의 과거와 현재를 떠올리며 가슴속에 연신 날카로운 화살을 쏘아댔다. 많은 것들이 변했지만, 아무것도 변하지 않았기를 빌었다. 미카는 벤치에 앉았다. 눈앞으로 넓고 푸른 잔디밭이 펼쳐져 있었다.

"미카."

여름 바람을 타고 누군가 그녀의 이름을 불렀다. 미카는 이게 현실인지 아닌지 몰라서 눈을 깜빡였다. 아니, 그냥 기억일 뿐이었다. 기억은 홀로그램처럼 또다시 눈앞에 펼쳐졌다.

1학년 봄, 미카는 여전히 오버핏 스웨터로 배를 가렸다. 하지만 배 속의 아이가 갈비뼈를 짓누르며 무럭무럭 자라고 있었다. 미카는 숨이 가빠 와서 시멘트 벽에 등을 기대앉아 있던 중이었다.

"미카."

다시 미카의 이름을 부르는 목소리가 들렸다. 미카는 고개를 들었다. 마커스 교수였다.

"아, 몰라뵀어요."

교수는 가방을 가슴에 안고 손에 물감을 잔뜩 묻힌 채 미카의 앞에 멈춰 섰다.

"자네, 대체 어떻게 된 거야? 수업도 전부 취소하고."

미카는 벙어리가 된 채 교수를 바라보았다. 태양이 교수의 광대뼈를 가로지르며 그의 뒤에서 후광처럼 타오르고 있었다. 미카는 렘브란트의 자화상을 떠올렸다.

"무슨 일이 있는 건가? 다른 지도 교수를 찾은 건 아닐 테고. 혹시 콜린스 교수에게 고급 회화 4를 듣는 거면……."

미카는 가방을 무릎 위로 끌고 와 품에 끌어안았다.

"저……, 제가……."

미카는 다리에 힘이 풀려서 주저앉았다. 그리고 그 순간, 미카는 느낄 수 있었다. 피터의 손이 자신의 입을 틀어막던 순간의 그 무력감. 그의 손바닥에서 희미하게 나던 테레빈유 냄새. 미카는 말을 할 수 없었다. 심장이 빠르게 뛰었고, 금방이라도 밖으로 튀어나올 것 같았다. 그때 배 속의 아이가 발길질을 했다. 미카는 벌떡 일어서는 바람에 코앞에 서 있던 교수와 부딪힐 뻔했다.

"저 이제 그림 안 그려요."

미카는 교수를 밀치며 말했다.

"실력이 없어서……."

"그렇지 않아. 자네는 내가 본 누구보다 날것 그대로의 재능이 있단 말일세."

미카는 자신의 발끝만 바라보았다. 그녀는 때가 꼬질꼬질한 운동화를 신고 있었다. 미카는 파티에 입고 갔던 옷을 벗어 던졌다. 다시는 하이힐이나 스커트를 입지 않으리라, 다시는 화장하지 않으리라, 하고 다짐했다. 더 이상 예뻐 보이고 싶지 않았다. 두려웠다. 예쁘장하다는 건 일종의 초대장이었다. 아니, 그게 아니다. 여성성 자체가 초대장이었다. 교수가 미카에게 천천히 다가왔다.

"저 먼저 가볼게요."

미카는 여차하면 내달릴 자세를 취하며 말했다. 그리고 시리고 푸른 아침을 달려 기숙사 방으로 돌아갔다. 미카는 문을 잠그고 그 대로 주저앉았다. 천장이 내려오고, 벽이 수축되며 자신을 압박하는 듯한 기분이 들었다. 손이 덜덜 떨리고 심장이 빠르게 뛰어 호흡이 가빠졌다. 그 증상이 얼마나 오래 지속되었는지 모르겠다. 얼마 후 침대에서 눈을 떠보니, 기운이 없고 배가 고팠다는 기억만 남았다. 그게 첫 공황 발작이었다.

미카는 홀로그램이 희미해지기를 기다리며 벤치에 조금 더 머물 렀다. 미카는 강간당한 후 몇 달간 몸 밖에 둥둥 떠 있는 것 같은 기 분이 들었다. 마치 영혼이 분리되어 주위를 맴도는 것처럼. 대부분 의 기억은 자신의 눈으로 본 게 아니라 위에서 아래를 내려다보는 유령의 시점처럼 남았다.

미카는 시간을 조금 더 보낸 후에 집으로 돌아가서 페니와 함께 하려고 준비했던 마스크 팩을 얼굴에 올렸다. 얼굴이 화끈거리기 시 작하자 팩을 떼어내고 자신의 얼굴 사진을 찍어서 하나에게 보냈다. 내 얼굴, 얼마나 빨개진 것 같아? 하나에게 답장이 올 때쯤, 미카의 얼굴 은 훨씬 나아졌다. 영화 〈아이언 마스크〉 봤어? 그 정도.

미카는 씩 웃었다. 휴대 전화가 한 번 더 울렸고, 하나의 이름이 액정에 떠올랐다.

"응."

미카는 소파에 앉아 무릎을 팔로 감싸 끌어안으며 전화를 받았다.

"페니가 왔다고 하지 않았어?"

하나가 물었다. 주위가 고요했다.

"둘이 저녁 먹고 놀기로 한 거 아니었어? 레스토랑 가서 근사하게 칼질하거나 스파에서 시원하게 마사지를 받을 거라고 했잖아."

미카는 발가락을 꼬물거렸다.

"잘나가는 골든 보이한테 빠져서 나를 버렸지. 나중에 다시 만나서 시간 보내기로 약속했어."

미카는 자신의 기분이 어떤지 명확히 정의할 수 없었다. 몇 달 전까지만 해도 페니의 광활한 우주 속에 자신의 존재는 그저 별 하나에 불과했다.

"저런."

하나가 아쉬워했다.

"자리를 빼앗긴 거네."

"유감스럽게도 그런 것 같아."

미카가 침울하게 대꾸했다. 토머스도 이런 기분이었을 것이다. 서로 얼마나 불행한지 대결이라도 해야 하는 걸까. 울고 싶은데 얼굴이 너무 화끈거려서 눈물이 나지 않았다.

"네 기운을 북돋아 줄 소식이 있어."

"그래? 기운이 좀 날 것 같기도 한데."

"펄 잼이 다다음주 목요일 시애틀에서 공연하고 주말에 쉬어. 금요일 밤에는 조세핀과 시간을 보내기로 했는데, 토요일 밤은 내가 가장 사랑하는 여자랑 보내야겠어. 뒤집어지게 놀 준비 하라고."

미카는 꼬물거리던 다리를 쭉 펴서 넓게 벌리고 소파에 몸을 털썩 기댔다. 미카는 머릿속으로 일정을 정리해 보았다. 다음 주 주말은 페니를 위해 부모님 댁으로 가서 함께 저녁 식사를 해야 했다. 그 다음 주 주말에는 토머스가 포틀랜드로 온다고 해서 토요일 하루 종일 토머스와 함께 시간을 보내야 할 것이다. 일요일에 토머스가 떠나면 페니는 친구들과 함께 버스를 타고 해변으로 가서 종일 모래 언덕을 달릴 것이다. 모래 언덕이라니. 미카에게 모래 언덕 달리기란 영화 〈레미제라블〉의 러셀 크로우가 맡았던 역할을 자신이 대신하는 것과 다를 바 없이 허무맹랑한 소리였다.

"완벽해. 좋은 소식이야. 빨리 놀고 싶다. 하야토랑 찰리도 초대하고, 클럽도 가자."

"당연하지."

두 사람은 얼마간 더 수다를 떨었다. 대부분 조세핀과 하나의 연애 사업이 얼마나 진척되었는가에 대한 이야기였다. 상황이 꽤 진지하게 흘러가는 모양이었다. 그리고 얼마 후, 휴대 전화에서 문자 수신음이 울렸다.

페니는 잘 지내고 있습니까? 토머스였다.

기숙사에 짐 잘 풀었고, 룸메이트도 만났어요. 미카가 답장했다.

나한테는 딱 엄지손가락 두 개만 보내더라고요. 미카는 토머스의 문자를 보며 웃음을 터트렸지만, 답장은 하지 않았다. 미카는 토머스를 떠올렸다. 부모가 되는 것. 엄마와 아이는 떼려야 뗄 수 없는 사이다. 미카는 자신이 아이를 키우지 않을 거라는 걸 알면서도 갓난아기였던 페니를 품에 안고 그런 기분을 느꼈다. 미카는 예전에 '아이는 엄마가 영원하다고 믿는다', '아이는 엄마가 어디에서 왔는지 모른다'라는 글을 읽은 적이 있었다. 아이에게 엄마와 자신은 마치 바다와 소금처럼 하나다.

20

월요일 아침, 미카의 상사 거스는 칸막이 위로 고개를 쑥 내밀며 "좋은 아침" 하고 인사를 건넸다.

"이번 주에 추가 근무가 좀 있을 것 같은데 말이야. 투자자와 협업 모델을 구성해야 하거든. 셸리가 작업 중이었는데, 가족 여행으로 휴가를 사용해서 나한테 넘어왔어. 그래서 미카 씨가 나를 도와 줬으면 좋겠어!"

거스는 우렁찬 목소리로 양쪽으로 손을 흔들면서 성화였다.

미카는 휴대 전화를 멀리 치우고 몸을 곧추세웠다.

"그럼요, 저도 같이할게요."

미카는 지금 바쁜 일이 필요했다. 하나가 없어서 적적하던 참이었다. 페니를 언제 다시 만날 수 있을지, 금요일에 부모님 댁에서 다 같이 저녁 식사를 할 수 있을지, 그런 고민만으로도 머리가 복잡해서 미칠 지경이었다. 어린 시절에 살던 집에 다시 발을 들여놓는 기분은 어떨까? 미카는 집 안에 발을 들인지 10년은 족히 넘었다.

그리고 가장 중요한 것. 과연 엄마가 페니를 어떻게 대할까? 사냥감을 잡으려 풀숲에 몸을 숨기고 잠복 중인 맹수 같은 엄마. 미카는 페니가 절대 엄마의 날카로운 칼날에 상처를 입지 않게 보호하겠다고 다짐했다.

"잘됐군! 모든 자료는 공유 서버에 올려놨어. 오전에 검토해보고 점심 식사 후에 만나서 같이 회의합시다."

거스가 자기 자리로 사라지고, 미카의 입꼬리에 희미한 미소가 떠올랐다. 미카는 곧바로 일을 시작했다. 화요일과 수요일에는 평소보다 일찍 출근해서 일을 시작했다. 그 와중에 하야토와 매일 점심을 함께 먹으며 그가 온라인에서 새로 만났다는 세스라는 남자에 대해 꼬치꼬치 뒷조사하는 일도 소홀히 하지 않았다.

금요일은 순식간에 지나갔다. 오후 3시 5분, 미카는 거스에게 모든 자료를 완성했으니 검토를 부탁한다는 이메일을 보냈다. 거스는 보내자마자 회신했다. 수고했어요. 오늘은 일찍 퇴근해요. 일주일 내내 고생 많았습니다.

미카는 설레는 마음으로 페니를 데리러 약속보다 조금 일찍 대학교 캠퍼스에 도착했다. 한가로운 캠퍼스를 거닐며 하나에게 빨리 다음 주말이 왔으면 좋겠다는 문자를 보낼 생각이었다. 구불거리는 아이돌 헤어스타일의 데번과 페니가 껴안고 있는 모습을 볼 거라고는 전혀, 조금도 예상하지 못했다. 실제는 상상보다 훨씬 더 놀랍고 불쾌했다. 두 사람은 지나치게 딱 붙어 있었다. 저놈의 손이 페니의 엉덩이 근처를 쓸어내리고, **페니가 저놈의 가슴팍에 손을?** 미카는 눈을 의심했다. 미카의 첫 반응은 그 자리에서 브레이크를 힘껏 밟는 것이었다. 그리고 미친 듯이 경적을 울렸다. 지나가던 사람들마저 발걸음을 멈추고 돌아볼 정도였다. 페니는 경적 소리에 데번을 얼른 밀쳤고, 데번도 멋쩍은 듯 머리를 쓸어 넘기며 여유롭게 한 걸음 뒤로 물러섰다. 페니는 데번에게 뭐라고 중얼거리더니 허리를 숙여 배낭을 집어 들고 미카의 자동차로 걸어왔다.

"안녕."

페니가 차에 타자 미카가 먼저 인사했다.

"안녕하세요. 좀 일찍 오셨네요."

페니가 조수석에 앉으며 화끈거리는 얼굴을 손으로 감쌌다.

"오해하지 마세요. 근데 정말 창피하네요."

"미안, 손이 미끄러지는 바람에."

이런, 변명이 기다렸다는 듯 튀어나왔다.

"오래된 차라 클랙슨이 워낙 예민해서. 알지?"

사실 미카의 차는 경적이 잘 작동하지 않았다. 예전에 한번 핸들에 뭔가를 쏟았는데, 언제부터인지는 모르겠지만 그 후로 핸들과 경적이 딱 붙어버렸다. 그래도 작동해서 참 다행이었다. 미카는 백미러로 데번을 계속 주시하며 차를 몰았다.

"그래서, 음, 새 친구니?"

캠퍼스를 벗어나자 페니는 몸을 비틀며 자리에 똑바로 앉았다. 그리고 잠시 망설이다가 입을 열었다.

"음, 제 남자 친구예요."

노란불에서 빨간불로 바뀌는 순간, 미카는 브레이크를 밟았다.

"남자 친구? 여기 와서 만났잖아?"

미카는 너무 빠르다고 생각했다. 하지만 미카가 페니에게 무슨 말을 할 수 있을까? 미카도 리프와 만난 지 한 달 만에 동거를 시작했었다.

페니의 얼굴에 미소가 번졌다. 페니는 두 손을 엉덩이에 깔고 앉았다.

"지난 주말에 정식으로 만나기로 했어요. 사귀기로요."

미카는 십 대들의 데이트 방식을 잘 알지 못했지만, '사귄다'는 게 진지한 만남이라는 건 알고 있었다. 적어도 자신이 열여섯 살이었을 땐 그런 의미였다. 미카는 페니를 힐끗 바라보았다.

"엄청 큰 소식이네."

미카는 신호등이 녹색으로 바뀌자마자 고속 도로에 합류하기 위해 속도를 높였다.

"그렇지도 않아요."

페니는 대수롭지 않은 말투로 말했다.

"근데 이거, 우리끼리만 알면 안 될까요?"

"그러니까, 아빠한테 이야기하지 말자는 뜻이지?"

미카는 다리를 건너면서 조금 더 정확히 꼬집었다.

페니는 맞다는 듯이 고개를 끄덕였다.

"데번이랑 제가 같은 기숙사를 쓰니까, 아빠는 엄청 난리를 치실 거예요."

"글쎄……."

미카는 말끝을 흐렸다. 미카는 페니가 마음 편하게 모든 걸 털어놓을 수 있는 사람이 되고 싶었다. 데번은 썩 질이 나쁜 남자애처럼 보이지는 않았다. 미카는 풋사랑이겠거니, 하고 생각했다. 몇 주 안에 정리하거나, 그게 아니더라도 괜찮다. 나쁠 건 없다. 게다가 미카는 토머스와 거의 대화를 나누지 않는 상태였다. 그가 묻지 않으면 미카도 대답하지 않을 것이다. 상대가 물어보지 않아서 말을 하지 않았을 뿐인데, 그것도 거짓말이라고 할 수 있을까? 확신하기 어려웠다. 참고로 미카는 철학 수업에 낙제했던 전적이 있었다.

"좋아, 아무 말 안 할게."

미카는 캐롤라인과 페니 사이에는 무슨 비밀이 있었을지 궁금했다. 캐롤라인은 페니를 몰래 조퇴시킨 후에 아이스크림을 사준 적이 있을까? 우리 둘만의 비밀이니 아빠한테는 절대 말하지 말라면서. 미카도 마음 한구석에서 그와 같은 유대감을 갈망했다.

"감사해요."

페니가 말했다.

"절 믿어주셔서요."

미카는 '넌 믿지만, 이 세상은 믿지 않는단다'라고 말할 뻔했지만, 목구멍까지 튀어나온 말을 억지로 꿀꺽 삼켰다.

"할머니, 할아버지에 대해 말씀해 주세요. 두 분을 뵙기 전에 제가 알아야 할 게 있나요?"

페니가 물었다.

차는 이제 포틀랜드 외곽을 달리고 있었다. 절대 신분증을 확인하지 않는 한인 마트도 지나쳤다. 커트 코베인*이 세상을 떠난 후, 하나와 미카가 함께 앉아 울었던 24시간 스타벅스와 한 손에는 담배를, 다른 한 손에는 꿈을 품고 걸어 다녔던 중학교도 지났다. 미카는 운동장에서 먼 관중석에 앉아 이곳이 아닌 다른 곳에서 살았으면 어땠을까, 하고 상상했었다. 숨을 들이마실 때마다 자신이 엄청난 성공을 할 운명이라고 믿었다. **위대한 일을 해낼 거라고.**

"긴장돼요."

차가 골목길에 접어들자 페니가 속삭였다. 몇몇 아이들이 고무호스를 들고 골목길에서 뛰어놀고 있었다.

"너무 걱정하지 마."

미카가 부모님 집 앞에 차를 세우며 말했다. 녹색 지붕을 보고 있자니 어린 시절의 아픔이 되살아나는 듯 가슴이 콕콕 쑤셨다.

"포옹을 싫어하셔. 그냥 고개를 숙이거나, 먼저 인사를 하시면 너도 따라서 고개만 기울이면 돼."

미카는 자라면서 '사랑한다'는 말을 한 번도 해본 적이 없었다. 사랑은 말이 아니라 행동으로 보여야 하는 것이었다. 가족의 생계를 책임지고 집안일을 도맡는 것. 그리고 미카 몫의 사랑은 부모님의 말씀에 순종하는 것이었다.

"혹시 우리 엄마가 마실 걸 제안하시면 생수는 절대 마시지 마. 새로운 물이 아니라 오래된 생수병에 다시 채워서 냉장고에 넣으시는 거야."

게다가 그 생수병은 씻는 꼴을 못 봤다.

"사실 병에 든 건 뭐든 병뚜껑을 확인해야 해. 한번은 내 생일에

---

* 미국의 기타리스트로 1990년대를 상징하는 인기 록 스타

싸구려 레몬 라임맛 탄산음료를 사다가 오래된 스프라이트병에 채우셨던 적도 있었어."

"알았어요."

페니는 주택 측면에 붙어 있는 거대한 위성 케이블 접시를 보며 중얼거렸다. 두 사람은 천천히 현관으로 발걸음을 옮기다 말고 멈춰섰다. 거실 커튼이 일렁이고 있었다. 엄마가 밖을 지켜보고 있었다는 뜻이었다.

"혹시 두 분이 저에 관해 물어보신 적이 있으세요?"

미카는 페니의 불안한 표정을 살폈다. 거짓말은 하고 싶지 않았지만, 진실은 페니에게 상처를 입힐 것이 분명했다. 미카는 둘 다 하지 않기로 마음먹었다.

"내가 먼저 나서서 네 이야기를 한 적은 없어. 난 네 이야기를 하는 것 자체가 좀 힘들었어."

미카는 잠시 숨을 고르고 물었다.

"준비됐니?"

페니가 턱을 바짝 붙이며 결연하게 대답했다.

"됐어요."

미카는 손잡이를 잡고 페니를 향해 몸을 돌렸다.

"마지막으로 하나만 더. 네가 원하면 우린 언제든 이 집에서 나올 수 있어. 네가 가자고 한마디만 하면 바로 나올 거야. 네가 원하는 대로 할게."

그건 페니를 위한 말이었을까, 아니면 자신을 위한 말이었을까?

"알았어요."

페니가 끄덕였다.

미카는 문을 열었다. 현관에서 아빠와 엄마가 그들을 기다리고 있었다. 미카는 임시로 만든 신발장에 신발을 벗었다. 페니도 미카를 따라 했다. 미카는 곧장 시간을 거스르는 느낌이 들었다. 아빠가 이 집을 샀던 그때로 돌아간 기분. 미카는 엄마의 손을 잡고 집을 둘러보았고, 잔디밭에는 여전히 '매물' 표지판이 붙어 있었다. 방을 들여다볼 때마다 엄마의 눈매가 조금씩 가늘어졌다. 모든 게 잘못되었다. 방문은 미닫이가 아니었다. 엄마는 안방에 샤워실과 욕조가 함께 있는 것도, 주방에 팬트리가 딸린 것도, 뒷마당이 북쪽을 향하고 있는 것도 다 마음에 들지 않는 모양이었다. 마당이 북쪽을 향하면 빨래가 마르지 않을 것이다.

사방의 벽이 엄마의 불편한 기색에 맞춰 진동했다. 미카는 불편한 미소를 지었다. 그리고 과연 페니가 이 불편함을 느끼고 있을까, 하며 고심했다.

"엄마, 아빠."

미카가 말했다.

"여긴 페니예요."

아무 생각 없이 제 딸이요, 라는 말이 튀어나오려다가 멈췄다.

엄마와 아빠가 고개를 숙이며 인사를 건넸고, 페니도 친절하게 화답했다.

"안녕하세요. 정말 뵙고 싶었어요."

서로가 서로를 탐색하는 동안, 사방으로 고요한 침묵이 흘렀다. 엄마는 옷을 차려입고 있었다. 엄마가 가진 옷 중에 가장 멋진 세미

핏 치수의 원피스로, 허리에 길고 가는 두 줄의 주름이 잡혀 있는 옷
이었다. 아빠는 정장 차림이었다. 두 사람 다 실내화를 신고 있었다.
열심히 청소기를 돌린 티가 나는 카펫도 깔려 있었고, 식탁에는 미
카가 좋아하는 참깨 두부, 주먹밥, 아스파라거스 무침 등 정성스럽
게 차린 12가지 요리가 준비되어 있었다. 아마 엄마가 몇 시간을 들
여 만든 요리일 것이다.

엄마가 먼저 입을 뗐다.

"미카 말로는 너 육상 선수라구나."

"네가 육상 선수라고 하더구나."

미카가 엄마의 문법을 고쳐주었다.

"그렇게 말했잖니."

엄마가 쏘아붙였다.

"여보, 나 그렇게 말했지요?"

페니가 끼어들며 말했다.

"네, 육상을 해요."

엄마는 페니를 평가하는 눈빛으로 훑어내렸다.

"포틀랜드 대학교에서 여름 훈련 캠프를 하고 있어요. 제가 다니
는 학교가 1등급 학교거든요. 저는 2학년 때부터 대학 팀에서 뛰고
있어요."

"빠르냐?"

아빠가 눈을 반짝이며 물었다.

페니는 고개를 끄덕였다.

"빠르고 꾸준해요. 그게 제일 중요하잖아요."

"그럼 포틀랜드 대학교의 프로그램에 참여한다는 건 좋은 일이구나. 노트르담 대학의 자매 학교라던데."

엄마가 감탄을 담아 말했다.

"노력 중이에요."

페니는 말끝을 흐렸다. 다시 팽팽한 침묵이 흘렀다. 마치 공기 순환기가 털털거리며 힘겹게 돌아가는 빡빡한 만원 버스에서 마주친 사람들이라 해도 좋을 만한 어색함이었다.

"배고프니?"

엄마가 마침내 물었다.

"네."

페니가 얼굴을 붉혔다.

"아, 그러니까, 지금 식사해도 되고, 기다려도 돼요. 편하신 대로 해주세요."

"먹자, 얼른 먹자꾸나."

아빠가 마치 자신이 모든 식사를 다 차린 사람처럼 생색내며 식탁으로 이끌었다. 페니, 미카, 그리고 아빠는 자리에 앉았다.

"마실 것을 좀 내어줄까? 물, 차?"

엄마가 페니를 호기심 어린 눈빛으로 바라보며 물었다.

페니는 "물도 좋아요" 하고 대답했다. 그러고는 식탁 위의 냅킨을 끌어내려 무릎에 펼쳤다.

"수도에서 바로 따라주시는 물이요."

미카는 엄마에게 꼭 집어 말했다.

페니가 배시시 웃었고, 미카도 따라 웃었다. 엄마는 잔에 물을 따라서 식탁으로 가져왔다.

"미카가 어렸을 때부터 좋아하던 것들을 만들었다."

엄마가 의자에 앉으며 말했다. 미카와 아빠, 엄마는 동시에 손을 모으고 중얼거렸다.

"잘 먹겠습니다(いただきます)."

아빠는 젓가락을 집어 들고 7가지 재료로 양념한 닭고기 요리를 접시에 올렸다.

"먹어보렴."

엄마가 재촉했다.

"아스파라거스도 먹어봐. 반찬은 다 내가 만든 거다."

페니는 자신의 무릎을 응시했다. 엄마의 식탁에는 젓가락만 놓여 있었다. 미카는 얼른 자리에서 일어나 주방 식기 서랍을 열고 포크 두 개를 꺼냈다. 그다음 하나는 페니에게 주고, 하나는 제 몫이라는 듯 내려놓았다.

"젓가락을 안 써봤니?"

엄마가 마치 모욕을 당했다는 듯이 물었다.

"엄마."

미카는 경고하듯 말했다. 페니가 일본인으로 자라지 못한 게 마치 미카의 책임이라는 듯 힐난하는 걸까.

"이렇게 쓰는 거다. 미카도 내가 가르쳤지."

아빠가 페니에게 가까이 다가가며 말했다.

"얼른, 해보렴."

묵직한 아빠의 목소리는 낮고 따뜻하고 다정했다.

잠깐의 망설임 끝에 페니가 젓가락을 집어 들었다. 미카는 머릿속에서 잠시 잊고 있던 과거로 돌아갔다. 세 사람이 아직 일본에서 살던 시절로.

오사카의 작은 도시, 다이토. 미카는 노란 점퍼를 입고 낮은 탁자에 무릎을 꿇고 앉아 있었다. 콩 한 그릇이 앞에 놓여 있었고, 미카는 콩으로 젓가락질을 연습하고 있었다. 부모님은 다른 방에서 말다툼을 벌이고 계셨다. 어린 미카는 슬그머니 자리에서 일어나 방문으로 다가갔다. 닫힌 문틈으로 노란 불빛이 새어 나와 미카의 발끝을 물들였다.

"나는 미국에서 살고 싶지 않다고요."

엄마의 목소리는 간절했다. 엄마는 그때도 완벽한 기모노 차림이었다.

한 달에 한 번, 엄마는 교토까지 가서 친구이자 동료인 마이코를 만나 점심을 먹었다. 두 사람은 최고급 기모노를 입고 아이들을 동반했다. 미카는 식당 바닥에 앉아 제 또래 소년과 놀았다. 엄마는 발에 다비*와 게다**를 신고 있었다. 집에 돌아오니 일찍 퇴근한 아빠가 고개를 푹 숙인 채 두 사람을 기다리고 있었다.

"다른 직장을 찾아봐요."

엄마가 고집을 부렸다. 더 이상 재고할 가치가 없다는 투였다.

---

* 엄지발가락과 둘째 발가락 사이가 나뉘어 있는 일본식 버선
** 전통 일본식 나무 신발

아빠는 화가 나 손을 흔들었다. 아빠도 젊었다. 얼굴의 주름이 지금처럼 깊지 않던 시절.

"다른 직장은 없어. 이게 유일한 선택지야. 이민을 가야만 해."

이미 결정 난 일이었다.

미카는 벽에 기대앉았다. 집은 지진이나 바가지를 긁는 아내로부터 안전한 철골 구조였다.

"내가 거기서 뭘 할 수 있어요?"

엄마가 애처롭게 물었다.

"당신은 당신이 해야 할 일을 해. 좋은 아내 노릇을 하고, 좋은 엄마 노릇을 하란 말이야."

아빠가 대답했다. 엄마는 입을 다물었다. 일본의 여자는 감히 남편의 말에 불복할 수 없는 시대였다.

"보렴, 새로운 것을 익히기 충분한 나이잖니."

엄마의 목소리에 정신이 든 미카는 곧 그 말이 자신을 향한 소리라는 걸 깨달았다. 엄마에게는 미카를 재채기보다 하찮은 존재로 만드는 능력이 있었다.

그렇게 식사를 시작했고, 페니는 손가락에 모든 집중력을 동원해 젓가락질을 했다. 당연히 힘들었지만, 페니는 꾹 참아냈다. 엄마는 그런 페니를 한순간도 놓치지 않겠다는 듯 빤히 바라보았다. 그때 거실에서 전화벨이 울리고 또 울렸다.

"여보."

엄마가 아빠를 꾸짖었다.

아빠는 휴대 전화를 가져왔다.

"하루 종일 광고 전화가 극성이오. 이것저것 사라고 난리야."

전화벨 소리가 뚝 그쳤다.

"수신 차단을 하시면 돼요."

페니가 말했다.

"자."

아빠는 페니에게 휴대 전화를 넘겨주었다. 페니는 버튼을 몇 번 두드렸다.

"수신 차단 목록에 번호를 더 추가하실 수도 있어요."

페니가 아빠에게 휴대 전화를 다시 넘겼다.

"똑똑하구나."

엄마가 미소를 지으며 아빠의 팔을 꼭 잡았다.

저녁 식사를 마친 후, 미카는 나무 패널을 덧댄 복도를 따라 페니가 집 안을 구경하는 모습을 바라보았다. 페니의 눈이 엄마가 닫아 놓은 방문을 열고 싶다는 욕망으로 들끓었다. 분명 뭐라도 새로운 걸 구경해보고 싶은 눈치였다.

"어느 방을 쓰셨어요?"

페니가 얌전히 물었다.

"저 방."

미카는 페니의 오른쪽에 있는 놋쇠 손잡이가 달린 문을 가리켰다.

"봐도 돼요?"

페니가 물었다. 복도 모퉁이 너머로 엄마의 설거지 소리와 물소리가 들렸다. 아빠는 안락의자에 앉아 저녁 뉴스를 보는 중이었다.

평소보다 소리를 절반이나 줄인 채로.

"응, 괜찮을 것 같아."

미카는 안 된다는 말을 할 수 없어서 말끝을 흐렸다. 바로 맞은편은 화장실이었다. 아빠는 젓가락으로 막힌 세면대 하수구를 뚫으며 종종 미카의 머리카락이 너무 많이 빠지고 마스카라도 너무 많이 사용한다며 투덜대곤 했다. 페니는 방문을 조심스레 열고 안으로 들어갔다. 내부는 비슷했다. 거실과 복도처럼 초록색 카펫이 깔려 있었다. 따뜻한 노란빛의 낡은 전등. 이불을 접어 벽에 붙이면 그나마 공간이 생겼다. 한쪽에는 책상이 놓여 있었다. 어릴 적 미카는 그 책상에 앉아 몇 시간이고 그림을 그렸다.

"별로 볼 건 없어."

미카가 멋쩍게 말했다. 몇 년 전, 엄마는 미카가 직접 그린 '타이거 비트*' 포스터를 벽에서 떼어버렸다.

페니가 빈약한 방 안을 걸었다.

"여기서 주무셨어요?"

미카는 문간에 서서 페니를 바라보고 있자니, 예전 방 안의 풍경이 튀어나와 목깃을 잡아채는 기분이 들었다.

"응."

"그때는 침대가 있었던 거예요?"

페니는 폭신한 남색 이불 옆에 멈춰 섰다. 그 위에는 미카의 유치원 시절 사진이 걸려 있었다. 다른 엄마들이 선리버로 여름휴가 다

---

* 주로 팝 스타의 얼굴로 가득한 표지의 십 대 소녀들이 즐겨 읽는 잡지

녀온 이야기를 나누는 사이, 엄마는 교실 한쪽에 홀로 서 있었다. 재저사이즈 에어로빅**을 다니고, 전자레인지로 식사를 데우는 우윳빛 피부의 학부모들 사이에서 엄마의 자리는 없는 것이나 마찬가지였으니까.

"그 이불을 펴서 침대처럼 누워 잤지."

미카가 대수롭지 않게 대꾸했다.

캐롤라인은 페니의 방 사진을 보내주었다. 영상 통화에서 보았던 벚꽃 무늬 벽지는 그때도 깨끗하고 완벽했다. 흰색의 튼튼한 가구와 프릴 캐노피가 달린 공주 침대. 미카는 캐롤라인과 토머스가 페니에게 미카는 절대 가질 수 없던 모든 것을 줄 거라고 상상했다. 그러다가 문득 식탁에 앉아 아빠에게 젓가락질을 배우던 페니를 떠올렸다. 돈으로 살 수 없는 것도 있다.

"여기서 공부도 하셨고요."

페니가 책상 앞에 앉아 페인트로 칠한 가짜 나뭇결을 손가락으로 훑었다.

"공부라니, 참 관대하기도 하지."

그 자리에서 미카는 탈출을 계획했었다. 그리고 이제야 자기 삶이 그때의 계획과 전혀 다르다는 사실이 부끄러웠다. 자신이 참으로 크고 대단한 사람이라 여기는 그 자의식 과잉은 어린 시절의 치기였다.

페니는 미카에게 씁쓸한 미소를 지어 보이며 서랍을 열었다. 그

** 재즈 댄싱이 가미된 에어로빅의 한 형태

안에는 미카의 공책이 한 권 들어 있었다. 주로 스케치를 했던 공책이었다.

"봐도 돼요?"

페니의 손에는 이미 공책이 들려 있었다. 당시 푼돈을 주고 16쪽짜리 공책을 샀다. 거기에 미카가 아는 사람들의 초상화를 그렸다. 첫 장에는 머리를 땋아 뒤로 묶고 얼굴을 치켜든 하나의 초상화가 있었다.

"세상에, 이거 전부 직접 그린 거예요?"

미카는 얼른 공책을 뺏은 다음, 다시 서랍에 밀어 넣었다.

"그냥 낙서였어. 비율도 엉망이고."

미카는 어디선가 엄마의 목소리가 들리는 것 같았다. '저게 누구니? 네 친구니? 얼굴이 빵빵한 게, 영 뚱뚱하구나.'

이래서 이 집에 다시 발을 들이기 싫었다. 사방을 둘러싼 벽에 미카가 다시는 듣고 싶지 않았던 기억과 비수 같은 말들이 너무도 많이 담겨 있었다.

페니가 닫힌 서랍을 가리키며 말했다.

"예술과 그림을 좋아하시는 건 알았는데, 그냥 감상하는 걸 좋아하시는 줄 알았지 실제로 실력이 있으신 줄은 몰랐어요. 그거, 정말 잘 그렸어요."

"오래전 일이야."

"그럼 갤러리에서 전시를 했어야죠."

페니가 팔짱을 단단히 끼고 얼굴을 일그러뜨렸다.

"그림은 이제 안 그려."

미카는 순간 목이 메고 눈이 시큰거렸다.

"왜 그만두셨어요?"

페니가 모든 걸 꿰뚫는 듯한 시선으로 미카를 빤히 바라보았다.

미카는 발끝을 보며 팔짱을 꼈다.

"철이 든 거지. 학비 생각도 해야 하고."

인생은 그렇게 우리를 후려친다. 말도 안 되는 허상은 버려라, 더 현실적인 것들을 취해라, 하며 우리를 몰고 간다. 페니는 볼 안쪽을 씹었다. 무언가 할 말이 있어 보이기에 미카가 먼저 선수를 쳤다.

"1학년 때 잠깐 수업을 들어봤는데 잘 안 됐어."

"대체 어떻게 된 거야?" 하고 마커스 교수가 물었었다.

"1학년 때 저를 가졌다고 했잖아요."

페니가 말했다. 미카는 딸의 얼굴이 답을 다 알고 있다는 듯 어두워지는 걸 바라보았다. 자기가 생겨서 미카가 그림을 그만둘 수밖에 없었다는 걸 아는 눈치였다.

"널 갖기 전에 그만뒀어."

미카는 페니의 머리카락 끝을 손가락 사이로 살살 매만졌다.

"그러고 나니까 더 이상 그림을 그리기 싫더라고. 뭐랄까, 너에게 내 모든 색감을 내어준 것 같아."

미카는 페니에게 엄마의 실패가 너의 책임이 아니라는 걸 알려주고 싶었다. 미카는 페니를 향해 몸을 조금 더 기울였다.

"다시 그릴 거야."

페니가 배시시 웃었다. 미카는 피곤한 기색을 감추지 못하며 한숨을 내쉬었다. 감정 소모가 너무 심한 하루였다.

"그만 가자, 시간이 늦었어."

그리고 방을 나섰다. 미카는 주방에 있던 엄마를 향해 인사를 건넸다.

"이제 그만 가봐야겠어요."

엄마는 우유푸딩이 담긴 쟁반을 내려놓았다. 차갑고 실망이 가득 깃든 눈빛이 미카에게 향했다.

"후식을 준비했는데."

미카는 코끝을 긁적였다. 주변 시야로 페니가 슬그머니 다가오는 게 느껴졌다.

"차가 엄청 막힐 거예요. 좀 피곤하기도 하고."

그때 페니가 한 발짝 나섰다.

"만나서 반가웠어요, 스즈키 부인. 저녁 식사에 초대해 주셔서 감사해요. 정말 맛있었어요."

그 순간 미카의 마음속에 죄책감이 번져 들었다.

"또 올게요."

미카가 선뜻 약속을 내뱉어 버렸다.

"다음 주 토요일에 일본식 채소 절임을 할 거다. 내가 가르쳐줄 수도 있지."

엄마는 무심결에 속마음을 내비쳤다.

순간 페니의 가슴이 흥분으로 부풀었다.

"정말요? 저 진짜 배우고 싶어요."

페니가 미카를 바라보며 고개를 끄덕였다.

"다음 주 토요일? 그땐 너희 아빠가 오시잖아."

미카가 말했다. 그러고는 '그리고 나는 하나와 함께 거나하게 취할 예정이란다' 하고 속으로 중얼거렸다.

페니는 미간을 찌푸렸다.

"아, 맞다."

"그럼, 평일 저녁은 어떠냐?"

엄마가 물었다. 미카는 엄마가 원하는 게 있으면 그게 무엇이든 불독처럼 물고 늘어진다는 걸 잊고 있었다. 한번은 미카를 무용 교습소에 데려다주기 위해 무릎 높이까지 쌓인 눈길을 헤치고 운전대를 잡았던 적도 있었다.

"느이 아빠가 학교까지 데리러 가면 돼."

페니의 안색이 밝아졌다.

"네, 정말 배우고 싶어요."

반대하기엔 너무 늦었다. 미카는 뒤늦게 자신은 초대받지 못했다는 사실을 깨달았다.

엄마의 입술 위로 언뜻 미소 비슷한 게 스쳤다.

"내 전화번호를 주마. 나도 이제 문자 보내는 법을 배웠단다. 디저트는 포장해줄게."

엄마는 페니와 전화번호를 주고받은 후, 사워크림 용기에 우유푸딩을 포장했다.

미카가 운전하는 차가 구불구불한 교외 국도를 달리다가 깜빡이를 켜고 고속도로로 이어지는 도로로 진입했다.

"어땠니? 괜찮았어? 너무 부담됐니?"

미카가 정면을 응시하며 물었다. 주변은 이미 어두웠고, 밤하늘엔 가장 빛나는 별이 하나 반짝였다.

"정말 좋은 분들이세요."

페니는 사워크림 용기를 열고 안을 들여다보며 말했다.

"할아버지는 다정하시고, 할머니는 좀 포스가 느껴져요. 좋은 쪽
으로요. 꼭 학교 코치님 같아요. 대박, 저 이번 주에 정말 혼자 가도
돼요?"

미카는 뜸을 들였다. 엄마가 페니의 연약한 영혼을 짓밟을까 봐
우려됐다. 하지만 엄마는 페니와 있을 때는 다른 모습이었다. 훨씬
다정하고, 밝고, 모든 게 기꺼운 눈치였다. 미카는 고속도로에 진입
하며 속도를 높였다. 그리고 망설임을 꿀꺽 삼키며 대답했다.

"그럼, 물론이지."

누가 알겠는가? 이번엔 좀 다를지도.

미카는 도로와 하늘, 끝없이 펼쳐진 어둠을 응시했다. 다시 시작
한다는 건 무슨 뜻일까? 문득 궁금해졌다. 다시 시작한다는 게 가능
하긴 한 걸까? 하지만 그럼에도 불구하고, 미카는 그 가능성이 무한
한 긍정이기를 빌었다.

21

"전부 다 해서 27달러고요! 나중에 한꺼번에 계산하실 거예요?"

맨몸에 털이 수북한 바텐더가 귀를 찢는 음악 소리 너머로 외쳤다. 동시에 나무 테이블 위로 하나, 미카, 하야토에게 데킬라 샷 세 잔을 차례로 밀어주었다. 둥둥둥, 묵직한 베이스가 바닥을 흔들었고, 스트로보 조명이 번쩍였다. 오늘 밤은 80년대 테마였다. 휘트니 휴스턴과 신디 로퍼의 팝 리믹스가 스피커에서 흘러나왔다.

하나는 검은 비닐 의자 사이에 몸을 끼운 채 바텐더에게 카드를 내밀었다.

"내가 살게요! 계산은 계속 이걸로 해요!"

그녀가 바텐더의 등에 대고 외쳤다.

세 사람은 잔을 받아 들고 함께 부딪히며 외쳤다.

"건배!"

하야토는 앞니 사이에 라임을 끼우며 소리쳤다. 미카와 하나도 그를 따라 목구멍에 도수 높은 술을 들이부었다. 그런 다음 레오타드를 입은 드래그 퀸* 두 명과 아기 예수를 안고 가운을 몸에 걸친 레이디 가가의 벽화를 지나쳤다.

"여기서 놀다가 '골든 이글'도 꼭 가야 돼."

하나가 노스 포틀랜드에 있는 게이 바를 외쳤다.

"거기는 여기보다 좀 더 느긋하고, 로커빌리**를 좋아하는 게이들이 많아."

하야토는 미카의 손을 높이 올리더니 미카를 빙그르르 한 바퀴 돌렸다. 그는 오늘 테마에 맞춰 하얀 〈마이애미 바이스〉 풍의 촌스러운 정장에 청록색 셔츠를 입은 차림새였다.

"우리, 춤춰요."

미카는 한쪽 어깨가 드러나는 도톰한 원피스 같은 티셔츠에 다리에는 워머를 끼고, 하이힐을 신었다. 그리고 플래시 댄스를 완벽하게 소화했다. 미카는 하야토를 따라 무대로 향했다. 새장 같은 케이지에 갇힌 남자들이 검은색 조명 아래에서 반짝이는 보디 페인트를 칠하고 폴댄스를 추고 있었다. 세 사람은 한데 모여 춤을 추다가 흩어졌다. 미카는 잠시 숨을 고르며 기대 쉴 수 있는 벽을 찾았다.

"자기, 너무 근사한데."

미카와 똑같은 차림새의 늘씬한 금발 남자가 지나가며 칭찬을 던졌다. 그때 브래지어 속 미카의 휴대 전화가 징, 하고 진동했다. 열심

---

* 공연을 위해 다른 성별을 과장되게 꾸미고 분장하는 사람
** 로큰롤과 컨트리 음악을 혼합한 형태의 미국 음악

히 휴대 전화를 꺼낸 미카는 액정 위에 뜬 토머스의 이름을 보고 화들짝 놀랐다. 얼른 한쪽 귀를 막고 클럽 밖 휴식 공간으로 나온 미카는 "토머스?" 하고 외치며 전화를 받았다.

"미카, 전화 받은 겁니까?"

"잠시만요."

미카는 안뜰로 넘어갔다. 작은 무리의 사람들이 모여서 담배를 피우고 수다를 떨고 있었다. 미카는 도로변과 그나마 가까운 모퉁이까지 자리를 옮겼다. 6월의 밤은 덥고 갑갑했다.

"내 목소리 들려요?"

"예. 미안한데, 내가 묵는 호텔에 가스 누출 사고가 있었어요."

"사고요?"

"나는 괜찮아요. 아니, 실은 괜찮지 않네요. 지금 다른 호텔을 찾으려고 여기저기 전화를 돌리고 있는데, 이번 주말이 '코믹콘***' 기간이라 빈방이 없대요."

젠장, 맞다. 포틀랜드의 코믹콘 기간이다. 기다렸다는 듯 '토르'의 코스튬을 맞춰 입은 커플이 지나갔다.

"혹시 내가 묵을만한 곳이 없을까요? 하루 빌릴 수 있는 빈집이나 에어비앤비****도 괜찮은데."

미카는 손가락으로 입술을 두드리며 중얼거렸다.

"어떡하죠, 없어요……."

*** 만화, 영화, 게임 등의 대중문화를 즐기는 대규모 컨벤션
**** 자신의 방이나 집, 별장 등을 임대하는 개인 숙박 공유 서비스

"젠장."

하지만⋯⋯ 하나는 조세핀과 함께 지내고 있고, 하나의 방은 투어 이후로 한동안 비어 있었다.

"어, 이상하게 듣진 마세요. 제 룸메이트인 하나가 요즘 집에 없어요. 빈방이에요."

미카는 두 눈을 질끈 감으며 말했다.

토머스는 망설이는 눈치였다.

"아, 글쎄요."

"그럼 없던 일로 해요."

미카는 벽에 이마를 두드리며 후회했다.

"아니요, 사실 좋은 제안이긴 해요. 이상하진 않겠어요? 정말 내가 가도 괜찮겠어요?"

"당신이 어색해하지만 않으면 이상할 일도 없죠."

미카가 말했다.

"당신과 페니만 괜찮으면 나도 괜찮아요."

토머스는 코웃음을 쳤다.

"아이는 귀찮게 하지 말죠. 오늘 밤에는 새로운 친구들이랑 뮤지컬 〈록키 호러 픽쳐 쇼〉를 보러 간다고 들떠 있더군요. 페니도 괜찮을 거예요. 어쨌든 걱정시키고 싶지 않습니다."

미카는 몸을 바로 세웠다.

"알았어요. 그럼, 지금 데리러 갈게요."

미카는 오늘 밤, 차를 길거리에 세워놓고 필요하면 우버를 타고 집에 갈 예정이었다. 하지만 술도 딱 한 잔밖에 안 마셨으니 상관없었다.

"계신 호텔 주소는 문자로 보내줘요. 친구들한테 인사만 하고 바로 출발할게요."

* * *

토머스의 호텔은 포틀랜드 대학교 근처였다. 미카는 호텔 정문 앞에서 기다리고 있던 토머스의 앞에 차를 세웠다. 미카는 군이 차에서 내릴 생각은 없었고, 그냥 트렁크만 (이번에는 성공적으로!) 열어 주었다.

"고마워요."

토머스가 조수석에 올라타며 말했다.

"아니에요."

미카는 차를 출발시켰다.

"차가 바뀌었네요?"

토머스는 차 안을 이리저리 둘러보았다. 미카의 시야 끝에 걸린 그는 낡은 시트를 손가락으로 꾹꾹 눌러보고 있었다.

"이게 진짜 제 차예요."

미카가 설명했다.

"지난번에 태워드렸던 차는 사실 제 친구 찰리의 차예요. 일주일 간 빌렸었죠."

"그랬군요."

토머스가 말했다.

"차 좋네요."

미카가 푸시시 웃음을 터트렸다.

"알아요, 엄청 고물이죠. 테이프랑 풀, 그리고 기도로 겨우 버티고
는 있지만, 진짜 오래 끌었거든요."

미카는 애정을 담아 대시 보드를 두드렸다.

"아뇨, 정말 괜찮은 차예요. 향도 독특하고, 꼭⋯⋯."

토머스는 단어를 고심하는 기색이었다.

"곰팡내예요. 창문을 내려놨는데 하필 또 비가 와서."

차가 빨간불에 멈췄다. 토머스는 한쪽으로 드러난 미카의 어깨를
힐끗거렸다. 미카는 황급히 드러난 어깨 위로 옷을 끌어올렸다.

"친구들이랑 시내에 있었어요. 광란의 80년대가 주제여서."

토머스는 말이 없었다.

"아무튼, 페니가 〈록키 호러 픽쳐 쇼〉를 보러 갔다고요?"

미카도 하나와 몇 번 그 뮤지컬을 보러 간 적이 있었다. 그때는
그물 옷과 빨간 립스틱으로 치장했었다. 미카는 데번도 페니와 함께
갔을지 궁금했다. 그리고 가죽 코르셋을 입고 치렁치렁하게 늘어뜨
린 헤어스타일의 페니를 상상하며 미소를 지었다.

"네, 나는 그게 뭔지도 몰랐어요. 동명의 영화는 알지만. 찾아보니
영화와 '똑같'더군요."

토머스는 검지와 중지를 허공에 들고 까딱거리며 강조했다.

"나를 굉장히 질척거리는 사람으로 만드는 특이한 재주가 있는
아이예요."

토머스의 입매가 조금 일그러졌다.

두 사람은 얼마 지나지 않아 집에 도착했다. 미카는 토머스를 빈방으로 안내하고 하나의 침대에 새 시트를 깔아주었다. 그리고 하이힐을 벗어 던지고 트레이닝복으로 갈아입은 다음, 머리를 높이 틀어묶었다.

"뭐 좀 먹거나 마실래요?"

미카는 냉장고를 열어보았다. 냉장고 안에는 별로 먹을 게 없었다. 샐러드용 식료품 몇 가지, 하나가 마시려고 사다놓았던 IPA 맥주 몇 병.

"양상추랑 맥주, 물이 있네요."

"맥주 좋네요."

토머스는 거실 한가운데에 서서 주머니에 손을 슬쩍 찔러 넣었다. 미카는 맥주 뚜껑을 따서 토머스에게 건네고 자신은 물 한잔을 들고 소파 구석에 웅크려 앉았다. 토머스는 소파 반대편에 다리를 약간 벌리고 앉았다. 미카는 그런 토머스의 옆모습을 훔쳐보았다. 단단한 뺨과 턱, 오뚝하고 높은 코. 조각품이 되기에 완벽한 비율이었다.

토머스는 하나의 방문을 응시하며 물었다.

"근데 친구는 어디에 있습니까? 말을 안 해주네요."

미카는 커피 테이블에 발가락을 올리고 기지개를 켰다.

"이번 주말에 포틀랜드로 돌아오긴 했는데, 여자 친구네 집에 머물고 있어요. 지난 한 달 정도 '펄 잼'과 함께 투어를 했거든요."

"음, 멋진데요."

"네, 수어 통역사예요."

"아, 롤러 더비 경기에 갔을 때 이야기했었죠."

"일하는 모습을 보거나, 몸을 쓰는 모습을 보면 더 멋있어요. 꼭 공연 예술 같죠. 이번 투어에 같이 가자고 했지만, 제가 거절했어요."

토머스는 입술을 살며시 삐쭉이며 맥주를 한 모금 마시고는 "왜요?" 하고 물었다.

미카의 눈썹 사이로 주름이 졌다.

"전에도 투어에 따라간 적이 있었거든요. 진짜 미친 듯이 재미있긴 한데, 그냥…… 이번에는 페니와의 문제를 해결하고 회사에도 집중하고 싶어서요."

토머스는 천천히 고개를 끄덕였다. 두 사람 다 이해했다. 페니만이 미카를 머무르게 하는 유일한 이유다.

"페니가 말하길 그 후로 유익한 대화를 나눴다고요."

토머스는 지저분한 과거, 갤러리 오픈, 미카의 거짓말, 페니에게 보냈던 장황한 음성 메시지 따위를 정리하려는 듯 손을 내저었다.

"페니가 그랬어요?"

미카는 마른침을 삼키고 잠시 시선을 피하며 물잔을 테이블 위에 올려놓았다. 그리고 토머스가 그날 밤 갤러리에서 있었던 일과 그 여파에 대한 이야기를 꺼낼 때까지 잠자코 기다렸다. 미카와 페니는 충분한 이야기를 나눴다. 혹시 토머스도 미카에게 쏘아붙이고 싶은 말이 있는 건 아닐까?

그러나 토머스는 소파에 조금 더 깊숙이 등을 기대고 다리를 아까보다 더 편하게 벌리는 정도에 그쳤다.

"예, 말 그대로 '우리 꽤 유익한 대화를 나눴어'라고 하던데요. 그게 전부입니다."

"정말 유익한 대화이긴 했어요. 적어도 정직한 대화였죠."

미카가 설명했다.

토머스는 한동안 말이 없었다.

"페니가 음성 메시지를 나에게도 들려줬습니다."

미카는 속이 울렁거렸다. 수치심이 잔뜩 밀려들었다.

"그렇게 속에 있는 이야기를 다 내보이다니, 정말 용감했어요."

토머스는 진지한 눈빛으로 미카를 바라보며 말했다.

너무도 예상치 못한 반응이라 미카의 눈이 동그랗게 커졌다. 그리고 불편한 죄책감을 느끼며 자조적으로 웃었다.

"그냥 모든 걸 바로 잡고 싶었어요."

그걸 용감하다고 말하고 싶진 않았다. 미카는 피터의 아파트에서 도망쳤던 기억을 떠올렸다. 그 후로 시간이 두려웠고, 자신이 또 다칠까 봐 지레 겁을 먹고 도망치기를 일삼았다. 하지만 이제는 속도를 늦추고 페니를 받아들이고 싶었다. 미카는 갑자기 찾아온 두려움에 눈을 깜빡였다.

"그래도 고마워요. 그리고 이번 여름에 페니를 맡아준 것도요."

토머스가 자조적인 웃음을 지었다.

"내가 아무리 노력해도 페니가 마음먹은 걸 막을 수는 없었을 거예요."

토머스는 남은 맥주를 들이켜고 한숨을 내쉬며 다시 몸을 늘어뜨렸다.

"두 사람이 다시 연락한다는 이야기를 듣고 솔직히 조심스럽기도 했고요."

미카는 긴 숨을 내쉬었다.

"이해해요."

"그러다 당신 부모님을 만나러 갔다고 하더군요. 그때도 엄청나게 긴장했습니다. 지난번에 마주쳤을 때 스즈키 부인이 페니를……무슨 머리가 세 개 달린 괴물 보듯 보시기에."

미카는 잠시 망설였다. 토머스에게 엄마와의 관계를 어디까지 털어놓아야 좋을지 고민스러웠다. 토머스에게 얼마나 마음을 열어야 할까?

"엄마는 페니를 낳지 말라고 하셨거든요."

미카는 조심스럽게 입을 열었다. 토머스는 놀란 숨을 들이켰다.

"음, 엄마는 제가 좋은 부모가 될 수 없다고 생각하셨어요. 그래서 임신한 내내 절 보지 않으셨고요."

"미안합니다."

토머스가 나지막이 중얼거렸다. 그의 눈에 감정이 깃들었다. 슬픔일까, 동정일까?

"괜찮아요, 다 지난 일인데요."

미카가 말했다. 솔직히 전부 지난 일이라고 할 수는 없었지만, 너무 깊이 파고들고 싶진 않았다. 그 속에 묻혀 있는 감정이 무엇이든, 파헤치는 순간 진흙탕일 테니까. 치우긴 더더욱 힘들 테고.

"저도 페니와 함께 부모님을 만날 때 걱정이 많았어요. 그래도 잘 풀렸어요. 사실 생각보다 괜찮았어요. 엄마가 페니를 좋아하시는 것 같더라고요."

"페니가 전화를 걸어서는 어찌나 신이 나 하던지. 어머님과 함께 뭘 만들 거라고 하던데……."

"채소 절임이요."

미카가 대답했다.

"페니가 그러더군요. 자기가 일본인이라는 걸 제대로 느낀 건 이번이 처음이었다고요."

미카는 깜짝 놀라 얼어붙었다.

"어우, 유감이에요."

미카는 그 기분이 어떤지 알기에 사과했다. 내 아이에게 모든 것을 주려고 노력했지만, 부족했다는 걸 깨닫는 기분. 자식에게 내가 충분하지 않았다는 걸 깨닫는 기분. 내 아이에게 더 많은 걸 내어주고 싶은 마음. 아이는 누군가에게 일어날 수 있는 최악이자 최고의 선물인 법이다.

토머스는 어깨를 으쓱했다.

"쉬운 일이 하나도 없죠."

"어렵죠."

미카는 토머스의 말에 동조했다.

"저, 토머스."

그리고 미카는 토머스가 자신을 쳐다볼 때까지 기다렸다가 입을 열었다.

"페니와의 관계를 위해 정말 최선을 다하고 있어요. 거짓말을 하지 말았어야 했어요. 나는……, 모든 게 불완전한 사람이거든요."

미카는 스스로 인정했다.

"페니에게 가치 있는 사람이 되고 싶었어요."

그리고 당신에게, 모두에게, 이 세상에. 하지만 그 말은 굳이 덧붙이지 않았다.

토머스는 천천히 고개를 끄덕이다가 말했다.

"믿어요."

그는 엄지손가락으로 맥주병에 붙은 라벨을 천천히 매만졌다.

"처음부터 솔직했으면 더 좋았겠지만요. 아이에게 거짓말을 하는 건 결코 모범적인 행동이 아닙니다."

토머스는 자기 가슴팍을 두드리며 덧붙였다.

"경험에서 우러나온 말입니다."

"음?"

"예전에 고양이를 키웠어요. 근데 페니가 다섯 살 때 고양이가 사라졌습니다. 어느 날 아침, 끔찍한 소리를 듣고 아내와 잠에서 깼죠. 아마 코요테가 공격했던 것 같아요. 페니에게는 고양이가 죽었다고 하지 않고 그냥 도망갔다고만 했죠. 근데 페니가 계속 고양이를 찾아다니는 겁니다. 그리고 피 묻은 목걸이를 발견하고 말았죠. 큰 상처를 받았을 거예요. 아내는 페니에게 말하기 힘든 것들을 말해주는 걸 너무 힘들어했어요. 암 진단을 받았을 때도 마찬가지였습니다. 페니에게 바로 말하고 싶지 않아 했어요. 난 아내의 의견을 따랐죠. 하지만 늘 일이 터지고 나서야 깨닫잖아요. 페니에게 고양이에 대해 솔직하게 말했어야 했어요. 엄마에 대해서도."

토머스는 회한이 담긴 미소를 지었고, 그 무게는 미카의 가슴을 무겁게 만들었다.

"물론 제 아빠가 대학생 때 얼마나 술고래였는지는 죽을 때까지 비밀일 겁니다."

토머스는 몸을 구부려 빈 맥주병을 손가락 사이에 끼웠다.

"아무튼 부모가 아이에게 거짓말을 할 수도 있어요. 미카만 그런 건 아니니 너무 자책하지 말아요."

미카는 토머스의 친절에 어떻게 보답해야 좋을지 몰랐다. 그래서 "냉장고에 맥주 더 있어요. 얼마든지 드세요"라고 말했다.

토머스는 소파에서 일어나 미카의 빈 물컵을 가리키며 물었다.

"물 더 가져다줄까요?"

"안 마시는 게 좋겠어요. 자기 전엔 일부러 물을 덜 마시거든요."

토머스는 테이블 턱으로 맥주 뚜껑을 땄다.

"무슨 말인지 이해했어요."

미카는 이제 조금 늘어지고, 나른하고, 피곤했다.

"자기 전에 물을 많이 마시면 꼭 자다가 화장실에 가더라고요."

약한 방광은 임신이 남긴 선물이었다. 페니가 미카의 몸 안에 살았다는 사실을 일깨워주는 선물. 그게 아니었다면 아홉 달의 크고 작은 부분을 전부 잊었을지도 모른다. 대부분은 시간이 지나며 희미해지기 마련이다. 필사적으로 붙잡으려고 애쓰는 것들조차도. 하지만 미카의 몸은 항상 기억했다. 그래서 사람이 늙어가는 것일지도 모르겠다. 사건의 무게가 어깨를 축 처지게 하고, 얼굴에 주름을 새기니까. 그렇다. 그런 식이다. 마음은 모든 걸 잊어도 몸은 늘 기억하기 마련이다.

22

미카는 부엌에서 커피를 마시다가 하나의 방에서 남색 티셔츠에
팔을 꿰며 나오는 토머스를 발견했다. 못 본 척 얼른 고개를 돌리며
눈을 깜빡였지만, 그 찰나에 토머스의 단단한 배와 허리춤 밑으로
이어지는 잔잔한 털을 보았다. 섹시한 남자의 근본이라는 그 짙은
솜털.

"좋은 아침."

토머스가 잠에 취한 거친 목소리로 중얼거렸다.

"잘 잤어요?"

날것 그대로의 목소리에 미카가 움찔하며 인사했다.

"커피 내려놨어요."

미카는 찬장에서 머그잔을 꺼내 토머스에게 내밀었다.

"고마워요."

토머스는 커피를 잔에 따랐다.

"크림은 냉장고에 있어요."

미카는 테이블에 기대어 팔짱을 끼고 한 손에는 머그잔을 들었다. 미카는 레깅스와 오버사이즈 티셔츠 차림이었다. 평소 같았으면 속옷만 입은 채 돌아다녔을 테지만.

"블랙도 괜찮아요."

토머스는 커피를 한 모금 삼키고 내려놓았다. 테이블에는 오렌지 세 개가 담긴 그릇이 놓여 있었다. 산미가 강한 커피 탓인지 토머스가 인상을 구기며 입매를 뒤틀었다.

"커피 맛이 그렇게 별로예요? 길 아래에 염소 요가 스튜디오 겸 카페가 있어요."

미카가 대책을 내놓았다.

"아뇨, 그게 아니고, 내가……."

토머스는 망설였다.

"뭔데요?"

토머스는 입술을 굳게 다물고 고개를 저었다.

"아무것도 아닙니다."

그는 다시 오렌지를 힐끗 바라보았다.

"뭔데요."

한참 후, 토머스가 천천히 속마음을 털어놓았다.

"오렌지 때문예요. 오렌지는 전부 쓰레기예요."

"음, 그래요……."

미카는 이해가 되지 않았지만, 그럭저럭 고개를 끄덕였다.

"배꼽이 싫어요, 난."

토머스는 눈에 띄게 몸을 떨며 하얗게 질려갔다.

"이거요?"

미카는 오렌지를 하나 집어 들고 꼭지 부분을 살폈다. 예전에는 오렌지가 담긴 그릇에 가짜 레몬이 담겨 있었다.

"네."

토머스가 차갑게 일갈했다.

"나 참……."

미카는 배꼽 모양 꼭지가 바닥을 향하도록 하여 오렌지를 다시 그릇에 담았다. 그리고 나머지도 방향을 돌렸다.

"혹시 내가 알아야 할 다른 음식 혐오증은 없나요?"

"없어요. 아, 그런데 거위도 좀 무서워합니다."

토머스의 뺨에 혈색이 돌아왔다. 미카는 그냥 넘어가려고 했는데 토머스가 굳이 입을 열었다.

"그 이야기는 별로 하고 싶지 않아요."

"그렇게 말하니 꼭 들어봐야겠는데요."

미카는 머그잔 테두리 너머로 토머스를 올려다보았다.

테이블에 몸을 기댄 토머스가 조용히 입을 열었다.

"어릴 때 안 좋은 기억이 있어요. 거위 인형을 좋아했는데, 형이 그걸 들고 집 안 곳곳을 쫓아다니며 제 눈을 쪼겠다고 위협했죠. 그러다가 실제로 살아 있는 거위 떼를 봤는데, 진짜 거위가 나를 쫓아다니는 겁니다. 그 후로 거위는 도저히 못 참겠어요."

"당신 사생활을 엿볼 수 있어서 참 좋아요. 심리적으로 안정이 되거든요."

미카가 토머스를 놀려댔다. 눈이 마주친 두 사람은 피식 웃고 말았다. 주방 창문으로 빛이 새어 들었다. 마치 허공에 꿀단지를 쏟아 휘휘 저은 것처럼 짙고 눈부신 황금빛 아침 햇살이었다. 미카는 목소리를 가다듬었다.

"그래서, 몇 시 비행기예요?"

페니는 모래 언덕을 달리고 있을 것이다. 열린 방문 사이로 이미 싸놓은 토머스의 가방이 보였다.

토머스는 손목에 차고 있던 시계를 확인했다.

"오후 늦게 출발하는 비행기입니다. 공항에 일찍 가서 시간을 보내려고요. 〈반지의 제왕〉이나 다시 봐야겠군요."

미카는 입이 떡 벌어졌다.

"세상에, 지금껏 제가 들은 것 중에 가장 슬픈 이야기였어요."

토머스는 테이블에 팔꿈치를 기대며 미카에게 몸을 기울였다.

"엘프어를 다시 배울까 봐요."

미카는 한숨을 내쉬었다.

"내가 방금 한 말은 잊어버려요. 지금 그 말이 지금껏 내가 들은 말 중에 가장 슬픈 말이니까."

토머스가 웃음을 터트렸다.

"무시하지 마요. 상당히 인기 있는 언어예요."

"그렇죠. 아직 수염도 나지 않은 외로운 숫총각들 사이에서요."

미카가 무심결에 되받아쳤다. 그러고는 곧장 얼굴이 벌겋게 달아올랐다. 세상에, 내가 지금 무슨 말을?

토머스의 입은 굳게 닫혀 있었지만, 눈에는 장난기가 가득했다.

"그건 정말 해로운 고정 관념이라고요."

토머스는 잠시 멈칫했다. 그리고 곰곰이 생각하다가 입을 열었다.

"어쩌면 내가 미카의 빈 곳을 채워줄 수도 있겠네요."

미카는 침을 꿀꺽 삼켰다.

"다시 말해볼래요?"

토머스는 턱 끝으로 창문을 콕 하고 가리켰다.

"마당에 구멍 난 땅이요. 하루 묵게 해줘서 고마우니까."

미카는 페니와 토머스가 저녁 식사를 하러 왔던 날을 떠올렸다. 토머스가 발끝으로 땅을 두드리며 마당에 땅다람쥐가 사느냐고 물었었다. 맞다, 그랬다.

미카는 딱딱하게 얼었던 입매를 부드럽게 풀었다.

"괜찮아요. 사실, 이미 채웠거든요."

미카는 그 자리에 엄마가 곰팡이 핀 나무라고 비난했던 단풍나무를 심었다.

토머스는 창문으로 걸어가며 기웃거렸다.

"근사하네요."

미카는 토머스를 생각했다. 지난밤의 대화와 오늘 아침이 얼마나 산뜻한 새출발처럼 느껴졌는지. 그리고 그 정신으로……

"좋아요."

미카는 남은 커피를 끝까지 삼킨 후 싱크대에 머그컵을 내려놓으며 말했다.

"갑시다, 슬픈 아저씨."

토머스가 미카를 바라보며 "예?" 하고 물었다.

"같이 나가요."

토머스의 눈썹이 살짝 뒤틀렸다.

"서로 의견 차이가 있긴 하지만, 시간이 빈다고 함께 살인 공모까지 하고 싶진 않은데."

"하, 하, 하."

미카가 입으로만 웃었다.

토머스는 머그잔을 내려놓으며 물었다.

"어딜 가려고요?"

미카는 자동차 키를 집어 들고 현관문을 열었다. 입가의 미소가 아까보다 짙었다.

"곧 알게 될 거예요."

* * *

"도넛?"

토머스는 두 손을 주머니에 찔러 넣으며 자리에서 일어났다.

"모르도르*에 가서 엘프어를 배우는 게 나을 것 같은데요."

그들의 앞에 있던 스키니 진을 입은 두 남자가 고개를 돌려서 토머스의 은회색빛 머리카락부터 발끝을 훑어보았다.

"제발 〈반지의 제왕〉 은유를 좀 멈춰줄래요?"

미카가 속삭였다.

---

*   〈반지의 제왕〉에 등장하는 나라

"여기서 누가 날 알아볼 수도 있거든요."

두 사람은 구시가지의 '부두 도넛'이라는 가게에 있었다. 처음 문을 열고 몇 년 동안, 이 가게는 밤 9시부터 새벽 2시까지만 문을 열었다. 대학 시절, 하나와 미카는 술에 흠뻑 취해 이 가게에 들러 바삭한 시리얼이 올라간 바닐라 도넛과 짭조름한 베이컨이 올라간 메이플 바를 폭식하곤 했다. 얼마 지나지 않아 가게는 낮에도 문을 열었고, 지금은 미카와 토머스가 탐스러운 분홍색 도넛 한 상자를 사기 위해 줄을 서서 기다리고 있었다.

"우리 계획은 당신이 얼마나 즉흥적이냐에 따라 성공할 거예요."

줄이 조금 움직였다. 미카와 토머스가 몇 걸음 앞으로 나아갔다.

"나, 상당히 즉흥적인 사람입니다."

토머스가 발뒤꿈치로 체중을 실으며 아주 자랑스럽다는 듯이 말했다.

"주말에는 침대 정리도 안 해요. 그리고 가끔 페니랑 저녁으로 아침에 먹은 음식을 먹기도 해요."

토머스는 그걸 이제 알았냐는 듯이 눈썹을 찡긋거렸다.

"우와!"

미카는 손으로 가슴을 움켜쥐며 정말 놀랐다는 듯 연기했다. 앞에 있던 두 남자가 킥킥 웃음을 터트렸다.

"너무 놀라서 심장이 멈춰버린 것 같아요."

토머스는 못 이기겠다는 듯 미소를 지었다. 미카는 팔꿈치로 토머스를 쿡 찔렀다.

"얼른 당 충전하고 온 동네를 돌아다니자고요."

줄이 다시 움직였고, 마침내 두 사람도 가게 안으로 입장했다. 바닥은 분홍색, 노란색, 갈색, 베이지색 리놀륨 타일로 덮여 있었다. 벽은 노란색과 분홍색이었다. 정말 끔찍한 인테리어였다. 하지만 설탕과 계피, 빵이 부풀어 오르는 냄새로 가득한 수영장에서 수영하는 것처럼 행복하고 맛있는 냄새가 가득했다. 카운터로 간 두 사람은 콧수염을 기른 남자에게 가장 인기 있는 도넛 여섯 개를 주문하고 다시 차로 돌아갔다. 콘솔 위에 분홍색 도넛 상자를 놓고 각자 자리에 앉았다. 미카는 시동이 걸리기를 기다리며 눈앞에 펼쳐진 해안가를 바라보았다.

미카는 상자를 열고 초콜릿 프로스팅과 오레오 쿠키, 땅콩버터가 올라간 '올드 더티 바스타드' 도넛을 골랐다.

"예전처럼 티셔츠도 팔았으면 좋았을 텐데."

카운터에서 미카는 토머스에게 티셔츠도 사 주고 싶었다. 티셔츠에는 도넛 가게 로고와 함께 '마법은 구멍 속에 있다'라는 부두교의 저승사자, 바론 사메디의 글귀가 새겨져 있었다. 토머스의 얼굴은 오렌지를 봤을 때처럼 눈에 띄게 창백해졌다. 그는 절대 그래픽 로고가 새겨진 티셔츠를 입지 않았다. 지나치게 파격적이었다. 토머스의 엉뚱한 면이 예전에는 이질적이었지만, 지금은 어쩐지 사랑스러웠다.

"심장 마비를 동반한 아침 식사를 대접해 줬으니, 그걸로 충분합니다."

토머스는 상자에서 '애플 프리터' 도넛을 꺼내 한 입 베어 물었다.

"이게 뭡니까?"

토머스가 뺨에 가루를 잔뜩 묻히고는 고개를 힘껏 젖혔다.

"살면서 먹어본 도넛 중에 최고예요."

"그렇죠?"

미카는 뿌듯하게 웃었다.

"예전에는 하나랑 매일 왔어요."

토머스는 입안의 도넛을 꿀꺽 삼켰다.

"진짜 맛있네."

토머스는 '키 라임 크러시' 도넛을 골랐고, 단 두 입 만에 몽땅 해치웠다. 그러고는 손에 남은 잼마저 핥았다.

"다음에는 페니도 데려와야겠어요. 맛집 탐방을 좋아하는데, 이곳 이야기는 한 적이 없거든요. 내가 먼저 알아냈다고 하면 아마 엄청 멋있다고 생각할 거예요."

미카는 미소를 지으며 대시 보드의 시계를 슬쩍 확인했다. 아직 이른 시간이었다. 토머스의 비행기는 앞으로 6시간은 더 있어야 출발한다. 미카는 토머스를 어디로 데려갈지 고민했다. 포틀랜드의 명소, 기이한 물건들이 가득한 박물관 '프리키벗트루 페큘리아리움', 농산물 시장, 음식 파는 곳……. 토머스는 뭘 하고 싶어 할까? 미카는 해수면 위로 물살에 흔들리며 지나가는 배들을 바라보았다. 그리고 차에 시동을 걸었다.

"갈까요?"

토머스는 동의하듯 꿍얼거렸다. 미카가 느끼기엔 동의였다. 그의 입속에 시리얼 도넛이 한가득 들어 있어서 제대로 말을 하기 어려운 상태였다.

30분 후, 미카는 우뚝 솟은 전나무 그늘이 드리워진 자갈 깔린 야외 주차장에 차를 세웠다. 강변 최고의 델리 샌드위치와 카약 대여를 자랑하는 수제 간판이 걸린 편의점이 눈에 들어왔다.

"카약?"

토머스는 처음 도넛 가게를 봤을 때처럼 의문이 가득한 말투였다. 오는 도중 도넛 두 개를 더 먹어 치우느라 무릎에 설탕 가루가 묻어 있는 주제에.

"카약이요."

미카는 고개를 끄덕였다. 미카는 토머스가 대학 시절 조정 선수로 활약했다던 말을 잊지 않았다.

"물에 발을 담근 지가 언제인지……."

토머스는 고개를 내저었다.

"이야, 정말 얼마나 오래됐는지 기억도 안 나는데요."

주먹을 불끈 쥔 토머스는 이마를 사정없이 구겼다.

"그래요, 뭐. 기대되긴 하네요."

두 사람은 차에서 내려 카약을 빌린 후, 모래사장에서 빽빽한 수염을 기른 건장한 남자를 만나 방수 가방과 구명조끼, 빨간 호루라기를 받았다.

"혹시 로슬린을 마주칠지도 모르니까요."

남자가 말했다.

"로슬린?"

미카는 구명조끼를 입으며 물었다.

"예, 악어요. 이 동네 아이가 키우던 애완동물인 것 같아요."

남자는 호탕한 웃음을 터트리며 손을 흔들었다.

"어쨌든 마주치지 않을 확률이 크지만, 혹시라도 마주치면 그 호루라기를 힘껏 불어요."

"아, 호루라기. 네."

미카는 지퍼를 올리며 멈칫했다. 토머스는 호루라기를 집어 목에 걸었다.

"더 알아야 할 게 있습니까?"

토머스는 당장이라도 물에 뛰어들 준비가 된 사람처럼 재빨랐다. 도착한 후로는 시계를 한 번도 확인하지 않았고, 교통 상황이나 번잡한 공항 따위는 아예 잊은 사람 같았다.

"없습니다. 대여 시간은 총 3시간이고요. 근데 오늘은 아침부터 워낙 한산해서 조금 더 노셔도 됩니다."

남자가 말했다.

토머스는 고맙다는 인사를 남기고 주황색 카약을 향해 걸음을 옮겼다. 미카는 여전히 지퍼를 올리며 주춤주춤 그의 뒤를 따랐다.

"저기, 토머스. 우리 다른 걸 할까 봐요."

"예? 왜요?"

토머스가 몸을 휙 틀었다.

"왜냐하면……."

미카는 수염 난 남자에게 들리지 않을 정도로 속삭였지만, 남자는 이미 주차장으로 올라가는 계단을 절반쯤 오르는 중이었다.

"로슬린이요."

"알아요? 잠깐만, 혹시 무서워요?"

토머스가 믿을 수 없다는 표정으로 물었다. 마치 방금 아침 식사로 악어 하나쯤은 우습게 잡아먹은 사람처럼.

"당연히 무섭죠."

"그렇군요."

토머스는 콧구멍을 벌렁거리며 웃음을 참았다.

"농담이었을 겁니다. 호루라기는 우리가 뒤집히거나 길을 잃었을 때를 대비해서 주는 겁니다. 게다가 정말 여기에 악어가 살면 표지판이 하나쯤은 있어야 하지 않겠어요?"

토머스의 말이 맞다. 그게 훨씬 논리적이었다.

"정말 악어가 있다면 호루라기가 아니라 무기를 쥐여줬겠죠?"

반박할 수 없는 말이었다. 토머스는 강을 바라보았다. 그의 눈에는 어쩐지 애잔함이 어렸다.

"하지만 정말 타고 싶지 않다면……."

토머스는 말끝을 흐렸다. 고개를 숙인 채 눈을 동그랗게 뜬 얼굴이 마치 슬픈 강아지처럼 애처로웠다.

"어휴, 알았어요."

미카가 말했다.

"하지만 악어 비늘 비슷한 거라도 내 눈에 보이는 순간, 나는 당신을 먹이로 던질 거예요."

토머스는 가슴을 쓸어내렸다.

"어떤 생물을 만나든 내가 먼저 먹잇감이 될게요."

두 사람은 각자 카약에 짐을 싣고 노를 저어 출발했다. 토머스가 먼저 노를 저으며 노련한 프로의 기세로 반짝이는 해수면을 헤쳐나갔다. 이쪽저쪽으로 노를 저어 방향을 잡을 때면 그의 팔 근육이 움직이고 불끈거렸다. 부두에서 조금씩 멀어지는 사이, 카약은 정처 없이 노에 몸을 맡기고 흘러갔다. 미카는 마치 태어나 처음으로 컵케이크를 먹는 아이처럼 잔뜩 신이 난 표정의 토머스를 보며 자신도 모르게 그에게서 시선을 뗄 수 없었다.

"페니도 정말 좋아했을 거예요."

토머스가 말했다.

"네."

미카는 미소를 지으며 동의했다. 미카는 노를 저으며 물살을 가르는 세 사람의 모습을 상상했다. 페니의 해맑은 웃음소리가 강물 위를 떠다닌다. 언제든 모험 떠날 준비를 마친 사람처럼 위용이 넘치는 아이니까. 미카는 몇 장의 사진을 찍어 페니에게 보낸 다음, 휴대 전화를 다시 방수 가방에 넣었다.

토머스는 강을 따라 카약을 더 멀리 밀고 나갔다. 미카는 그의 뒤를 따르는 것만으로 만족했다. 토머스는 이따금 노 젓기를 멈추고 뒤를 돌아보며 미카가 잘 따라오고 있는지 확인했다. 소년 같은 미소가 얼굴에 만연했는데, 이상하게도 그 미소가 그를 변화시켰다. 훨씬 젊어 보이는 건 물론이고, 근심이나 걱정이라고는 하나도 없는 사람처럼 환해 보였다. 햇볕이 내리쬐고 새들이 지저귀는 가운데 부두에서 한참이나 멀어지는 동안, 이 강 위에 사람은 오직 둘 뿐인 것 같았다. 마침내 수련잎 군집 지역이 나오자 미카는 노를 무릎 위에 올려놓고 몸을 뒤로 젖혔다. 충만한 행복감과 함께 물 위를 둥둥 떠 있는 기분이 좋았다. 그대로 햇빛과 토머스의 행복을 만끽했다.

퉁! 그때 무언가가 미카가 몸을 넌 카약 바닥을 때렸다. 미카는 소음을 향해 고개를 내밀었다. 로슬린인가? 그 바람에 카약이 비틀거리며 기우뚱거렸다. 당황한 미카는 체중으로 균형을 잡고 저도 모르게 손으로 바닥을 힘껏 짚으며 돌았다. 카약이 한쪽으로 혹 기울어지면서 물속으로 뒤집혔다. 강물에 빠진 미카는 비명을 삼켰다. 미카는 순식간에 물에 빠졌다. 그리고 곧장 수면 위로 튀어 올라 숨을 헐떡였다. 해초처럼 드리워진 머리카락 사이로 토머스가 미카를 향해 노를 저어 오는 모습이 보였다.

"로슬린과 마주치기라도 했어요?"

토머스는 미카의 옆으로 미끄러지듯 다가와 노로 무언가를 가리켰다. 미카는 흘러내리는 머리카락을 힘껏 밀어 넘겼다. 미카의 눈높이에서 무언가가 그녀를 응시하고 있었다. 비버였다. 코를 움찔거리는 새에 길고 노란 이빨이 드러났다. 미카를 한참 바라보던 비버는 몸을 틀었고, 긴 꼬리를 살랑이며 헤엄쳐 멀어졌다.

"악어라기엔 털이 복슬복슬한데요?"

지나치게 논리적인 남자다.

토머스를 있는 힘껏 째려본 미카는 팔다리를 허우적거리며 뒤집힌 카약으로 헤엄쳤지만, 미약한 발버둥일 뿐이었다. 부족한 운동으로 곱게 자란 온몸의 근육이 뒤늦게 비명을 질러댔다. 축축하게 젖은 옷을 입은 허약한 몸뚱이가 커다란 카약을 뒤집고 그 위에 올라타기란 불가능에 가까웠다. 결국 토머스가 물에 뛰어들어 미카를 도와줄 수밖에 없었다. 그들은 카약을 가까운 모래섬까지 밀며 헤엄쳤다. 젖은 옷이 찰싹 들러붙었다. 두 사람은 터벅터벅 모래사장을 걸었다. 토머스가 입고 있던 셔츠를 벗자 미카의 눈이 유혹 앞에 일렁였다. 토머스는 벗은 셔츠에서 물기를 힘껏 짜내고 다시 입었다. 미카는 팔짱을 낀 채 바르르 몸을 떨었다. 날은 따뜻했지만, 그늘 밑이었다. 바람이 불 때마다 차가운 채찍이 몸을 때리는 듯한 한기가 몰려왔다.

토머스는 미카의 상태를 점검했다.

"잠깐만 기다려요."

단호하게 말하고 사라진 토머스는 숲으로 터벅터벅 걸어가서 마른 가지와 잎을 한 아름 들고 돌아왔다. 호루라기에 달려 있던 나일론 줄을 사용해 활 모양의 무언가를 만든 토머스는 쪼그리고 앉아 나뭇가지와 활을 이용해 앞뒤로 마찰을 일으켰다. 얼마 지나지 않아 나뭇잎에서 연기가 나고 불이 붙었다. 토머스는 불씨에 입김을 불어 금방 불꽃을 틔웠다. 그리고 더 커다란 나무 조각 두 개를 불씨 위로 던졌다.

미카는 불길 위로 손바닥을 내밀며 조금 더 가까이 다가섰다.

"진짜 베어 그릴스* 같네요."

미카가 칭찬했다.

"그 남자요? 수상할 정도로 필요한 물건이 근처에 있는 모험가?"

토머스는 발끈했다.

"그래요?"

---

* 영국의 모험가, 작가, 텔레비전 진행자로 야외 활동이나 극한 상황에서의 생존 기술로 유명하다.

미카가 되물었다. 토머스는 고개를 끄덕였다.

"그럼 나무 막대기와 잎사귀, 나일론 줄로 불 피우는 법은 어떻게 배웠어요?"

토머스는 "보이 스카우트에서 배웠습니다" 하며 어깨를 으쓱했다. 그리고 잠시 주변을 둘러보더니 덧붙였다.

"여기서 몸 좀 녹여요. 나무 좀 더 가져올게요."

"보이 스카우트."

미카는 토머스가 수풀에서 나뭇가지를 줍는 모습을 보며 중얼거렸다.

"정말 잘 어울리네."

얼마 후, 불꽃이 활활 타올랐다. 두 사람은 신발을 벗고 모닥불 곁에 신발을 세워 물기를 말렸다. 미카는 뺨이 후끈 달아올랐다. 미카의 맞은편에 앉은 토머스는 무릎을 접고 그 위에 팔꿈치를 올렸다. 미카는 지저귀는 새소리를 들으며 불꽃을 멍하니 바라보았다.

"비버 따위에 놀라서 미안해요."

"걱정하지 말아요. 비버랑 악어는 늘 구분하기 힘든 동물이잖습니까."

토머스는 고개를 반대로 돌리고 입술을 힘껏 물며 어떻게든 웃지 않으려고 노력하는 중이었다. 하지만 쉽지 않은 모양이다. 그의 어깨가 파르르 흔들렸다. 토머스는 미카를 보며 웃고 있었다.

"진짜 웃기지도 않아."

미카가 차갑게 쏘아붙였다.

토머스는 미카를 보며 피식 웃음을 삼켰다.

"아, 이해한다니까요. 정말로. 너무 무섭잖아요. 당신이 왜 그렇게 당황했는지 이해해요. 절대 과민 반응이 아닙니다."

미카는 맨발로 바닥의 모래를 푹푹 파냈다.

"그 비버는 진짜 컸어요."

"나중에 다른 사람들한테 오늘 이야기를 할 때, 그 비버가 악어만 한 비버였다고 꼭 설명하겠습니다."

토머스가 진지하게 대답했다.

"장담컨대 비버는 약 23킬로그램을 넘을 만큼 크지 않아요. 하지만 돌연변이 비버라고 해주면 고맙겠어요."

미카는 자신을 향해 고민 없이 뛰어드느라 티셔츠가 축축하게 젖어 어깨에 찰싹 들러붙은 토머스의 모습이 좋았다. 미카는 얼른 고개를 돌려 마른 나뭇가지를 발견하고 불길에 던졌다.

"꼭 알아둘 게 있어요. 악어와 비슷한 크기의 돌연변이 비버가 또 나타나면, 나도 주저 없이 당신을 도우러 뛰어들 거예요. 물론 부모를 잃어야 할 페니가 안타깝긴 하지만……."

농담을 주절거리던 미카는 얼른 입을 틀어막았다. 서둘러 사과해야 했다.

"아, 미안해요."

미카가 중얼거렸다. 캐롤라인을 까맣게 잊고 있었다. 미카는 허탈한 눈빛으로 토머스를 바라보았다.

토머스는 이글거리는 눈빛으로 모닥불 너머의 미카를 바라보았다.

"괜찮아요."

한참이나 말이 없던 토머스가 이해할 수 없는 표정으로 여상히 대꾸했다.

미카는 모래 속으로 손을 쑤셔 넣으며 주먹을 움켜쥐었다.

"아니요, 아니요. 너무 생각 없이 말했어요. 내가 쓰레기죠. 미안해요."

미카는 무슨 말을 하는 줄도 모르고 연신 사과했다.

"페니가 당신이 그 이야기 하는 걸 싫어한다고 분명히 말해줬는데. 미안해요, 아직 극복하는 중인 사람한테."

토머스는 미카를 빤히 응시하며 눈을 몇 번 깜빡거렸다. 두 사람 사이로 한동안 묘한 긴장감이 흐른 후에야 토머스가 천천히 입을 열었다.

"혹시 사랑하는 사람을 떠나보낸 적이 있습니까?"

"아니요."

미카는 토머스를 바라보며 느릿느릿 대답했다.

모닥불이 딱 알맞게 타올랐다. 주변의 무성한 숲이 해수면에 반사되었다. 잎사귀는 밝고 푸르렀다. 그야말로 싱그러운 여름이었다. 언젠가 시간이 지나면 잎은 마르고 나무는 가을과 함께 시들해지겠지만. 대부분의 삶이 그렇게 시간의 흐름에 몸을 맡기며 나약하게 지고 만다. 미카의 공황 발작은 페니를 가진 후에 점점 더 심해졌다. 처음에는 하나도 인내심을 가지고 친절하게 미카를 돌봐주었다. 무너지고 예민해지고, 산산조각 난 미카의 곁을 내내 지키면서.

"나, 죽어가는 것 같아."

미카는 짧은 숨을 토해내며 하나에게 말했다. 영혼이 더 이상 맞지 않는 몸에 어떻게든 들어가 보려고 자신을 욱여넣는 기분이었다. 발작이 여섯 번 정도 더 이어지자 하나의 인내심도 조금씩 사그라졌다. 사랑스럽지만 못되게 변한 하나가 억지로 미카의 발에 신발을 신기고 넓은 캠퍼스로 등을 떠밀어 무료 상담 서비스를 받게 했다. 미카는 채찍질을 무서워하는 겁먹은 말처럼 속절없이 하나의 손에 이끌렸다. 그곳에서 심리학 전공 대학원생 수잔을 만났다. 수잔은 두려움 속에서 숨 쉬는 법을 가르쳐 주었다. 미카는 호흡이 진정된 후에야 주먹을 말아 쥐고 무릎을 쿵쿵 두드리며 외쳤다.

"그냥 이겨내고 싶다고요."

엄마가 미카에게 심어놓은 아집이었다. 역경은 극복하라고 있는 것이다. 훌륭한 엄마들에게 미담이 있듯, 훌륭한 피해자에게도 나름의 사정이 있다. 공포가 당신을 정의하는 게 아니다. 그러니 용기를 내라. 피해자가 되려고 하지 마라.

수잔은 말없이 미카를 향해 몸을 숙였다. 마크라메 매듭 공예로 만든 목걸이가 쇄골 부근에서 달랑거렸다. 수잔의 목소리에는 세상의 모든 연민과 동정이 담겨 있었다.

"미카, 이건 극복해야 할 일이 아니에요. 그냥 미카가 으레 겪어야 할 일일 뿐이에요."

이제는 미카가 같은 말을 건넬 차례였다.

"이건 그냥 당신이 으레 겪어야 할 일일 뿐이에요."

토머스는 날카롭고 이글거리는 눈으로 미카를 빤히 바라보았다.

"정확해요."

토머스가 속삭였다. 슬픈 미소를 띤 공허한 무언가가 그의 얼굴에 드리웠다.

"아내는 쉬지 않고 농담했어요. 이제 와 생각해보니 약간 병적이었어요. 내가 혼수상태에 빠져 꿈을 꾸고 있는 거라고 했었죠. 때로는 등 뒤에서 나를 껴안으면서 '여보, 일어나. 사랑해. 그만 눈을 떠'라고 속삭일 때도 있었어요. 그러고는 세상이 떠나가라 웃는 겁니다. 마지막에 아내가 내 앞에서 눈을 감을 때, 주위에 간호사들이 그렇게 많았는데, 나는 주체할 수가 없었어요. 아내의 귀에 대고 계속 말했어요. '캐롤라인, 일어나. 사랑해. 나는 당신이 필요해'라고."

토머스는 호흡을 골랐다. 붉게 번진 눈가에 이슬이 맺혀 있었다. 그건 미카도 마찬가지였다.

"이 이야기는 누구에게도 한 적이 없군요."

"페니가 생긴 걸 안 후로, 가끔 배에 대고 말을 걸었어요."

미카가 불쑥 입을 열었다.

"안녕, 아가야. 오늘이 2주 차래. 잘 지내고 있길 바라. 엄마는 몸이 썩 좋지 않아……."

그게 미카가 무너지지 않고 버틸 수 있는 유일한 방법이었다.

토머스는 이해한다는 듯 고개를 짧게 끄덕였다.

"나도 아내에게 말을 걸곤 했어요. 한동안 그러다가 빈도가 점점 줄어들더군요. 어느 순간이 되자 더 이상 말을 걸지 않게 됐어요."

토머스는 목청을 가다듬으며 코끝을 매만졌다.

"그게 내가 겪은 일이에요. 이제는 완전히 이겨냈다고 봐야죠. 그때의 감정은 이제 마음속 깊이 묻어두고 살아가요. 아내에게, 우리가 함께 만든 삶에, 페니에게 고마울 뿐이에요. 후회는 없어요. 하지만 문득……."

토머스는 천천히 호흡을 고른 후에 물었다.

"페니가 당신에게 내가 아내에 대해 이야기하는 걸 싫어한다고 말했습니까?"

"네."

"내 잘못입니다."

토머스가 모닥불에 통나무를 던지며 중얼거렸다.

"아내가 죽고 나서 한동안 너무 화가 났어요. 스스로가 공허하니까 페니도 편하게 대할 수가 없었습니다."

"캐롤라인은 어떤 사람이었어요?"

미카는 저도 모르게 말이 튀어나왔다. 시간을 돌려 어떻게든 주워 담고 싶은 말이었다. 미카도 캐롤라인을 좋아하고 싶었다. 하지만 누가 봐도 좋은 엄마의 표본 같은 캐롤라인에게서 조금의 단점이라도 찾고 싶은 지독한 욕심이 꿈틀대고 말았다.

토머스는 한참 후에야 미소를 되찾았다.

"아내는 정말 놀라운 사람이었죠. 누가 봐도 상냥하고, 친절하고. 가족이 없는 환자들이 있으면 교대 후에도 찾아가서 말벗이 되어줬어요. 훌륭한 아내이자 엄마이기도 했고. 우린 꽤 좋은 파트너였어요. 할 수만 있다면, 지금 페니의 모습을 아내에게 보여주고 싶어요. 우리 페니가 얼마나 잘 자랐는지."

"말만 들어도 완벽한 사람 같네요."

미카는 목소리에서 시기와 질투를 지워내려 애썼다. 자신과는 감히 비교도 할 수 없는 사람이 아닌가.

토머스는 미카의 얼굴을 빤히 바라보았다.

"사실 완벽하진 않았어요. 오히려 완벽과 거리가 멀었죠. 성질도 급하고 마음에 안 드는 일이 있으면 입을 꾹 다물어서 사람을 불편하게 하기도 했어요."

미카는 엄마의 고요한 불행을 떠올렸다. 캐롤라인에 관해 이야기하기를 거부하던 페니도, 피터와의 일 이후로 더 이상 나아가지 않겠다는 마음을 먹었던 자신의 모습도. 여자는 대부분 어떤 식으로든 침묵을 무기로 사용하나 보다. 이게 얼마나 위험한지도 모르면서.

"한번은 친구들하고 과음하고 돌아온 날이 있었는데, 아내가 저한테 이틀이나 말을 안 걸더라고요."

"저런."

미카가 감탄했다.

토머스는 고개를 끄덕이며 손가락으로 모래를 쿡쿡 찔렀다. 그러고는 쓴웃음을 지었다.

"아내는 통제광이었어요. 강박적으로 청소를 하는 완벽주의자였죠. 가끔은 아내가 내게 너무 과분한 사람 같았습니다. 어쨌든 아내는 날 사랑했고, 나도 아내를 사랑했어요."

미카는 토머스를 힐끗 바라보며 사랑에 대해 생각했다. 사랑의 다양한 방식과 사랑을 할 때와 잃었을 때의 감정을 떠올렸다. 두 사람에게는 공통점이 있었다.

그때 엔진의 굉음이 울리며 점점 가까워졌다. 나뭇가지에서 쉬고 있던 새들이 깜짝 놀라 파르르 날아갔다. 보트 한 척이 모래사장 근처에 멈춰 섰다.

"이봐요!"

카약 대여점의 남자가 손을 입가에 댄 채 큰 소리로 외쳤다.

"대여 시간 끝났어요! 거긴 공유지라 불 피우면 안 돼요!"

토머스와 미카는 자리에서 벌떡 일어났다. 토머스는 모래로 불을
덮었고, 남자는 보트를 해변 가까이에 정박했다. 그들은 끌고 온 보
트에 열심히 카약을 실었다.

"미안합니다."

다시 해안가로 돌아오는 보트 안에서 토머스의 머리카락이 휘날
리는 바람에 흩날렸다.

"로슬린과 마주쳤거든요."

남자가 호탕하게 웃어넘겼다. 남자는 팔을 들어 모래 언덕 너머
에 자라는 덩굴 단풍나무를 가리켰다. 나뭇가지가 물 위로 아치를
그리며 뻗어 있었고, 가지에는 진흙이 잔뜩 묻은 악어 인형이 매달
려 있었다. 악어 인형의 목에 '로슬린 샤피드'라는 골판지 이름표가
걸려 있었다.

"로슬린은 오늘 파업 중입니다."

남자가 말했다.

* * *

토머스가 차 안에서 젖은 옷을 벗고 마른 옷으로 갈아입는 동안,
미카는 밖에서 등을 진 채 기다렸다. 토머스는 맨투맨 티셔츠를 들

고 나왔다.

"이거요."

토머스는 옷을 내밀었다.

"아, 고마워요."

미카는 가슴에 다트머스 조정 팀의 로고가 새겨진 그의 옷을 빌려 입었다.

그리고 토머스를 공항까지 데려다주었고, 담백하게 작별 인사를 나눴다. 미카는 빌린 옷은 세탁해서 보내주겠다고 했다. 그러자 토머스는 몇 주 후, 다시 포틀랜드를 방문할 때 받겠다고 했다. 집에 돌아온 미카는 샤워부터 했다. 샤워를 마치고 나온 미카의 휴대 전화에 토머스의 문자가 도착해 있었다.

이제 곧 출발해요. 오늘 함께 시간을 보내줘서 고마워요. 물 위에 뜨는 기분이 얼마나 좋은지 까맣게 잊고 살았습니다.

카약을 탄 토머스가 떠올랐다. 구불구불한 강을 바라보며 머금은 입가의 미소를 보고 있으면 덩달아 웃음이 나왔다. 미카도 그 느낌을 알았다. 물감을 바라볼 때 미카의 기분이 그랬다. 나에게 딱 어울리는 무언가를 찾는 느낌. 미카는 답장을 두드렸다. 언제든요.

정말 재밌었습니다. 가족이 생기고 나서는 늘 바빠서 잊고 살았는데, 아직 완전히 잊은 건 아니라는 걸 깨달았어요. 토머스가 곧장 답을 보냈다.

확실히 카약의 'GOAT'였어요. 미카도 바로 답장을 보냈다.

그러자 토머스가 GOAT? 하고 물었다.

미카는 샤워 가운의 매듭을 단단히 조인 후에 답했다. 올타임 레전드요.

363

왜 비꼬는 것처럼 느껴지죠? 혹시 아직도 비버 때문에 화났어요? 토머스는 미카를 놀리고 있었다.

무슨 말씀이신지 전혀 모르겠는걸요. 미카는 배시시 웃으며 답장을 보냈다.

고마워요. 돌아오는 답장이 간결했다.

별말씀을. 즐거웠다니 다행이네요. 미카의 답도 깔끔했다.

미카는 바닥에 던져놨던 토머스의 티셔츠를 주워 세탁기에 넣었다. 휴대 전화를 다시 확인하니 토머스의 문자가 또 깜빡이고 있었다. 진심이에요. 다음엔 내가 보답할게요.

미카에게

잘 지내고 계신가요? 시간이 얼마나 빨리 지나가는지, 믿을 수가 없어요. 페니는 이제 열세 살이 되었어요. 여러분과 함께 페니가 성장하는 모습을 지켜보는 건 제게도 즐거운 일이랍니다. 항상 그렇듯 미카 스즈키(생모)와 토머스 캘빈(양부)이 동의한 입양 조건에 따라 서류를 동봉하여 보내드립니다. 내용은 아래와 같습니다.

• 입양아의 발달 및 양육 상황을 설명하는 양부모의 연간 편지
• 사진 또는 기타 기념품

궁금하신 점 있으시면 문의 부탁드립니다.

진심을 담아,
입양 담당자 모니카 피어슨

스즈키 씨에게

페니는 지난주에 열세 번째 생일을 맞이했고, 이제 7학년입니다. 페니는 잘 지내고 있고, 학업 성적도 대부분 뛰어난 편입니다. 페니는 육상 팀에 들어갈 예정이며, 크리스마스 선물로 고양이를 부탁했습니다. 최근 과학 박람회 프로젝트 사진을 몇 장 첨부합니다.

그럼, 이만 줄입니다.

토머스

23

미카는 오렌지 더미를 바라보고 있었다.

"뭘 그렇게 봐요?"

페니는 고개를 기울이고 살며시 입을 벌렸다.

"혹시 엄청 큰 거미라도 보신 거예요? 과일을 운송할 때 열대 거미가 따라왔다는 뉴스 기사를 본 적이 있거든요."

미카는 고개를 절레절레 흔들며 카트에 난폭한 아이 셋을 태운 아빠를 피해 오렌지에 가까이 다가갔다. 토요일 아침, 아시아 마켓인 우와지마야는 시끄럽고 밝고 분주했다.

"아니. 열대 거미는 없어."

"으."

페니는 입술을 깨물었다.

미카는 오렌지를 집어 들고 손으로 돌려가며 샅샅이 관찰했다.

"너희 아빠가 오렌지 꼭지 부분을 싫어하시는 거, 알고 있었어?"

"아, 네. 진짜 이상해요."

페니는 자리를 옮기며 메이지 초콜릿 바와 포키 스틱 과자 그리고 화이트 레빗 크리미 사탕을 바구니에 채워 넣었다. 그야말로 균형 잡힌 식단이다. 그러고는 오렌지를 집어 들고 반 바퀴 돌려 배꼽 무늬 꼭지가 위로 오게 했다.

미카는 뒷주머니에서 휴대 전화를 꺼내 사진을 찍었다.

"너희 아빠한테 이 사진을 보내볼까?"

"지금 당장 보내야죠."

페니는 배시시 웃으며 바구니를 다시 팔에 끼웠다.

미카는 사악한 미소를 지으며 사진을 전송했다.

두 사람은 깔깔 웃으며 다시 쇼핑에 나섰다. 페니는 마른오징어와 수조에 담긴 살아 있는 장어, 산더미처럼 쌓인 청경채에 감탄했다. 갈증을 느끼던 대나무가 빗물을 흡수하듯, 그들은 즐거운 마켓의 구경거리와 맛있는 음식 냄새에 홀딱 취해버렸다.

그때 토머스가 비버의 사진과 함께 답장을 보냈다. 비버의 눈동자에서는 초록색 불빛이 번뜩였다. 미카는 페니에게 답장을 보여주지 않기로 마음먹었다. 이걸 어떻게 설명할 수 있겠는가? '내가 악어를 본 줄 알았는데, 알고 보니 비버였어. 그 바람에 카약이 뒤집어졌고, 네 아빠가 나를 물속에서 구해줬어.' 일단 이 모든 게 당황스러웠다. 그날을 생각만 해도 뺨이 달아올랐다. 그리고 둘째, 오렌지는 세 사람이 공유하는 이야기지만 비버는……. 미카와 토머스 사이의 농담거리였다. 페니에게는 이 모든 이야기가 이상하게 보일 수도 있다. 어쩌면, 지나치게 친밀하다는 느낌을 줄 수도 있고.

미카는 계산하면서 다코야키는 꼭 먹어봐야 한다고 우겼다.

"문어를 굽는 건데, 길거리 음식이야."

미카는 페니에게 설명하며 길거리 푸드 코트 의자에 자리를 잡았다. 일본에서는 길거리를 걸으며 음식을 먹는 건 예절에 어긋난 행동이다.

미카는 테이블 중앙에 동그란 모양의 음식을 내려놓았다. 문어한 덩어리와 반죽, 튀김 부스러기, 생강절임, 파 등을 돌돌 뭉쳐 구운음식. 페니는 미카의 주장에 젓가락을 쪼개고 조금의 망설임도 없이입에 넣었다. 미카는 딸의 겁 없는 모습에 흡족했다.

페니는 천천히, 신중하게 음식을 씹었다.

"이거, 대박 맛있어요!"

페니는 첫 번째 알을 다 먹어 치우자마자 두 번째 알을 입안 가득넣고 우물거리며 외쳤다.

"저, 데번하고 자려고요."

미카는 씹던 다코야키가 목에 턱 걸렸다. 기침을 터트린 미카는물을 벌컥벌컥 삼켰다.

페니가 힐끗 곁눈질로 미카를 바라보며 "괜찮아요?" 하고 물었다.

미카는 손으로 가슴을 두드렸다.

"미안, 잔다고? 데번이랑?"

미카는 아직도 목이 따끔하고 목소리가 거칠었다. 잘못 들었을지도 모른다. 제대로 들었지만 뜻을 제대로 이해하지 못한 것일 수도있다. 어쩌면 함께 잔다는 의미가, 미카가 생각하는 그 의미가 아닐수도 있다. 가령 요즘 십 대들에게 '같이 잔다'는 말은 '같이 파자마

파티를 한다'는 뜻일 수도 있다. 얌전히 이불로 몸을 둘둘 감싸고 어둠 속에 나란히 누운 채 서로의 몸을 전혀 건드리지 않는다는 의미일 수도 있지 않겠는가.

"네, 섹스요."

페니가 목소리를 조금 낮추며 말했다.

미카는 다시 물을 한 모금 삼키며 미소를 지어보려 애썼다.

"굉장히, 큰 진전이다."

미카는 페니가 고작 열여섯 살이라는 걸 상기시키는 것 외에 할 수 있는 말이 없었다. 아직도 그냥 어린 아이인데. **바로 내 아이.**

페니는 냅킨을 동그랗게 말고 주먹을 쥐었다.

"전 준비됐어요. 확실해요. 걔를 사랑하는 것 같아요."

데번은 그렇게 생각하지 않을 수도 있지만, 미카는 페니의 마음을 아프게 할 용기가 없었고 그런 말을 해주고 싶지도 않았다. 페니가 자신이 원하는 방식으로 혹은 마땅한 방식으로 사랑받지 못할지도 모른다고 이야기할 수 없었다. 그래서 대신 "사랑이 꼭 필요한 건 아니야"라고 말해주었다. 미카는 페니를 바라보며 딸의 세계관, 작고 독특하고 조금은 순진한 딸의 세상에 대해 생각했다. 자신이 어렸을 때, 엄마도 자신을 바라보며 그렇게 생각했을까? 미카는 몸을 들썩였다. 자신이 엄마를 닮아간다고 생각하니 영 마음이 불편했다.

페니가 아랫입술을 잘근거리며 속눈썹을 치켜뜨고 미카의 눈을 수줍게 바라보았다.

"저……, 물어봐도 돼요? 그러니까, 첫 경험이요. 어땠어요?"

미카는 가정용품 코너에 있는 너구리 조각상에 집중했다. 춤추는 너구리는 눈을 지그시 감고 있었고, 다리 사이로 행운을 가져다준다는 커다란 고환이 매달려 있었다.

"내 첫 경험?"

미카는 눈을 깜빡이며 캠퍼스에 있던 술집 '치어풀 톨토이즈'를 떠올렸다. 엉덩이를 씰룩거리며 잘생긴 남자를 향해 하염없이 미소를 보냈던 자신이 떠올랐다. 정치학 전공의 조던이라는 남자애였다. 버켄스탁 슬리퍼에 양말을 신은 조던은 다른 네 명의 남학생과 한방을 썼고, 방에는 전등 대신 야광 투시경이 있었다.

"기억에 남거나 딱히 낭만적이진 않았어. 하지만 재미있었지."

미카가 아쉬운 미소를 지으며 솔직하게 대답했다.

"조금 아팠어."

미카는 뺨이 화끈거렸다. 페니의 온 시선이 자신을 향해 있다는 게 불편했다. 미카는 조던에게 첫 경험이라고 말하지 않았다. 조던은 천천히 다시 해보자고 고집을 부렸다. 그가 사정을 향해 달려가는 내내, 미카는 배경 음악으로 틀어 놓았던 윌코의 음악에 귀를 기울였다. 미카는 탁자를 빤히 바라보며 "페니" 하고 속삭였다. 차분하게, 최대한 감정을 배제한 목소리를 내려고 노력했다.

"정말 원해? 데번이랑? 그렇게 오래 사귀지 않았잖아."

둘이 사귄 지 고작 한 달밖에 안 됐잖아, 라고 덧붙이고 싶었다. 자신이야말로 위선자라는 걸 알면서도. 하지만 자신과 똑같은 실수를 하지 않기를 바라는 마음으로 자식을 보호하는 게 엄마의 역할이 아닐까?

"확실해요."

페니가 결연한 눈빛으로 말했다. 그동안은 좀처럼 볼 수 없던 눈빛이었다.

"거의 하루 종일 붙어 있어요. 매일매일. 게다가 꼭 그게 아니더라도 엇비슷한 건 거의 다 해봤거든요."

미카의 안색이 차갑게 굳었다.

"나한테 굳이 말해주지 않아도 돼."

그런 건 조금 알수록 마음이 편했다.

"전 준비됐어요. 알 수 있어요."

페니가 고집을 부렸다.

"알았어."

미카가 한발 물러섰다. 미카의 태도가 부드러워지자 페니도 조금 누그러졌다.

"데번은 좋은 사람이에요. 대화도 많이 나눴어요. 저를 압박하거나 억지를 부리지도 않았고요."

"알았어."

미카가 다시 말했다. 천천히 숨을 들이마시며 피할 수 없는 상황을 받아들였다. 이렇게 될 줄 알았다. 인류사를 통틀어 자식들은 언제나 부모의 말을 듣지 않았다. 그리고 미카도 이제 그 무한 반복의 굴레에 발을 들였다.

"피임은? 혹시 그런 이야기도 나눠봤니?"

페니의 뺨이 눈에 띄게 붉어졌다. 어쩌면 페니는 어린 나이에 임신한 미카를 생각하고 있었는지도 모른다. 선택의 여지가 없던 십대에 임신한 자신의 생모와 똑같이 되고 싶지는 않을지도 모른다.

"콘돔을 쓸 거고, 저도 몇 년째 피임약을 복용하고 있어요. 생리통이 심해서요."

"그 부분은 해결됐네."

미카는 자리에서 일어나 테이블을 치우려고 움직였다. 엄마는 미카에게 섹스에 관해 말해준 적이 없었다. 고등학교 성교육에서 배운 거라고는 '싫어요!'와 임신, 성병이 전부였다. 섹스가 얼마나 재미있을 수 있는지는 아무도 말해주지 않았다. 그게 얼마나 복잡한 일인지도.

"정말로요. 약속할 수 있어요."

페니는 자리에 앉은 채 확신했다.

"저기……, 이건 비밀로 해주실 수 있을까요? 우리끼리만 알았으면 해요."

미카는 잠시 멈춰 선 채 빈 종이 접시와 다 쓴 나무젓가락을 집어 들었다.

"아빠한테 말하지 말라고?"

페니는 손을 내저었다.

"별일 아니잖아요. 아빠한테 굳이 말하지 않아도 되는 것들도 있고요."

미카는 다시 자리에 앉았다. 토머스에게 거짓말을 하라고 요구하는 페니라니. 그럴 수는 없다. 그 생각이 번개처럼 미카의 뇌리를 스쳤다.

"그런 건 좀 불편해, 페니. 토머스와 네 순결에 관한 대화를 할 필요는 없지만, 적어도 데번이라는 아이를 만나고 있다는 이야기 정도는 해야 해. 내 경험상 진실은 언젠가 꼭 드러나더라고.”

미카는 농담을 던져보려 애썼다.

그러나 페니는 얼굴을 굳히고 주위를 둘러보더니 “그만 기숙사로 돌아가야 할 것 같아요” 하고 중얼거렸다.

“응?”

미카는 움찔했다. 페니는 미카와 주말을 보내기 위해 시간을 비워둔 상태였다.

“네, 올리브하고 놀기로 했던 게 방금 생각났어요.”

“진심이야?”

미카는 이마를 찡그렸다.

“네.”

페니가 자리에서 일어서며 쇼핑백을 집어 들었다.

“갈까요?”

두 사람은 차로 걸어갔다. 페니의 분노가 꼬리처럼 그들의 뒤를 따랐다. 미카는 할 말이 없었다. 대체 무슨 일이 벌어진 거지? 차 안은 더욱 끔찍했다. 운전하는 내내 두 사람 다 침묵을 지켰고, 페니는 뚱한 표정이었다. 분명 미카와 페니의 사이가 벌어지는 중이었다. 대체 이 틈을 어떻게 다시 메꿀 수 있을까? 미카는 기숙사 앞에 차를 세우고 딸을 향해 입을 열었다.

“나는…….”

하지만 시도는 묵살되었다. 페니는 차 문을 힘껏 닫고 사라졌다.

* * *

　몇 시간 후, 미카는 마음이 복잡했다. 조용한 집에서 머릿속으로 오전의 대화를 몇 번이나 되풀이하면서 페니에게 상처받은 마음과 화가 나는 마음 사이에서 오락가락 갈피를 잡지 못했다.

　"나한테 화가 난 건가?"

　미카는 페니에 대해 말로 표현할 수 없는 감정을 느끼며 혼잣말을 중얼거렸다. 딸이 얼마나 고집스럽고 심술궂은지. 하지만…….

　"페니가 나한테 화가 났어."

　미카는 나지막이 중얼거렸다. 토머스에게 전화를 걸어볼까 고민했다. 어떻게 하면 페니에게 더 잘 다가갈 수 있을까. 그와 상의가 필요했다. 그러나 미카가 이야기하고 싶은 사람, 대화가 필요한 사람은 페니였다. 그래서 해가 질 무렵, 미카는 페니에게 전화를 걸었다. 이 문제를 해결하지 못한 채 잠자리에 들고 싶지 않았다. 화가 난 채로 잠들지 마라, 라는 말도 있지 않은가? 어쨌든 미카는 페니의 변화무쌍한 감정 기복을 피해 숨거나 움츠러들고 싶지 않았다.

　몇 번의 연결음이 울리는 사이, 미카는 긴장을 늦추며 마음을 다잡았다.

　"네."

　페니가 전화를 받긴 했지만 인사는 없었다.

　"나한테 화내지 말아줘."

　미카가 불쑥 속마음을 털어놓았다. 내가 배 아파 낳았는데, 아이 키우는 건 당연히 따라오는 능력이어야지.

"저도 화내고 싶지 않아요."

페니가 동의했다.

미카는 깊은 숨을 들이마시고 창밖의 어두운 도로를 응시했다.

"자, 이제 우리가 같은 의견인 걸 알았으니까……."

미카는 말을 이어나갔다.

"난 네가 나한테 편하게 얘기했으면 좋겠어. 네가 언제든 편하게, 무엇이든 털어놓을 수 있는 사람이 되고 싶어. 그렇지만 나는……."

미카는 **엄마**라는 말을 내뱉을 수 없었다.

"나는 어른이고, 네 아빠에게 거짓말을 하는 건 곤란해."

잠깐의 침묵 끝에 페니가 한숨을 내쉬었다.

"무슨 말인지 알 것 같아요."

사랑스럽던 페니는 대체 어디로 간 걸까? 미카는 기숙사 복도에 서 있는 페니의 모습을 그려보았다. 코를 찡그리며 오후 내내 우는 바람에 약간 빨개진 얼굴일까? 어쩌면 곁에 데번이 있을지도 모른다.

"아빠에게 남녀 혼성 캠프이고, 데번을 만나고 있다고 말씀드릴게요. 저한테 그런 말씀을 하셔서 그런 건 아니고……."

"당연하지."

미카가 끼어들었다.

"그게 아니라 아빠가 데번을 만나봤으면 해서 이야기해 드리는 거예요."

페니는 다시 한숨을 쉬었다.

"아빠는 화 안 났다고 하면서 결국 화를 내겠죠. 실망할 거예요."

미카의 입꼬리가 씩 올라갔다. 토머스라면 분명 그럴 테니까.

"그렇다고 아빠한테 섹스 이야기를 하진 않을 거예요."

페니가 모래 위에 선을 긋듯 단호하게 말했다.

페니는 몰랐겠지만, 미카는 열심히 고개를 끄덕이고 있었다.

"당연히 네가 알아서 선택할 일이야."

"우린 정말 서로를 좋아해요. 제가 십 대인 건 알지만, 그렇다고 저를 너무 어리게만……."

"난 그렇게 생각 안 해."

미카가 얼른 대답했다.

"난 네가 똑똑하고 현명하고 네 마음을 잘 알고 있다고 믿어."

"고마워요. 저한텐 커다란 힘이 돼요."

"어색하지. 나도 알아."

미카는 목에 걸린 무언가를 삼키며 덧붙였다.

"필요한 게 있으면 언제든 나한테 와. 하겠다고 했다가 중간에 마음이 바뀌어도 괜찮아. 데번이 화를 낼 거라는 생각은 하지 마. 진짜 남자는 그런 일에 화를 내지 않으니까."

미카는 빈손을 꼭 말아 쥐었다. 피터의 가슴을 주먹으로 밀쳐내던 기억이 떠올랐다. '싫어.' 강렬한 보호 본능이 마음속에서 활활 타올랐다.

"데번은 안 그래요."

페니가 주장했다.

"확신해요. 저도 원하고요."

"알았어."

미카가 부드럽게 대답했다. 페니는 미카에게 할머니와의 영상 통화와 할머니가 엄지손가락으로 카메라를 가린 일 등에 관한 이야기를 해주었다. 미카는 마음이 한결 가벼워진 기분이 들었다. 마치 거대하고 끔찍한 폭풍이 지난 후, 첫 햇살을 만끽하는 기분이었다.

* * *

미카가 점심 식사 시간에 하야토를 만나기 위해 어깨에 가방을 메고 나이키 본사를 거슬러 올라가던 월요일 오후. 갑자기 토머스에게 전화가 걸려왔다. 미카와 하야토는 초콜릿 파이를 나눠 먹으며 최근에 있었던 왕실 결혼식 사진을 정독할 계획을 세우고 있었다. 대단한 계획이었다.

토머스는 인사할 시간도 없이 재빠르게 말했다.

"페니에게 남자 친구가 있대요."

"페니가 말했군요."

한 무리의 사람들이 미카를 스쳐 지나갔다. 미카는 자신보다 1.5배는 커 보이는 저 남자들은 분명 유명한 농구 선수가 틀림없을 거라고 생각하며 그들을 향해 미소를 날렸다.

"다음에 포틀랜드에 가면 만나달래요. 혹시 만나봤습니까?"

"공식적으로는, 아니요. 그래도 몇 번 본 적은 있어요."

미카는 미아 햄 빌딩으로 통하는 이중 유리문 앞에 서서 자신을 기다리며 서 있던 하야토를 향해 손을 흔들었다. 미카는 검지 하나를 펴 보이며 1분만 기다려 달라고 신호를 보냈다. 하야토는 아무렇지 않다는 듯 곧바로 휴대 전화를 만지작거렸다.

"혹시 좀 비정상으로 보이진 않던가요?"

토머스의 말투가 차가웠다.

토머스는 가끔 마치 흑백 영화에 갇혀 사는 사람처럼 말을 했다. 미카가 그를 '꼰대'라고 부르면 좋아하진 않을 것이다. 미카는 코를 긁적였다.

"칼을 가지고 다니면서 문제를 일으키는 남학생처럼 보이냐는 얘기가 하고 싶은 거죠?"

토머스가 한숨을 푹 내쉬며 "나도 농담에 웃음이 났으면 좋겠네요" 하고 말했다.

"유감이네요."

미카는 팔짱을 단단히 꼈다. 근처에 거대한 인공 폭포와 분수가 있었다. 그 위로 오리들이 뒤뚱거리며 헤엄치고 몸을 흔들었다.

"그래도 페니가 솔직하게 말해서 다행이에요. 같이 다코야키를 먹다가 갑자기……."

"다코야키요?"

"동그랗게 구운 문어빵이에요."

"예?"

미카는 문득 토머스가 혼란스럽고 약간 화가 났을 때 짓는 표정을 떠올렸다.

"아, 문어 조각이 들어간 간식 같은 거예요."

미카는 전화기에서 얼굴을 떼고 잠시 하늘을 바라보았다. 이야기가 자꾸 다른 길로 샜다.

"신경 쓰지 말아요, 아무튼 간식을 먹다가 갑자기 데번 이야기를 하더라고요. 진지하게 만나고 있다고요. 그 이야기를 듣고 페니에게 데번 이야기는 아빠에게도 하는 게 좋겠다고 말했어요."

또다시 침묵이었다.

"그래서."

전화 건너편의 토머스가 천천히 입을 열었다.

"당신은 지금까지 페니에게 남자 친구가 있다는 걸 알고 있었다는 말이죠?"

토머스가 물었다.

미카는 희미한 한숨을 내쉬었다.

"몇 주밖에 안 됐어요. 페니가 비밀로 해달라고 부탁도 했고요. 미안해요. 당신도 알아야 한다고 했더니 너무 화를 내더라고요."

미카는 페니의 분노를 기억했다. 그로 인해 자신이 낡아빠진 가죽 부츠처럼 너덜너덜해졌던 순간도.

"당신에게 말하지 못해서 나도 불편했어요."

침묵이 이어졌다.

"너무 화내지 말아요."

미카가 말을 줄였다.

"화 안 났어요."

토머스는 한참 후에야 대답했다.

"페니가 내가 믿을 수 있는 사람과 이야기해서 다행입니다."

미카는 그 순간, 아주 오래도록 무거운 짐을 지고 있다가 마침내 해방되는 기분이었다. 고맙다는 말을 중얼거린 것 같기도 하다.

전화를 끊고 남은 점심을 먹는 내내 그리고 하루 종일, 미카의 머릿속에는 '내가 믿을 수 있는 사람'이라는 말이 계속해서 맴돌고 또 맴돌았다.

24

사흘 후, 토머스에게서 갑자기 문자가 왔다. 콧수염을 길러볼까 생각 중입니다.

미카는 거대한 유리 벽으로 둘러싸인 회의실에 앉아 서류로 부채질하고 있었다. 미카의 상사 거스가 지난번에 미카가 참여했던 협업 모델 작업이 아주 마음에 들었다며 다른 협업 모델 건을 도와달라고 부탁한 참이었다. 거스는 자신감에 가득 찬 목소리로 '미카라면 충분히 해낼 수 있을 거다'라고 했다.

제발, 그러지 말아요. 미카는 한시라도 빨리 말려야 한다는 마음이 가득했다.

당신 말이 맞아요. 2시간 후에 답장이 왔다. 수염이라니, 귀에 피어싱을 뚫어야지.

페니가 끔찍이 싫어할 거예요. 미카는 퇴근하며 답장을 보냈다.

토머스는 그럼 더더욱 뚫을 이유가 생겼군요. 하고 답장했다.

정말 뚫을 거라면, 양쪽 귀를 다 뚫는 패기 정도는 보여주세요. 미카는 집으로 돌아와 답장을 보냈다. 그리고 전자레인지에 음식을 데우고 식탁에 앉아 토머스의 답장이 오기만을 기다리며 휴대 전화에서 눈을 떼지 않았다.

갑자기 용기가 나는군요. 미카가 막 첫술을 뜰 때 토머스에게서 답장이 왔다.

미카는 음식물을 천천히 씹어 삼키며 화이팅! 하고 답장했다.

일주일 후 목요일, 미카가 막 회사 컴퓨터의 전원을 끄는 찰나에 토머스가 다시 문자를 보냈다. 페니가 토요일에 남자 친구와 하루 종일 놀겠다더군요. 폭포에서 하이킹할 생각이래요. 그래서 나도 같이 가도 되냐고 물어봤어요. 심지어 내가 돈도 다 내주겠다고.

미카는 유리 벽 너머 상사의 사무실을 향해 손을 흔들었다.

"좋은 주말 보내요!"

거스가 고개를 내밀며 외쳤다. 미카도 비슷한 인사를 건넸다. 농담으로 한 소리죠? 미카는 토머스에게 답장을 보냈다.

농담 반, 진담 반. 토머스는 기다렸다는 듯 회신했다.

그럼 이번 주에는 안 와요? 교회 가는 것도 취소? 미카는 창문을 내린 자동차에 구겨지듯 올라탔다. 아직 날이 환했다. 그리고 끔찍하게 더웠다. 미카는 시동을 걸지 않은 채로 가만히 앉아 토머스의 답장을 기다렸다. 사실 두 사람은 이미 함께 주말을 보낼 계획을 세웠다.

페니와 토머스 그리고 미카는 일요일에 미카의 엄마와 아빠를 모시고 함께 예배에 참석할 예정이었다.

아니요, 갈 겁니다. 교회도 갈 거고. 하지만 오늘 밤에 도착하는 비행기 표를 취소하긴 너무 늦었어요.

미카는 엄지손톱을 잘근거리며 고민했다. 내일은 찰리, 투안, 하야토 그리고 그의 새 남자 친구 세스와 함께 와이너리에 갈 생각이었다.

좋은 생각이 있어요. 미카가 문자를 두드렸다.

기대되네요. 토머스가 말했다.

페니도 토요일에 바쁠 테니까, 나랑 내 친구들이랑 같이 시간을 보내는 건 어때요? 오후에 와이너리에 갔다가 저녁에 바에 가서 가볍게 한잔할 예정이에요. 아마 이상한 수염을 잔뜩 기른 남자들이 득실득실한 술집이겠지만.

미카의 발가락이 긴장으로 곱아들었다. 마치 얇은 얼음판 위에서 스케이트를 타려고 준비하는 사람처럼. 이건 충동적으로 카약을 타러 갔던 것과는 달랐다. 토머스에게 자신의 친구들을 만나고 자신의 삶의 일부분이 되어달라는 공식적인 초대장이었다.

하지만 왠지 모르게 자연스러운 느낌도 들었다. 두근거리는 가슴이 조여왔다. 미카는 조바심을 내며 토머스의 답장을 기다렸다.

언제든 이상한 수염을 잔뜩 기른 남자들의 문화를 경험해보고 싶었습니다. 토머스가 답장을 보냈다.

미카는 배시시 웃고 말았다. 지금이 기회네요. 기회는 잡아야죠. 같이 갈 거죠?

토머스도 곧바로 네. 같이 가요.라고 답했다.

＊ ＊ ＊

무슨 옷을 입어야 하죠? 토머스는 토요일 아침부터 성화였다. 슈트에 넥타이?

미카는 입꼬리가 픽 올라갔다. 토머스가 문자를 할 때마다 조금은 설레면서도 절대 그렇지 않은 척 능수능란하게 마음을 숨겼다. 배 속에서 나비가 펄럭이는 이상한 마음이라니, 절대 그럴 리 없다. 말이 안 된다. 혹시 턱시도도 챙겨왔나요?

진심이에요? 토머스가 물었다.

아니요. 미카는 한 발 물러서면서도 내심 턱시도 차림의 토머스가 보고 싶었다. 하지만 청바지에 티셔츠를 입은 그의 모습도 보기 좋았다. 하룻밤 신세를 진 밤이 지나고 다음 날 아침, 하나의 방에서 티셔츠를 입으며 걸어 나오던 토머스의 모습이 지나치게 인상 깊었다. 하다못해 베레모를 쓰고 오셔도 전 괜찮아요.

청바지 입었습니다. 토머스가 말했다.

목에 화려한 스카프를 둘러보는 건 어떨까요? 미카는 입술을 꾹 깨물며 말했다.

1시에 봅시다. 농담이 통하지 않았다.

미카는 호텔에서 토머스를 만나 찰리의 집으로 데려갔다.

"페니에게 버림받다니, 안타깝네요."

미카가 말했다. 외발자전거를 탄 남자와 은행 건물이 차창 너머로 스쳐 지나갔다.

토머스는 긴 다리를 쭉 뻗으며 대답했다.

"서운해하면 안 되겠죠. 이게 순리잖아요. 아이를 한 방향으로 인도하다가, 제 발로 떠나고 싶어 하면 보내줘야죠. 내가 홀로서기에 충분한 지식을 잘 가르쳐 주었기를 바라면서요."

미카는 미간을 찌푸렸다.

"그건 마치 언젠가 내 곁에서 독립할 수 있게 훈련시키는 것 같은데요."

토머스는 눈을 느리게 끔벅이며 차분히 미카를 응시했다. 주변 시야로 그의 뜨거운 시선이 느껴졌다.

"정확히 그거죠."

"난 그게 좋은지 잘 모르겠어요."

미카는 전방을 주시하며 몸을 살짝 들썩였다. 눈꼬리에 걸린 토머스는 한쪽 입꼬리를 씩 올리며 쓸쓸하게 웃고 있었다.

미카가 차를 세우자 포도색 와이너리 투어 승합차가 찰리의 집 앞 도로변에 서 있었다. 찰리가 나와서 운전석의 미카를 향해 열심히 손을 흔들었다. 조수석에 앉아 있던 토머스를 보자 찰리의 미소가 더더욱 환해졌다. 미카가 차에서 내리자마자 찰리가 다가왔다.

"미카!"

친구의 목소리는 평소보다 한 옥타브 높았다.

"깜짝 놀랐잖아. 네가 누굴 데려오는 건 너무 오랜만이야. 안녕하세요! 전 찰리예요."

찰리가 손을 쑥 내밀었다.

"토머스입니다."

토머스도 덩달아 악수하며 인사했다.

"아, 페니 아버님이시구나. 만나서 반가워요."

찰리가 눈부신 미소를 지으며 화답했다.

"여덟 명으로 예약한 거라 한 명 더 초대해도 될 것 같아서."

승합차의 최대 탑승 인원이 그 정도였다. 비용은 다 같이 나눠서 계산했다.

"오, 당연하지."

찰리가 말했다.

"너무 잘됐다. 내가 매번 말했잖아, 사람은 많으면 많을수록 재밌다고."

찰리는 기대에 찬 눈으로 토머스를 바라보았다.

토머스가 반대쪽 다리를 디디며 조금 멋쩍은 듯 다른 곳을 바라보았다.

"그럼 가볼까요?"

미카가 슬쩍 끼어들었다.

"음, 그래."

찰리가 활기 넘치는 목소리로 말했다.

"가자, 다들 이미 타 있어. 네가 늦었다는 건 아니야. 내가 말했지? 안 오는 것 보단 늦는 게 낫다고."

찰리가 말을 이었다.

"먼저 타세요. 뒤따라 갈게요."

미카는 토머스를 먼저 보내고 친구와 뒤따라 걷기 시작했다. 미카는 발걸음을 멈추고 계단에 발을 디뎠다.

미카는 과도하게 신이 난 친구를 향해 **왜 그래, 진짜!**라고 하며 입을 벙긋거렸다.

찰리는 **맙소사** 하고 입 모양으로 말했다.

차에 올라타자마자 찰리가 모두에게 외쳤다.

"여러분, 미카가 친구를 데려왔어요."

어두운 차내 장식에 표정이 가려져서 다행이었다. 토머스를 초대하지 말 걸 그랬나? 대체 무슨 생각이었던 거지? 피터의 사건 이후, 그리고 페니를 낳은 이후로 너무 오랜만에 충동적인 행동을 저지른 느낌이었다.

미카는 폭신한 감이 있는 검은색 시트에 몸을 잔뜩 구겼고, 토머스가 그 곁에 자리를 잡았다.

"미안해요."

미카가 중얼거렸다.

"찰리가 오늘따라 유독 이상하게 구네요. 아침부터 술을 마셨나."

"괜찮아요."

토머스가 약간 굳은 얼굴로 말했다.

그렇게 고문 같은 일이 시작되었다. 하야토가 목소리를 가다듬고 인사했다. 거기서부터 소개가 이어졌다. 투안에서 토머스로, 토머스에서 하야토로, 그리고 하야토의 잘생긴 금발의 새 남자 친구 세스까지.

"다들 만나서 반가워요."

세스가 토머스의 손을 잡고 흔들며 말했다.

"예, 반갑습니다."

토머스도 인사를 건넸다.

그리고 손을 놓았다. 세스는 다시 하야토의 곁에 앉았다. 승합차가 움직이기 시작하자 모두 토머스를 향해 시선을 던졌다.

"저기, 여기 뭐가 있는데요."

다들 조용한 가운데 세스가 갑자기 토머스에게 말을 걸었다. 세스는 자신의 셔츠 목깃을 톡톡 두드렸다.

토머스는 얼굴을 찡그리며 목덜미를 만지작거리다가 손가락 사이로 가격표를 발견했다.

"아, 그렇군요. 새 옷이라."

토머스가 담담하게 말했다.

"오늘 아침에 호텔 근처에서 샀습니다. 요즘은 이렇게 셔츠를 바지 밖으로 꺼내 입는 게 유행인 모양이더군요."

토머스는 손가락으로 무릎을 두드렸다.

"잘 어울려요."

찰리가 끼어들었다.

"투안도 비슷한 걸 사다가 입혀야겠는데."

그 말에 투안이 몸을 기울여 어느 가게에서 샀는지, 어떤 호텔에 묵고 있는지, 포틀랜드는 마음에 드는지 등을 묻기 시작했다. 미카는 불안한 호흡을 가다듬으며 하야토와 세스에게 고개를 돌렸다. 대화는 쉽게 이어졌다. 1시간 후, 승합차는 게으른 고양이의 꼬리처럼 구불구불한 길을 따라 언덕길을 올랐다.

승합차가 천천히 속도를 줄이더니 쉬익 소리를 내며 완전히 멈췄다. 차에서 내려 밝고 늦은 오후의 햇살을 만끽하는 사이, 소믈리에가 다가와 그들을 맞이했다. 그녀는 와이너리의 이름이 수놓아진 양털 조끼를 입고, 계곡 너머 푸른 포도나무가 줄지어진 전망대로 무리를 이끌었다. 부드러운 바람이 미카의 머리카락을 흩뜨렸다. 소믈리에는 곧 점심 식사와 시음회가 시작될 것이라고 말하며 잔디밭에서 크로켓이나 편자 던지기 놀이* 또는 거대한 젠가 게임도 할 수 있다고 알려주었다.

"여기 좀 봐."

세스가 하야토의 손을 꼭 잡았다.

"콘홀**이 있어. 같이 할 사람?"

세스가 주위를 둘러보며 물었다. 게임이 어지간히 하고 싶은 눈치였다.

토머스가 손을 들었다.

"오래전이긴 하지만 대학 다닐 때 자주 했었죠."

세스는 하야토에게 가볍게 입을 맞추었고, 하야토는 세스의 엉덩이를 두드렸다.

"자기, 잘하고 와."

미카는 토머스에게 어정쩡한 인사를 건넸다.

"재밌게 놀아요."

두 사람이 구멍 뚫린 보드판과 옥수수 주머니를 준비하는 사이 찰리와 투안, 하야토가 미카의 곁으로 재빨리 몰려들었다.

"나 참."

---

* 말발굽 편자를 일정한 거리에 세워진 말뚝에 던져 끼우는 놀이
** 옥수수가 든 주머니를 빈 구멍에 넣는 놀이

미카는 뒤로 물러서며 중얼거렸다.

"너무 붙지는 말아줘."

찰리가 음흉하게 웃으며 물었다.

"새 셔츠를 사 입었대."

미카는 어깨를 으쓱했다.

"그래서, 그게 뭐?"

소믈리에는 몇 걸음 떨어진 테이블에 와인과 와인 잔, 접시를 세팅했다.

"투안, 시음이 시작되기 전에 찰리와 포도밭을 산책하는 게 어때요? 엄청 낭만적일 텐데."

"아뇨."

투안은 기대에 가득 찬 미소를 지으며 거절했다.

"여기서 저 경기나 볼래요."

"대신 세스에 대해 이야기하자."

미카가 말했다.

"세스, 멋있지. 나 진짜 정신을 못 차리겠어요. 세스도 나한테 푹 빠진 것 같고."

하야토가 끼어들며 덧붙였다.

"근데 미카, 내가 왜 새 셔츠를 사 입었게요?"

멀리서 바람을 타고 토머스의 웃음소리가 전해졌다. 그리고 그의 웃음소리를 담은 바람이 미카를 감싸고 휩쓸어 버리려는 듯 힘차게 불었다.

"하야토는 맨날 새 셔츠를 사 입잖아요."

미카는 퉁명스럽게 대꾸했다. 사실이었다. 두 사람은 점심을 먹으며 매번 웹사이트에서 남성복과 여성복 코너를 샅샅이 뒤져 일본인의 피부색에 가장 잘 어울리는 색이 무엇일지 토론했다. 노란색은 분명 아니라는 결론만 남았지만.

"데이트할 때 입으려고 샀죠."

하야토는 고집이 셌다.

"데이트할 때 입으려고 '새 셔츠'를 샀다고요."

"우리는 그런 사이가 아니라고요."

미카의 부정이 너무, 지나치게 빨랐다.

"토머스는 페니의 아빠라니까."

찰리는 고개를 슬쩍 기울였다.

"그게 뭐 어때서?"

"어때서?"

미카가 앵무새처럼 되물었다

"그건 내가 정말 넘고 싶지 않은 선이야. 그리고 토머스가 그 선을 넘고 싶은 건지도 잘 모르겠고……."

"아, 토머스는 넘고 싶어 해요."

하야토가 다 안다는 듯 대꾸했다.

"새 셔츠를 입은 데다가 버튼도 풀어놓았잖아요. 남자들은 잘 보이고 싶은 상대가 있어야 셔츠 단추를……."

하야토의 눈빛이 제법 단호했다.

미카가 까치발을 들며 말했다.

"테이블 준비 끝났나 보다."

미카는 다른 삶이었다면 토머스 같은 남자를 꿈꿨을지도 모른다. 페니와 함께하는 가족의 형태. 그러나 이런 상상은 미카를 다시 유혹하는 광활한 우주이자 익사시키려고 손아귀를 벌리며 기다리는 해일이다. 미카는 두 번 다시 그 물에 발을 담그지 않을 것이다.

미카는 자리를 떠나 테이블에 홀로 앉았다. 찰리도 미카를 따라 테이블에 자리를 잡았다. 두 사람은 토머스와 세스를 잠시 바라보았다. 미카는 토머스의 셔츠 소매를 걷어 올리는 모습과 옥수수 주머니를 던지며 구부러지는 손목에 집중했다.

"좀 무서워, 그렇지?"

찰리가 물었다.

"다시 말하지만, 나는 네가 무슨 말을 하는지 모르겠어."

때로는 두려움을 인정하는 게 훨씬 더 두려웠다. 사실…… 미카도 두려웠다. 미카는 그 사건 이후로 그림을 그리는 것도, 여행하는 것도, 사랑하는 것도, 웃는 것도, 위험을 감수하는 것도 두려웠다. 모든 게 다 무의미했다. 미카는 종이접기 하는 색종이처럼 점점 작아졌다. 작아지고 또 작아지며 삶의 틈새로 흘러내렸다.

"무언가 원하는 게 있어도 괜찮아."

찰리는 조용히 말을 이어나갔다.

"그리고 지저분해져도 괜찮아. 모든 건 저절로 해결되는 법이야."

진정한 낙관주의자네. 미카는 그렇게 생각했다.

"만약 그렇지 않으면?"

찰리는 이마를 찡그리며 물러서지 않았다.

"만약 그렇게 되면?"

제기랄. 두 사람은 더 이상 입을 열지 않았다. 미카는 다시 토머스를 바라보며 페니를 생각했다. 그날 미술관에서 보았던 이카로스의 추락을 떠올렸다. 미카는 자신의 추락을 상상해 보았다. 정말 그럴 만한 가치가 있을까?

* * *

"오늘 준비한 와인과 음식은 '피노 누아'와 파이입니다."

소믈리에가 각자의 잔에 붉고 짙은 색의 와인을 따라주었다.

"신선한 과일 향이 느껴지실 거예요."

소믈리에는 와인 잔을 돌리고 냄새를 맡으며 시범을 보였다.

"라즈베리와 딸기 향에 약간의 허브와 스파이시한 향신료의 풍미가 느껴질 겁니다."

"건배!"

찰리가 잔을 들었다. 여섯 명이 다 같이 와인을 한 모금 입에 넣었다가 뱉었다.

"아, 깜빡할 뻔."

찰리가 말했다.

"파티용품을 가져왔지."

찰리는 테이블에서 일어나 뛰어가더니 가방을 하나 들고 돌아왔다. 그리고는 가방 안에서 검은색 펠트 모자 더미를 꺼냈다.

"베레모 이야기는 농담이 아니었군요."

토머스가 소곤거렸다. 미카도 킥킥 웃었다. 토머스는 세스와 게임을 하고 온 후라 소매를 걷어 올린 채 아직도 이마에 땀이 조금 맺혀 있었다.

찰리는 자리에서 일어나 베레모를 나눠주었다. 그녀는 파티용 소품이나 의상, 음식처럼 즐거운 것들을 추가하는 걸 좋아했다. 찰리는 미소를 지으며 미카에게도 모자 하나를 건네주었다.

"잘 어울릴 것 같아요."

찰리가 토머스에게 미소 지으며 베레모를 건넸다.

"꼭 써야 합니까?"

토머스가 베레모를 손가락으로 돌리며 물었다.

미카가 "아니요."라고 말하는 동시에 찰리가 "네."라고 답했다.

"로마에 오면 로마법을 따라야 하죠."

토머스는 아무렇지 않게 머리에 베레모를 썼다. 미카는 토머스가 베레모를 쓴 모습이 제법 잘 어울린다고 생각했다. 찰리는 미소를 지으며 투안 곁에 다시 앉았다.

"게임도 가져왔어."

찰리가 행복하게 웃으며 가방에서 질문 카드 더미를 꺼냈다. 사람들이 신음을 내뱉었다.

"다들 조용히 해, 우린 오늘 아주 심도 깊은 유대감을 쌓을 거니까. 그럼……."

찰리는 첫 번째 카드를 뒤집어 읽었다.

"당신이 소유한 모든 게 들어 있던 집에 불이 났다. 사랑하는 가족과 애완동물을 구한 당신. 마지막으로 한 가지 물건을 안전하게 구할 수 있는 시간이 있다. 무엇을 구할 것인가? 그 이유는?"

소믈리에가 짙은 과일과 나무 향이 나는 또 다른 피노 누아 와인을 소개하는 사이, 그들은 잠깐 생각에 잠겼다. 투안이 드라이 와인을 한 모금 삼키고 입을 열었다.

"내가 먼저 할게. 딱 하나?"

투안이 물었다.

"딱 하나, 그리고 그 이유."

찰리가 대답했다.

"당연히 내 〈트랜스포머〉 범블비 피규어지. 열두 살 때부터 내 거였는데, 언젠가 우리 아이들에게 물려주고 싶어."

투안이 말했다.

찰리가 씩 웃는 사이, 하야토가 다음 차례로 나섰다.

"난 내 만화 컬렉션을 가지고 나올 것 같아."

"나도 두 사람과 같아."

세스가 말했다.

"어린 시절 물건은 끝까지 내 거잖아. 난 그동안 모은 야구 카드."

토머스의 차례였다. 토머스는 다리를 길게 뻗었다. 접힌 무릎이 미카의 무릎과 맞닿았다. 순간 미카의 가슴이 쿵 내려앉았다.

"뭐, 보험 서류나 여권, 출생증명서처럼 중요한 서류는 대부분 불연성 금고에 들어 있죠."

토머스가 멋쩍게 말했다. 그 자리의 모든 사람들이 그에게 엄지손가락을 날렸다.

"예, 예."

토머스가 손을 들어 보였다.

"아내의 유골함을 구할 겁니다. 당연한 거지만."

미카는 순식간에 차가운 물을 한 바가지 맞은 기분이었다. 아내의 유골을 구하겠다는 토머스를 탓하고 싶진 않았다. 그러나 미카는 캐롤라인의 존재가 내내 두 사람과 함께 한다는 생각을 지울 수 없었다. 이상적인 아내이자 이상적인 엄마, 이상적인 여자. 그건 미카가 하나도 해낼 수 없었고, 앞으로도 결코 될 수 없는 모습이었다.

"넌 뭘 구할래, 미카?"

찰리가 물었다.

미카는 계곡을 바라보았다. 미카는 캐롤라인이 보내주던 소포들을 떠올렸다. 옷장 서랍에 꽁꽁 감춰두었던 편지와 페니의 사진들. 옷, 화장품 따위는 없어도 그만이었다.

"사진."

미카가 속삭였다. 심장이 옥죄었다.

"페니 사진. 그러고 보니 디지털 파일로 만들어서 백업해야겠어. 하나랑 같이 살면 언젠가 한 번은 집에 불이 날 것 같거든."

토머스가 미카를 향해 씩 웃어 보였다. 그 온기가 고스란히 미카의 피부로 전해지는 기분이었다.

"나, 기타도 구할래."

투안이 덧붙였다.

"집이 불타는 동안 자기한테 세레나데를 연주해 줘야지."

찰리는 투안의 고백이 무척이나 기쁜 눈치였다.

미카는 무릎에 토하는 시늉을 했다.

"투안, '찰리가 잠든 모습을 지켜보는 게 행복해요'라는 소리까지

하면 나 진짜 전망대에서 뛰어내릴 거예요."

찰리는 미간을 찌푸리며 "오버하지 마, 그리고 그건 나도 불쾌해"
하고 말했다. 미카는 안도했다. 그러고는 소믈리에가 마지막 잔을
따르기를 기다렸다. 부드러운 마무리가 특징인 또 다른 피노 누아
와인이었다.

"좋아, 다음 질문이야."

찰리는 또 다른 카드를 집어 들고 읽었다.

"인생에서 가장 감사한 것은?"

"좋은 친구들."

하야토가 빨랐다.

"새로운 친구들."

세스가 뒤따라 대답했고, 두 사람은 입을 맞췄다.

"찰리지, 당연히."

투안이 말했다

"오, 오늘 밤에 무조건 R&B를 듣기로 해."

찰리가 투안에게 입을 맞추며 화답했다.

"두 사람은?"

찰리는 토머스와 미카를 향해 물었다.

"그건 쉽죠."

토머스가 대답했다. 토머스의 입술에 짙고 붉은 와인 얼룩이 조
금 묻어 있었다.

"내 딸, 페니."

미카는 두 다리를 쭉 뻗었다. 토머스와 시선이 얽혔다.

"저도요."

미카가 말했다. 그리고 서로를 향해 씩 웃었다. 일종의 공모 관계랄까. 페니를 향한 사랑이 두 사람 사이에 그득했다.

25

술기운이 올라온 찰리와 투안은 다 같이 저녁을 먹기로 한 포도밭 근처의 작고 예쁜 호텔 '앨리슨'에서 느리게 블루스를 추고 있었다. 몇 걸음 떨어진 곳에서는 하야토와 세스가 바텐더와 대화를 나누는 중이었다.

그때 미카가 앉아 있는 부스에 토머스가 인사를 하며 들어왔다.

"왔어요?"

미카가 토머스를 맞이하며 물었다.

"어디 갔었어요?"

토머스는 씩 웃고 말았다. 그의 눈은 세 곳의 와이너리에서 마신 와인 때문에 평소보다 반짝였다.

"뭘 좀 하고 왔죠."

그러더니 뒷주머니에서 질문 카드 더미를 꺼내 테이블에 올렸다.

"설마!"

미카는 눈을 휘둥그레 뜨며 찰리를 향해 외쳤다. 찰리의 얼굴은 투안의 가슴팍에 푹 파묻혀 있었다.

"설마 슬쩍 했어요?"

미카는 믿을 수 없다는 눈빛으로 토머스에게 물었다.

"세상에, 당신이 그런 불법을 저지를 거라고는 상상도 못 했는데."

"우연히 얻은 겁니다. 법정에서도 완벽하게 변호할 수 있어요."

토머스의 미소가 점점 짙어졌다.

"아무튼, 화장실에 가는데 밖에 우리가 타고 온 승합차가 주차되어 있더군요. 문도 열어두고. 카드를 도난당하고 싶지 않았으면 찰리가 보안에 더 신경 썼어야 했지 않을까요?"

"맞는 말이네요."

미카는 점잖게 고개를 끄덕였다. 그리고 맨 위에 있는 카드를 하나 밀어낸 다음 뒤집고 큰 소리로 읽었다.

"4분간 당신의 파트너에게 최대한 자세하게 자신의 인생 이야기를 들려주세요."

토머스는 나른한 미소를 지었다. 미카는 그 미소에 머리부터 발끝까지 소름이 돋았다. 미카가 휴대 전화를 테이블 위에 올렸다. 그리고 스크롤을 내려 타이머 앱을 찾아 4분으로 설정했다.

"당신부터요."

미카가 토머스에게 말했다.

토머스는 부스 안에서 몸을 쭉 펴고 편안하게 자세를 잡은 후, 손가락으로 아래턱을 가볍게 긁었다.

"음, 오하이오주 데이턴에서 태어났어요. 부모님은 23년간 결혼

생활을 이어가셨고, 형이 하나 있습니다."

토머스가 천천히 몸을 앞으로 숙였다. 테이블 아래로 그들의 허벅지가 맞닿았다. 두 사람 중 누구도 맞닿은 다리를 피하지 않았다.

"어린 시절은 꽤 평범했던 것 같아요. 겨울엔 축구 경기, 봄에는 야구 경기를 보러 다녔습니다. 아버지가 워낙 스포츠를 좋아하신 데다가, 아들들을 데리고 경기장에 가는 걸 좋아하셨거든요. 제가 대학에서 조정 팀에 들어가니까 아버지께서 좀 실망하셨던 것 같기도 해요. 아버지는 제가 열아홉 살 때 심장 마비로 돌아가셨어요."

"유감이에요."

미카가 말했다. 타이머는 아직 2분 20초 정도가 남아 있었다.

"고마워요."

토머스가 가볍게 대답했다.

"그 직후에 아내를 만났어요. 파티에서 만났는데, 나는 그날 울었어요. 그 후로 다시는 나를 안 만나줄 거라고 생각했는데…… 빌어먹게 다정한 여자였던 거죠. 내가 혼자가 아니라는 게 그렇게 기분 좋은 일인 줄 몰랐어요."

토머스의 얼굴에 고스란히 담긴 쓰라림을 보자 미카는 속이 뒤틀렸다.

"우리는 졸업 후에 바로 결혼했고, 나머지 학업을 같이 했어요. 아내는 내 로스쿨 입학시험을 도와줬고, 나는 아내의 간호사 자격증 공부를 도와줬죠. 가족계획도 함께 노력했어요. 제 부모님이 워낙 젊은 나이에 저를 가지셨고, 아내도 마찬가지였거든요. 아내는 모든 걸 계획하는 사람이었어요. 일찍 임신해서 아이는 몇 명을 낳고, 아이들이 진학한 후에는 은퇴하겠다는 인생 계획을 다 짜놓았죠. 은퇴하면 같이 여행도 다니려고 했고."

토머스는 이때쯤부터 미카를 바라보지 않았다. 그는 감정이 올라오는 듯 자신의 이마를 긁적였다.

"처음에는 불임이 아니라 스트레스 때문인 줄 알았어요. 학교나 시험, 그밖에 모든 게 너무 복잡해서. 노력하면서 1년이 지나고 또 1년이 지났죠. 아내의 주치의가 불임 전문의를 추천했어요. 몇 번의 검사 후에도 결과는 불임이 아니었어요. 아직도 그때 아내의 얼굴이 기억나요. 좌절감, 슬픔. 자기 몸이 자기를 배신했다고 느끼더군요. '이건 내 생물학적 권리 아니야?'라고 말했어요. 저는 아내보다는 조금 더 편안하게 받아들였어요. '우리가 부모가 될 운명이라면 우리에게도 아이가 생길 거야'라고요. 하지만 아내는 워낙 목표가 뚜렷한 사람이었고, 아이를 원했어요. 엄마가 되고 싶다고요. 많은 대화를 나눈 끝에 우리는 입양을 알아보기로 했습니다. 몇 번의 큰 좌절이 찾아왔어요. 뉴욕에서 만난 한 임산부는 마지막에 아이를 키우겠다고 마음을 바꿨어요. 플로리다에서 만난 십 대 아이는 6개월 된 아이를 입양 보내겠다고 해놓고 아이 아빠와 재결합하고 싶단 욕심에 위탁 양육*을 요구하기도 했고……."

그때, 타이머가 울렸다.

"계속해요."

미카는 그의 이야기가 더 듣고 싶었다. 캐롤라인의 불임이 궁금

---

* 법적인 부모가 되지 않으면서 정해진 기간 동안 아동을 양육하는 제도

했다. **배신감.** 토머스는 캐롤라인이 '배신감'을 느꼈다고 했다. 미카도 자신의 몸에 똑같은 감정을 느꼈었다. 미카는 피터의 아이를 원하지 않았다. **"난 이 아이를 원하지 않아"**라고 했었다. 캐롤라인은 아이를 원했지만, 몸이 그녀의 의지를 따르지 않았다. 두 사람에게는 각자의 몸이 주인의 의지를 적대시한다는 공통점이 있었다. 캐롤라인은 불임이었고, 미카는 강간을 당했다.

하지만 토머스는 고개를 저었다.

"아니요, 당신 차례예요."

토머스는 자신의 가슴을 두드렸다.

"한번 규칙은 영원한 규칙이죠. 이제 당신 이야기를 해봐요. 어린 미카는 어떤 아이였는지 궁금하니까."

토머스는 휴대 전화의 타이머를 4분으로 설정하고 내려놓았다.

"음......."

미카는 일단 와인을 한 모금 마셨다.

"나는 오사카 외곽에서 태어났어요."

"잠시만."

토머스가 타이머를 멈추었다.

"저기요, 이건 불공평하잖아요."

미카가 이맛살을 찌푸렸다.

"미국에서 태어난 게 아니었어요?"

"아뇨, 유치원에 가기 직전에 이민왔어요."

일본을 떠나던 시절, 미카의 몸은 나뭇가지처럼 가늘고 나뭇잎만큼이나 작았다. 미카는 다시 타이머를 켰다.

"아빠는 첨단 기술 회사에서 일하셨어요. 일본의 버블 경제 시기가 지나면서 아빠가 다니시던 회사도 파산했죠."

아빠는 경제 침체 속의 피해자가 되었다.

"운 좋게도 다른 회사에서 미국 내 일자리를 제안했어요."

미카에게는 또 다른 기억이 있었다. 어린 시절, 공항으로 가는 고속 도로를 달리는 차 안에서의 기억이었다. 대형 트레일러트럭이 곁을 지나쳤고, 포도밭을 지났다. 포도나무에는 골프공만 한 포도가 무겁게 달려 있었고, 새와 비바람으로부터 과일을 보호하기 위해 열매에는 하얀 종이봉투가 씌워져 있었다.

"우리는 비행기에서 먹을 음식을 가져갔어요."

엄마는 땅콩이나 초콜릿 비스킷 따위는 그게 제아무리 공짜라 해도 절대 입에 대지 않았다. 엄마의 눈에는 불신이 가득했고, 미국 음식이라면 무엇이든 눈살을 찌푸렸다. 미카는 비행기가 착륙하는 모습을 창문 너머로 지켜보았다. 비행기가 하강할 때 보이던 컬럼비아 강의 물이 갈색이었던 것과 물살이 서쪽으로 흘러가던 것까지 전부 기억났다. 미카는 계속 대화를 이어나갔다.

"엄마는 미국으로 이주하는 걸 원하지 않으셨지만, 저는 솔직히 신이 났어요. 새로운 곳, 새로운 세상이 펼쳐질 것만 같았거든요."

미카와 엄마의 길은 거기서부터 갈라졌다. 미카는 앞만 보고 달려갔다. 엄마는 소심한 성격 때문에 몇 발짝 내디딜 엄두조차 내지 못했다.

"처음 몇 달간은 아파트를 빌려서 살았어요. 엄마는 절대 집 밖으로 나가지 않으셨죠. 저한테 몇 달러를 쥐여주시며 심부름을 시키셨어요. 한 번은 경찰이 저를 멈춰 세우더니 집으로 데려갔어요."

미카는 타이머를 힐끗거리고 멈칫했다. 시간이 채 1분도 남지 않았다.

"그래서요?"

미카는 숨을 들이마시고 마른세수를 했다.

"경찰이 사회복지국에 전화했죠. 완전 난리가 났어요. 통역사를 구할 순 없었지만, 직장에 있던 아빠에게는 연락이 갔죠. 아빠가 상황을 수습했어요. 경찰과 복지국 사람들이 떠난 후에도 엄마는 상황을 이해하지 못하셨어요. '도쿄에서는 애들도 혼자 지하철을 탄다고. 내 딸인데, 대체 누가 나한테 이래라저래라하는 거야?' 하며 당황하고 화를 내셨어요."

미카는 계속 줄어드는 시계를 바라보았다. 3, 2, 1. 타이머가 끝나고 알람이 울렸다.

"시간이 다 됐네요."

토머스가 뭐라고 더 말하기 전에 미카가 먼저 선수를 쳤다. 그러고는 카드 더미에서 또 다른 카드를 꺼내 읽었다.

"인생에서 가장 두려운 것은?"

토머스는 잠시 고민했다.

"어려운 질문이네요. 음, 우리 아버지나 아내처럼 내가 준비했던 것들을 완성하지 못한 채 젊은 나이에 죽을지도 모른다는 두려움? 어쩌면 그래서 모든 걸 통제하고 싶은 욕망이 생기는 것일 수도 있고요."

토머스가 미카를 바라보며 물었다.

"당신은?"

솔직히 미카의 마음속에 처음 떠오른 건 피터였지만, 그 생각은 재빨리 치워버렸다. 미카는 피터가 두렵지 않았다. 그저 폭력이 두려웠던 거지. 어쩌면 그런 일이 또 일어날지도 모른다는 두려움. 하지만 그것보다 더 크고 즉각적인 두려움이 있었다.

"제 생각엔 저희 엄마가 제일 무서운 것 같아요."

미카가 토머스와 대화를 나누는 동안, 새로 채워진 와인 잔이 테이블 위에 나타났다. 미카는 자연스럽게 서빙된 와인을 마셨다.

토머스는 몸을 앞으로 숙였다. 그 바람에 그들은 무릎과 팔꿈치가 맞닿은 자세가 되었다.

"조금 더 자세히 말해줘요."

미카는 엄마를 향한 원망의 매듭을 더욱 단단히 조이며 숨을 깊이 들이마셨다.

"어쩌면 엄마처럼 되는 게 두려운가 봐요."

딸은 엄마를 따라간다고 하지 않았던가? 그 엄마에 그 딸이라고.

"아니면 엄마의 반대가 무서운 것일 수도 있어요. 내가 어렸을 때 엄마는 모든 게 다 성에 차지 않으셨어요. 살던 집, 아빠의 직업. 그리고 저도요. 모르겠어요. 그냥 일본에서 살았으면 달랐을까요?"

엄마는 일본에 남고 싶어 했다. 딸이 일본인이 되길 원했다. 하지만 미카는 일본계 미국인이 되었다. 엄마가 가장 싫어하는 것이 바로 미국인이었다.

토머스는 고개를 살며시 기울였다.

"어쩌면 다른 나라로 이민을 가서 어떻게 대처해야 할지 잘 모르셨을 수도 있죠."

"그렇지 않아요."

그게 미카가 말할 수 있는 전부였다. 그리고 나서 "엄마는 저를 싫어하는 게 분명해요" 하고 덧붙였다. 너는 네 인생을 망치는 거야. 엄마는 미카가 그림을 선택했다는 이유로 그렇게 쏘아붙였다. 하지만 실은 '네가 내 인생을 망쳤어'라고 말하고 싶었던 것 같다.

"어쩌면 당신을 사랑하는 방식이 잘못됐던 것일 수도 있죠."

토머스는 또다시 말했다.

"그게 다른가요?"

"다르다고 생각해요."

침묵 후에 토머스가 조용히 덧붙였다.

"부모도 가끔은 실수를 하니까."

"이건 페니에게 초경 파티를 열어줬던 것과는 좀 달라요."

미카는 좌절 속에 고개를 저었다. 미카는 엄마와 자신의 관계를 떠올렸다. 침묵이 조금 더 길어졌다. 엄마에게 처음 도둑질을 들켰을 때. 절망에 빠져 엄마를 찾아갔을 때. '나 임신했어요.'

"당연히 같진 않죠. 내 말은, 최선을 다해 어머니를 대하고, 나중에 돌이킬 수 없는 지점이 되면 어머니께 심리 상담 청구서 보낼 준비를 하라는 겁니다."

토머스는 잠시 멈칫하더니 서둘러 "농담입니다" 하고 덧붙였다.

"하."

부모는 자식에게 무엇을 대물림하는 걸까? 미카는 생각했다. 수잔의 설명에 따르면 피터는, 아니 그의 폭력은 미카의 DNA에 고스란히 박제되었다. '그건 미카의 몸에 흔적을 남기고 중추 신경계를 재구성한 사건이에요.' 미카에게 일어난 비극이 새롭게 재구성된 미카의 일부가 되었다는 뜻이었다. 그렇다면 엄마는 미카에게 무엇을 대물림해 주었나? 엄마는 딸에게 어떤 십자가를 지게 한 걸까? 미카와 마찬가지로 엄마도 일본에서 가족을 꾸리고 싶다는 꿈을 꿨던 적이 있었을 텐데. 과거 일본에서의 삶이 엄마에게는 약속과도 같았을 텐데, 엄마의 뜻과 달리 모든 게 사라졌다. 어쩌면 엄마의 삶의 원동력은 '가정주부'가 아니었을지도 모른다. 엄마는 마이코였다. 그 옛날의 엄마는 자신이 사랑했던 집에서 사랑하는 일을 하며 인생을 살았다. 엄마에게는 그게 **예전**의 자신일까? 자신의 사라진 과거일까?

"이건 그냥 차가운 현실일 뿐이죠."

미카는 가볍게 대꾸했다.

토머스의 무릎이 미카의 무릎을 슬쩍 밀어냈다. 미카는 떨어뜨렸던 시선을 들어 토머스의 눈을 바라보았다. 테이블 아래로 토머스의 손이 미카의 손을 스쳤다. 자연스럽게 손가락을 벌리자 토머스가 미카의 손가락에 자신의 손가락을 얽었다. 두 사람은 잠시 서로의 손을 맞잡은 채 아무 말 없이 앉아 있었다. 그때 미카는 찰리의 말이 다시 떠올랐다. '무언가 원하는 게 있어도 괜찮아. 그리고 지저분해져도 괜찮아. 모든 건 저절로 해결되는 법이야.'

잠깐의 시간이 흐른 후, 토머스는 빈손으로 와인 잔을 들었다.

"우리를 묶어준 인연을 위해."

미카는 토머스의 잔에 가볍게 잔을 부딪쳤다.

"우리를 묶어준 인연을 위해."

* * *

황홀한 감각이 승합차에 올라타는 미카를 따라왔다. 미카와 토머스는 승합차 제일 뒷자리에 앉았다. 그리고 왠지 모르게 토머스의 어깨에 미카의 고개가 슬그머니 닿았다. 창밖으로 반 고흐의 그림처럼 별들이 흐릿하게 빛났다. 투안과 찰리가 입 맞추는 소리와 하야토가 세스에게 무언가를 속삭이는 소리도 들렸다. 차가 달리는 소리와 창문이 덜컹거리는 소리도 함께였다.

찰리의 집에 도착하자 하야토와 세스가 우버에 올라탔다. 토머스는 미카에게 함께 움직이겠냐고 물었다.

"그래요."

미카는 고개를 끄덕였다. 솔직히 말이 안 되는 소리였다. 토머스가 포틀랜드에 올 때마다 묵는 비즈니스호텔은 미카가 사는 곳의 반대쪽인 강 건너편 시내에 있었으니까. 하지만 미카는 토머스의 곁에 조금 더 머물고 싶었다. 토머스는 미카의 방향이 정반대라는 걸 알면서도 티를 내지 않았다.

두 사람은 토머스의 호텔로 가는 승합차 뒷좌석에 나란히 앉았다. 미카는 운전기사에게 목적지를 확인하는 토머스의 옆얼굴로 비치는 도시의 불빛을 멍하니 응시했다. 라디오에서 베이스 선율이 잔뜩 들어간 신나는 음악이 흘러나왔다. 미카는 차가 과속 방지턱을 힘차게 넘어가자 움찔했다. 토머스가 손을 뻗어 미카의 무릎을 감쌌다. 토머스는 미카를 돌아보며 "괜찮아요?" 하고 물었다.

"네."

미카는 바짝 마르고 힘없는 목소리로 대답했다.

토머스의 손은 떨어지지 않았고, 차가 다리 위를 미끄러지듯 달리는 사이 그의 손이 아주 조금, 무릎보다 아주 조금 위로 올라갔다.

"이것도 괜찮아요?"

토머스는 다시 한번 미카를 바라보며 물었다.

"네."

미카는 조용히 속삭였다. 토머스의 눈이 밤하늘의 에메랄드처럼 반짝였다. 미카의 배 속으로 온기가 고여 들었다.

호텔에 도착하자 토머스가 로비 문을 열어주었다.

"올라가서 한잔 더 할래요?"

토머스가 물었다.

뭐, 술 한잔 더 하는 게 나쁜 건 아니니까. 미카는 고개를 끄덕였다. 그리고 그 순간, 세찬 바람이 불며 주변을 둘러싼 공기가 잔물결을 일으켰고, 나머지 방어막이 무너지는 것 같은 느낌이 들었다. 이카로스가 마침내 태양을 향해 날아오른 것이다.

마치 마법에 걸린 듯, 미카는 토머스를 따라 어두운 로비를 지나 엘리베이터로 향했다. 협소한 공간 위로 조명이 밝게 빛났다. 그 바람에 미카는 정신이 조금 돌아왔다. 노부부가 그들과 함께 엘리베이터에 올라탔다. 토머스는 정면을 응시했고, 미카는 그의 몸을 따라 시선을 떨어뜨렸다. 허리춤의 셔츠자락이 눈에 들어오자 아드레날린과 기대감이 혈관을 타고 흘렀다. 함께 탔던 노부부가 엘리베이터에서 내렸고, 갑자기 마법처럼 공기가 몸을 무겁게 내리눌렀다. 스피커에서는 클래식이 잔잔하게 흐르고 있었다. 귀에 익은 선율이지만 곡 이름은 알 수 없었다.

두 사람을 실은 엘리베이터가 계속해서 위로 올라갔다.

5층.

6층.

7층.

"미카."

마주친 토머스의 눈빛은 술기운이 아닌 것으로 반짝였다. 그의 손이 천천히 미카의 엉덩이를 움켰다. 미카는 고개를 들어 올렸다. 두 사람의 벌어진 입술이 서로를 갈망하며 급히 부딪혔다. 지난 5시간 동안 억눌렀던 빠듯한 욕망이 서로를 향해 터졌다. 토머스가 미카에게 몸을 밀착하는 바람에 미카의 등이 벨벳 패널로 감싼 벽에 부딪혔다. 그 순간 미카는 토머스의 허리에 다리를 감고 그를 반겼다. 미카의 작은 손이 토머스의 머리카락을 움켜쥐었다. 딩! 그때 엘리베이터가 21층에 도착했다는 안내음이 나왔다. 두 사람은 온통 서로를 향해 얽혀 있었다. 그들은 손을 잡고 비틀거리며 복도를 걸었다. 긴 복도였다. 지나치게 긴 복도. 토머스는 걷기를 포기하고 다시 미카를 찾았다. 토머스가 미카의 입술을 삼키는 동안, 미카는 호텔 객실 문을 양옆으로 두고 벽에 등을 기댔다.

토머스는 키스를 멈추고 급히 숨을 들이마셨다. 그리고 미카의 목에 입술을 묻으며 중얼거렸다.

"내가 당신을 공격하는 것 같은데."

"괜찮아요."

미카가 어눌한 말투로 신음했다. 정말 괜찮았다. 빌어먹게도 그를 원했으니까. 미카도 참을 수가 없었으니까.

미카의 대답이 끝나기 무섭게 토머스가 미카의 귓불을 깨물고, 손에 힘을 실었다. 토머스가 목덜미를 핥자 미카의 입에서 신음이 터졌다. 미카는 고개를 기울이며 목을 더 갖다 댔다. 이걸로는 부족했다. 좋아, 더 해줘요. 얼마나 고마운지 몰라요. 슬그머니 떠진 눈꺼풀 사이로 호텔 방문이 보였다. 그리고 페니가 목욕 가운을 입은 채 문틈으로 손을 뻗어 탐폰을 받아 들던 모습이 떠올랐다. 현실이 가차 없이 빠르게 몰려왔다. 토머스는 페니의 아빠다. 미카는 토머스의 가슴으로 손을 뻗어 단추가 풀린 셔츠 깃을 움켜쥐었다.

"잠깐만요, 그만."

토머스가 재빨리 몸을 떼어내며 물러나자 미카의 마음이 어지럽게 흔들렸다.

"아, 미안해요."

토머스가 중얼거렸다.

"아니요, 사과는 하지 마요."

미카가 재빨리 말했다. 두 사람 사이의 간격은 사람 하나가 들어갈 정도로 가까웠지만, 이상하게도 그랜드 캐니언만큼이나 멀게 느껴졌다.

"그냥 우리 이야기를 좀 해요."

토머스가 흐트러진 머리카락을 손으로 쓸어 넘겼다.

"그래요. 당신 말이 맞아요. 우리 술이나 한잔해요."

미카가 고개를 끄덕였다.

"로비로 가요. 아래층 바에서 마셔요, 우리."

미카는 마침내 제정신으로 돌아왔다. 토머스와 미카, 그리고 침대가 있는 공간은 이 상황에 좋지 않으니까.

토머스는 살포시 찡그린 미간으로 미카의 안색을 샅샅이 살폈다.

"그래요, 아래층으로 가죠."

* * *

바에서 미카는 토머스의 맞은편에 앉았다. 같은 테이블에서 할 수 있는 한 최대한 멀리 떨어진 자리로. 토머스는 지난번에 미카가 주문했던 레드와인을 기억하고 웨이터에게 주문했다. 두 사람은 말 없이 술을 들이켰다. 한참 동안 서로를 바라보면서도 대화는 없었다. 토머스는 커다란 손으로 잔을 빙그르르 돌렸다. 미카는 그 손이 자신의 허벅지와 엉덩이에 닿았을 때의 느낌과 셔츠 아래를 파고들던 감촉이 생생히 떠올라서 허벅지를 꽉 움켜쥐었다.

"토머스."

미카는 진지한 목소리로 토머스를 불렀다.

"미카."

토머스는 여전히 욕망으로 가득 찬 목소리로 나지막이 미카의 이름을 불렀다.

"우리, 키스한 거죠."

미카는 자세를 고쳤다.

"그랬죠."

토머스가 언제부터 이렇게 남의 말에 동조를 잘했을까?

"좋았어요."

"나도."

토머스는 스카치를 머금으며 미카를 빤히 응시했다.

"그리고 더 하고 싶고."

미카는 혀로 치아 가장자리를 훑었다.

"나도 그래요."

미카의 말에 토머스가 히죽 웃었다.

"하지만 페니는 어떡하고요?"

미카는 결국 그 이름을 입 밖으로 내고 말았다. 순식간에 어색한 기류가 흘렀다.

토머스는 깊은숨을 들이마셨다. 눈에 담겼던 욕망이 조금씩 녹아내렸다.

"페니는 어떡하냐고?"

토머스가 혼잣말을 중얼거렸다.

미카는 불안한 마음으로 와인 잔 받침을 매만졌다. 위장이 순식간에 얼어붙었다.

"내가 페니와 관계를 이어나가려고 엄청 노력 중이라는 거 알잖아요. 또다시 페니를 잃을 순 없어요. 하지만 당신과 나는⋯⋯."

미카의 나지막한 목소리에 토머스를 향한 목마름이 느껴졌다.

"나도 마찬가지예요."

토머스가 대답했다.

"우리는 서로에게 끌리는 게 맞아요."

토머스의 말에 미카의 어깨를 짓누르던 긴장이 한결 누그러졌다.

이 모든 게 머릿속 망상이 아니었구나. 서로에게 호감이 있던 게 맞구나. **토머스도 나를 좋아하는구나.**

토머스가 테이블을 가로지르며 손을 내밀어 미카의 손을 잡고 엄지손가락으로 손바닥을 애무하듯 부드럽게 매만졌다.

"페니에게 말하고 싶으면 해도 돼요. 하지만 일단은 우리 둘만 알고 있는 게 좋겠어요. 우리는 서로에게 끌리고 있고, 같이 있는 시간이 너무 좋으니까."

토머스는 그렇게 말하고 입술을 슬쩍 적셨다.

"일단 서로 알아가는 게 어때요? 이게 진짜 맞는 건지 우리끼리 먼저 알아보고, 만약에 정말 그렇다면⋯⋯."

"그땐 말해야죠."

미카가 재빨리 말했다.

"그때는 말하는 겁니다."

토머스도 진지하게 대답했다.

미카는 토머스를 따라 천천히 고개를 끄덕였다.

그제야 토머스가 미카를 향해 입꼬리를 올렸다. 미카도 그를 따라 희미하게 미소 지었다. 몽글몽글한 만족감이 두둥실 떠올랐다. 각자 시킨 술을 마시고 호텔을 나오자마자 토머스는 미카에게 길고 달콤한 입맞춤을 했다. 토머스가 문을 열어주었고, 미카는 택시에 올라탔다.

"그럼, 내일 봐요."

토머스가 허리를 숙인 채 눈을 마주하며 말했다.

"내일?"

미카는 어느덧 노곤하게 묵직해진 눈꺼풀을 깜빡이며 물었다.

"페니랑 같이 부모님 모시고 교회 가야죠."

토머스가 계획을 상기시켰다.

미카는 눈이 번뜩 뜨였다.

"아!"

토머스는 미카에게 다시 입을 맞췄고, 부드럽게 택시 문을 닫았다. 차가 호텔을 빠져나가는 사이 미카는 손가락으로 제 입술을 매만졌다. 그리고 머릿속에 한 단어가 빼곡하게 들어찼다.

'어쩌면, 어쩌면, 어쩌면.'

26

이튿날 아침, 미카는 토머스에게서 온 문자 소리에 잠에서 깼다. 어젯밤에 당신 생각하다가 잠들었어요.

미카는 허공에 발길질하며 침대를 뒹굴었다. 숙취로 머리가 지끈거렸지만 토머스의 말 한마디가 신체에 미친 영향에 비하면 미약한 두통은 아무것도 아니었다. 또다시 문자 수신음이 울렸다. 토머스였다. 내가 정말 당신 친구의 질문 카드를 슬쩍 했던 겁니까?

미카는 배시시 웃었다. 베레모도 썼잖아요.

베레모도 즐겼을걸요. 토머스가 답했다.

분명 그랬을 거예요. 미카는 토머스가 베레모를 쓴 모습을 상상해보았다. 상상 속 그는 여유로운 미소를 짓고 있었다. 미카는 멍하니 누운 채로 지금 당장 제 곁에 토머스가 있었으면 좋겠다고 생각했다. 그때 전화벨이 울렸다.

곧 페니를 데리러 나갈 겁니다. 교회 주소 문자로 보내줄 수 있어요?

순간 미카는 자리를 박차고 일어났다. 토머스가 부모님을 만난다. 심지어 페니와 함께. 갑자기 그 단순한 사실이 무척이나 복잡하게 느껴졌다. 페니는 토머스와 미카의 관계 변화를 알아차릴까? 그때 휴대 전화가 또 울렸다. 읽었어요? 페니가 무척이나 기대하고 있어요.

네. 곧 만나요. 미카는 재빨리 답장하며 바닥에 떨어진 옷을 주워 냄새를 맡아보고는 다시 던졌다. 그리고 교회 주소를 휴대 전화에 두드리기 시작했다.

* * *

깨끗하게 샤워를 한 뒤, 테이크아웃 커피를 손에 든 미카는 부모님이 다니는 교회 앞에 차를 세우고 그 앞에 서 있던 토머스와 페니에게 손을 흔들었다.

"안녕."

미카는 차에서 내리며 인사를 건넸다. 미카의 머리카락 끝은 아직 촉촉했고, 커피가 조금 넘쳐흘렀다. 미카가 컵 테두리를 혀로 살짝 핥았다.

"왔어요?"

토머스가 다정하게 인사했다. 두 사람은 포옹하듯 서로를 향해 몸을 기울이다가 얼른 멈춰 섰다. 페니가 옆에 있었다. 두 사람을 지켜보면서. 얼른 자세를 고친 토머스는 페니를 팔로 감싸 제 곁으로 가까이 끌어당겼다.

"아, 아빠!"

페니는 토머스를 째려보며 얼른 몸을 피했다.

"할머니와 할아버지가 안에 계시는지 보러 갈게요."

페니는 교회 문을 열고 쏙 들어가 버렸다.

미카와 토머스는 느릿느릿 뒤를 따랐다. 짙은 파란색 정장에 넥타이를 맨 토머스의 모습은 눈이 부시게 멋졌다. 그 정장 안에 무엇을 숨기고 있는지 상상하지 않을 수 없었다. 미카는 곧장 호텔 엘리베이터를 생각했다. 토머스의 두툼한 손이 자신의 엉덩이를 움켜쥐고, 목덜미를 핥던 순간이 떠올랐다. 그때 유리문에 비친 자신의 쇄골 근처에 토머스가 남긴 불그스름한 자국이 남아 있는 걸 발견했다. 미카는 재빨리 손으로 그 흔적을 가렸다.

토머스가 능글맞게 웃으며 "잘 잤어요?" 하고 물었다. 조금도 미안해하지 않는 기색이었다.

"완전 푹 잤어요."

미카는 목덜미를 매만지던 손을 내렸다.

"잘 잤어요?"

"조금 뒤척이다가 겨우 눈 좀 붙였죠."

"안에 계세요!"

그때 페니가 바람을 몰고 다가왔다.

"벌써 예배당에 앉아 계시더라고요. 둘째 줄에 우리 자리를 맡아 놓으셨대요. 빨리 들어오세요."

페니가 '당장 저 안으로 달려가자'는 눈빛으로 미카와 토머스를 채근했다. 미카는 페니에게 두 분은 늘 예배 시간보다 일찍 도착해서 항상 같은 자리에 앉는다는 말은 하지 않았다.

"아빠, 기억해요. 두 분은 좀 무뚝뚝하신 편이거든요? 그러니까 두 분이 목 인사를 하면, 아빠도 그냥 따라 해요."

"알았어."

토머스가 말했다. 그의 머리카락 한 올이 잉크 한 방울처럼 이마를 살짝 가렸다. 미카는 손을 뻗어 흐트러진 머리를 매만지고 싶은 충동에 휩싸였다.

세 사람은 천천히 예배당으로 들어섰다. 미카의 부모님은 신도석에 서서 토머스를 기다리고 있었다. 미카는 부모님과 함께 참석했던 첫 예배가 떠올랐다. 당시 목사는 그다음 주에 있을 새해 포틀럭* 파티에 세 사람을 초대했다. 엄마는 조용했지만 기쁜 내색이었다. 미국으로 이민 와서 몇 달간 외로움에 몸부림친 끝에, 이 작은 가족이 소속감을 느낄 곳을 찾았다고 믿었다.

엄마는 새해 포틀럭 행사를 며칠 앞두고 온종일 일본 전통 명절 음식인 오세치 요리를 준비하느라 정신이 없었다. 미카는 엄마를 도와 달콤한 계란말이와 어묵, 연근 절임 등 작은 보석처럼 반짝이는 음식들을 옻칠한 찬합에 담았다. 그날 미카는 최고급 기모노를 차려입는 엄마를 도왔다. 아빠는 양복을 입었다. 하지만 세 사람이 파티에 도착했을 때, 눈앞의 광경은 사뭇 달랐다. 미카의 가족만 마치 레코드판에 난 스크래치처럼 튀었다. 신도 중 기모노를 입은 사람은 아무도 없었다. 그래도 세 사람은 내내 자리를 지켰다. 신도들은 모

---

* 사람들이 각자 음식을 가지고 와서 나눠 먹는 행사

두 친절하고 따뜻했다. 집으로 돌아온 엄마는 미카의 도움을 받아 기모노를 벗었다. 엄마는 벗은 옷의 양팔을 종이접기 하듯 조심스레 접은 후 겹쳐서 옷장 속 플라스틱 상자에 넣었다. 그리고 다시는 기모노를 꺼내 입지 않았다.

토머스가 미카의 부모님에게 먼저 다가갔다.

"만나 뵙게 되어 반갑습니다. 페니를 따뜻하게 맞이해 주셔서 감사합니다."

"별말씀을, 당연하죠."

엄마의 입가에 공손한 미소가 걸렸다.

아빠는 손을 뻗어 토머스에게 악수를 청했다. 토머스는 놀랐지만, 겉으로는 티를 내지 않고 차분하게 악수를 나누었다. 그때 바버라 목사가 강단에 올랐고, 다들 자리에 앉았다. 미카의 자리는 엄마의 옆이었다. 그리고 미카와 토머스 사이에는 페니가 자리를 잡고 앉았다. 미카는 지금껏 교회에 그 누구도 데려온 적이 없었다. 리프도, 심지어 하나조차도. 이곳은 새롭고 거친 미지의 영역이었다.

"오늘 우리 형제자매님들을 만나니 기쁩니다. 여러분을 포함해 새로운 얼굴도 보여서 아주 반갑네요."

바버라 목사가 말했다.

엄마는 팔꿈치로 미카를 슬쩍 찔렀다.

"키가 상당히 크구나."

엄마가 일본어로 숨죽여 말했다.

"네."

미카 역시 일본어로 대답했다.

"커도 너무 크다."

엄마가 또다시 일본어로 중얼거렸다.

"말할 때 눈을 보려니 고개가 다 아프다. 남자 키는 딱 180센티미터가 적당하다. 네 아버지가 177센티미터잖니."

미카는 뭐라고 할 말이 없어서 입을 닫았다. 설교는 계속되었고, 우정에 관한 찬송가도 몇 곡 불렀다. 마침내 마지막 전달 말씀 차례였다.

"오봉*이 금방이네요. 이번에도 무용수 봉사를 하실 신도분들의 지원을 받습니다."

엄마가 다시 미카를 쿡 찔렀다.

"너도 해야지."

엄마는 영어로 말했다. 일부러 그런 게 분명했다. 그래야 페니가 알아들을 테니까. 미카는 무용을 그만뒀을 때 처음으로 엄마에게 반항했다. 차에 타는 것도, 연습에 참여하는 것도 거부하며 얼굴을 찡그리고 엄마가 움켜쥔 팔을 억지로 빼냈다. 발을 쿵쿵거리며 '싫어요!'를 연발했다.

그리고 지금, 미카는 조용히 "그럴 리가요" 하고 속삭였다.

페니가 무슨 말을 하려는 듯 입을 벙긋거리며 고개를 돌렸지만, 그 찰나에 목사의 설교가 끝나며 타이밍을 놓쳤다. 예배가 끝난 후, 페니와 미카는 열심히 간식을 먹었고, 바버라 목사가 자신을 소개하

---

* 매년 양력 8월 15일을 중심으로 지내는 일본의 최대 명절

러 다가왔다. 목사는 "오늘 이렇게 우리 교회를 찾아줘서 고마워요" 하며 토머스에게 먼저 인사했다. 토머스는 녹차를 한 모금 마셨다. 분재 사이에 우뚝 솟은 자작나무처럼 눈에 튀는 존재감이었지만, 그는 예상외로 편안하고 여유로워 보였다. 반대로 페니는 끊임없이 미소를 띠며 엄청난 친화력을 선보였다.

그때 엄마의 영원한 숙적, 이토 부인이 다가왔다.

"스즈키 상, 잘 지냈어요? 손님이 있기에 인사하러 왔어요."

미카는 페니에게 가까이 다가서며 말했다.

"이토 부인, 여기는 제 딸 페니예요. 그리고 여긴 페니의 아버지인 토머스고요."

이토 부인의 입이 스르르 열렸다가 닫혔다. 그러고는 다시 차분한 미소를 되찾고 말했다.

"아, 그렇구나. 아주 예뻐하는 여동생, 그런 거지?"

"아니요."

미카는 제법 단호했다.

"제가 열여덟 살 때 임신해서 낳은 딸을 입양 보냈어요. 페니는 제 친딸이에요."

"내 손녀예요."

엄마가 자랑스럽게 말하며 미카를 곁눈질했다. 미카는 '알았어요. 이쯤 하죠' 하고 생각했다.

"토머스가 페니의 양아버지예요."

그리고 이렇게 덧붙였다.

"아하."

이토 부인이 눈을 반짝였다. '이런 가십이 어디 있담! 세상에, 이걸 누구한테 말해야 소문이 빨리 퍼지지?'라고 생각을 하는 게 분명했다.

"참 놀랍구나! 진작 알아봤어야 하는데. 두 사람이 이렇게 똑 닮았는걸."

미카는 사람들이 자신과 엄마가 닮았다고 말할 때마다 진저리를 쳤다. 엄마의 결점만 닮은 딸처럼 보였을 테니까.

"게다가 둘 다 아주 왕성한 식욕을 가졌구나."

이토 부인의 매서운 눈길이 두 사람의 손에 들린 종이 접시를 훑어 내렸다.

미카의 시야 끄트머리에서 토머스의 얼굴이 긴장과 불쾌함으로 굳어갔다. 미카는 토머스를 향해 살짝 고개를 저었다. 끼어들지 않는 게 능사라는 듯이.

"우리 페니는 육상 선수랍니다."

그때 엄마가 먼저 선수 치며 끼어들었다.

"에너지가 상당히 필요한 운동이지요. 그리고 미카는 아직 젊어요. 먹고 싶은 걸 조금 더 먹어도 괜찮을 때잖아요. 게다가 우리 미카가 나이키에서 제법 잘나간다는 이야기, 못 들었나요?"

미카는 '잘나간다'는 대목에서 양심의 가책을 느꼈지만, 엄마가 사람들 앞에서 이야기할 때는 절대 끼어들어 사실을 정정하지 않는 게 낫다는 걸 누구보다 잘 알고 있었다.

"이 애가 글쎄, 그 큰 본사를 매일 돌아다녀요. 너무 열심히 일하느라 끼니를 제때 챙기지 못해서 그게 걱정이랍니다. 사실 지난주에 봉사하고 남은 버터 쿠키를 갖다주려고 했는데, 그 댁 아드님 켄지가 집에 다 가져가 버린 모양이더라고요. 대체 그 많은 쿠키를 어디에 쓰려고. 아직 혼자 살고 있잖아요, 그렇죠? 고양이에게 주려는 건가 했네요."

이토 부인의 눈이 번뜩였다. 그건 엄마도 마찬가지였다. 미카는 작고 아담한 두 일본 여성이 서로를 빤히 노려보는 모습을 지켜보며 영화 〈글래디에이터〉가 떠올랐다. 마지막 장면에서 러셀 크로우와 호아킨 피닉스가 맞붙는 그 유명한 장면. '내 이름은 막시무스 데시무스 메리디우스……'

"두 분 다 이번 오봉에도 참석하시는 거죠?"

그때 바버라 목사가 불쑥 말을 걸었다. 지난 수년간 두 사람의 싸움을 중재하는 건 늘 목사의 몫이었다. 미카는 세상의 모든 어머니들이 이런 전쟁을 치르는 건지, 자식의 직업을 설명하면서 자신을 증명하려 애쓰는 건지 궁금했다.

"그게 우리 아이들은……."

엄마의 안색이 눈에 띄게 어두워졌다. 페니는 고개를 숙였다. 이토 부인은 씩 웃었다. 그건 승자의 웃음이 분명했다.

"우리도 참석하려고요."

엄마의 불안감이 자신의 불안감처럼 느껴진 미카가 대담하게 말했다.

"무용 봉사도 참석하고요."

"우리가요?"

페니가 화들짝 놀라며 물었다.

"응."

미카는 고개를 치켜들었다.

"앞으로 2주 동안 매일 저녁에 네가 알아야 할 모든 스텝에 대해 알려줄게."

미카는 페니를 슬쩍 건드렸다.

"알았지?"

"네."

페니의 기분이 눈에 띄게 좋아졌다.

"아빠, 아빠도 그때 꼭 오셔야 해요."

토머스 역시 마찬가지였다. 그는 미카의 눈을 응시했고, 아무도 모르게 은밀한 신호를 보냈다. 그리고 페니를 돌아보며 "절대 놓칠 수 없지" 하고 다정하게 말했다.

27

수요일 오후, 미카는 정확히 5시 정각에 퇴근했다. 그리고 페니의 기숙사에 들러 데번에게 손을 흔들어 주고는 페니를 태웠다. 미카는 포장해 온 스프링 롤을 함께 나눠 먹으며 페니에게 봉오도리*에 대해 설명했다. 그 춤 동작이 어떻게 대대로 전해졌는지, 얼마나 많은 사람이 그 신성한 날에 조상과 함께 춤을 추었다고 믿었는지. 곁에서 함께 춤추는 수백 년 전의 유령들을 페니가 과연 상상이나 할 수 있을까? 하늘을 향해 손을 들어 올릴 때면 그림자처럼 따라붙는 그 영혼들을?

"잠깐만."

미카는 휴대 전화에 문자 메시지 알림이 뜨자 설명을 잠시 멈췄다. 문자는 토머스가 보낸 것이었다. 질문 카드 중 하나를 찍은 사진

---

* 오봉을 기리며 8월 15일 밤에 남녀가 모여서 추는 윤무

이 함께 전송되었다. 혹시 언제, 어떻게 죽을지에 관해 나만 아는 예감이 있나요?

그걸 집에 가져갔어요? 미카가 물었다. 훔치는 것도 죄지만, 그걸 들고 갔다는 건 다른 차원의 범죄예요. 미카는 짙은 색감의 부채를 들고 머리카락을 휘날리며 빙그르르 도는 춤 동작을 연습하는 페니를 바라보았다. 화장실에서 사고로 익사하는 것 같은 수치스러운 죽음이 될 거라고 확신해요. 미카는 재빨리 답을 입력했다. 당신은요?

토머스는 질문을 보내면서 이미 답을 생각했던 모양이다. 곰 습격, 100퍼센트.

미카가 푸핫, 하고 웃음을 터트리며 오하이오에 곰이 그렇게 많은 줄 몰랐는데. 하고 답장했다.

상상도 못 할걸요. 토머스가 말했다.

페니는 잠시 멈칫하며 미카를 향해 의문스러운 눈빛을 보냈다. 미카의 눈빛, 수줍은 미소 따위를 포착한 게 틀림없었다.

"하나가 이상한 소리를 해서."

미카는 얼른 휴대 전화를 내려놓고 "미안" 하고 덧붙이면서 거짓말을 했다. 거짓말이 양심에 찔려 목소리가 갈라졌다. 다시는 거짓말을 하지 않겠다고 했었는데. 죄책감을 느꼈지만, 아직 페니에게 토머스와의 관계를 설명할 준비가 되지 않았다.

"아까 그 동작 다시 해봐. 이번에는 아래를 바라보지 말고 시선을 멀리 보내면서."

페니는 고개를 끄덕이며 다시 연습에 매진했다.

금요일 저녁, 미카와 페니는 다시 만나 춤 동작을 연습했다.

"내일 같이 놀까요?"

차에서 내리던 페니가 물었다.

"그래."

미카는 가볍게 대꾸했다.

"문자 주면 거기로 갈게."

"좋아요."

페니가 차 문을 닫으며 대답했다. 미카의 휴대 전화가 울렸고, 액정 가득 토머스의 이름이 떠올랐다. 페니가 회전문을 열고 사라지는 모습을 끝까지 바라본 미카는 전화를 받았다.

"여보세요?"

"나예요."

토머스가 대답했다.

"페니를 기숙사에 내려주는 길이에요. 음, 혹시 페니한테 전화했는데 안 받아서 그런 거라면, 방금 내려서 그럴 거예요."

미카는 차를 계속 세워두었다. 하루의 마지막 햇살 한 줄기가 지평선 아래로 떨어지는 중이었다. 어둠이 내리기 시작하는 순간. 미카가 가장 사랑하는 고요함이 찾아오는 때였다.

"페니하고는 오늘 오전에 통화했어요."

그때 무언가 맑은 소리가 났다. 잔에 얼음 조각을 채워 넣는 소리일 것이다.

"그랬어요?"

"네. 미카 목소리가 듣고 싶어서요."

토머스는 잠시 망설였다.

"괜찮아요?"

미카의 입꼬리에 희미한 미소가 걸렸다.

"네, 괜찮아요."

"좋네요."

"오늘 하루 어땠어요?"

미카가 물었다. 자리에 등을 깊이 기대고 앉으며 이대로 잠시 머무르다 가도 좋겠다고 생각했다.

전화 너머로 토머스가 깊은숨을 내쉬었다.

"내 하루는 아직 끝나지 않았어요. 아직 사무실입니다. 어쩌면 오늘은 여기서 자야 할 것 같네요."

"목소리가 피곤해 보여요."

미카가 중얼거렸다.

"피곤해요, 좀. 지금 맡은 사건이 생각보다 커지네요. 한 디자인 회사를 대리해서 대형 마트를 상대로 인쇄물 사용에 대한 소송을 진행 중인데, 금방 끝날 줄 알았거든요. 보통 대기업은 소송으로 가기보다는 합의를 선호하는데, 이 회사는 이대로 죽을 수 없다고 판단한 모양입니다."

토머스가 설명하고는 목소리를 바꿔서 물었다.

"아무튼, 다음 질문 준비는 됐어요?"

"준비됐어요."

미카가 대답했다. 거리의 가로등이 멀리서부터 하나씩 차례로 켜지기 시작했다.

"인생에서 가장 부끄러웠던 순간을 공유하세요."

토머스가 말했다.

미카는 짧게 탄식하며 "패스" 하고 답했다.

"패스는 없어요."

토머스가 대꾸했다.

"그럼 내가 먼저 해볼까요?"

"좋아요."

"대학생 때 내기에서 져서 엉덩이에 작은 타투를 새겼어요."

"무슨 모양이요?"

"신발 끈을 묶으려고 하는 티라노사우루스."

토머스는 잠시 머뭇거렸다.

"친구들이…… 공룡은 팔이 짧으니까, 그게 웃길 거라고 난리를 쳐서."

미카는 웃음을 참지 못했다.

"아, 웃기긴 하네요."

"이제 당신 차례."

토머스가 말했다.

"음."

미카는 잠시 멈칫하며 핸들에 손을 올렸다.

"제가 열 살 때, 아빠가 캠핑을 데려갔어요."

엄마는 정말 싫어했다.

"아빠는 미국에 동화되고 싶었던 것 같아요. 미국인들이 하는 것들은 다 해보려고 하셨죠. 아무튼 화장실이 너무 급한데 캠핑장이 너무 작아서 화장실이 하나도 없는 거예요."

미카는 말을 멈췄다. 얼굴이 화끈거렸다.

"정말 다 이야기해야 해요?"

"아, 물론이죠."

토머스가 다정한 말투로 채근했다.

"나머지 이야기를 듣기 전까지는 일을 할 수 없다고요."

"으, 좋아요. 아빠 신발을 신고 숲으로 가서 쪼그려 앉았는데……, 신발이 얼마나 큰지 생각을 못 했던 거죠. 그래서 신발이 홀딱 젖었어요."

미카는 두 눈을 질끈 감고 얼굴에 만개한 열꽃을 느꼈다.

토머스가 웃음을 터트렸다.

"부모님이 어떻게 하셨어요?"

"아무것도요."

미카가 말했다.

"신발을 땅에 묻어버렸거든요. 다음 날 아침 내내 신발을 찾으시는 모습을 보고 아무것도 모르는 척했어요."

그렇게 포틀랜드의 후드산 국립 공원 어딘가에 아디다스 삼색 슬리퍼 한 켤레가 얕은 무덤을 이불 삼아 영원히 묻혔다.

그날 전화 이후로 두 사람 사이에 더 이상 문자는 없었다. 미카가 토머스에게 전화를 걸거나, 반대로 그가 미카에게 전화를 거는 식이었다. 토머스는 근무 시간에도 미카에게 메시지를 남겼다. 나예요. 당신 생각이 나서. 오늘 웃긴 일이 있었는데, 당신한테 꼭 말해주고 싶어서……. 두 사람은 저녁을 먹으면서도 통화를 했고, 대화는 늦은 밤까지 이

어졌다. 둘이 주고받은 질문 카드에는 함께 걸어온 흔적이 남기 시
작했다.

"당신이 가장 오랫동안 꿈꿔왔던 일은?"

어느 늦은 밤, 토머스가 물었다.

미카는 몸을 모로 틀어 누웠다. 불도 켜지 않은 어두운 방, 창밖으
로는 달이 하늘에 걸려 있었다.

"아주 옛날에, 여행을 가고 싶었어요. 우선 파리. 루브르 박물관이
랑 오르세 미술관에 가보고 싶었거든요."

"왜 안 갔을까?"

전화선 반대편에서 바스락거리는 소리가 들렸다. 토머스도 침대
에 누워 있을까?

"글쎄요."

미카는 베개 밑에 손을 집어넣으며 말했다. 미카는 만약 토머스
가 곁에 누워 있다면 어떤 느낌일지 궁금했다. 그의 어깨에 머리를
기대면 어떤 느낌일까. 따스한 숨결이 머리카락을 흩트리면 어떤 느
낌일까. 기댈 수 있는 사람이 있다는 건 좋을 것 같은데.

"여행 자금 때문에?"

토머스가 물었다.

"아니요, 그보단 그냥 상황이."

피터는 미카에게 세상이 잔인하고 불친절한 곳이라는 걸 알려주
었다. 사람들이 몸을 숨길 그림자가 지나치게 많은 세상이다. 조금
만 헛디뎌도 벼랑 끝으로 떨어지는 난간이 수도 없이 많은 세상.

"자세히 말해주긴 힘들어요?"

"굳이. 당신은요?"

"여행 좋은데요? 최근에 사무실을 접을까 고민 중이었거든요. 가족들을 위해서 차린 건데, 이제는 나 혼자 보내는 시간도 많아졌고, 다른 걸 해볼 만한 재정적인 여유도 생겼고. 뭘 해야 좋을지는 아직 모르겠지만."

"전문 카약 선수는 어때요?"

미카가 피식 웃으며 물었다.

"어쩌면. 하지만 아직 엘프어 마스터하기를 포기한 건 아닙니다."

토머스가 말했다. 무언가 뒤섞는 소리가 났다. 질문 카드를 바스락거리는 소리겠지.

"유명해지고 싶은가? 어떤 방식으로?"

또 다른 질문이었다. 이번에는 토머스가 먼저 답했다.

"별로. 난 지금이 좋은데. 당신은요?"

미카는 손이 곱아들며 붓을 쥐었을 때의 감촉이 생생하게 되살아났다.

"유명해지기까지는 잘 모르겠지만, 성공하고 싶어요. 적어도 이름 정도는 알려졌으면. 예전엔……, 예전에는 그림을 그렸으니까."

마커스 교수는 미카에게 본 사람 중 가장 날것 그대로의 재능이 있다고 말했었다. 미카는 슬며시 한숨을 내쉬었다.

"그냥 취미였지만요."

"그냥 취미는 아닌 것 같은데."

토머스의 목소리가 깊어졌다.

"이제야 파리 여행이 이해가 되네요. 어쩌면 당신과 내가 거기서 만나도 될 것 같고."

토머스가 덧붙였다.

미카는 목에 가시가 걸린 듯 목소리가 잘 나오지 않았다.

"하긴, 베레모는 이미 갖고 있으시니까."

그럼에도 토머스의 말에 궁금증이 일었다. 감히 꿈을 꿨다. 미카는 항상 자갈길 위에 홀로 서 있는 자신의 모습을 상상했다. 하지만 어쩌면 다른 누군가가 자신의 손을 맞잡고 곁에 함께 할지도 모른다. 빨간 줄무늬 우산 아래에서 그녀와 함께 커피를 마시고, 루브르 박물관을 배경으로 입을 맞춰줄 사람이.

"그러면 나랑 데이트하는 겁니다. 당신이랑 나랑, 파리에서."

토머스의 목소리가 마치 세이렌의 노랫소리처럼 미카를 유혹했다. 미카는 천천히 숨을 골랐다.

"좋아요, 토머스."

그리고 마침내 행복한 마음으로 동의했다.

"당신이랑 나랑, 파리에서 봐요."

미카는 싱그러운 미소를 지으며 스르륵 잠에 빠져들었다.

* * *

시간은 또다시 빠르게 흘러갔다. 미카와 페니는 노인정의 할머니들처럼 시간을 보냈다. 1,000피스짜리 퍼즐을 맞추고, 소파에 드러누워 낮잠을 자고, 동네 전시관에 들러 빙고 게임을 하며 오후 5시에 저녁을 먹었다. 페니는 봉오도리 춤을 완벽하게 익혔고, 그들은 함께 파자마 파티를 하며 축배를 들었다. 따뜻한 타말레*와 불량 식품 젤리를 먹으며 평소 팔로우 하던 유명 커플의 인포머셜**을 시청했다.

"쟤들은 꼭 남매처럼 보인다니까."

미카가 텔레비전에서 눈을 떼지 못한 채 중얼거렸다.

"대체 뭘 파는 거래요? 가루 보충제? 그럼 채소를 안 챙겨 먹어도 된다는 건가?"

페니가 말했다.

"근데 신기한 게, 눈을 못 떼겠어."

"제 말이요. 꼭 최면에 걸린 것 같아요."

그리고 오봉 축제 48시간 전, 토머스는 미카에게 전화를 걸었다.

"네."

미카가 대답했다.

"뭐 하고 있었어요?"

미카는 다리를 꼰 채 소파에 앉아 있었다. 전등은 하나만 켜놓았고, 밖은 어느새 해가 뉘엿뉘엿 지고 있었다.

"방금 막 들어왔어요."

토머스가 말했다.

---

* 옥수수 가루, 다진 고기, 고추로 만드는 멕시코 요리
** 제품, 서비스 또는 아이디어를 홍보하거나 판매하기 위한 광고

"그리고 일주일 내내 방치해 둔 우편물을 이제야 보고 있고."

"나중에 다시 통화해요, 그럼."

"아니요, 그게……."

토머스는 답지 않게 말끝을 흐렸다.

"무슨 일 있어요?"

"아니요."

토머스는 한참 후에야 입을 열었다.

"입양 사무소에서 우편이 왔어요."

"음?"

미카는 몸을 고쳐 바르게 앉았다. 자신이 처한 현실이 얼마나 아름다운지를 선명하고 기이하게 알려주는 우편물이었다.

"1년에 한 번씩 보내는 편지, 그 날짜가 곧 돌아와서 알려주려고 보낸 것 같은데."

"너무 기대되네요. 페니의 1년을 설명해주는 당신의 다섯 줄짜리 편지가 또 오다니. 그때까지 매일 우편함을 열어봐야겠어요."

미카는 의도했던 것보다 조금 더 차갑고 새침하게 말이 나왔다. 목소리도 더 커졌다. 토머스의 간결한 편지는 캐롤라인과는 너무 대조적이었다. 캐롤라인의 편지에는 문장 사이사이로 글로는 채 담지 못한, 미카의 아픔을 어루만지는 듯한 위로가 녹아 있었다.

'걱정 마요. 우리가 당신 딸을 이만큼이나 잘 키우고 있어요. 그러니 마음 편히 가져요. 당신이 페니를 사랑하는 만큼, 우리도 페니를 사랑해요.'

토머스는 불안한 숨을 들이마셨다.

"좋아요, 목소리로도 알겠군. 내 편지가 그렇게 별로였어요?"

토머스가 물었다. 목소리만으로도 그가 찡그리고 있다는 게 느껴졌다. 혼란스러운 모양이었다.

미카는 발가락으로 애꿎은 마룻바닥을 비볐다.

"캐롤라인이 쓴 편지는…… 훨씬 길었어요. 내가 페니의 삶에 한 부분처럼 느껴질 정도로요."

"내 편지는 안 그랬어요?"

미카는 한숨을 터트렸다.

"전혀 그렇지 않았죠."

그리고 곧바로 사과하고 싶은 마음을 억눌렀다. 솔직히 말해서 토머스를 전혀 이해하지 못한 건 아니었다. 괜찮다고 말해주고 싶었다. 당신이 겪은 일을 내가 다 아니까. 반년 전이었다면 미카도 이 문제는 그냥 제쳐두고 말았을 것이다. 그러나 토머스와 페니를 만나고 두 사람 사이가 이렇게 발전하고 보니, 미카의 마음도 덩달아 커졌다. 더 용감해지고, 더 많은 것을 내어달라고 요구하고 싶은 마음. 자꾸만 더 많은 걸 바라게 되는 마음이.

휴대 전화 사이로 침묵이 점점 길어졌다. 토머스가 신중히 말을 고르고 있다는 게 느껴졌다.

"젠장, 미안해요."

토머스의 목소리는 후회와 불안감이 뒤섞여 불안정했고, 심지어 조금 떨리기도 했다.

"나는 그런 게 익숙하지 않아요. 계약서나 요약본이면 모를까. 두 단어면 될 문장을 굳이 여섯 단어로 늘리는 이유를 모르겠다니까?"

토머스는 멈칫하다가 실없는 웃음을 터트렸다.

"내가 너무 생각이 짧았네요. 내가 쓰레기였어."

"쓰레기라고 부르진 않을게요."

물론 지금 와서 하는 소리지만.

"용서해 줄래요?"

미카는 천천히 숨을 들이마셨다. 그렇다고 상처가 절로 치유되는 건 아니었다. 딸의 삶을 놓치며 받은 상처는 언제고 남아 있을 테니까. 토머스는 방임으로 그 상처에 일부분 기여했다. 그러나…… 미카의 성난 돛을 펄럭이던 바람이 파스스 줄어들었다.

"이미 다 잊었어요."

"알았어요."

토머스가 차분하게 대답했다. 그렇다고 해서 미카의 말을 완전히 믿는 눈치는 아니었다.

"그럼 질문 카드 준비됐어요? 이게 마지막인데."

미카는 느긋하게 소파에 기대어 커피 테이블 끄트머리에 발가락을 걸쳤다.

"준비됐어요."

"다음 문장을 완성하시오. ___을/를 함께 나눌 사람이 있었으면 좋겠다……."

토머스는 말끝을 제대로 잇지 못했다.

미카는 곧바로 대답했다.

"작은 것들을 함께 나눌 사람이 있었으면 좋겠다. 사소한 것들. 나쁜 날, 좋은 날, 좋아하는 TV 프로그램, 창피한 이야기, 뭐 그런 거."

그리고 얼굴을 붉히며 입을 닫았다. 이 모든 것들을 이미 너무 당연하게 토머스와 나누고 있었다. 이제는 부인할 수 없었다. 토머스가 미카의 삶 속에 큰 둥지를 틀었다. 그리고 미카는 이제 그 새로움에 푹 빠진 지 오래였다. 미카는 천천히 주먹을 말아 쥐었다. 손바닥이 뜨끈했다. 이카로스가 태양에 지나치게 가까웠다. 태양을 향해 손을 내밀었다. 그 빛이, 그 따스함이 얼마나 좋았을까. 그러니 어떻게 영원히 태양을 바라보고 싶지 않을 수 있겠는가?

"나도."

토머스가 대답했다. 그리고 미카에게는 그 말 한마디가 마치 넉넉하고 단단한 그의 품처럼 묵직하게 느껴졌다.

28

축제 공연 전날 밤, 미카와 페니는 차를 타고 시내를 가로질러 부모님 집으로 향했다.

"기모노를 얼마 만에 꺼내는지 모르겠구나."

엄마가 옷장 속 플라스틱 상자를 꺼내며 말했다. 엄마의 동작은 공기처럼 가볍고 민첩했다. 그렇게 아프다던 골반과 무릎, 허리가 더 이상 아프지 않은 것처럼, 마치 회춘이라도 한 사람처럼. 미카는 엄마가 그렇게 기뻐하는 모습을 본 기억이 없었다. 엄마가 말을 이었다.

"미카가 무용을 그만둔 후로는."

아, 그렇다. 역시나 펀치가 날아올 거라 예상했어야 하는데. 미카가 무용을 했을 때는 엄마의 눈에서 빛이 났다. 자부심이었다. 하지만 미카가 그 빛을 어찌나 빠르게 지워버렸던지. 아빠는 '두 사람은 꼭 불같아'라고 말했다. 둘 다 모든 걸 태워버려야 직성이 풀리는 불

같은 성격이라고. 미카는 다른 목표, 즉 그림에 집중하기 위해 무용을 그만둘 거라고 홀로 다짐했다. 그러나 사실 자신이 받은 만큼 엄마에게 상처를 주고 싶은 마음이 컸다.

"내가 할게요."

미카가 앞으로 나섰다. 엄마에게서 상자를 뺏어 들고, 부모님의 침대 위에 올려놓았다. 상자 뚜껑을 열자 습기 제거제 냄새가 방 안을 뒤덮었다.

페니는 그런 줄도 모르고 고개를 들이밀고는 "너무 예뻐요" 하고 말했다. 상자 속에는 미카가 여섯 살이었을 때 엄마가 교회 신년 행사에 입고 갔던 기모노가 들어 있었다. 연분홍색 옴브레 천에 보라색으로 가느다랗게 이어지는 두루미 자수. 미카는 어린 시절, 엄마의 허벅지를 베고 누웠을 때 뺨에 닿던 자수의 감촉을 기억했다.

"유카타*가 밑에 들어 있구나."

엄마가 말했다. 오봉에는 더 가벼운 면 기모노를 입었다. 기모노를 꺼내는 엄마의 손이 가늘게 떨렸다. 어쩌면 자신이 한때는 마이코였다는, 그 시절에는 밝게 빛났다는 기억 때문일까. 엄마가 유카타 세 벌을 꺼내 미카와 페니의 환복을 도와주었다. 먼저 평범한 흰색 속치마를 입고 그다음에 유카타를 걸쳤다.

"팔을 위로 뻗으렴."

엄마가 페니에게 말했다. 미카는 팔을 곧게 뻗어 기모노 소매 끝에 손을 집어넣고, 빠듯하게 발을 조이는 천 때문에 한 발짝도 마음

---

* 목욕한 뒤 또는 여름철에 입는 무명 홑옷

편히 움직일 수 없었던 열세 살의 자신을 떠올렸다. 하지만 페니는 마치 돌이 된 것처럼 굳은 표정으로 엄마가 하는 모든 말을 복음인 듯 받아들였다. 엄마는 페니의 기모노 허릿단을 접어 치맛자락이 발목에 닿도록 했다. 그러고는 "이제 허리를 감쌀 차례다"라고 말하며 능숙한 솜씨로 유카타의 오른쪽을 페니의 왼쪽 엉덩이에 감은 다음, 반대로도 감쌌다. 그리고 마지막으로 보라색 끈으로 유카타를 단단히 고정했다. 마지막은 오비 허리끈이었다. 미카는 다시 한번 어린 시절을 떠올렸다. 너무 오래 서 있는 바람에 발이 떨렸고, 오비가 허리춤을 단단하게 조여서 숨이 막혔다. 엄마는 이제 페니에게도 같은 차림새를 만들어주고 있었다. 미카는 눈물이 고였다. 이유는 알 수 없었다. 그 순간 미카와 페니의 눈이 마주쳤다. 두 사람 다 눈가가 촉촉했다. 미카의 심장이 원래보다 두 배 더 크게 부풀었다.

"나 어때요?"

페니가 주저하며 물었다.

"직접 보렴."

엄마가 말했다. 방구석에는 전신 거울이 있었다. 두 사람은 거울로 총총거리며 다가갔다.

그리고 세 사람이 모였다. 엄마는 평범한 옷차림이었지만, 미카와 페니는 유카타를 완벽히 갖춰 입고 검은색 머리카락을 어깨 뒤로 넘긴 채, 해 질 녘 노을빛을 받고 있었다.

"축제니까 머리도 올려주마."

엄마가 말하며 상자를 뒤적여 일본 전통 꽃 비녀인 하나 칸자시를 꺼냈다.

"이건 우리 어머니가 쓰던 거다."

엄마는 페니의 머리카락을 높이 틀어 올린 다음 비녀를 꽂으며 말했다.

"마음에 들어?"

미카가 물었다. 삼 대에 걸친 스즈키 여성들이 거울에 비친 서로를 바라보았다. 미카는 한때 엄마와 함께 오후를 보내던 일본의 정원이 떠올랐다. 잘 다듬어진 나무와 종소리가 울리는 사찰, 기차가 다가오는 것을 알리는 확성기 속 안내 방송 소리. 아주 오래 전, 미카는 자신과 엄마가 서로 다른 궤도를 도는 행성에서 온 외계인이 아닐까 생각했다. 그게 얼마나 틀린 가정이었던 걸까? 이제 두 사람 사이에는 모성애라는 새로운 공통점이 생겼고, 그 공통점이 그들을 같은 궤도로 이끌었다. 페니를 위해. 두 사람이 같은 마음으로 사랑하는 그 아이를 위해. 엄마도 미카에게 이런 사랑을 느꼈을까?

그때 아빠가 방문을 두드렸다.

"가게에서 사 왔다."

아빠는 솔가지 다발을 슬쩍 내밀었다. 엄마의 얼굴에 기쁨이 환히 퍼졌다.

"이게 뭔데요?"

페니가 물었다.

"무카에비*. 마중하는 불이야."

미카가 설명했다.

---

* 오봉에 돌아오는 조상의 영혼을 맞이하기 위해 피우는 등불이나 초롱

"영혼을 집 안으로 인도하는 불이라고 생각하면 돼."

아빠는 뒷마당에서 솔가지 다발을 태우고 구리 접시에 담았다. 두 달에 한 번, 엄마가 아빠의 머리를 염색해 주느라 얼룩이 묻은 그 자리에 네 사람이 옹기종기 모였다. 일본에서는 조상님의 집으로 가서 불을 피운 후, 산소를 방문해 그 주변을 청소하고 수박과 달콤한 간식을 제단 위에 올렸을 것이다. 그리고 가족들과 함께 음식을 나눠 먹으며 명절을 기념했을 것이다. 하지만 미국으로 이주한 후로 모든 문화 행사는 타협과 축소로 갈음했다.

네 사람은 말없이 솔가지 다발이 타는 모습을 지켜보았다. 전통의 가닥이 여러 세대를 거쳐 내려오며 네 사람을 하나로 묶어주었다. 미카는 불길에 뺨이 붉게 빛나는 페니를 가만히 바라보았다. 페니의 고개가 하늘로 향했다. 네 사람의 길고 긴 그림자가 어두운 밤하늘로, 칠흑 같은 어둠 속으로 스며들었다. 미카는 페니가 지금 캐롤라인을 떠올리고 있을지, 자신이 자란 집을 떠올리고 있을지 문득 궁금했다. 아이가 평생을 해왔던 질문에 조금이라도 답을 찾았길 바라며.

'나는 누구일까? 나는 누구일까?'

* * *

비행기 연착이래요. 오봉 당일인 이튿날 아침 일찍부터 토머스가 문자를 보냈다. 거기서 봐요. 엄마는 미카와 페니에게 다시 유카타를 입혔다. 그리고 유독 페니에게 매달리면서 야단법석이었다. 엄마가 이렇게 '할머니' 역할에 진심일 거라고 누가 상상이나 했을까? 단장을 마친 다음 미카와 페니는 따로 차를 타고 이동했다. 포틀랜드 사원의 안뜰은 새롭게 변신한 모습이었다. 나무로 만든 높은 무대와 북소리, 여름 바람에 흔들리는 종이 등불과 게임, 간식이 준비된 부스까지. 그야말로 경쾌한 축제 분위기였다.

엄마와 미카, 페니는 함께 모여 있는 무용수들에게 다가갔다. 다들 박수를 치다가 석탄 한 움큼을 쥐듯 두 손을 동그랗게 모았다. 파고, 파고, 옮기고, 옮기고. 사람들은 북소리에 맞춰 움직였다. 얼마 지나지 않아 지친 엄마는 아빠와 함께 그늘에 자리를 잡고 앉았다.

해가 지면서 하늘이 조금씩 붉은빛으로 타올랐다. 등불이 켜지고 나방을 비롯한 밤의 생명체를 끌어당겼다. 한 바퀴를 돌고 나니 미카의 미소가 하늘처럼 환해졌다. 그리고 미카는 사람들 속에서 금세 낯익은 얼굴을 찾아냈다. 토머스가 입꼬리를 슬쩍 올린 채 비스듬히 서 있었다. 토머스는 미카에게 손을 흔들었다.

"페니, 아빠 오셨네."

미카는 페니를 불렀다.

페니는 토머스에게 손을 흔들며 "전 계속 춤출래요" 하고 말했다.

미카는 "인사하고 올게" 하며 무리에서 벗어났다. 여름밤은 더웠고, 높이 틀어 올린 머리에서 흘러내린 머리카락 몇 올이 땀에 젖은 목덜미에 달라붙었다.

"미카."

토머스가 말했다. 미묘한 열기로 반짝이는 그의 눈빛이 천천히 미카에게 닿았다. 입술 끝에 매달린 미소가 따스했다. 토머스는 수

수한 티셔츠에 청바지 차림이었다.

"이거 정말 독특한데요?"

토머스는 손가락을 빙빙 돌리며 축제를 둘러보았다.

"부모님은 어디 계세요?"

"사찰 안에."

미카는 새하얀 건물이 있는 방향으로 고갯짓하며 선홍색 양귀비가 그려진 남색 기모노 천을 부드럽게 쓸어내렸다.

"페니는 타고난 춤꾼인 것 같아요. 운동 신경이 정말 대단하다니까요."

만약 누군가 미카에게 죽을 때까지 단 한 순간만을 반복해야 한다고 말한다면 단언컨대 지금, 이 순간을 고를 것이다. 지금 여기, 바로 이 순간을. 몸이 가볍고, 심장이 터질 것처럼 행복한 지금을.

토머스는 놀란 눈치였다. 그는 지난 몇 주 사이에 조금 더 자란 머리카락을 큰 손으로 밀어 넘기며 말했다.

"그런 면이 없진 않죠."

두 사람은 유려한 몸짓으로 춤을 추며 스쳐 지나가는 페니를 바라보았다.

"솔직히 말해서 기분이 아주 좋진 않아요."

"왜요?"

"난……, 우리는……, 지금까지 페니에게 이런 걸 경험하게 해준 적이 없어요."

당연하게도, 토머스와 캐롤라인에게는 불가능한 일이 아니었을까? 미카는 토머스가 안타까웠다. 토머스만큼이나 마음이 안 좋았다. 이건 일정 부분 미카의 잘못이기도 했으니까. 당연히 100퍼센트를 채워주지 못할 걸 알면서도 백인 부모를 선택한 건 누구도 아닌 미카였으니까. 입양을 진행하면서 그들에게 더 구체적이고 많은 것을 요청했어야 했다. '일본어로 된 책을 사 주세요. 검은 머리카락에 아름다운 갈색 눈을 가진 인형을 사 주세요. 아이의 출신이 어딘지 정확히 알려 주세요. 일본어와 한자를 공부하게 해주세요.' 캐롤라인과 토머스가 페니를 사랑한다는 데에는 한 톨의 의심도 없었다. 두 사람은 열에 시달리는 페니를 달래기 위해 복도를 서성였고, 축구 교실에 등록시키고 매 경기마다 응원했다. 페니가 (끔찍한) 베이킹에 도전할 수 있도록 온갖 식료품을 사 줬다. 미카는 이들의 사랑을 증명하는 편지와 사진을 받았다. 페니는 그들에게 없어서는 안 될 존재였다. 하지만 그걸로 충분했을까? 그것만으로도 평생 충분했을까?

"일본에 관한 것들이요? 페니가 부모님을 따라 축제에 갔었다고 하던 걸요."

미카가 너스레를 떨었다.

토머스는 고개를 숙였다.

"그랬죠. 그래도 이런 분위기는 아니었어요. 페니가 진짜 소속감을 느끼고 있잖아요. 벚꽃 축제를 보러 가겠다고 신시내티까지 차를 몰고 간 적이 있어요. 아내와 페니는 똑같은 스웨터를 입었죠. 우리는 한 부스를 방문했는데, 거기 있던 일본인 여자들이 페니를 유심히 보더라고요. 그러더니 우리한테 페니를 어디서 데려왔냐고 하는 거예요."

"그래서 뭐라고 했어요?"

"입양했다고요. 하지만 그 후로 아내는 완전히 마음을 닫았어요. 그 이야기를 듣자마자 집에 가자고 하더군요."

미카는 마른침을 삼켰다. 미친 듯이 욕지거리가 나오는 걸 힘겹게 삼켜야 했다. **말도 안 돼, 약속이랑 다르잖아.**

"입양하기 전에 서로 논의했을 거잖아요. 아이가 일본계라고, 생김새가 다를 거라고."

"그랬죠. 아내는 상관없다고 했어요. 우리 방식대로 잘 키우면 된다고……."

토머스의 고백이 미카의 분노를 더욱 활활 태웠다. 하얗게 달아올라 아예 재가 되어버린 분노가 가슴을 싸늘하게 식혔다.

"그건 완전히 잘못된 거잖아요."

미카가 중얼거렸다. 미카는 내심 캐롤라인을 이상화하고 있었다. 페니가 원했던, 자신이 원했던 엄마의 모습. 그리고 자신이 되고 싶었던 이상적인 엄마의 모습으로.

"알아요. 미안해요. 말했잖아요, 부모도 실수한다고. 그래서 이번 여름 내내 페니가 이곳에 있어도 괜찮다고 허락했던 거고. 내가 줄 수 없었던 것들을 누릴 자격이 있는 아이니까. 제발, 제발 화내지 말아요."

토머스가 나지막이 속삭였다.

"페니를 진심으로 사랑해요. 알잖아요. 모든 걸 바로 잡으려고 노력 중이에요."

토머스의 부드러운 간청에 미카는 분노가 어느 정도 가라앉았다. 좋은 엄마가 되려면 어떻게 해야 하는 걸까? 어쩌면 이 세상에 좋은 엄마란 없을지도 모르겠다. 그저 최선을 다하는 게 능사일 뿐. 이 새로운 깨달음이 미카를 좀먹었다. 미카는 과연 좋은 엄마가 될 수 있을까? 무슨 말을 해야 좋을지 몰랐다. 토머스를 용서할 수 있을지 몰랐다. 아니, 자신을 용서할 수 있을지조차 몰랐다.

"나 춤추는 거 봤어요?"

그때 페니가 발그레한 볼로 배시시 웃으며 다가와 자랑스럽게 물었다. 페니가 행복해하는 모습을 보니 미카의 긴장도 스르르 녹아내렸다.

"당연히 봤지. 녹화도 했는걸."

토머스는 휴대 전화를 흔들었다.

"더 있을래요? 아니면 저녁 먹을래요?"

원래대로라면 페니와 미카, 토머스까지 셋이서 저녁을 먹을 계획이었다.

"부모님도 함께 모시고 갑시다. 내가 살게요."

토머스가 미카에게 제안했다.

"정말 감사하지만, 부모님은 피곤해하셔서 먼저 들어가시는 게 좋을 것 같아요."

미카가 말했다. 아빠는 보통 NHK를 보다가 잠자리에 들곤 했다. 미카는 세 사람만으로 가족의 형태를 꾸리고 싶었다.

그러나 페니는 이미 휴대 전화를 꺼내 누군가와 문자를 나누고 있었다.

"저는 빠져도 돼요?"

페니가 물었다.

"올리브가 여기로 오고 있대요."

"그렇지만 눈앞에서 음식을 요리해주는 레스토랑 이야기를 했었잖아. 그건 어쩌고?"

토머스가 물었다. 그의 목소리에 실망감이 역력했다. 토머스는 이번 주 초에 철판구이 레스토랑을 직접 예약하고 페니와 미카에게 웹사이트 링크를 보냈었다. '철판에 양파를 쌓아 올리고 불을 붙인대'라며 잔뜩 뿌듯해했었다.

"아……."

페니는 휴대 전화를 바라보며 성의 없이 대꾸했다.

"정말 제가 같이 갔으면 해요? 아니 제 말은, 그러니까 아빠가 정말, 정말로 원하면 가고……."

말끝이 점점 흐려졌다. 누가 봐도 당장 친구들과 놀러 가고 싶은 사람의 말투였다. 친구들과 신나게 노는 게 제일 좋은 그 나이대의 아이처럼.

"아니야. 괜찮아."

토머스가 바로 대답했다.

"가서 친구들이랑 재밌게 놀아."

불편했던 마음이 순식간에 사그라진 페니가 배시시 웃었다.

"두 분은 꼭 맛있게 드시고 오세요."

"정말?"

토머스는 미카를 바라봤다. 미카는 자신의 발끝을 내려다봤다.

"당연하죠."

페니는 다시 휴대 전화를 두드리며 말했다.

"가세요, 가서 즐거운 시간 보내세요."

토머스가 어깨에 가방을 멘 채, 자동차로 향하는 미카의 뒤를 졸졸 쫓아왔다. 등 뒤로 토머스가 따라오고 있다는 느낌이 선연했다. 그의 온기와 존재감. 미카의 심장은 멀리서 메아리치는 북소리를 따라 빠르게 둥둥 뛰었다. 태양은 져버린 지 오래였지만, 뼛속까지 따스한 온기가 느껴졌다. 자동차를 목전에 두고 토머스가 재빨리 다가와 미카의 손을 잡았다. 미카는 잠시 멈칫하며 돌아섰다. 토머스는 투명한 녹색 눈동자로 미카를 빤히 바라보았다. "미카" 하고 묻는 그의 눈썹이 살며시 일그러졌다.

"토머스."

미카는 조용히 대꾸했다.

"혹시 페니가 우리를 따돌려서 기쁘다고 말하면, 내가 나쁜 사람일까요?"

"당신이 나쁜 사람이면 나도 나쁜 사람 하죠, 뭐."

미카가 부드럽게 속삭였다.

29

미카의 집으로 가는 차 안은 고요했다. 토머스는 창밖을 응시하며 허벅지를 리듬감 있게 두드렸다. 신호등 앞에 멈춰 선 미카는 토머스를 힐끗 바라봤다. 팔을 타고 올라오는 핏줄과 광대뼈의 곡선, 햇빛을 반사하는 몇 가닥의 은빛 머리카락과 헝클어진 머리 스타일. 시선을 느낀 모양인지 토머스가 슬쩍 미카를 바라보았고, 그 순간 미카는 황급히 시선을 돌렸다. 하지만 그의 얼굴에 떠오른 익살스러운 미소를 놓치지 않았다.

"금방 갈아입고 나올게요."

미카는 집으로 들어서자마자 허리의 오비 끈을 만지며 말했다.

"아, 저기, 미안한데 이것 좀."

미카는 토머스에게 다가갔다. 토머스가 단단한 손가락으로 열심히 묶어놓은 오비 매듭을 풀기 시작하자 미카는 황급히 손을 뗐다. 토머스가 허리 매듭을 풀어내는 동안 미카는 가만히 서 있었다. 그

런 다음 기모노 옷깃을 여미며 허리를 숙여 오비 끈을 집어 들고는
토머스의 품 안에서 몸을 돌려 그를 마주했다.

"고마워요."

미카가 속삭였다.

"언제든."

토머스의 목소리는 지나치게 거칠고 낮았다. 그의 손이 미카의
허리춤을 쓸어내렸다.

"금방 나올게요."

미카가 속삭이듯 말했다. 손에 힘이 풀리며 여몄던 기모노 옷깃
안으로 하얀 속치마가 드러났다.

"그래요."

토머스는 목을 긁는 절절한 소리로 말했다.

"네."

미카는 토머스의 가슴을 두드렸다. 손가락 아래로 닿는 피부가
후끈했다. 그에게서 떨어지는 것이 마음 아플 정도였다. 하지만 미
카는 시간이 필요했다. 잠시 심호흡을 하고 숨을 돌릴 시간. 미카는
방으로 가서 문을 닫고 방문에 몸을 기댔다. 그 후 기대고 있던 몸을
일으키고 천천히 체계적으로 옷을 벗었다. 그리고 엄마가 가르쳐준
대로 기모노를 접었다. 방 밖으로 토머스가 돌아다니는 소리가 들렸
다. 냉장고를 열고, 맥주를 따고. 미카가 청바지와 티셔츠로 갈아입
고 다시 나타나자 소파에 앉아 있던 토머스가 탁자 위에 갈색 종이
봉투를 올려놓았다.

"이게 뭐예요?"

"선물. 근데 우선······."

토머스는 종이 한 장을 손에 들고 있었다.

"이것부터."

토머스가 미카에게 종이를 내밀었다.

"흥미롭네."

미카가 웃으며 그가 내민 편지를 열고 읽기 시작했다.

미카에게

페니가 어느덧 열일곱 번째 생일을 앞두고 있습니다. 참으로 다사다난했던 한 해였어요. 부모를 걱정시키는 여느 십 대처럼 페니도 친엄마인 당신을 만나겠다며 덜컥 포틀랜드행 비행기 표를 샀었죠. 내가 처음으로 당신에게 걸었던 전화 기억해요? 난 기억해요. 솔직히 내가 한 말이 전부 기억나진 않아요. 그저 통화 내내 느꼈던 두려움만 기억납니다. 내 딸을 놓칠 수도 있다는 무서움이었죠. 당신이 아니라 이 세상에. 그리고 난······ 아직 마음의 준비가 되지 않았거든요.

젠장. 인정하기 어렵지만, 굉장히 오래도록 두려웠습니다. 미래가 너무 무서웠어요. 난 변화를 썩 잘 받아들이는 사람이 아니거든요. 특히 내 자식이 변화를 꾀할 때, 내 단점이 빛을 발하죠. 꽉 붙잡으려 할수록 더 많은 것들이 내 손가락 사이사이로 빠져나가는 기분이었습니다. 인생이라는 게 이토록 무상하다는 걸 다시 한번 느끼는 순간이 찾아왔던 겁니다.

요즘 페니의 독립하고자 하는 열망이 매일매일 눈에 들어옵니다. 특히 이번 여름을 기점으로 대화가 점점 더 줄어들었어요. 아이는 나가서 달리거나, 새 남자 친구와 함께 시간을 보내곤 하죠. 그놈의 자식이 새 학기가 시작되면 페니를 보러 오겠다더군요. 그래서 나는 요즘 쿨한 부모 행세를 합니다. 심지어 갈 곳이 없다면 우리 집 소파에서 그 자식을 재워주겠노라고 호언장담도 해버렸습니다. 그러니 나의 발전을 잘 지켜봐 줘요. (우리끼리 이야기지만, 그 자식이 정말 내 집 소파에서 잔다면 감시 카메라를 어디에 설치해야 좋을지 고민한 적도 있습니다.)

페니가 다른 지역에 있는 대학 몇 군데에 지원서를 쓴다고 해요. 내가 꾸린 집에 비해 아이가 너무 커버렸다는 걸 인정합니다. 내가 해야 할 역할이 무엇인지 알아요. 내가 해야 할 일은 페니를 더 이상 내가 필요 없는 곳으로 데려다주는 일이죠. 내 역할은 페니를 위해 돈을 모으고, 아이를 내 품에 영원히 끼고 살 수 없다는 사실을 받아들이는 겁니다. 내게는 그게 일종의 죽음과 비슷해요. 아내와 함께했던 인생의 마지막 작별처럼. 아내와 나는 페니를 앞으로 다닐 대학교에 함께 데려다주기로 했었죠. 그리고 페니가 없는 집으로 돌아오면 차를 현관 진입로에 세워놓고 한참 동안 내리지 말자고 했어요. 집에 들어가면 아이가 없을 테고, 방학이 되어 돌아오면 이 집은 더 이상 페니의 집이 아니라 부모의 집이 되어 있을 테니까요. 그렇게 일주일 정도 텅 빈 마음으로 아이를 그리워하다가 이제 다시 우리 둘이 살게 되었다며 좋아하기도 하고, 그 좋아하는 마음이 부끄러우니 그냥 묵묵히 지내자고요. 내 인생이 어떻게 세 사람에서 두 사람으로, 다시 한 사람으로 줄었을까요? 물론 나도 답은 알고 있습니다. 죽음, 그리고 성장 때문이죠.

다행히 이제는 받아들이기가 조금 수월합니다. 부분적으로는 당신 덕분입니다. 미카가 내 마음의 부담감을 가볍게 해주었어요. 한동안 나는 계속 과거만 돌아보며 살았어요. 그랬던 내가 어느새 미래를 보며 살아요. 당신과 내가 어디로 나아갈지 기대됩니다. 페니가 어디로 갈지, 무엇을 발견할지, 어떤 사람으로 성장할지도 기대돼요. 변화의 바람이 페니를 데려간다고 해도 나는 언제까지나 페니의 아빠라는 사실을 깨달았습니다. 그러니 계속 나아갈 수 있어요. 사실 이 편지를 어떻게 끝맺어야 할지 잘 모르겠습니다. 앞으로의 날들이 우리의 과거보다 더 빛나기를 바란다는 말로 끝내면 될까요. 나는 당연히 그렇게 되리라 믿어 의심치 않습니다.

토머스

편지를 다 읽은 미카는 동그랗게 뜬 눈으로 토머스를 쳐다보았다. 무슨 말이라도 하려고 입을 열었지만 좀처럼 입 밖으로 소리를 낼 수 없었다. 미카는 토머스의 담대한 마음에 깜짝 놀랐다. 이 모든 걸 담담하게 받아들이기까지 절대 쉽지 않았을 것이다. 그러나 토머스는 미카를 위해 속마음을 기꺼이 모두 드러냈다.

"매년 받기로 한 편지."

토머스는 희미한 미소를 지으며 툴툴거렸다.

"이번엔 손 편지고 다섯 줄 보다는 길죠. 사진은 아직 정리 중이라 좀 기다려줘요. 믿기 어렵겠지만 요즘은 인화할 곳이 없어요. 사진관에 가서 필름 한 통 주면 알아서 인화해주던 시절, 기억나요? 그때가 살긴 더 간편했던 것 같아."

"네."

미카가 토머스의 미소에 화답하며 말했다.

"하지만 이건 비밀로 할게요."

미카는 손에 든 편지를 가리키며 말했다.

"이렇게까지 해줄 필요는 없었잖아요."

말은 그렇게 했지만, 지금 당장 그를 껴안고 싶었다. 지금까지 살면서 받아 본 그 어떤 것보다 값진 선물이었다. 토머스에게 가진 걸 더 내어달라 투정을 부렸는데, 그는 정말로 자신을 더 내어주었다. 미카는 당장이라도 눈물이 터질 것 같은 마음을 꼭꼭 억눌렀다.

"당연히 해줘야죠."

토머스는 두 손을 말아 쥐었다.

"이제 선물도 봐야죠. 당신을 향한 구애가 끝난 게 아니니까."

토머스는 테이블에서 갈색 종이봉투를 집어 들었다.

눈앞이 어지러웠다. 미카는 손을 내밀어 봉투를 받아 들고 "제 거예요?" 하고 물었다.

"응, 당신 거."

토머스는 가벼운 눈빛으로 시선을 아래부터 쓸어 올렸다.

"열어봐도 돼요?"

미카는 토머스의 곁에 앉았다.

"그렇게 대단한 건 아니에요. 그냥 지나가다가 당신 생각이 나서."

토머스는 환하게 웃었다.

"포장을 못 해서 미안하네."

미카의 명치가 쿵쿵 울렸다. 천천히 손을 뻗어 봉투를 열고 그 안에 든 것을 꺼내보았다.

"유화 물감이네."

미카는 숨을 토해내듯 말을 내뱉었다. 입문자용 유화 물감 세트. 전문가들이 쓰는 브랜드였다. 카드뮴옐로, 알리자린 크림슨, 울트라마린 블루, 버리디안 그린, 그리고 암갈색까지 아홉 개의 물감 튜브가 들어 있었다. 미카는 창문을 바라보았다. 창문으로 자신의 모습이 비쳤다. **나는 누구일까? 나는 정말 누구일까?** 손바닥이 축축하게 젖어 들었다.

토머스는 슬쩍 몸을 당겨 앉았다. 나란한 무릎이 부딪혔다. 토머스가 미카의 무릎 언저리를 힘껏 말아 쥐었다.

"당신 덕분에 노를 다시 잡아봤잖아요. 나도 당신에게 뭔가를 돌려주고 싶었어요."

미카는 물감을 내려놓고는 멀리 떨어뜨렸다. 토머스의 얼굴이 딱딱하게 굳었다.

"정말 멋져요. 고마워요."

토머스는 미간을 살짝 찡그렸다.

"마음에 안 들어요?"

"그냥, 이제는 그림을 안 그리니까."

미카는 고개를 돌렸다. 그리움과 마음의 상처를 감추고 싶었다.

"왜 안 그리는데?"

미카는 명치가 찌릿하게 조였다. 어쩐지 목이 칼칼했다.

"미카?"

토머스는 몸을 더 기울였다. 그의 밝은 눈동자가 갈 길을 잃고 방황했다.

"왜 그래요?"

토머스는 곧장 미카를 품에 안았다.

"말해봐요. 왜 그러는데."

미카는 토머스의 가슴에 얼굴을 파묻었다. 그는 천천히 미카의 등을 쓸어내리며 조금 더 가까이 끌어당겼다. 토머스의 품은 부드러웠고, 비누와 커피향이 맴돌았다. 미카는 토머스의 셔츠를 적시며 조용히 울었다. 모든 슬픔을 그렇게 쏟아냈다. 그저 이 모든 게 지나가기를 기도했다.

한참 후, 미카는 몸을 뒤로 물렸다.

"나는 그냥……."

차마 말을 끝맺지 못했다.

"미카가 정말 원하는 게 뭔데요?"

토머스의 표정은 한없이 진중했다. 현미경으로 상대를 자세히 관찰하듯 미간을 찌푸리며 미카가 힘겹게 쌓아올린 벽을 걷어냈다. 토머스의 손이 미카의 머리카락을 헤치며 미끄러져 들어와 뒤통수를 가볍게 매만졌다.

미카는 토머스의 시선을 오롯이 받아내며 생각했다.

'나는 모든 걸 되찾고 싶어. 내가 잃어버린 시간 전부. 내 미래와 순수함, 용기, 안정감을 전부 되찾고 싶어. 다시 사랑에 빠지고 싶어. 피터가 나를 가둔 우리에서 이만 벗어나고 싶어.'

실로 그 모든 걸 원했다. 페니와 가족, 그림과 여행. 미카가 잃어버린 언젠가의 삶을 전부. 하지만 그 모든 것의 시작은 토머스였다.

"당신, 난 당신을 원해요."

"미카."

토머스는 미카의 이마와 양 볼에 가볍게 입을 맞추었다.

"미카, 난 이미 당신 건데."

토머스가 미카를 끌어안았다. 그리고 천천히, 아주 천천히 서로의 코가 맞닿을 때까지 고개를 기울였다.

"괜찮아요?"

토머스가 허락을 구했다. 미카는 그의 셔츠를 힘껏 그러쥐며 대답했다.

"네."

다음 몸짓은 누가 봐도 급했다. 그러나 맞닿은 입술은 천천히 미카를 머금었다. 너무 뜨겁고 느린 입맞춤에 온 신경이 폭발하는 것 같았다. 토머스는 몸을 살짝 틀었고, 커다란 손으로 미카의 허리를 감쌌다. 그리고는 미카의 셔츠 아래, 가슴 밑 갈비뼈를 매만졌다. 그의 손길에 반응하듯 미카가 몸을 밀착시켰다. 가슴 언저리를 감싸던 손에 힘이 들어갔다. 그의 혀가 미카의 입안으로 부드럽게 들어왔다. 미카는 부족한 숨을 몰아쉬면서 입을 조금 더 벌리고 깊은 키스를 끌어냈다.

그리고 시공간을 넘나들었던 모양이다. 두 사람은 침대 위로 넘어졌다. 활짝 열린 창문가의 페이즐리 커튼이 펄럭이며 포틀랜드의 여름밤을 드러냈다. 나무 경계선 위로 도시의 흐릿한 불빛과 달이 빛났다. 미카는 심장이 이보다 더 힘찰 수 없을 만큼 두근거렸다. 토머스는 잠깐 몸을 일으켜 미카의 입술을 엄지손가락으로 살짝 닦아 내고는 다시 입을 맞췄다. 손을 뻗어 토머스 셔츠 자락을 움켜쥔 미카는 성급하게 옷을 벗겼다.

"당신도."

토머스가 말했다. 미카는 입고 있던 셔츠를 벗어 침대 밑으로 던졌다. 토머스가 어깨에 걸친 브래지어 끈을 잡아 내렸다. 그의 단단했던 턱 근육이 움찔거렸다.

"휴."

"그거, 마음에 든다는 뜻이죠?"

미카가 피식 웃었다.

"너무나도."

토머스는 미카의 가슴 끝을 물었다.

미카는 곧장 토머스의 허리를 다리로 감싸고 그를 더욱 끌어당겼다. 토머스가 미카를 얼마나 원하는지 고스란히 느껴졌다. 더욱더 서로를 원했다. 키스는 짙어졌고, 축축하고 뜨거운 입맞춤이 계속되었다. 토머스는 미카의 몸을 따라 내려가며 계속해서 흔적을 남겼다. 어느 순간 미카의 청바지 버클을 연 토머스가 그대로 바지를 벗겨냈다.

"잠깐만."

미카는 숨을 헐떡이며 토머스를 저지했다. 온몸이 불타오르듯 뜨거웠다.

곧바로 움직임을 멈춘 토머스가 물었다.

"불편했어요?"

그건 아니었지만, 어쩌면 곧 그렇게 될지도 모를 일이었다. 미카는 토머스의 머리카락을 손으로 헤집으며 속삭였다.

"나도 원해요. 나도 당신이랑 하고 싶어. 근데 몇 가지 규칙이 있어요."

토머스의 얼굴에 의문이 떠올랐고, 그의 숨결이 미카의 배를 간질였다.

"알았어요."

"당신이 위로 올라오는 건 괜찮은데, 내 입에 손을 대진 말아요."

"안 그럴게요."

토머스는 잠시 멈칫했다.

"또 있어요?"

미카는 고개를 저었다. 심장이 파도에 휩쓸린 배처럼 일렁였다.

"나, 문제가 좀 있는 사람이라서."

"나도 그래요."

토머스가 말했다. 미카도 알고 있었다. 그게 두 사람을 하나로 묶어준 이유 중 하나였으니까. 망가진 두 사람이 하나가 될 참이니까.

"알아둘 게 있는데, 나 안 한 지 좀 됐거든요."

토머스가 말했다.

미카는 움찔했다.

"얼마나요?"

"한 1년 전쯤, 가볍게 몇 번 데이트하고요."

"그럼 365일 만이네요. 엄청 부담스럽네."

"별로 좋지 않더라고요."

토머스가 미카와 눈을 마주했다.

"별로……, 내가 좋아하지 않는 사람이랑 하는 게 싫어서."

미카는 팔꿈치를 침대에 누르며 토머스의 머리카락을 손으로 쓸어내렸다.

"나도 싫어요, 그거."

미카가 대답했다.

"서로 이해관계가 맞아 다행입니다."

토머스는 미카의 배꼽 옆으로 턱을 기대며 물었다.

"다른 규칙은 없고요?"

미카는 고개를 저었다.

"없어요."

"알았어요."

토머스가 가볍게 대답했다.

"하지만 알죠? 모든 여자는 자신이 원하는 걸 확실히 표현하고, 사랑받아야 한다는 거."

지나치게 열성적인 남자였다. 미카의 몸이 스르르 녹아내리며 고개가 뒤로 넘어갔다.

"좋아요, 계속해요."

토머스가 웃음을 흘리며 배에 입을 맞췄다.

"이건 어때요?"

미카는 그에게 몸을 밀착시키며 대답했다.

"좋아요."

배를 따라 조금 더 아래로 내려가며 입을 맞춘 토머스가 물었다.

"이건?"

"아, 그것도 좋아요."

조금 더 낮게. 미카의 속옷을 벗겨낸 토머스가 허벅지를 힘껏 말아 쥐며 미카에게 입을 맞추었다. 입술의 압력이 높아질수록 숨이 빠듯했다.

"지금은 어때?"

토머스가 물었다. 뜨거운 숨결이 몸에 닿았다. 미카는 더 이상 대답을 할 수 없는 지경이었다. 하체를 조금 더 들어 올리며 그만 이 모든 열기를 쏟아내고 싶었다.

"토머스."

미카의 입술이 토머스를 애타게 찾았다.

미카에게서 몸을 뒤로 물린 토머스는 바지와 속옷을 벗었다.

"피임, 콘돔 있어요?"

미카는 토머스의 허리에 다리를 걸며 물었다.

"아, 아니요. 없어요."

토머스는 제 머리를 잔뜩 헝클어뜨렸다.

"젠장."

"나한테 있을지도 몰라요. 저기 맨 위 서랍에."

토머스는 재빨리 떨어졌다. 옷장 서랍을 힘껏 잡아당긴 바람에 고정 장치가 풀릴 정도였다.

"대체 왜 이렇게 스판 옷이 많아요?"

찰리에게 빌린 후로 돌려주지 않은 옷들이었다.

"찾았다."

토머스는 찰리의 옷을 바닥에 이리저리 집어 던지며 서랍을 뒤진 후에 알루미늄 포장지를 몇 개 들고 침대로 돌아왔다. 그는 이로 포장지를 뜯은 다음 콘돔을 씌웠다. 그런 다음 미카의 다리 사이에 다시 자리를 잡고 부드럽고 나른하게 입을 맞추며 그녀의 안으로 깊이 들어왔다. 미카는 참지 못하고 신음을 터트렸다. 숨이 가빴다. 쾌락이 온몸을 휩쓸었다. 미카의 가느다란 손가락이 그의 등을 가로지르며 손톱자국을 남겼다. 토머스가 미카의 몸을 쓸어내렸다. 경이로운 리듬감이었다. 토머스는 미카가 먼저 끝까지 느끼기를 기다렸다. 미카가 그의 이름을 부르짖으며 절정에 다다른 다음에야 토머스도 더욱더 깊고 세게 움직였다. 그는 미카의 목덜미에 입술을 파묻고 몰아붙였다.

모든 게 끝난 후, 토머스는 미카의 곁으로 무너져 내렸다. 침대 시트는 서로 뒤엉키고 구겨져서 엉망진창이었다. 미카는 욱신거리는 몸으로 이불을 끌어당겨 몸을 덮고 천장을 바라보았다.

토머스의 손이 이불 아래로 쑥 미끄러져 들어와 미카의 손을 찾았다. 그대로 잠시 말없이 누워 있었다. 심장이 제 뜀박질을 찾을 때까지, 가쁜 숨이 차분해지기를 기다리며. 정신이 몸을 따라잡고, 엄청났던 순간을 받아들이기를 기다리며.

"빌어먹을."

토머스가 엄지손가락으로 미카의 손바닥을 부드럽게 쓸어내리며 중얼거렸다.

"그러게요."

미카는 깊은숨을 내쉬었다.

팔꿈치로 몸을 지탱한 토머스가 미카의 뺨을 조심스레 거머쥐고는 엄지손가락으로 입술을 매만졌다. 미카도 그의 손가락에 짧은 입맞춤을 했다. 천천히 몸을 굽힌 토머스가 다시 입을 맞췄다. 미카의 발이 토머스의 종아리에 닿았고, 그의 손은 허리를 타고 오르며 미카의 엉덩이를 감쌌다. 순간 토머스가 몸을 떨어뜨렸다.

"물, 나 물 좀 마시고."

침대를 등진 토머스는 바닥에 던졌던 속옷을 찾느라 허리를 숙였다. 그 순간 미카가 경쾌한 웃음을 터트렸다.

"타투, 뭐야."

미카는 엎드려서 토머스의 허리를 감싼 속옷 밴드를 힘껏 내렸다. 신발 끈을 묶으려는 티라노사우루스의 윤곽선이 다시 드러났다.

"농담인 줄 알았는데."

"남자는 굴욕적인 타투에 관한 농담은 하지 않습니다."

토머스는 제법 진지했다. 미카의 입술에 가벼운 뽀뽀를 남긴 토머스는 "금방 올게요" 하며 일어섰다.

토머스가 다시 돌아왔을 때, 미카는 침대 옆 조명을 켜고 속옷과 커다란 티셔츠를 입고 있었다. 토머스는 차가운 물을 마시고 미카에게 건네주었다. 물 한 잔을 나눠 먹는 것에도 이전과는 차원이 다른 친밀한 기운이 감돌았다.

그때 휴대 전화 소리가 토머스의 주의를 끌었다. 청바지 주머니를 뒤적여 휴대 전화를 꺼낸 토머스는 "페니가 문자를 보냈네요" 하고 중얼거렸다. 문자를 읽는 토머스의 미간이 일그러졌다.

"올리브가 몸이 안 좋아서 먼저 집에 갔다고, 우리가 어디에 있는지 알려달래요. 택시 타고 온다고."

온몸이 차갑게 식었다. 현관 앞에서 누군가 차 문을 세게 닫는 소리가 들렸다. 순간 시간이 잠깐 멈췄다가 두 배로 빠르게 흐르는 느낌이 들었다.

"현관문 잠갔어요?"

미카는 토머스에게 물으며 허둥지둥 침대를 박차고 일어났다.

"뭐라고요?"

미카의 등 뒤에서 토머스가 물었다.

그때 누군가 문을 두드렸다.

"미카? 아빠? 안에 있어요? '친구 찾기' 앱으로 찾으니까 여기 있다고 뜨는데."

페니가 현관 밖에서 외쳤다.

토머스와 미카는 현관문으로 내달렸다. 그러나 두 사람의 달리기보다 돌아가는 손잡이가 훨씬 빨랐다. 페니가 배시시 웃으며 문을 열고 들어왔다.

"여러분, 저 왔어요. 우리 나가서 밥 먹어요."

그리고 그 자리에 얼어붙었다. 페니가 속옷 차림의 토머스와 커다란 티셔츠만 걸쳐 입은 미카를 발견했다.

두 사람은 올무에 걸린 토끼마냥 그 자리에서 옴짝달싹 못 하고 굳어버렸다. 페니의 미소가 천천히 굳었고, 두 눈에는 당황스러운 기색이 역력했다.

"이게 뭐야?"

페니가 중얼거렸다. 그러나 상황은 말하지 않아도 뻔했다. 페니는 꽃 비녀를 뺐는지 풀어헤친 헤어스타일에 기모노 차림이었다. 페니의 입이 떡 벌어졌다. 순식간에 두 눈을 가리고 몸을 돌린 페니가 외쳤다.

"아, 씨, 진짜. 아. 말도 안 돼. 둘이 잤어요?"

"페니, 말조심해."

토머스가 이를 악물며 말했다.

"지금 나랑 장난해요?"

페니가 기가 찬다는 듯 웃으며 돌아서 두 사람을 정면으로 바라보았다. 분노로 일그러진 얼굴이 붉게 달아올랐다. 페니는 미카를 노려보았다. 페니의 턱이 바르르 떨렸고, 미카는 어떻게든 페니를 진정시키고 싶어 마음이 아팠다.

"대체 어떻게 나한테 이럴 수 있어!"

그 말에 미카는 움찔했다. 뭐라고 해야 좋을지 몰랐다. 대체 어떤 말을 할 수 있을까? 어떻게 해야 페니에게 이 상황을 이해시킬 수 있을까?

"그러려던 건 아니야. 그냥 상황이……."

그 말은 자신의 귀에도 어불성설로 들렸다. 미카는 토머스에게 느끼는 감정과 상황을 설명할 수가 없었다. 어쩌면 그건 결국 이런 뜻이다. '너에게 우리 사이를 비밀로 한 건, 그게 너에게 최선이라고 생각했기 때문이야.' 그럼에도 어떻게든 페니가 오해하리라는 걸 미카도 알고 있지 않았을까. 네가 우리 뜻을 제대로 이해하지 못할 게 분명해서 그랬어, 라는 말을 세상 어느 십 대가 좋아하겠는가.

"페니."

토머스가 끼어들었다.

페니는 아빠를 향해 잔뜩 모난 말투로 쏘아붙였다.

"세상에 여자가 이렇게 많은데, 하필이면 내 친엄마하고?"

토머스는 고개를 저었다.

"알았어. 네가 화가 난 건 충분히 이해해. 그래도 일단 대화를 해야지."

휴대 전화를 손에 쥔 페니는 그대로 무언가를 두드렸다.

"페니."

토머스가 한번 더 어르고 달랬다.

"진짜 믿을 수가 없네."

페니는 헛웃음을 치며 중얼거렸다.

"페니, 그쯤 해. 전화 잠깐 내려놔."

토머스의 말투도 점점 딱딱해졌다. 토머스는 화가 치미는 듯 마른세수를 하고 다시 말했다.

"페니, 아빠 좀 봐."

페니는 날카롭고 매섭게 빛나는 눈을 치켜뜨고 돌아보았다.

"지금은 두 분이랑 같이 있고 싶지 않네요."

페니의 휴대 전화가 띵, 소리를 내며 울렸다. 페니는 그대로 문을 열고 밖으로 나갔다.

현관 밖에 자동차 한 대가 창문을 내린 채 도로변을 돌고 있었다.

"페니 캘빈? 우버 부르셨죠?"

운전석에 있던 남자가 외쳤다.

"어디 가려고!"

토머스가 한 걸음 나섰다.

"페니, 문밖으로 나가기만 해."

페니는 제 아빠를 위아래로 훑어 내렸다.

"나가면요? 그 꼴로 뭘 어떻게 하실 건데요."

토머스는 멈칫하며 물러섰다.

"그럴 줄 알았죠."

페니는 곧장 현관문을 열고 진입로를 따라 걸어 차에 올라탔다. 미카와 토머스는 페니가 사라지는 모습을 멍하니 지켜볼 수밖에 없었다.

30

미카는 곧장 집 안을 헤집었다.

"내 차 키 어디 있지?"

거실을 뒤집고, 소파 쿠션을 다 꺼내 던지고, 잡지 더미를 들어 올렸다. 물감이 바닥으로 와르르 떨어졌다.

"내가 쫓아갈게요. 젠장."

순간 리모컨이 발등으로 떨어졌고, 미카는 갑작스러운 통증에 깡충거렸다.

"여기."

토머스는 커피 테이블 위에 있던 열쇠를 집어 들었다. 미카가 열쇠를 받으려 손을 뻗자 토머스가 뒤로 한 걸음 물러섰다.

"토머스, 내 차 키 줘요."

미카가 손을 내밀며 까치발을 들었다.

"잠깐만. 일단 진정해요."

토머스는 차분했다.

"잠깐 진정하고 생각부터 해요. 쫓아간 다음엔 어쩌려고?"

"페니하고 이야기해야죠. 그런 다음에⋯⋯."

미카는 말끝을 흐렸다. 생각이 이어지지 않았다. 일단 본능적으로 쫓아가야 한다는 생각이 앞섰다. 페니를 잡으면 어떻게 해야 좋을까. 페니의 화를 누그러뜨려야 하지 않을까. 무릎이라도 꿇고 용서해 달라고 빌면 되지 않을까.

토머스는 미카를 차분히 응시했다.

"페니에게 시간을 줍시다. 페니도 진정할 시간이 필요해요. 지금은 우리 전부 다 제정신이 아니야."

미카는 고개를 저었다. 그건 자신의 본능에 반하는 행동이다.

"난 그렇게 생각 안⋯⋯."

토머스는 열쇠를 내려놓았다.

"내 말대로 해요. 일단 기다려 봐요."

미카는 잠자코 토머스의 조언을 곱씹었다. 페니는 집으로 돌아올 것이다. 아이들은 언제나 집으로 돌아온다. 그렇지 않은가?

"알았어요. 그래요."

토머스는 그대로 미카를 끌어당겨 품에 안고 정수리에 입을 맞췄다. 텔레비전을 틀어놓고 시트콤을 보았지만, 누구도 웃을 기분은 아니었다. 토머스는 페니에게 계속해서 문자를 남겼다. 9시. 페니, 기숙사는 잘 도착했니? 10시. 아직 머리가 복잡한 거 알아. 그래도 준비되면 전화 좀 줘. 10시 45분. 약속할게, 전화만 잠깐 하자. 더 이상 귀찮게 안 할게. 11시. 무사히 들어갔으면 점 하나만 찍어줘도 돼.

토머스는 휴대 전화를 내려놓았다.

"페니가 애플리케이션을 꺼버려서 어디에 있는지 모르겠어요. 우버 기사가 기숙사에 내려주긴 했는데."

"자고 있을 거예요."

미카는 옅은 미소를 지으며 말했다. 목소리에 자신감을 불어넣으며 걱정이 묻어나지 않게 하려 애썼다.

"페니는 잘 자고 일어나서 밤새 한숨도 못 잔 우리를 바보로 만들 거라고요."

"이리와요."

토머스가 팔을 높이 들어 자리를 만들었고, 미카는 그의 가슴에 고개를 기댔다. 두 사람은 깨어 있으려고 최선을 다했다. 페니가 돌아올까 봐 현관과 거실 불을 환하게 켜둔 채로 소파에 앉아 꾸벅꾸벅 졸았다. 새벽 2시, 두 사람은 토머스의 전화 벨 소리에 화들짝 놀라며 잠에서 깼다.

"여보세요."

토머스가 멍하니 전화를 받았다.

"여보세요, 혹시 페넬로페 캘빈 양의 보호자 되십니까?"

전화 너머로 흐릿한 목소리가 새어 나왔다.

토머스는 자세를 고치며 대답했다.

"네, 제가 아빠입니다."

"저는 성 빈센트 병원 응급실 내과의 응우옌입니다."

순간 미카의 창자가 칼에 찔린 듯 뒤틀렸다. 설마, 페니는 안 돼. 내 아가. 안 돼.

"지금 페넬로페 양이 알코올 중독 의심으로 내원하셨거든요."

"잠시만요, 뭐라고요?"

토머스가 되물었다.

"급성 알코올 중독이요."

상대방이 되풀이했다.

"일단 정맥 주사와 산소 공급을 시작으로, 비강에 튜브를 연결하는 치료가 필요할 수도 있어서 연락드렸습니다. 동의하십니까?"

"네, 네. 당연하죠. 동의합니다."

의사는 토머스에게 병원 이름을 다시 말해주고, 페니가 누워 있는 곳도 알려주었다.

"아이는 괜찮은 거죠?"

토머스가 간절하게 물었다.

"자녀분 친구들이 제때 구급차를 불렀어요."

토머스가 전화를 끊었을 때, 미카는 이미 옷을 입고 손에 자동차 열쇠를 들고 있었다.

"내가 운전할게요."

"병원이 어딘지 알아요?"

토머스는 신발을 신고 가방을 챙기며 분주하게 움직였다.

"가본 적 있어요. 페니가 태어난 곳이에요."

미카는 빠르게 요동치는 맥박을 무시했다. 그 후로 두 번 다시 그 병원은 가지 않았다.

달리는 차 안에서 토머스는 부자연스럽게 침묵하며 주먹을 쥐었다가 펴길 반복했다.

"페니가 술을 마셨다고? 대체 누가 열여섯 살짜리한테 술을 준답니까?"

많은 사람이 그렇죠. 미카는 속으로 생각했다. 자신도 열다섯 살 때 하나와 함께 편의점 밖에서 가게로 들어가는 어른들의 어깨를 두드리고 맥주를 사다 달라는 부탁을 얼마나 자주 했던가. 미카는 운전대를 힘껏 부여잡았다. 새벽이라 도로는 한산했고, 두 사람은 고속도로를 달리고 있었다. 미카는 토머스에게 대답하지 않았다. 그럴 수가 없었다. 그저 애타게 빌고 또 빌 뿐이었다. 몇 년 전, 페니가 태어나고, 입양 보냈던 그때처럼. **제발 무사해야 해. 거기 있어? 일어나, 페니. 우린 아직 네가 필요해.**

* * *

"페넬로페 캘빈이요."

토머스가 접수대에서 페니의 이름을 말했다. 미카는 잠자코 그의 뒤에 서 있었다. 피곤하고 흐트러진 토머스는 지난 20분 사이 스무 살은 더 먹은 사람처럼 보였다.

"1시간 전에 들어왔다고 했어요."

두 사람은 주차를 하자마자 곧장 응급실로 뛰었다. 미카의 오른편에는 코피를 콸콸 쏟는 남자와 팔을 붙잡고 신음하는 여자가 대기 중이었다.

"환자분과의 관계는요?"

피곤해 보이는 간호사가 물었다. 간호사의 느릿한 동작에 미카는 점점 더 초조해졌다. 페니가 죽어가고 있으면 어떡하지. 페니가 나를 찾고 있으면 어떡하지. 미카는 산통을 겪는 내내 엄마를 떠올렸다. 엄마가 당장 달려와 주었으면 했다. 자신을 고통에서 벗어나게 해주거나 최소한 안아주기만 해도 괜찮아질 것 같았다.

"제가 아이 아빠입니다."

토머스가 말하는 동시에 뒤에 서 있던 미카가 "제가 엄마예요" 하고 말했다. 살면서 한 번도 입에 담아본 적 없는 말이었다. 산 정상에서 소리를 내지르는 것처럼 후련하고 벅차오르는 순간이었다. 토머스가 미카의 손을 잡아줄 때는 기분이 더욱 더 하늘로 치솟았다. 간호사는 신분증을 요구했고, 토머스는 뒷주머니에서 지갑을 꺼내 운전면허증을 내밀었다. 미카도 똑같이 지갑에서 자신의 면허증을 꺼냈다.

면허증을 확인한 간호사는 "5호실로 가세요"라고 말했다. 그리고 버튼을 누르자 자동 이중문이 열렸다. 토머스는 지갑을 주머니에 쑤셔 넣으며 순식간에 문 안으로 달려갔다. 각 침대에 붙은 번호를 세었다. 칸막이마다 생사의 갈림길에 선 사람들이 누워 있었다. 미카는 4번과 5번 병실 사이에서 멈칫했다. 플라스틱 의자에 익숙한 누군가가 허리를 구부리고 앉아 있었다. 데번이었다.

"캘빈 아저씨, 스즈키 아줌마."

데번이 자리에서 일어나 페니가 누워 있는 병실 문을 막아섰다. 데번의 눈이 붉었다.

"페니는 괜찮아요. 방금 의사 선생님이 나와서 괜찮다고 했어요. 튜브를 꽂을 필요도 없대요. 페니는 지금 화장실에서 씻고 있어요."

데번은 손에 든 야구 모자를 하염없이 비틀었다.

"정말 죄송해요. 페니가 완전 화가 나서 기숙사로 돌아왔어요. 파티에 가고 싶다고 했고, 저는 괜찮다고 했어요. 대학교 파티요."

데번는 손으로 얼굴을 쓸어내렸다.

"죄송해요."

데번은 또다시 사과했다. 희미한 술 냄새가 숨결에 배어 있었다. 미카는 속이 울렁거렸다. 빨간색 플라스틱 컵을 들고 파티를 돌아다니는 페니의 모습이 떠올랐다. 미카는 상상 속 이미지를 떨쳐내고 침착해지려고 애썼다. 오늘 밤 페니가 경험한 건 10여 년 전 미카가 피터의 아파트에서 겪은 일과는 전혀 다르다.

"페니가 얼마나 마신 건지도 모르겠고, 그대로 뻗어서 눈을 뜨지 않길래……."

물론 데번도 무사히 빠져나갈 수는 없다. 왜 늘 이런 일에는 남자애들이 있을까?

"열여섯 살짜리한테 술을 줬어?"

토머스가 날카롭게 물었다.

데번의 얼굴이 하얗게 질렸고, 미카의 뾰족함은 조금 누그러졌다. 미카가 고등학생 때 알고 지냈던 대부분의 남자애들은 문제가 생기면 곧바로 도망치기 바빴다. 그에 비하면 데번은 착한 아이 같았다. 페니의 곁을 지금까지 지키고 있는 것만으로도 대단했다.

"죄송해요. 페니가, 저는 페니가…… 원하는 건 전부 다……."

데번은 고개를 떨궜다.

미카는 한 걸음 나서며 부드럽게 말했다.

"이제 그만 들어가도 돼, 데번. 밤이 너무 늦었다."

미카는 데번을 올려다보았다.

"페니가 내일 전화할 거야. 기숙사까지 혼자 갈 수 있지?"

"아, 네, 네. 우버 불러서 가면 돼요."

데번은 모자를 썼다.

"페니도 제가 여기 있었다는 거 알아요. 저 진짜, 진짜…… 페니를 좋아해요."

"그래 보이네."

미카가 말했다. 데번의 팔을 토닥이고 싶었다. 멍청한 짓이었지만, 그래도 페니를 지켜줘서 다행이라고 말해주고 싶었다. 결국 옳은 일을 했다고도.

"조심히 들어가."

데번이 떠나고 토머스는 고개를 저었다.

"대체 무슨 생각이었던 거지? 페니는 또 무슨 생각이고?"

미카는 두 손을 주물렀다.

"나도 모르겠어요."

아이들은 언제나 멍청한 짓을 한다. 미카는 그건 **어쩔 수 없는 일이**라고 생각했다. 자신도 십 대 시절에 무적이라 생각하며 돌아다니지 않았던가. 왜 어떤 교훈은 몸으로 체험하며 힘들게 깨닫는 걸까?

"얼른 와요, 페니 봐야죠."

토머스가 5호실 문을 가볍게 두드리며 "딸, 아빠야" 하고 말했다. 문이 슬그머니 열리고 미카는 조용히 그의 뒤를 따랐다.

페니는 침대에 누워 있었고, 손도 대지 않은 음식이 담긴 쟁반이 앞에 놓여 있었다. 하얀 병원 담요를 허리까지 덮고 환자복을 입고 있었다. 맙소사, 미카가 몇 년 전에 입었던 환자복과 똑같았다. 병원 침대에 누운 열아홉 살의 자신을 보는 것 같은 착각이 일었다. 아기였던 페니의 뺨을 만지고 코를 맞대 문지르던 자신의 모습.

"여기서 뭐 하시는 거예요?"

페니의 목소리는 거칠었다. 눈 밑에는 다크서클이 짙었고, 얼굴은 지나치게 창백했다.

토머스는 딸각, 소리와 함께 문을 닫았다. 그리고 허리춤에 손을 짚었다.

"무슨 질문이 그래? 당연히 와야지."

"봤으니 됐죠? 안 죽었잖아요."

날카롭게 쏘아붙인 페니는 벽을 향해 몸을 돌려 누웠다. 이어진 침묵 속에서 미카와 토머스는 어떻게 해야 좋을지 모르겠다는 눈빛으로 서로를 물끄러미 바라보았다. 그때 미카의 눈에 병실 구석 쓰레기통이 보였다. 구겨질 대로 구겨진 기모노가 쓰레기통에 처박혀 있었다.

토머스가 한 걸음 다가가며 말했다.

"왜 그런 짓을 했어, 페니."

페니는 홀쩍 돌아눕더니 두 사람을 노려보았다. 언젠가 미카도 엄마를 저렇게 쳐다본 적이 있었다. 그때 엄마는 창공의 발키리 전사처럼 달려들어 미카의 뺨을 때릴 뻔했었다.

미카는 한숨을 쉬고는 토머스의 팔에 손을 얹고 그의 앞으로 나갔다. 미카는 지금 화를 내는 것보다 더 나은 방법을 알고 있었다.

미카는 십 대의 마음을 잘 알았다. 그 찬란한 치기가 얼마나 고집스러운지.

"얼마나 놀랐는데."

미카가 조용히 말했다.

"데번도 완전히 넋이 나갔어."

그 순간 페니가 움찔했다. 미카가 제대로 찔렀다.

"그러다가 죽을 수도 있었어."

미카는 조금 더 가까이 다가갔다.

"화가 났잖아. 완전 엿같았잖아."

미카가 조금은 가벼운 말투로 덧붙였다.

"알아, 너 화난 거. 누가 봐도 화날 만했어. 그런 모습을 보여서 미안해. 절대 그런 식으로 너한테 들키려던 건 아니었어. 너한테 말하기 전에 우리 둘 다 정말 진지한 건지 확인하고 싶었어. 그러니 페니, 제발."

미카는 침대 옆 간이 의자에 앉아 페니의 손등 위에 손을 얹었다.

페니는 제 손등을 덮은 미카의 손을 확인하고는 힘껏 손을 뺐다. 미카는 온몸이 빳빳하게 굳었다.

"대체 무슨 생각이었던 거예요?"

쇳소리가 섞인 날카로운 목소리가 병실을 울렸다.

"우리 아빠랑 자면 당신이 내 엄마가 될 수 있을 줄 알았어? 우리 엄마를 대신하겠다고? 잘 들어. 나한테 엄마는 하나뿐이고, 우리 엄마는 죽었어."

페니가 쏘아붙였다.

미카는 멍하니 눈을 깜빡였다.

"페니."

토머스의 목소리가 미카의 귓가에 쏟아졌다.

미카는 천천히 자리에서 일어났다. 날카로운 통증에 심장이 아팠다. 미카는 손으로 가슴 언저리를 매만졌다.

"아, 음……."

미카는 뒷걸음질 치며 문으로 다가갔고, 문고리에 손을 뻗었다. 토머스가 뭐라고 말을 했지만, 미카는 한 마디도 알아들을 수 없었다. 마치 물속에 빠진 것처럼 귀에 이명이 들리고 모든 게 흐릿했다.

"나는 이만……."

미카가 중얼거렸다. 미카는 고개를 들고 정신을 차리고 보니 이미 페니의 병실 밖 복도에 서 있었다. 누군가의 비명이 들리자 청각이 돌아왔다. 기계음이 삐삐 울렸다. 간호사들이 환자의 상태를 이야기하고 있었다. 병원 내 스피커가 '코드 그레이'를 외쳤다. 페니가 쏜 화살이 폐부를 더욱더 깊이 찔렀다. 미카는 대역일 뿐이라고. 그마저도 충분하지 않다고. 한순간 미카의 모든 두려움이 현실로 돌아왔다. 누군가의 존재를 지우는 데에는 단 몇 초밖에 걸리지 않았다. 페니는 정말 노련하게 그 일을 해치웠다.

주변 공기에서 오래된 커피와 소독제 냄새가 났다. 미카는 병원 냄새가 싫었다. 페니가 태어난 후로 늘 그랬다. 미카는 바르르 떨리는 손을 움켜쥐었다. 산소가 희박했다. 어떻게든 숨을 쉬려고 안간힘을 썼다. 머리가 핑그르르 돌고 **속이 메스꺼웠다**. 미카는 어떻게든 발을 내디뎠다. 어서 밖으로 나가야 한다. 미카가 있어야 할 곳으로 가야 한다.

그때 누군가 다급하게 달려왔다.

"미카."

토머스의 목소리였다.

미카는 이중문을 열고 밖으로 나갔다. 그리고 또 다른 문도. 그제야 마침내 신선한 공기를 마실 수 있었다. 포틀랜드의 여름밤은 쌀쌀했다. 새벽은 더더욱 추웠다. 이른 아침 하늘은 밤과 낮 사이의 멍자국처럼 푸르고 짙었다.

"미카, 잠깐만."

토머스가 외쳤다. 토머스가 미카의 팔을 움켜쥐는 바람에 미카의 몸이 돌아가 그를 마주했다. 가로등 불빛 아래로 날벌레가 떼 지어 날았다. 토머스는 잡았던 팔을 풀고 머리를 힘껏 털었다.

"빌어먹을, 말이 너무 심했어. 페니가 화가 많이 났어. 내가 생각했던 것보다 훨씬 화가 난 모양인데……. 미안해요, 미카. 페니는 그런 뜻이 아니라……."

"그런 뜻이 맞는 것 같아요. 이 모든 게……."

미카는 두 사람 사이의 공간을 향해 손짓하며 중얼거렸다. 순간 뺨이 화르르 달아올랐다.

"당신, 나, 페니까지. 우리는 너무 복잡해요."

토머스는 자신의 발끝을 빤히 바라보며 고개를 끄덕였다.

"알아요. 그래도 해결할 방법을 찾아보는 게……."

그러나 페니의 목소리가 여전히 미카의 귓가에 맴돌았다.

'나한테 엄마는 하나뿐이고, 우리 엄마는 죽었어.'

미카는 페니를 원했지만, 그렇다고 페니가 미카를 원한 건 아니었다. 엄마가 자신을 망가뜨렸듯 미카 역시 페니를 망가뜨렸다. 미카는 팔짱을 끼며 제 주변에 다시 방어벽을 쳤다.

"우리가 할 수 있을지 모르겠어요."

미카가 말했다. 목소리가 하염없이 흔들렸다. 토머스를 똑바로 볼 수가 없었다. 이제 곧 놓아줘야 할 사람의 모습일 뿐이었다.

"페니 말이 맞아요. 페니한테는 엄마가 있었고, 무려 16년 동안이나 페니를 사랑하고, 키워줬어요. 나……, 나는 캐롤라인을 대신할 수 없어요. 우리가 가족이라고 하면 사람들의 웃음거리가 될 거예요. 그렇게는 안 돼요."

미카는 한없이 작아졌다. 다시 십 대로 돌아간 기분이었다. 말도 안 되는 꿈을 꾸는 멍청한 아이로. 대체 무슨 생각이었을까? 자신이 페니의 엄마이자 토머스의 연인이 되어 서로를 치유해줄 거라고 믿었던 걸까? 이제 미카는 모든 걸 확실히 알 수 있었다. 페니와 토머스는 슬픔의 어둠 속에서 그들을 이끌어줄 무언가를, 누군가를 찾고 있었을 뿐이다. 그건 누구라도 될 수 있었다. 그러다가 어떤 운명의 장난으로, 인생의 중요한 시점에서 우연찮게 미카와 부딪힌 것뿐이다. 미카는 그들과 어울리지 않았다. 미카의 것이 될 수 없었다. 토머스와 페니는 그들만의 세계에 살고 있었고, 미카는 그들의 세계를 잠깐 구경하러 온 여행자일 뿐이었다.

토머스는 마음이 급해졌다.

"페니가 지금 화가 나서 그래. 일단 적응할 시간이 좀 필요해서 그런 거니까……."

계속해서 말이 빨라졌다.

"받아들일 거야. 아직 십 대잖아. 애들은 늘 마음이 바뀐다고."

반면 미카는 명치끝이 곤두박질치는 기분이었다.

"토머스. 내 생각에는……. 내 생각엔 그렇게 안 될 것 같아요."

토머스의 얼굴에 짙은 그림자가 드리웠다.

"쉽게 말하지 마."

토머스의 휴대 전화가 계속해서 울렸지만, 그는 끝내 전화를 무시했다.

미카는 깊이 숨을 들이마시고 천천히 내뱉었다. 넌 페니를 얻을 자격이 없어. 머릿속의 목소리가 속삭였다. 넌 이 남자를 가질 자격이 없어. 넌 두 사람 곁에 있어서는 안 돼.

"우릴 좀 봐요. 우리가 어디 있는지를 봐요. 우린 지금 병원이에요. 페니가 당장 오늘 밤에 죽었을 수도 있어요. 페니는 아직 준비가 안 됐어."

토머스의 휴대 전화가 계속해서 울렸다.

"그 전화, 페니일 수도 있어요."

미카는 고개를 떨궜다. 지난 과거가 묵직하게 목구멍을 짓눌렀다.

"얼른 가서 곁에 있어 줘요. 페니에게는 지금 아빠가 필요해요."

"알았어요."

토머스가 말했다. 턱을 따라 이어지는 근육이 움찔거렸다. 토머스는 손을 내밀며 말했다.

"그럼 같이 가."

미카는 고개를 저었다.

"아니요, 당신만 가요. 내가 곁에 있으면 페니는 더 힘들 거예요. 그리고……."

미카는 잠시 말을 골랐다. 하늘을 바라보며 불현듯 한 가지 변하지 않는 사실을 깨달았다. 페니에게는 미카가 없는 삶이 훨씬 더 낫다는 것이다. 이제는 조용히 물러날 시간이었다.

"그리고…… 우리 이제 다시는 보지 않는 게 좋겠어요."

"미카."

토머스가 절절 끓는 목소리로 애원했다.

"제발 이러지 마. 우리가 같이 보낸 시간을 생각해요, 제발."

"이미 다 끝났잖아요."

미카가 말했다. 미카는 토머스와 세상을 마주하는 것이 두려운 사람처럼 발끝만 바라보고 있었다. 사람이 분수를 알려면 몇 번이나 얻어맞고 부러져야 하는 걸까?

토머스의 전화가 또다시 울렸다.

"페니 퇴원 서류에 서명을 해야 해서."

미카는 말없이 고개를 끄덕였다.

"당연히 가봐야죠, 그럼."

미카가 말했다.

"여기요."

미카는 손에 든 열쇠를 건네주었다.

"내 차를 가져가요. 페니는 나를 보고 싶어 하지 않을 테니까, 난 여기서 택시를 타고 갈게요. 나중에 차 세워둔 곳만 말해줘요."

토머스는 움직임이 없었다. 몇 초간의 뼈아픈 정적이 흐른 후 토머스는 "가는 건 내가 알아서 할게요" 하고 단호하게 말했다.

"그래요."

미카는 다시 열쇠를 가져왔다.

토머스는 잠자코 미카를 바라보았다. 그리고 계속해서 기다렸다. 미카가 더 이상 말이 없자 그는 욕지거리를 내뱉고는 빠르게 병원으로 돌아갔다. 미카는 토머스가 사라지는 모습을 다 지켜본 후에야 근처 벤치로 비틀거리며 나아갔다. 눈을 질끈 감고, 숨을 들이마시고 내뱉으며 눈을 떴다.

병원 내 구역이 지나치게 익숙했다.

페니를 낳았던 산부인과 병동 밖. 페니를 입양 보낸 후 하나와 함께 있던 미카는 결국 마지막 버스를 놓쳤다. 페니가 없으니 이대로 울다 죽을 수도 있겠다고 생각했다. 그러나 죽음보다 더 무서운 게 있었다. 미카는 그 후로 16년이 흐르고 나서야 이곳에 다시 돌아올 수 있었다. 그때 종소리가 울렸다. 페니가 태어났을 때 들었던 종소리와 똑같은 소리였다. 시간은 원을 그리며 흐르는 모양이다.

몸의 모든 감각이 들끓었다. 몸속 어딘가에서 균열이 일어났다. 융합은 실패했다. 태양을 향해 날던 이카로스의 비행은 실패로 끝났다. 유령의 목소리가 들리고, 기억이 미카의 목덜미를 움켜쥐고 소용돌이 속으로 내던졌다.

엄마는 미카의 그림 앞에서 얼굴을 구겼다.

'이게 대체 누구냐, 네 친구? 친구 얼굴을 너무 크게 그렸구나. 봐라, 뚱뚱해 보이잖니.'

마커스 교수의 손에서 미카의 그림이 구겨졌다.

'자네 이야기는 뭐지?'

피터가 미카의 입을 틀어막았다.

'잘하고 계세요.'

입양 서류에 서명을 남기는 미카를 보며 피어슨 부인이 말했다.

'마지막으로 한번 안아봐.'

하나가 페니의 머리에 씌운 모자를 고치며 말했다.

순식간에 밀려든 기억이 머릿속에 해일처럼 범람했다. 미카는 기억의 물살에 휩쓸려 익사하기 직전이었다. 미카의 과거와 현재까지, 모든 게 한데 모여들었다.

'미카 스즈키 씨 맞죠? 16년 전에 아기를 입양 보내셨고요?'

페니의 달콤한 목소리가 순식간에 얼어붙었다.

'나한테 엄마는 하나뿐이고, 우리 엄마는 죽었어.'

자신의 결말은 늘 이런 식이었는데, 미카는 왜 몰랐을까.

'네가 애 키우는 거에 대해 뭘 아니?'

엄마는 그렇게 말했었다.

고요한 아침, 미카는 허리를 숙이고 손바닥에 얼굴을 파묻은 채 이 세상 아무도 모르게 땅속 깊이 사라지고 싶다는 마음으로 흐느꼈다. 그리고 휴대 전화를 꺼내고 펄 잼의 투어 일정을 찾아봤다. 하나가 필요했다. 여기서 벗어나고 싶었다. 펄 잼은 지금 오리건주 유진에서 공연 중이었다. 미카는 비틀거리며 자리에서 일어났다. 차로 돌아간 미카는 시동을 걸고 곧바로 액셀을 밟았다. 미카가 피터의 아파트에서 어떻게 도망쳤는지 설명하자 상담사인 수잔은 이렇게 말했다.

'투쟁이나 도피는 아주 자연스러운 반응이에요.'

피터가 한 짓은 미카의 본능을 가장 원초적으로 만든다고 했다.

'정신이 아무것도 처리할 수 없으니, 몸이 대신 움직인 거예요. 그렇게 본인을 가장 안전한 곳으로 대피시킨 거죠.'

그렇게 도망쳐서 다행히 미카가 살아남은 거라고.

31

유진으로 가는 도중, 미카는 휴게소에 들러서 누가 널 보러 가고 있게? 하며 하나에게 문자를 보냈다. 메시지의 가벼운 말투는 어둠에 잠식당한 사람 같지 않았다.

2시간 후, 미카가 도시 외곽에 다다랐을 때 하나에게 문자가 왔다. 미친. 너 지금 여기 온다고?

미카는 고가 도로 아래에 차를 세우고 손바닥으로 눈두덩이를 짓눌렀다. 미카의 차는 머리 위를 지나가는 트럭의 무게와 속도에 진동했다.

짜잔, 나 지금 유진에 도착했어. 호텔 이름 좀 알려줄래? 미카는 무릎을 꽉 쥐고 기다렸다. 마침내 하나가 메시지와 함께 지도 링크를 보냈다. 로비에서 기다릴게.

미카는 유진에서 가장 호화스러운 호텔의 유리문을 통과했다. 하나는 팔짱을 끼고 손가락으로 팔뚝을 두드리며 미카를 기다리고 있었다.

"안녕!"

미카는 활짝 웃었지만 표정이 어딘가 어색했다. 기분도 이상했다. 마치 높은 곳에서 추락하고 있고 무엇도 자신의 추락을 막을 수 없는 것 같은 막연한 기분이랄까.

"뭐야, 갑자기 사람 놀라게."

하나가 조심스럽게 말했다.

아침 7시, 대부분 가족 단위인 사람들이 호화로운 로비 주변을 거닐고 있었다. 미카는 숨을 들이마셨다. 병원에서 맡은 소독약 냄새보다는 훨씬 향기로운 시트러스 향이 코끝을 맴돌았다.

"그냥 갑자기, 하나가 보고 싶어! 그런 생각이 들었지 뭐."

"음, 그래."

하나는 의심쩍은 눈치였다.

"그래서 일요일 새벽 5시에 다 버리고 여기까지 달려왔다?"

"그렇지. 재밌잖아? 아무튼 나 술 마시고 싶어. 우리 한잔하자."

미카는 로비를 훑어보며 바를 찾았다.

"아침 7시야. 바는 닫았지."

"미니바는 어때?"

미카는 자신이 정말 똑똑하다고 생각했다. 문제의 해결책을 이렇게 척척 찾아내다니.

하나는 천장을 향해 고개를 들었다.

"좋아."

마침내 대답이 돌아왔다.

"단지 네가 지금 공공장소에 있으면 안 될 것 같아서 맞장구치는 거야."

하나의 호텔방은 세련되고 현대적인 분위기였다. 킹사이즈 침대에 작은 테이블과 짙은 강물이 내려다보이는 통유리창이 근사했다. 미카는 잠깐 그 경치를 감상하다가 옷장 속에 교묘히 숨어 있던 미니 냉장고를 발견했다. 미카는 처음 본 작은 병을 집어 들고 뚜껑을 열어 들이켰다. 위스키였다. 미카는 손등으로 입술을 닦았다. 목이 화끈거렸지만, 영혼의 고통을 잊게 해주는 맛이었다. 그래서 좋았다.

"이 말은 해야겠다."

하나가 벽에 몸을 기대며 말했다.

"지금 너, 나한테 그다지 믿음직스럽거나 안정적으로 보이지 않거든."

"나도 같은 생각이야."

미카는 자신이 안정적인 상태가 아니라고 생각했다. 솔직히 말하면 상당히 불안정한 상태가 오히려 맞는 표현이리라. 부러진 나뭇가지 위에서 균형을 잡는 기분이었다. 미카는 다시 냉장고로 향했다. 작은 위스키 한 병이 더 있었다. 뭐라도 먹어야 하는 걸까? 아니, 말도 안 되는 소리. 그러면 그나마 얻은 기운을 망칠지 모른다.

하나는 방을 가로질러 다가와 냉장고에서 물병을 꺼냈다.

"최소한 술 한 모금에 물도 한 모금씩 마셔."

"고마워."

미카는 물을 한 모금 마셨다. 위스키가 동이 나자 이번에는 보드카로 넘어갔다. 크랜베리 주스와 섞어 마시면 더 맛있는 브랜드였지만, 미카는 그대로 들이켰다.

하나는 침대 끄트머리에 앉았다.

"무슨 일인데? 너 이런 모습 대학교 1학년 때 이후로 처음 봐."

미카는 자신의 코끝을 두드렸다.

"딩동댕! 맞혔네! 무슨 일이 있었냐고? 내가 또 말아먹었지. 그냥 또 그런 일이 일어난 거야. 역사는 되풀이된다고 하잖아."

술이 효과를 발휘하기 시작했다. 배 속이 뜨겁게 달아올랐고, 팔과 다리에 감각이 사라졌다. 지난 16년간 그랬던 것처럼, 그 무엇도 느껴지지 않는 상태가 되었다. 이게 미카가 원하던 것이다. 다시 냉장고로 돌아가자. 보드카를 한 잔 더 마실까? 테킬라는 어떨까? 아, 뭐든 어때.

"미카."

하나가 침착하게 말했다.

"미카!"

이번에는 손뼉도 함께 치며 시선을 끌었다.

미카는 고개를 비스듬히 기울였다.

"왜."

"앉아 봐."

하나는 마치 개를 다루듯 명령했다.

미카는 미니 냉장고 근처 바닥에 철퍼덕 주저앉았다. 테킬라를 향해 손을 뻗으며 기왕이면 술 가까이에 자리를 잡는 게 좋다고 생각했다. 목마른 사람은 역시 우물가에 살아야 한다.

"안 돼!"

하나가 재빨리 미카의 손목을 감쌌다. 대체 하나는 어떻게 이렇게 민첩할 수 있지? 아니면 미카가 남들보다 천천히 움직인 걸까?

"무슨 일이 있었는지 말해주기 전까지는 못 마셔."

하나는 미니 냉장고를 쾅 닫았다. 미카는 서랍장에 기대어 다리를 접고 끌어안았다.

"토머스하고 잤는데, 페니한테 걸렸어."

미카는 잠시 말을 고르며 생각했다.

"그것도 속옷 차림으로."

"저런."

하나는 미카를 마주 보며 바닥에 주저앉았다.

"그게 다가 아니야."

"그럼?"

"한 잔 더 마시게 해줘."

"다 말해주기 전까지는 안 돼."

미카는 잠깐 뾰로통한 술주정을 부렸다. 그리고 토머스와 호텔에서 키스했던 순간부터 주절거렸다. 둘의 풋풋한 관계를 비밀로 하기로 약속했던 것도. 별거 아닌 일로 페니에게 걱정을 끼치고 싶지 않았고, 다음이 있을 때까지 아니, 무슨 사이가 될 때까지 기다리는 게 낫다는 결론을 내렸었다고. 그리고 단둘이 남자마자 두 사람은 전쟁

후에 다시 만난 연인처럼 서로에게 빠져들었다고. 그리고 그 직후, 페니가 연락도 없이 집에 왔다가 화를 내며 가버렸다고.

"소파에 앉아서 밤을 새우다가 깜빡 잠이 들었어."

미카는 토머스의 품에 안긴 채 잠시 쉬던 때를 떠올렸다. 그때는 서로를 걱정하면서도 모든 게 다 괜찮을 것 같았다.

"근데 페니가 술을 마시러 갔었나 봐."

그리고 문득 자신이 지금 페니와 똑같은 짓을 벌이고 있다는 생각이 들었다. 슬픔이 코끝까지 찰랑거리는 상태. 하지만 미카는 페니와 비교하지 않기로 했다. 자신은 열여섯 살이 아니라 서른다섯 살이다. 원하는 건 뭐든 할 수 있는 어른이 아니던가.

"페니가 급성 알코올 중독으로 응급실에 실려 갔어. 우리도 당연히 연락받고 바로 병원으로 갔고. 근데 페니가 너무 화가 났나 봐. 나한테 끔찍한 소리를 했어."

나한테 엄마는 하나뿐이고, 우리 엄마는 죽었어. 페니의 말에 담긴 맹독에 미카의 피가 차갑게 식었다.

미카는 고개를 뒤로 젖혀 천장을 바라보았다.

"페니를 겨우 되찾았는데."

미카는 주먹을 쥐었다가 펴보았다.

"16년 만에 **겨우** 찾았는데, 내가 그 애를 저버릴 한 가지 확실한 일을 해냈네. 위험하다는 걸 알면서도, 내가 또 그래 버렸네."

자신은 예상했어야 하지 않을까. 태양을 만지면 손을 데인다는 걸, 알았어야 하는 게 아닐까. 미카는 손바닥으로 눈을 비볐다.

"나는 왜 페니, 토머스랑 가족 비슷한 게 될 수 있다고 생각했을까? 진짜 멍청한가 봐."

"잠깐만."

하나가 얼굴을 찡그리며 말했다.

"무슨 소리를 하는 거야?"

"내 인생을 좀 봐, 하나. 빌어먹을 시궁창 같은 꼴을 좀 봐. 페니와 토머스의 인생이 얼마나 꼬여버렸냐고. 공통분모가 딱 하나 있잖아. 나야."

미카는 엄지손가락으로 자신의 가슴팍을 가리켰다. 미카는 엄마도 비참하게 만들었다. 엄마가 미카를 낳지 않았더라면, 부양해야 할 딸이 없었더라면, 엄마는 일본에 머물렀을까? 자신이 원하던 삶을 살 수 있지 않았을까? 모든 징후가 '그렇다'고 말하고 있었다.

"좋아, 상황이 딱히 좋아 보이진 않아."

하나는 두 다리를 길게 뻗고 발목을 꼬았다.

"확실히 복잡해 보여. 너랑 토머스가 상황을 너무 낙관적으로만 생각했던 것도 맞아. 하지만 자기야, 네가 이 모든 상황을 계획하고 이끌었던 건 아니잖아? 너한테 그럴 힘이 있다고 믿는 거야?"

미카는 말없이 고개를 끄덕였다.

"아, 제발."

하나가 코웃음을 쳤다.

"네 생각에, 너한테 그런 초능력이 있다고?"

미카는 비틀거리며 턱을 치켜들었다.

"그건 중요한 게 아니잖아."

"아니, 그게 중요한 거야."

하나는 힘주어 말했다.

"네가 원하는 게 뭔데? 토머스를 갖고 싶어? 아니면 페니를 갖고 싶어?"

내가 원하는 게 뭐냐고? 토머스도 미카에게 같은 걸 물어봤었다. 그리고 미카는 대답 없이 키스를 퍼부었다. 키스를 하고 싶었기도 했지만, 그보다는 답을 회피하고 싶었다. 솔직해지고 싶지 않았기 때문이었다.

"난 페니를 원해. 토머스도 원해. 그리고 더 큰 걸 원해……."

미카는 두 주먹을 불끈 쥐고 무릎을 두드렸다.

"나, 행복해지고 싶고, 더 이상 두려워하고 싶지 않아."

미카는 거실 바닥에 쏟아지던 물감 세트를 떠올렸다. 엄마는 미술 학위로 뭘 할 수 있을 것 같냐고 물었다. 그리고 얼마 지나지 않아 미카는 마커스 교수를 만났다. 그때만 해도 미카는 이 우연이 엄마에게 맞서 싸운 것에 대한 보상이라 여겼다. 하지만 교수로 인해 피터의 침입을 받자 그건 오히려 벌이 되었다. 엄마를 무시하고 엄마의 뜻을 거스른 벌이었다. 전에는 왜 그 두 가지가 서로 연결되어 있다는 걸 몰랐을까? 미카에게 일어난 모든 일의 결말은 언제나 엄마였다. 엄마가 미카에게 매번 강조하던 말. 미카에게는 자격이 없다고. 하늘을 날고자 하면 무조건 추락할 수밖에 없다고. 그건 차라리 땅에 머무르는 게 낫다는 조언이었다.

"네가 두려워하는 게 뭔지 말해봐."

하나가 다정하게 물었다.

뿌리 깊은 상처가 미카의 몸속을 파고들었다.

"인생이 너무 빨리 스쳐 지나가는 것 같지 않아? 우리 고등학교 때를 생각해 봐. 그땐 모든 게 너무도 확실해 보였잖아…… 모르겠어. 발밑의 땅이 흔들리는 느낌이야. 그리고 하나, 난 그런 일이 또 일어날까 봐 너무 두려워."

누군가를 사랑한다는 건 상처를 받는다는 것과 같다. 살아가며 또 상처받는다. 그리고 그런 일이 다시 일어났다. 미카는 손가락으로 바닥에 깔린 카펫을 말아 쥐었다.

"난 그렇게 생각하진 않아. 하지만 네 말이 무슨 뜻인지 알겠어."

"가끔은 시간을 돌리고 싶어. 하지만 그럼 페니를 낳을 수가 없잖아. 그래서 그건 안돼…… 그래도 사는 게 너무 아파. 페니를 다시 만났을 때, 꼭 다시 태어난 기분이었거든. 처음에는 그냥 내가 페니를 위해 좋은 선택을 한 건지만 확인하고 싶었어. 근데 애가 나를 알아가고 싶다는 거야. 나랑 같이 있고 싶대. 내가 페니 삶의 일부가 된 거 같아서 너무 행복했어."

정말 그랬다. 다시 태어난 기분이었다. 미카의 삶이 종착지도 모르고 내달리는 기차가 아닐지도 모른다는 생각이 들었다.

"너의 가치를 왜 다른 사람에게서 찾으려고 해."

하나가 말했다.

"너 자신에게서 찾아야지."

하나는 미카 앞에 무릎을 꿇고 앉아 시선을 마주했다. 그리고 미카의 뺨을 조심스럽게 감싸 쥐며 물었다.

"내 말 믿어?"

미카는 하나의 눈을 멀거니 바라보았다. 뺨을 감싼 손이 너무 매워서 "아야" 하고 중얼거렸다.

"꼴라, 나 봐. 다른 건 다 까먹어도 이건 기억해. 넌 존재 자체로 가치 있어. 이 세상에 한 자리 차지하고 살 만한 사람이야. 네가 원하는 건 다 가질 수 있어."

하나는 뺨을 감쌌던 손을 미카의 심장 위에 올렸다.

"난 널 알아. 여행가고 싶었고 그림 그리고 싶었던 욕심이 아직도 여기 살고 있잖아. 그게 널 갉아먹고 있는데, 너 혼자 끙끙 앓기만 하면 무슨 일이 일어날지 몰라. 난 그게 무서워. 시간은 돌리고 싶다고 돌릴 수 있는 게 아니잖아. 불가능한 일이야. 하지만 너는 앞으로 어떻게 나아갈지 결정할 수 있어."

하나의 말이 하나도 와닿지 않았다. 상처는 아직도 욱신거리고 곪아 터져 생살이 훤히 보이는 느낌이었다.

"나한테 대체 무슨 일이 있었던 걸까?"

미카는 힘겹게 중얼거렸다.

"인생이 널 엿 먹인 거지 뭐."

미카가 고개를 끄덕였다.

"나, 그냥 너랑 남은 투어를 같이 다녀도 괜찮지 않을까."

하나는 뒤로 물러나 앉으며 단호하게 말했다.

"아니, 안 돼. 포틀랜드로 돌아가. 네가 빚기 시작한 것들이 아직 거기 남아 있잖아."

그리고 하나는 미카의 귀를 힘껏 잡아당겼다.

"게다가 오늘 밤에 조세핀이 와. 우리 우정을 생각해서 최대한 친절하게 말해주는 건데, 내 섹스라이프 방해하지 말고 포틀랜드로 꺼져줘."

미카는 킥킥거리며 웃다가 딸꾹질까지 했다.

"무슨 라이프?"

"내 웰빙?"

하나가 코를 긁었다.

"좀 나아졌어?"

"훨씬."

미카가 대답했다.

"이제 조금만 더 마셔도 돼?"

"아니."

하나는 손바닥으로 땅을 짚으며 일어섰다. 미카의 신발과 어깨에 걸친 티셔츠도 벗겨주었다.

"이제 한숨 자. 나는 리허설 가봐야 해."

미카는 비틀거리며 일어섰다. 두통으로 관자놀이가 얼얼했다. 과연 눈물과 술은 지독한 조합이었다. 그래도 잠은 잘 올 것 같았다.

"그럼, 낮잠 조금 자 볼까."

미카는 손가락을 꼼지락거리며 침대로 향했다. 이불 속으로 미끄러져 들어가니 마치 폭신한 구름 위에 있는 듯한 기분이었다.

하나가 침대로 다가와 미카를 품에 안았다.

"일어나면 샤워하고, 내 옷으로 갈아입고 가. 대신 내 칫솔은 안돼. 호텔 프런트에 전화해서 새 칫솔 달라고 해."

"푸" 하고 미카가 입술을 댓 발 내밀며 말했다.

"너도 저번에 다른 사람 칫솔 썼잖아."

"그게 우리 우정의 마지노선이야. 아무리 친해도 선은 지키자."

하나가 이불 위로 미카의 발을 꽉 쥐었다.

"너 오늘 정말 예쁘다."

미카가 이불을 품에 껴안으며 속삭였다.

하나는 커튼을 닫고 불을 껐다. 방은 서늘하고 어두웠다.

"너도. 너도 정말 아름다워"라고 하나가 대답했다. 문이 닫히고 미카는 그대로 스르르 잠이 들었다.

32

미카는 5시간 정도 푹 자고 일어났다. 잠에서 깨자 머리가 멍하고 마음이 혼란스러웠다. 미카는 잠에서 깨고 한동안 어둠 속에 가만히 누워 자신의 숨소리를 들었다. 가슴이 부풀었다가 가라앉는 횟수를 세어보기도 했다. 마침내 미카는 침대에서 일어나 커튼을 열었다. 밖은 이른 오후였다. 햇살이 잔잔한 강물에 반사되어 찬란한 윤슬을 그려내고 있었다. 가장 먼저 커피 한 잔을 내린 미카는 하나의 가방을 뒤져 깨끗한 옷을 찾았다. 손가락에 치약을 묻혀 이를 닦은 다음, 호텔 레스토랑으로 내려가 햄버거와 아이스크림을 사 먹었다.

다시 차로 돌아온 미카는 하나에게 문자를 보냈다. 이제 돌아가려고. 고마워. 참고로 호텔에서 사 먹은 음식값은 네 방으로 달아뒀어. 네가 나한테 밥을 사주고 싶어 하는 것 같아서.

유진 외곽까지 갔을 때, 하나에게서 답장이 왔다. 아직 식욕이 남아 있다니 다행이네. 그리고 또 다른 문자가 날아왔다. 잊지 마. 숲에서 조난

당한 사람들이 죽는 이유는 걷는 방향을 바꾸지 않아서야.

미카는 2시간 거리를 1시간 40분으로 주파했다. 집 앞에 차를 세운 미카는 진입로에 주차된 익숙한 차를 보고 탄식을 내뱉었다. 엄마의 낡은 혼다였다. 엄마는 운전석에 앉아서 미카를 기다리고 있었다. 동시에 미카의 휴대 전화가 울렸다. 토머스의 문자였다. 페니 데리고 데이턴으로 돌아가려고요. 2시간 후 비행기입니다. 미리 알려주고 싶어서 연락해요.

미카는 입술을 깨물며 답장을 두드렸다. 고마워요. 페니는 괜찮아요?

토머스는 빠르게 답장했다. 괜찮아요. 태도는 아직 적응하기 힘들지만. 도착하면 전화해도 돼요? 그가 물었다. 우리 아직 할 이야기 남았는데.

엄마는 차에서 내려 운전석 유리창 사이로 미카를 바라보았다. 그건 별로 좋은 생각이 아닐 것 같아요. 미카는 재빨리 답했다.

그럼 이대로 끝이라고? 토머스가 재차 물었다.

일단. 미카는 대답했다. 그리고 생각했다. **우리 사이에 두 번은 없을 거라고.**

휴대 전화를 내려놓은 미카는 두 눈을 가볍게 비볐다. 하나와 이야기를 나눴어도 모든 것이 여전히…… 너무나도 엉망진창이었다. 미카는 자동차 문을 열며 물었다.

"엄마, 여기서 뭐 해요?"

미카는 엄마에게 영어로 물었다. 그리고 자동차 뒷좌석으로 허리를 꺾어 입고 갔던 지저분한 옷을 꺼냈다.

미카가 다시 허리를 돌렸고, 엄마는 자그마한 검은 눈동자로 미카를 빤히 바라보았다.

"너 이제 일본어는 안 쓰는 거니?"

미카는 어깨를 으쓱하며 구겨진 셔츠와 바지를 돌돌 말았다. 엄마는 미카를 따라 집 안으로 들어섰다. 미카가 빨래 더미를 소파에 내려놓았다. 엄마는 콧대를 찡긋거리며 부엌으로 들어가 뒤뜰을 내다보았다.

"저 나무에 물 좀 주라고 그렇게 말했건만."

마당의 단풍나무 잎이 갈색으로 말라 있었다. 엄마는 무언가를 방치하고 영양을 주지 않으면 죽는다는 당연한 소리를 했다.

미카는 엄마의 말에 멈칫하고 허리춤에 손을 올렸다. 벼랑 끝에 선 것처럼 몸이 빳빳하게 굳었다.

"왜 왔어요?"

엄마의 눈썹이 일그러졌다.

"기모노 받으러 왔다. 너, 페니, 둘 다 왜 전화를 안 받니?"

엄마가 유창하지 않은 영어로 되받아쳤다. 엄마는 이제 아득바득 영어로 기 싸움을 걸어왔다. 미카는 그게 화가 났다.

미카가 마른세수를 하며 중얼거렸다.

"제가 가져올게요."

방으로 들어간 미카는 기모노를 집어 들었다. 그리고 구겨진 이불이 눈에 들어와 잠깐 토머스를 떠올렸다. 그의 몸도. 그의 손길에 반응하던 자신도. 병원에서 페니가 했던 말과 차가웠던 태도도. 가슴이 미어졌다. 언제쯤 만회할 수 있을까?

"하나를 만나러 유진에 다녀왔어요. 페니는 오늘 오하이오로 돌아간대요."

미카가 기모노를 돌려주며 말했다.

"왜?"

엄마가 이맛살을 구겼다. 기모노를 쥔 엄지손가락이 부드러운 천을 문질렀다.

"아직 캠프가 더 남았잖니. 우리 수요일에 만나기로 했는데. 스키야키를 만들어 주려고 했어."

미카는 엄마의 말을 무시했다.

"페니가 입고 있던 기모노는 망가졌어요. 그건 제가 다음에 갚을게요."

미카는 현관으로 걸어가 문을 활짝 열었다. 그만 떠나달라는 신호였다. **제발, 지금 당장 나가줘요.**

엄마는 가슴에 기모노를 안은 채 꼼짝도 하지 않았다.

"다른 기모노 한 벌은 어떻게 된 거니? 왜 페니가 벌써 돌아가?"

미카는 겨우 잡고 있던 마지막 이성의 끈이 툭 하고 끊어지는 기분이었다.

"정말 알고 싶어요? 페니는 어젯밤 파티에 갔다가 술을 너무 많이 마셨어요. 알코올 중독으로 병원에 실려 갔고요."

"페니가 왜 파티에 갔니? 그럼 너도 같이 병원에 있어야지."

엄마는 고개를 절레절레 흔들더니 미카를 차갑게 노려보았다.

"또 무슨 짓을 했니, 너?"

엄마는 당연하게 미카를 탓했다. 미카의 손이 바르르 떨리며 활짝 열린 현관문 손잡이에서 툭 떨어졌다. 온 동네가 이제 두 사람의 말싸움을 엿들을 수 있을 것이다. 미카는 아무래도 상관이 없었다.

이젠 엄마의 말을 침묵으로 응수하는 것도 지긋지긋했다. 정말 끝이었다.

"대체 왜 매번 내가 뭘 했을 거라고 생각해요? 전부 다 내 잘못이라고 생각하는 거죠? 페니를 입양 보냈던 게 나한테 얼마나 상처였는지 알기는 해요?"

미카는 또다시 병원의 벤치와 산부인과 병동, 소독약 냄새가 떠올랐다.

엄마는 고개를 내저었다.

"그 이야기는 하고 싶지 않다."

엄마는 자리에서 벗어나려 재빨리 발걸음을 옮겼다. 그러나 이번에는 미카가 팔로 문을 가로막으며 엄마를 막아 세웠다.

"우린 아무 이야기도 안 하잖아요!"

미카가 날카롭게 외쳤다. 눈물이 흐르기 시작했다. 뒤로 물러서는 엄마에게 뚜벅뚜벅 다가간 미카는 울음 섞인 목소리로 말했다.

"그게 문제라고 생각 안 해요? 이야기 좀 하자고요. 내가 어떻게 아기를 낳아서 입양을 보냈는지. 어떻게 혼자 애를 낳았는지. 어떻게 강간당했는지."

미동 없는 엄마를 보며 미카는 순간 명치가 찢어질 듯 아팠다. 미카가 홀로 외친 울부짖음이 두 사람 사이에 나풀나풀 떨어졌다. 악에 받쳤던 미카의 목소리에 힘이 쭉 빠졌다.

"알고 있었어요? 나, 강간을 당했던 거라고요."

미카는 계속해서 말했다. 왠지 모르게 기분이 한결 편안해졌다. 어쩌면 미카가 간직했던 비밀은 정말 거짓말이었을지도 모르겠다.

자기 자신에게 했던 거짓말. 엄마에게 했던 거짓말. 아무도 나를 해칠
수 없어. 당신은 나에게 상처를 줄 수 없어.

엄마의 눈에 물기가 잠깐 어렸다. 하지만 엄마는 빠르게 눈을 깜
빡이며 물기를 말렸다.

"그래서 뭐? 나쁜 일은 항상 일어나는 법이야. 잊어야지. 잊어버
려. 나도 일본을 떠나고 싶지 않았지만, 결국은 떠났다."

엄마의 말에 미카가 움찔했다. 진실을 말했을 때 엄마가 어떤 반
응을 보일지 항상 두려웠다. 고개 들어라, 피해자가 되지 마라.

"왜 갑자기 이런 이야기를 하는 거니?"

엄마가 물었다.

"모르겠어요."

미카의 흐느낌이 점점 사그라졌다.

"나도 몰라요. 그냥 엄마한테 말하고 싶었나 봐."

짐을 내려놓고 싶었다.

"이런 말을 해서라도 엄마한테 사랑받고 싶었나 봐."

엄마는 두 손바닥을 미카에게 들이밀었다.

"이제 다 괜찮잖니. 좋은 직장도 있고, 페니도 있잖니. 넌 늘 불만
이 많아. 세상에 만족스러운 게 하나도 없다고 징징거리지."

미카는 웃음을 터트렸다. 참으로 넉넉한 위로였다.

"아니요, 만족하지 못하는 건 엄마야."

미카가 엄마를 가리켰다.

"그리고 난 빌어먹게 괜찮지 않아."

미카는 젖은 뺨을 손으로 닦아냈다. 엄마를 향한 시선을 거두지

않았다. 이 여자가 내게 삶을 주었다. 이 여자가 지난 시간 내내 자신을 의심하게 했다. 히로미. 엄마. 창조자. 그리고 파괴자.

"엄마는 날 한 번도 믿은 적이 없잖아."

엄마의 딸로 태어나 강간당한 소녀는 마치 감옥에서 다른 감옥으로 끊임없이 옮겨 다니며 사는 기분이었다. 이게 세상의 모든 딸이 겪는 일이었을까? 그들의 삶이었을까? 누구나 감옥에서 감옥으로 영원히 옮겨 다니며 사는 걸까?

엄마의 벽이 다시 굳건히 쌓였다. 엄마가 쌓은 마음의 벽이 미카의 눈에 또렷이 보이는 기분이었다. 결코 뚫을 수 없는 단단한 빗장이다. 두 사람은 결코 서로를 이해할 수 없었다.

"너를 믿지 못한 건 늘 너였다."

엄마가 말했다.

그리고 다시 무겁고 고요한 침묵이 흘렀다. 태양을 가리며 지나가는 무거운 구름 탓에 집 안이 어두웠다. **어떻게 끝날까?** 미카는 문득 궁금해졌다. 자신이 원하는 방향대로 끝나진 않을 것이다. 캐롤라인이 페니에게 자신과 똑같은 옷을 입히려 했다던 말이 떠올랐다. 미카에게 무용을 고집하던 엄마도 떠올랐다. 엄마라는 존재는 딸에게 자신과 같은 삶을 살기를 강요하기도 하고, 딸의 인생이 자신에게 주어진, 다시 한번 살아갈 기회라고 여기기도 한다. 아니면 자신이 갖지 못한 삶이나 더 나은 삶을 살 수 있는 젊은 자신과 동일시한다. **딸은 엄마의 두 번째 기회가 아니다.** 미카는 처음부터 알았다. 엄마는 자신의 욕망을 미카도 똑같이 품어야 한다고 믿었다. 불공평한 일이었다. 부모의 욕망을 물려받는 게 존재의 이유라니.

"엄마가 원했던 딸이 아니라 죄송해요."

미카의 목소리는 가늘고 힘이 없었다. 하지만 마음은 그 어느 때보다 후련했다. 마음속에 찰랑이던 거대한 댐이 와르르 무너졌다. 엄마의 인정을 받기 위해 발버둥 치던 마지막 끈이 마침내 끊어졌다. 미카는 늘 엄마라면 이래야 한다, 하는 이상적인 기대와 환상을 품었다. 하지만 이제는 더 이상 내 잘못이 무엇인지, 내 문제가 무엇인지 곱씹고 고민하지 않기로 했다.

"그만 들어가세요. 저 내일 출근해야 해요."

미카는 가로막았던 현관문에서 비켜서며 말했다.

엄마는 망설이다가 고개를 숙이며 밖으로 나갔다. 미카는 엄마의 등 뒤로 문을 살며시 닫았다. 커튼을 젖히고 창문을 통해 엄마가 차에 올라타 떠나는 모습을 지켜보았다. 엄마가 돌아간 후, 다시 커튼을 꽁꽁 닫았다. 현관문을 잠그고 문에 등을 기대앉았다. 소파 밑에 떨어져 있던 물감이 눈에 들어왔다. 미카는 느릿느릿 무릎으로 기어가 소파 밑으로 손을 뻗어 물감을 꺼냈다. 비닐 포장을 뜯고 뚜껑을 열고는 노란색 물감을 손가락에 살짝 묻혀 엄지와 검지로 비볐다. 그리고 자리에서 일어섰다. 마치 그동안 걸려 있던 마법이 풀리는 기분이었다. 감춰뒀던 진실이 바깥으로 드러났다. 미카는 그 자리에서 멍하니 움직이지 않았다.

33

미카는 다시 잠이 들었다. 깊고 고요한 맑은 호수처럼 잔잔한 잠이었다. 잠에서 깨어났을 때, 물감은 여전히 커피 테이블 위에 놓여 있었다. 미카는 잠이 덜 깬 멍한 눈으로 잠시 물감을 바라보았다. 배 속이 꼬르륵거렸다. 미카는 허기도 무시했다. 다른 무언가가 미카의 굶주림을 달래주리라 생각했다.

미카가 도착한 화방은 마감 시간에 가까웠다. 카운터 너머 의자에 앉아 《성 안에 갇힌 사랑》을 읽고 있던 수염을 기른 젊은 남자가 고개를 들고 미카를 반겼다.

미카는 카트를 끌며 물건을 채우기 시작했다. 이젤, 팔레트, 바니시, 캔버스, 프라이머와 붓. 이미 유화 물감은 갖고 있어서 물감 코너는 비켜났다. 그리고 유화 희석제 코너 앞에서 잠깐 얼어붙었다. 테레빈유였다. 뚜껑은 닫혀 있었지만, 희미한 소나무 수지 냄새가 공기 중에 스며들었다. 덩달아 미카의 턱에 힘이 잔뜩 들어갔다. 시기

상조였다. 피터가, 피터만 보였다. 그녀의 입을 틀어막는 피터의 손
길이 느껴졌다.

"도와드릴까요?"

그때 카운터의 남자가 다가왔다.

가장 아래 선반에 미네랄 스피릿* 한 병이 있었다. 미카는 병뚜껑
을 따고 냄새를 맡았다. 좀 나아졌지만, 냄새가 너무 심했다. 이건 못
쓰겠다.

"어, 뚜껑 막 여시면 안 돼요. 여기 쓰여 있잖아요, 환기가 잘 되는
곳에서 사용하라고."

남자가 말했다. 미카는 다시 뚜껑을 닫고 다른 브랜드의 미네랄
스피릿을 집어 들어 뚜껑을 열고 냄새를 맡았다. 똑같았다. 알아챘
어야 했는데.

"대체 뭐 하시는 거예요?"

남자가 조금 더 가까이 다가와 팔로 미카의 앞을 가로막았다. 언
젠가 지하철에서 옷을 홀딱 벗은 노숙자에게 다가가던 경찰이 그와
비슷한 행동을 했던 기억이 났다.

미카는 손에 병을 든 채 남자를 바라보았다.

"과거의 퍼즐 조각들이 내 미래를 결정하는 열쇠라는 걸 모르고
내내 무시했던 것 같아요."

남자가 볼 안쪽을 혀로 긁었다.

---

* 공업용 가솔린의 일종으로 휘발성이 테레빈유와 비슷하여 대용품으로 쓰이기도
한다.

"아, 네⋯⋯."

말투에 '아, 이 사람 좀 이상하다'라는 느낌이 강하게 묻어났다. 물론 미카를 그렇게까지 걱정할 필요는 없겠지만.

"테레빈유나 미네랄 스피릿 말고 다른 희석제가 있을까요?"

미카는 손에 들고 있던 병을 다시 선반에 올려놓으며 물었다.

"맨 위 선반에 있는 라벤더 스파이크 오일이요."

남자가 손가락으로 선반 꼭대기를 가리켰다.

"근데 테레빈유보다 비싸서 재고가 별로 없어요."

미카는 까치발을 들었다. 손이 닿지 않는 위치여서 손가락으로 병에 쌓인 먼지만 겨우 훑는 정도였다.

남자가 다시 슬쩍 다가오며 "꺼내드려요?" 하고 물었다.

"아니요, 괜찮아요."

미카는 제자리에서 살짝 뛰어올라 병을 선반에서 끌어 내렸다.

"혼자서 해볼래요."

미카는 의기양양한 미소를 지었다.

"이 정도면 될 것 같아요."

미카의 카트는 이미 가득 차 있었다. 미술용품 쇼핑이 얼마나 기분 좋은 일인지 그간 잊고 살았다. 새로운 무언가를 만들 수 있다는 설렘이 무럭무럭 자라났다.

남자가 계산을 마쳤다. 계산해야 할 금액이 너무 커서 계산대 옆으로 물러나 적금에서 돈을 이체해야 했다.

"죄송해요."

미카는 사과하며 직불 카드를 내밀었다.

카드를 기계에 긁은 남자가 말했다.

"괜찮아요. 여긴 이상한 예술가들이 많이 오거든요."

미카의 사과를 오해한 모양이었다. 남자가 서 있는 카운터 너머로 유명한 예술가들의 명언이 잔뜩 붙어 있었다. '예술은 영혼에 묻은 일상의 먼지를 털어낸다', 파블로 피카소. '예술은 내가 보는 것이 아니라 다른 사람으로 하여금 나를 보게 만드는 것이다', 에드가 드가. '그림은 나를 발견하는 과정이다. 모든 훌륭한 예술가는 자신의 자화상을 그린다', 잭슨 폴록. '거울은 얼굴을 비추고 예술 작품은 영혼을 비춘다', 조지 버나드 쇼.

"고마워요."

인사를 건네고 화방을 나온 미카는 한 팔로 크게 안은 미술용품을 자동차 뒷좌석에 밀어 넣었다. 하루가 끝나가고 있었지만, 그녀의 하루는 이제 막 시작되는 것 같았다. 정말 다시 태어난 기분. 마지막 목적지는 식료품점이었다. 커피가 필요했다. 미카는 유기농 식품을 전문으로 파는 '레어 어스'로 들어섰다. 마가린 같은 포화 지방이나 고과당 옥수수 시럽, 인공 향료 따위는 전혀 취급하지 않는 건강한 가게였다. 미카는 처음 본 커피 봉지를 집어 들어 돌아서는 순간, 누군가와 부딪혔다.

"죄송합니다."

미카는 생각 없이 중얼거렸다.

"미카?"

그러나 상대는 달랐다. 미카는 멈춰 서서 고개를 들었다. 익숙한 금발의 큰 체구가 어깨를 주무르며 그녀를 바라보고 있었다.

"리프."

"이 가게 싫어하는 줄 알았는데."

리프가 손에 바구니를 든 채로 말했다. 둘이 사귀던 시절, 종종 이곳에서 장을 보곤 했었다. 뒤늦게 미카는 리프가 계산원에게 레이저가 음식에 닿지 않도록 바코드를 수동으로 입력해 계산해 달라고 요구했던 가게가 이곳이라는 사실을 떠올렸다.

"괜찮아?"

리프가 미카를 살피며 물었다.

"갤러리 오픈 날 이후로 처음 보잖아, 우리."

모든 게 엉망이었던 그날을 뜻했다.

"응."

미카는 리프에게 대답하며 그와 자신의 관계를 떠올렸다. 대체 두 사람 사이에는 무슨 일이 있었던 걸까?

"도와줘서 고마웠어. 안 도와줘도 그만이었는데."

"당연히 도와줘야지."

리프의 말투는 담백했다.

"나한테 당신은 소중한 사람이야."

미카는 자신의 발끝을 응시했다.

"나도 그래. 아무튼 정말 미안했어."

미카는 커피 봉지를 손에 들고 어깨를 으쓱했다.

"당신 꿈을 응원하지 못했고, 내가 다 망치기도 했고……."

위험을 감수하지 않는 게 안정을 되찾는 길이라고 생각했다. 사랑에 빠지지 않아야 했다. 내일을 기대하지 않아야 했다. 꿈을 꿀 수 있는 것만으로도 엄청난 자유였다. 실은 그래서 리프에게 더욱 모나게 행동했었다.

리프는 코웃음을 쳤다.

"우리 사이에 나쁜 사람이 너였다고 생각해? 우리가 사귀는 내내 약에 취해서 인생에 만족하지 못한 놈은 나였는데. 당신만 그런 게 아니야, 미카. 우리 둘 다 막막하긴 마찬가지였잖아."

미카는 고개를 끄덕이며 마른침을 삼켰다.

"그래도 페니에 관한 이야기는 해줬어야 했어."

리프에게 마음의 문을 열었어야 옳았다. 리프에게 제대로 된 기회를 준 적이 없었다. 토머스에게 열어줬던 기회를 리프에게는 주지 않았다. 리프와 만나는 내내 오롯이 솔직했던 적이 없었다. 리프에게는 마음의 일부를 감추고 보여주지 않았다. 자신의 임신과 입양, 심지어는 오르가슴조차도. 이제 미카는 엄마와의 관계를 통해 누군가와 관계가 잘 풀리려면 자신이 그 속으로 녹아들어야 한다는 걸 깨달았다. 화내지 말고, 슬퍼하지 마라. 미카는 언제나 침묵하고 평화를 유지하는 법을 배우며 자랐다. 그래서 미카는 한 번도 리프에게 진술하지 못했다. 이제야 그 모든 게 또렷하게 다가왔다. 엄마의 부정적인 반대에 갇혀서 리프에게 자신의 진짜 모습을 보여주길 두려워했다. 내가 사랑받을 자격이 없다고 믿는데, 어느 누가 나를 사랑해 주겠는가?

그때 누군가 통로를 지나갔다. 두 사람은 나란히 시리얼 상자 진열대에 기대어 길을 터주었다.

"당신을 사랑했어."

리프가 나지막이 속삭였다.

"그런데 가끔은······."

그가 작은 한숨을 내쉬며 잠시 말을 골랐다.

"가끔은, 그것만으론 충분하지 않았지. 우리도 다른 사람들처럼 평범하게 만났어야 했나 봐. 다른 사람들 속에 섞여서."

리프의 말이 옳았다. 혼자보다는 둘이 나았다. 하지만 둘만 붙어 있다 보니 앞으로 더 나아갈 수 없었다. 그게 오히려 두 사람의 발목을 잡았다.

"1년 전쯤에 이런 대화를 나눴어야 했는데."

미카가 말했다.

"리프, 당신은 정말 훌륭한 사람이야. 늘 좋은 일만 있길 바랄게."

"나도."

"그럼, 우리 친구 할까?"

미카가 손을 쑥 내밀었다.

리프는 그 손을 가볍게 맞잡고 흔들며 말했다.

"응, 친구하자."

* * *

집에 오자마자 미카는 사 온 원두를 갈아 포트에 넣고 커피를 내렸다. 그런 다음 소파와 커피 테이블을 벽 쪽으로 붙이고 앞니로 비닐을 뜯은 다음 바닥에 넓게 깔았다. 그 위에 이젤을 설치하고, 캔버스를 올렸다. 모든 준비를 마친 미카는 빈 캔버스를 멍하니 응시했다. 이 세상에 빈 캔버스보다 더 무서운 게 있을까?

상자에서 목탄을 꺼낸 다음, 16년 전 마커스 교수의 연구실에 있는 자신을 떠올렸다. '이야기가 자네의 힘이야.' 미카는 획을 죽 그었다. 두 번째도 망설임은 없었다. 욕망에 무릎을 꿇었다. 한 줄, 한 줄 선을 그을 때마다 자신이 원하던 삶이 터져 나왔다. 버린 줄로만 알았던 욕심이 여전히 그곳에 머무르고 있었다. 미카가 꿈꾸던 모든 꿈이, 어둠 속에 가두고 밝은 세상으로 나오길 꺼리던 그 모든 것이, 또다시 다치거나 아플까 봐 두려워서 감추었던 모든 망설임이. 하지만 그게 중요한 것 아닐까? 상처를 느끼고 만져보고, 살아남을 수 있다는 걸 깨닫는 것. 미카는 아주 오랜만에 다시 생동감을 느꼈다. 살아있다는 기분을 느꼈다. 그 자체로 경이로웠다.

형체가 드러날 때까지 선을 긋고 또 그었다. 무대 조명을 향해 돌린 고개, 구부린 다리. 가슴 속에 마음 두 개를 품고 글을 써야 한다던 어느 작가의 글이 떠올랐다. 하나는 일상을 위한 것, 다른 하나는 자신의 예술을 위한 것. 미카는 가슴에서 피 묻은 마음을 꺼내 전시했다. 창작에는 희생이 필요한 법이었으므로. 몇 시간 만에 밑그림을 완성한 미카는 소파에 누워 깜빡 잠이 들었다.

월요일 아침, 미카는 평소처럼 출근해서 스프레드시트를 작성하고 거스의 스케줄을 조정하며 데이터 입력에 온 집중을 다했다. 집으로 돌아왔을 때, 세상은 고요했다. 미카와 그림은 함께 춤을 췄다. 이런 기분은 너무도 오랜만이었다. 지나치게 오랜만이었다. 서로를 껴안고 왈츠에 빠져 음악에 몸을 맡기는 기분. 미카가 지금껏 손에 쥔 것 중 가장 좋은 것은 페니였고, 두 번째가 바로 붓이었으니까.

미카는 퇴근이 임박해오면 속으로 초를 세었다. 감정이 부풀어 올랐다. 몸과 마음은 더 이상 황량하지 않았고, 마침내 꽃을 틔울 풍요로운 토양이 되었다. 봄이 일찍 찾아온 것처럼. 그리고 미카는 계속해서 나아갔다. 새벽까지 그림을 그리며 일상을 이어나갔다. 그림에 온몸을 바쳤다. 손과 어깨, 다리와 허리까지 모든 곳이 욱신거렸다. 머리는 손기술을 잊었지만, 몸은 여전히 그림을 기억했다. 붓을 잡는 법, 색을 섞는 올바른 법, 손으로 색을 뭉개고 그림자를 주는 법. 미카의 몸은 그림 그리는 법을 기억하고 있었다.

한 주가 창작열에 불타 희미하게 지나갔다. 토머스가 두어 번 문자를 보냈지만, 미카는 그를 무시했다. 정신없이 바쁜 일상이었다. 놓친 미래를 좇아 앞으로 나아가는 것만으로도 벅찼다. 마침내 토요일 오후, 미카는 손에 붓을 든 채 비틀거리며 물러섰다. 완성이었다. 열병이 언제 그랬냐는 듯 식었다. 비틀거리며 소파에 무거운 몸을 누인 미카는 자신이 만든 작품을 바라보았다.

* * *

하야토가 낮게 휘파람을 불었다.

"정말 직접 그렸어요?"

그는 캔버스 끝을 살짝 쥐었다가 내려놓고는 멀찌감치 떨어져 미카의 작품을 감상했다.

"네."

미카가 대답했다. 그들은 나이키 본사에 있는 하야토의 사무실이었다.

"이걸 그냥 보내겠다고요?"

하야토가 이상하다는 듯 이마를 문질렀다. 세상에 누가 그런 짓을 해? 하는 표정으로.

"맞아요. 내 딸 페니에게 보내고 싶어요."

"딸이 몇 살이라고 했죠?"

"열여섯. 이제 곧 열일곱이 돼요."

생각해보니 페니의 생일이 일주일 앞으로 다가왔다.

"미술을 감상하기엔 너무 어린 나이네요."

하야토는 숨을 들이마셨다.

"이 정도 그림이면 제 값을 받고도 남을 텐데요. 내가 5,000달러에 살게요."

미카는 킥, 하고 익살스러운 웃음을 흘렸다.

"안 팔아요."

"모든 게 다 팔리는 세상이에요."

하야토는 시선을 떼지 못한 채 대답했다.

"아닌 것도 있어요."

"진정한 예술가처럼 말하네요."

미카는 하야토를 바라보았다.

"보내는 거 도와줄 거죠?"

"그러니까 회사 계정으로 우편을 보내서 내 계약서의 수십 가지 규칙을 어기라는 거죠?"

알고 보니 이 정도 사이즈의 그림을 우편으로 보내는 건 엄청난 비용이 들었다. 그리고 미카는 최근 미술용품과 파리행 비행기 표에 가진 돈을 거의 다 써버렸다. 남은 연차를 수당으로 받아 일주일 간 파리를 여행할 계획이었다. 길을 잃지 않고 두려움을 느끼지 않는 여행이 목표였다.

"그렇게까지 할 필요는 없어요."

미카는 캔버스를 집어 들기 위해 움직였다.

순간 하야토가 미카를 멈춰 세웠다.

"농담이에요. 종종 개인적인 우편을 보내요. 일본에 있는 친척에게 물건을 보낼 때도요. 도쿄에서 '랄프 로렌'을 입고 다니는 할머니들을 발견하면 내 이름을 물어봐요. 열에 아홉은 나를 알 테니까."

하야토가 농담을 던지며 한쪽 눈을 찡긋했다.

"그럼 포장하죠."

미카는 한결 가벼워진 마음으로 수납장에서 에어 캡을 꺼내려 일어섰다.

"잠깐만."

그때 하야토가 미카를 다시 불러 세웠다.

"한 번만 다시 볼게요."

두 사람은 어깨를 나란히 했다.

"이 그림, 당신이에요?"

한참 후에야 하야토가 나지막이 물었다.

사실 그림의 실제 모델을 누구라고 말하기는 어려웠다. 미카일 수도 있고, 엄마일 수도 있고, 페니일 수도 있다. 고독한 발레리나가 무대 위에 서서 한쪽 다리로 균형을 잡고 팔을 벌린 채 조명을 향해 고개를 든 모습이었다. '드가'를 따라한 모작이었지만, 갈색 눈과 빛을 반사하는 칠흑 같은 머릿결은 분명 일본인이었다. 자그마한 무용수. 캐롤라인이 페니를 부르던 별명처럼, 엄마가 원했던 미카의 미래처럼.

"내 작품을 내가 해석하고 싶진 않아요."

"웩."

하야토가 어이없다는 듯 천장을 향해 시선을 돌렸다.

다시 시간이 흐르고 두 사람은 에어 캡과 갈색 종이, 커다란 상자로 조심스럽게 그림을 포장했다. 겉면에는 테이프로 미카가 쓴 편지가 담긴 봉투를 붙였다. 미카가 전날 밤에 쓴 편지였다.

사랑하는 페니에게

네가 태어나던 날에는 비가 내렸어. 산부인과 병동 밖의 하늘은 온통 잿빛이었고, '생일은 우리가 제일, 잘 축하합니다'라고 적힌 팻말이 붙어 있었어. 나는 진통이 오는 내내 그 팻말을 읽고 또 읽었어. 주변으로 의사와 간호사가 돌아다녔지. "산모님, 거의 다 됐어요!" ……

미카는 할 수 있는 일은 다 했다고 자신을 위로했다. 엄마가 자신에게 해주지 못한 말을 페니에게는 해주었으니 됐다고. 어디에 있더라도 돌아올 집, 편히 돌아올 곳을 내어주었다고. 언제나 두 팔 벌려

환영받는 곳이 되어주었으니까 그걸로 충분하기를 바랐다. 미카가 페니에게 줄 수 있는 건 그것뿐이었다. 그리고 미카가 페니에게 줄 수 있는 유일한 것이기도 했다. 불완전하지만 조건 없는 사랑에 대한 약속. 그러니 페니에게도 충분했으면 했다.

미카는 한 걸음 뒤로 물러서서 우편배달원이 그림을 가져가는 모습을 지켜보았다. 오하이오로 떠나는 그림. 미카는 그 그림이 페니의 질문에 답이 되었으면 했다. 나는 누구인가? 미카는 이제 답을 알 것 같았다.

페니, 너는 부서진 마음이자 다시 비옥해진 땅, 비단 기모노, 공원의 진달래, 점심 도시락, 플란넬 셔츠와 찢어진 스타킹, 유화 물감, 밤샘 근무를 하던 간호사, 대학 시절의 연인, 깨진 침묵이야. 너는 육상 선수야. 너는 무용수야. 넌 내가 잃어버린 꿈이고, 내가 꿀 꿈이야. 내가 가진 사랑의 화신이야.

34

포틀랜드에 비가 내리기 시작했다. 9월의 시작은 언제나 비가 내렸다. 하지만 미카는 별로 신경 쓰지 않았다. 언제나처럼 창문을 열고 빗소리를 들으며 축축한 흙냄새를 맡았다. 그때 휴대 전화로 이메일 알람이 울렸다. 물류 배송 서비스에서 온 이메일이었다. 첨부 파일은 영수증의 디지털 사본으로, 그림이 데이턴에 도착했고 수신인으로 토머스가 서명을 남겼다는 내용이었다. 미카는 이메일을 닫고 휴대 전화를 내려놓았다. 그렇게 미카의 역할은 끝났다. 이제는 페니의 답을 기다리는 일만 남았다.

샌드위치가 놓여 있었다. 미카는 배가 고픈지 아닌지도 모른 채 샌드위치 한 쪽을 입속에 욱여넣었다. 더 이상 앉을 곳이 없어서 식사를 조리대 앞에서 하는 요즘이었다. 소파에는 캔버스가 가득했다. 식탁에는 온갖 미술 도구가 잡다했다. 그림에 대한 열정과 욕구는 한 잔의 머그컵과 같았다. 잔 속에 찰랑거리는 욕심을 버리려고 한 획, 한 획 붓을 휘두를수록 욕심은 점점 더 잔을 채웠다. 무한히 샘솟고, 고통스럽고, 지치고, 짜릿하고, 차마 외면할 수도 없는 욕심. 그건 마치 중력처럼 어쩔 도리 없이 따를 수밖에 없었다. 그때 현관 문 문고리가 돌아갔다. 뺨에 빵 부스러기를 묻힌 미카는 깜짝 놀라 얼어붙었다.

문이 활짝 열리고 어깨에 더플백을 멘 하나가 안으로 들어섰다.

"자기야, 언니 왔다!"

힘껏 외치며 들어선 하나는 바닥에 가방을 툭 떨어뜨렸다. 주변으로 폴폴 먼지가 일었다. 미카와 마찬가지로 하나도 바닥에 내려둔 가방에서 몇 발짝 움직이지 못하고 얼어붙었다.

"와우, 너 인테리어 끝내주게 했다. 꼭 죽기 전 반 고흐랑 영화 〈그레이 가든〉을 합쳐놓은 것 같네."

미카는 입속에 남은 빵을 열심히 씹고 꿀꺽 삼켰다. 집은 분명 광기에 사로잡힌 모습이리라. 하지만 광기는 늘 발견으로 이어지는 법이 아니던가?

"참 민망하네. 몇 주 더 있다가 온다고 하지 않았어?"

"응, 그랬지. 그리고 그게 벌써 2주 전인걸."

하나가 천천히 대답했다.

그렇게나 시간이 흘렀던가? 미카는 확신할 수 없었다. 여전히 성실하게 회사에 나가고 일도 했지만, 모든 게 모호했다.

"허."

미카는 탄식 말고는 할 말이 없었다.

하나가 미카를 향해 배시시 웃으며 바닥에 깔아놓은 천을 밟고

섰다. 미카는 이젤을 추가로 더 사들였다. 한 번에 두 개 이상의 그림을 그리고 싶어서였다. 미카는 자신의 주제를 계속 이어갔다. 엄마와 아빠를 아메리칸 고딕풍으로 그렸다. 조세핀과 하나는 구스타프 클림트의 「키스」를 따라 그리기로 했다. 하야토와 세스는 구스타브 카유보트의 「비 오는 날 파리의 거리」로 구현했다. 하나는 고급 갤러리에 온 사람처럼 그림과 그림 사이를 걷다가 자신과 조세핀을 주제로 한 그림 앞에 멈춰 섰다.

"이게 제일 마음에 들어. 이 그림이 내 본질을 잘 파악한 것 같아."

미카의 마음이 따뜻하고 노곤하게 풀렸다.

"고마워."

하나는 미카에게 다가가 팔꿈치를 카운터 테이블에 대며 물었다.

"드디어 갈 길을 찾았나 봐."

미카의 입가에 희미한 미소가 걸렸다.

"그랬지. 아니, 찾는 중이야. 진행 중인 것 같거든."

세상이 이전보다 훨씬 밝아졌다. 더 나아 보였다.

"그리고 나도 며칠 집을 비울 거 같아."

"그래?"

하나가 한쪽 눈썹을 삐쭉 치켜세우며 물었다.

"응."

미카는 고개를 끄덕였다.

"일주일만. 파리에 가려고. 그리고……."

순간 울컥 목이 메었다. 토머스가 떠올랐다.

'그러면 나랑 데이트하는 겁니다. 당신이랑 나랑, 파리에서.'

미카는 빠르게 눈을 깜빡이며 혼자 해야 할 일들을 떠올렸다.

"슬슬 나 혼자 살아야겠다고 생각하고 있었어. 내 〈그레이 가든〉 과 반 고흐를 온전히 불태울 곳 말이야."

미카는 슬쩍 웃었다.

"그래도 몇 달은 더 저축해야 해."

"그럼 그렇게 하기로 해."

하나가 씩 웃었다.

"응, 그렇게 하기로."

"좋아."

하나는 미카의 접시에 손가락을 올리고 쭉 끌어당기고는 남은 샌 드위치 한 쪽을 크게 베어 물었다. 얼마나 크게 베었는지 씹는 내내 내용물이 튀어 나올까 봐 손가락으로 입을 틀어막았다. 한참을 씹고 삼킨 후에야 하나가 말했다.

"이제 낮잠을 좀 자 볼까. 물론 내가 깨어났을 때 집은 깨끗하게 치워진 후일 거야. 맞지?"

미카는 풋, 하고 웃음을 터트렸다.

"너무 큰 기대는 하지 마."

"네 미모가 사랑스럽다."

하나가 몸을 똑바로 세우며 말했다.

"네 얼굴이 더 사랑스러운걸."

미카가 대답했다.

하나는 방으로 사라졌고, 미카는 자신의 그림 사진을 몇 장 찍었 다. 그리고 인스타그램 계정을 열었다. 한동안 방치했지만, 페니가 찾아냈다던 그 계정이었다. 미카는 사진을 몇 장 올리고, 곧 더 많은 사진을 올리겠다는 코멘트를 달았다. 차마 궁금한 마음을 못 이기고 팔로워 숫자를 확인했다. 총 32명. 페니의 이름은 여전히 팔로워 목록에 남아 있었다.

미카는 입술을 잘근거리며 식탁을 바라보았다. 유화 물감은 짜낼 대로 짜낸 상태였다. 밤새도록 다시 그림을 그리려면 지금 나가서 더 사 오는 게 좋을 것 같았다. 미카는 가방을 어깨에 메고 열쇠를 손에 든 채 현관문을 활짝 열었다. 그때 검은 정수리가 시야에 들어왔다. 엄마가 계단 위에 요거트 용기가 담긴 비닐봉지를 내려놓고 있었다. 엄마의 도시락 냄새가 났다. 엄마는 고개를 들다가 입을 스르르 벌린 채 굳었다. 꼭 닮은 두 모녀가 아무런 말없이 서로를 응시했다.

엄마가 먼저 입을 열었다.

"피곤해 보이는구나."

미카는 무의식적으로 눈 밑을 매만졌다.

"밥은 먹었고?"

미카는 고개를 저었다. 그제야 배고픔이 몰려들었다. 샌드위치는 일찌감치 내려놓은 참이었다.

"아니요."

"그럼 이거 먹어라."

엄마가 미카의 손에 비닐봉지를 쥐여주며 말했다.

미카는 저도 모르게 비닐봉지를 받아들었다. 비닐 사이로 따뜻한 온기가 스며들었다. 엄마는 늘 음식을 하자마자 곧바로 가져왔다.

"지금 막 나가려던 참인데, 밥 먹는 동안 잠깐 앉았다 가실래요?"

"그러자꾸나."

"하나가 낮잠을 자서요. 여기서 먹어도 돼요?"

미카는 현관 앞 빨간 금속 의자 두 개와 그 사이의 간이 테이블을 가리켰다.

"그래."

"잠시만요, 젓가락만 가지고 나올게요."

미카는 안으로 들어가 식기를 챙겨 돌아왔다. 그 사이 엄마는 의자에 앉아 있었다.

엄마는 비닐봉지를 벗기고 용기 뚜껑을 연 다음 도시락을 내려놓았다. 김이 모락모락 피어올랐다.

"날이 차다."

엄마가 미카의 앞으로 도시락을 밀었다. 미카는 프레임에 캔버스 천을 씌운 것처럼 건조하고 뼈가 앙상한 엄마의 손등을 바라보았다. 이제 미카의 손도 엄마와 비슷하게 갈라지고 거칠었다.

미카는 무의식적으로 고개를 끄덕이며 젓가락으로 찹쌀밥을 떠 입에 가져갔다.

"그래도 비는 안 와요."

하늘이 잿빛이었다.

몇 분이 지났을까.

"페니하고 연락하니?"

엄마는 길거리를 응시하며 마침내 묻고 싶은 걸 물었다. 엄마의 눈 밑은 거무스름하니 칙칙했다. 그때 차 한 대가 지나가며 보도 위로 돌이 튀었다.

"아니요. 나랑 말을 안 하네요."

엄마가 입술을 오므렸다.

"이제 너도 내 마음을 알겠구나."

정말 그랬다. 딸이 나와 말을 하지 않는 것만으로도 한없이 나약해졌다.

"뭐, 알 것도 같고."

엄마는 발목을 꼬고 턱을 치켜들며 말했다.

"그래도 나는 최선을 다했다."

마치 법정 앞에 선 피고처럼 꼿꼿했다. 미카는 페니와의 관계를 생각했다. 페니와 캐롤라인의 관계도 생각했다. 피할 수 없는 일이다. 세상의 모든 딸은 엄마에게 실망감을 느낀다. 어떤 여자도 완벽한 엄마가 될 수 없다. 애초에 그런 기대 자체가 틀린 것이다.

미카는 젓가락을 내려놓고 엄마를 바라보았다. 자그마한 몸집과 키, 언제인지 모르게 늙어버린 우리 엄마.

"알아요."

엄마는 미카를 사랑했다. 엄마는 미카를 위해 희생했다. 이른 아침 커다란 프라이팬에 손을 데어도, 늦은 밤 손빨래를 할 때도. 미카는 그런 엄마의 인정이 끔찍이도 간절했다. 미카가 가장 간절하게 원했던 것임과 동시에 결코 이길 수도, 저울질하며 타협할 수도 없는 것이었다. 왜냐하면 엄마의 인정은 곧 자기 자신을 배신하는 것과 같았으니까. 엄마가 원한 건 미카가 원하는 것과 정반대였으니까. 미카의 정체성을 정면으로 부정하는 짓이었으니까. 그리고 이제 미카는 자기 자신을 드러냈다. 화가, 엄마, 몽상가, 딸. 그 모든 역할을 자기 뜻대로 이루려는 참이었다.

엄마는 생각에 잠긴 채 이를 악물고 중얼거렸다.

"쇼우가 나이(しょうがない)."

대략 어쩔 도리가 없다, 는 뜻이었다. 교통 체증에 갇힌 샐러리맨들이 보통 이렇게 중얼거렸다. 실연당한 딸에게 엄마는 그렇게 말했다. 지하철에서 성추행당한 여자들에게 경찰관이 이런 말을 할 때도 있다. 상황은 늘 변덕스럽고 통제할 수 없으며 때로는 잔인하기까지 하다는 걸 일깨워 줄 때 쓰는 말이었다. 후회하지 않고 앞으로 나아가는 것이 낫다는 의미로. 미카는 아무 말도 하지 않았다. 엄마와 더 이상 싸우고 싶지 않았다. 그냥 젓가락을 집어 들고 밥을 먹었다.

"그림을 다시 그리는 모양이구나?"

엄마의 시선이 미카의 옷과 손에 묻은 물감 자국으로 향했다.

"네."

미카는 잠시 멈칫했다.

"들어가서 구경하실래요?"

엄마는 단박에 고개를 저었다.

"아니다. 네 아빠한테 가봐야지."

엄마는 자리에서 일어섰다.

"그래요. 밥 잘 먹었어요."

미카는 자신이 진심이었다는 사실에 놀라며 말했다. 엄마의 단호한 거절에도 마음이 잔잔했다.

엄마가 몇 걸음 나아가다가 멈췄다.

"그 통 버리지 마라."

그러고는 어깨 너머로 말했다.

"다음에 집에 들를 때 꼭 가져와."

"그럴게요."

미카는 엄마를 다시 마주할 수 있겠다는 생각으로 대답했다. 부모님과 교회에 가고, 집에 들러 저녁 식사를 함께 할 수도 있을 것이다. 좋든 싫든 천륜은 절대 끊을 수 없는 법이다. 하지만 엄마가 없으면 아무것도 아닌 존재가 될지도 모른다는 두려움을 떨쳐버리고 홀로 나아갈 자신감도 얻었다. 그리고 돌아오지 않을 사랑을 포기하는 법도 배웠다.

운전석에 오른 엄마가 딸을 향해 손을 흔들었다. 미카도 손을 흔들어 인사를 건넸다. 오랜 원수였던 두 사람은 슬슬 불화에 지쳐가는 모양이다. 미카는 조금 더 현관에 머무르며 고개를 뒤로 젖히고 비가 내리기 시작하는 하늘을 바라보았다.

어쩌면 사는 동안 극복하지 못할지도 모른다. 폭행도, 입양도. 하지만 그래도 이해할 수 있었다. 의미도 찾을 수 있었다. 어둠 속에서 양손 가득 무언가를 찾아 나올 자신도 생겼다. 한때는 피터와 입양이 벌처럼 느껴졌다. 부모님의 뜻을 거역한 나쁜 딸인 죄로 받은 벌. 미카는 자신을 탓했다. 스스로에게 문제가 있다고 여겼다. 사랑받을 자격도, 행복해질 자격도 없다고 믿었다. 하지만 그게 진정한 거짓말이었다. 이제 미카는 더 이상 엄마의 반대가 고통스럽지 않았다. 엄마의 불행한 삶을 자신의 것과 동일시하지 않았다.

토머스는 미카에게 사랑스러운 방해꾼이었다. 페니도 마찬가지다. 미카는 여전히 두 사람을 원했다. 숨이 막힐 듯 간절하게 원했다. 자신이 나누어야 할 사랑의 크기가 너무 커서 숨이 막혔다. 하지만 지금 미카에게 필요한 건 나눔이 아니다. 엄마는 유령의 삶을 놓을 수 없었지만, 미카는 다를지 모른다. 미카는 자리에서 일어나 가방을 메고 다시 화방으로 향했다. 페니를 위해 소원을 빌었지만, 이제는 자신을 위해서도 소원을 빌 차례였다. 더 이상 얕은 물에서 헤엄치지 않도록 해주세요. 더 이상 표류하지 않게 해주세요. 더 이상 모자란 숨을 헐떡이지 않게, 조류가 나를 심연으로 밀어내지 않게 해주세요. 열여덟 살이던 그때 내가 무엇을 원했는지, 누구였는지 되새김질하는 혼란스러운 환상을 잊게 해주세요. 과거에서 벗어나게 해주세요. 그리고 이제는 새로운 추억을 만들 시간이었다. 더 먼 바다를 향해 여행을 떠날 시간이었다.

35

미카는 자동차 뒷좌석에서 캔버스를 꺼내 차에 기대 세웠다. 그러고는 자갈밭 건너편에 있는 리프에게 손을 흔들었다. 리프는 미카를 향해 빠르게 뛰어왔다.

"좋아, 어디 볼까."

리프가 그림을 향해 손을 뻗었다.

미카는 몸을 날려 그를 막아섰다.

"잠깐. 그림 보기 전에 우선 고맙다는 인사부터 할게."

리프는 손가락을 튕겼다.

"별거 아닌데 뭐. 스탠리가 후드산으로 이사한다잖아. 어차피 그 공간은 몇 주나 비어 있을 거야. 당연히 네가 써야지. 그 공간이 이용 가능한 곳이라고 광고도 할 거야. 너는 사람들을 모을 수 있고, 나는 새로운 세입자를 구할 수 있고. 일석이조 아니야? 그럼 이제 그림 좀 볼까?"

미카는 크게 숨을 들이마시고 옆으로 물러섰다. 총 아홉 점의 그림을 완성했다. 열 점을 꽉 채웠더라면 더 좋았겠지만, 11월이면 '첫 번째 목요일' 행사가 끝난다고 하니 전시를 위해서는 지금 아니면 내년 봄뿐이었다.

"아직 실력이 다 돌아온 건 아니라서."

그림을 넘기는 리프의 모습을 지켜보며 미카가 초조하게 덧붙였다. 리프는 두 번째 작품을 보고 있었다. 클림트의 「키스」를 모사한 하나와 조세핀의 그림이었다. 미카는 손을 마주 잡았다. 작품을 전시하는 데에는 당연히 두려움이 앞섰다. 갤러리는 사람들이 그림을 평가하러 오는 곳이니까.

"포틀랜드 대학교에서 야간 강의를 들어볼까 고민 중이야."

리프는 손을 내밀며 미카를 진정시켰다. 그러고는 다음 그림으로 향했다. 아메리칸 고딕 양식으로 그린 아빠와 엄마의 그림이었다. 리프의 눈은 계속해서 다음, 또 다음 그림으로 향했다. 마지막은 자화상이었다. 성모 마리아로 변신한 미카. 며칠 전 파리에서 돌아와 막 완성한 그림이었다.

여행은 미카가 꿈꾸던 모든 것을 채워주었다. 아니, 기대보다 더 좋았다. 미카는 파리 한복판의 낡은 매트리스만 덩그러니 있는 작은 방에 묵었다. 「모나리자」와 「나폴레옹의 대관식」, 반 고흐의 자화상 등 곳곳을 돌아다니며 예술 작품을 눈에 넣었지만, 마침내 그녀의 눈물을 이끌어낸 건 바로 「사모트라케의 니케」 상이었다. 머리 없는 여인이 깃털 달린 날개를 활짝 펴고 바람을 맞으며 고고하고 당당하게 서 있는 모습.

"정말 멋지다."

리프가 중얼거렸다.

미카는 환히 웃으며 "고마워" 하고 대답했다.

그림을 벽에 거는 데는 오랜 시간이 걸리지 않았다. 총 아홉 점의 작품이 모두 눈높이에 맞춰 배치되었다. 미카는 다과가 놓인 테이블을 세팅한 후, 작가들이 부스를 준비하는 모습을 지켜보며 주변을 산책했다. 토머스와 처음 거닐었던 곳이었다. 그때 두 사람 사이에는 감동에 가까운 웃음이 가득했다. 고독하고 외로운 밤의 무게가 자신을 짓누르는 느낌이었지만, 당장 질식할 정도는 아니었다. 언젠가 함께 시간을 보낼 소중한 누군가를 찾을지도 모를 일이니까. 미카도 준비가 되었다. 더 기꺼이 마음을 열 준비. 미카는 페니를 가질 수 없었지만, 그녀가 진정으로 해야 할 일은 삶에 자신을 내던지는 것이었다. 필연적으로 찾아오는 고통과 아픔, 행복과 기쁨을 온 마음으로 받아들이는 자세가 필요했다. 이제 미카는 모든 준비를 마쳤다.

페니는 그림이나 편지에 아무런 답이 없었다. 하지만 미카는 희망을 버리지 않았다. 페니가 돌아오려면 수십 년의 시간이 걸릴지도 모를 일이었고, 미카는 언제나 그 자리에서 페니를 기다릴 것이다. **너를 기다릴게,** 라던 미카의 말은 진심이었다.

"미카! 너 찾느라 한참을 헤맸어. 대체 여기서 뭐 하는 거야?"

하나가 미카의 코트 깃을 끌어당겼다.

"사람들이 오고 있다니까."

미카는 긴 숨을 토해내며 머릿속에서 토머스와 페니의 기억을 몰아냈다. 그리고 대답했다.

"응, 가자."

* * *

갤러리는 순식간에 사람으로 붐볐다. 모두 미카의 전시를 축하해 주고, 미카가 준비한 말랑한 치즈를 먹었다. 투안과 찰리는 윈슬로 호머의 「여름밤」을 모사한 두 사람의 그림을 보고 기쁨을 감추지 못했다. 미카는 옆자리에 앉은 예술가와 콘셉트를 어떻게 발전시켰는지에 대한 깊은 대화를 나누었다.

"마치 유럽의 고전을 재창조한 것 같아요."

예술가가 말했다.

"제 에이전트를 소개해줄 테니 꼭 만나 봐요."

미카의 뺨이 붉어졌다. 그때 손 하나가 미카의 어깨를 두드렸다.

"실례할게요."

미카는 사과를 건네며 돌아섰다. 미카는 손의 주인을 발견하고 눈이 휘둥그레졌다. 검은 머리카락, 검은 눈동자. 그녀를 꼭 닮은……

"페니! 여기……, 여기 어떻게 알고 왔어?"

"서프라이즈."

페니가 두 팔을 벌리며 다정히 말했다.

미카는 곧바로 페니를 이끌어 조용한 한쪽 구석으로 갔다.

"대체 어떻게 온 거야?"

믿을 수가 없어서 또다시 묻고 말았다.

"잠깐만, 너 여기 온 거 아빠도 아셔?"

미카는 혼자 비행기에 올라타는 페니의 모습을 상상했다. 퇴근 후 돌아온 토머스가 빈집을 발견하는 상상도 했다. 미카는 페니를 만져보고 싶었다. 머리를 쓰다듬고, 손을 잡아주고 싶었다. 하지만 미카는 욕심을 꾹 참아냈다. 페니를 불편하게 하고 싶지 않았다. 두 사람 사이의 경계를 이해해 주어야 했다. 페니의 마음속에 아직 미카의 공간이 남아 있는지 궁금해도 어쩔 수 없었다. 미카가 외치고 싶은 말은 오직 하나였다. **내가 널 사랑하게 해줘.**

페니는 눈살을 구겼다.

"당연히 아시죠. 사실은 아빠도 같이 왔어요. 호텔에 계세요. 우리 둘이 먼저 이야기하고 싶어 할 거라고 생각하더라고요."

토머스가 여기 있다고? 포틀랜드에?

"아무튼 인스타그램에서 오늘 첫 전시를 여신다고 올린 글을 봤어요."

페니는 입술을 동그랗게 말았다.

"저도 와보고 싶었고, 미카도 제가 오기를 원했을 것 같아서요."

페니는 문을 향해 손짓했다. 그곳에는 전시 준비를 마친 무용수 그림이 조심스럽게 포장된 채로 기대어 있었다. 미카는 왈칵 목이 막혔다. 미카는 페니를 하염없이 바라보았다.

"제가 여기 온 거 멋지지 않아요? 편지도 읽었고, 그 인스타그램이 일종의 초대장 같아서……."

"맞아."

미카의 목소리는 어설프고 연약했지만, 그 속에 행복과 안도감이 충만했다.

"물론이야. 그리고 너를 봐서 정말 기뻐."

그리고 네가 나에게 돌아와서.

"잘됐네요."

페니는 발뒤꿈치를 들썩였다. 두 사람은 잠시 서로를 바라보았다. 서로를 향한 미소가 방 안의 모든 빛을 끌어당기는 것 같은 찬란한 기분이었다.

"같이 걸을까?"

한참 만에 미카가 입을 열었다.

두 모녀는 빈 벽을 찾아 그곳에 무용수 그림을 걸었다. 그렇게 열 점의 완벽한 컬렉션이 완성되었다. 그 하나로 모든 게 완벽해졌다.

페니가 고개를 갸웃대며 중얼거렸다.

"정말 아름다워요. 제 방에도 걸어뒀어요. 볼 때마다 처음 보는 것 같고, 새로운 걸 발견해요."

미카의 입매가 부드럽게 올라갔다.

"우리 엄마가 생각나기도 해요. 사실 두 분 모두. 엄마랑 엄마."

페니는 슬그머니 미카를 돌아보았다.

미카는 볼 안쪽을 씹었다.

"그게 목적이었던 것 같아. 때때로 작품은 완성하기 전까지는 뜻을 모른다고 하잖아. 나도 이제야 의미가 명확해졌어. 내가 잃어버린 것이 아니라 찾아야 하는 것들에 집중했던 거야."

미카는 그동안 반대로 살았다. 언제나 잃어버린 것, 놓친 것, 떠나

보낸 아기에게 모든 포커스를 맞추며 살았다. 페니와의 시간은 결코 되돌릴 수 없다. 그림을 그리지 않으면서 그리워하던 시간도 마찬가지였다. **과거는 정해져 있지만 미래는 흘러간다.**

"더 자세히 설명해 주세요."

페니가 진지한 눈빛으로 말했다.

미카는 페니를 돌아보았다.

"넌 포틀랜드에 와서 나를 만나면서 네 빈 곳을 채울 무언가를 찾으려 애썼던 것 같아. 그런데 내 생각에 너는, 네가 잃어버린 것에 대한 슬픔에 조금 더 집중했어야 하지 않았을까 싶어. 널 키워준 엄마가 돌아가셨잖아. 난 널 키울 수 없었고. 그러니 슬퍼해도 괜찮아."

페니는 미카의 말을 오랫동안 곱씹었다. 그리고 힘껏 숨을 들이마셨다.

"엄마가 엄청 그리워요. 어렸을 때는 나를 낳아준 사람이 누군지도 모르면서 당신이 그리웠어요. 무슨 뜻인지 아세요?"

페니가 서둘러 물었다.

"응, 완전히."

"모르겠어요……."

눈물 한 방울이 페니의 뺨을 타고 흘러내리더니 숨이 조금 가빠졌다.

"제가 왜 우는지도 모르겠어요. 슬퍼서 우는 건 아니에요. 아니, 슬퍼서 우는 것도 맞는 것 같아요. 근데 저는 그냥 화가 나요."

미카는 천천히 호흡을 고르며 물었다.

"나한테?"

"당신한테도, 나한테도. 우리 엄마, 아빠한테도. 온 세상에 화가 나요."

"말이 돼."

미카는 고개를 끄덕이며 덧붙였다.

"참고로 나도 우리 엄마한테 화가 나."

"왜 할머니에게 화가 나요?"

미카는 페니의 어깨 너머에 서 있던 하나, 찰리와 눈을 맞췄다. 두 친구는 미카를 바라보며 다 괜찮다는 듯 다정히 웃었다. 미카는 친구들을 향해 희미하게 입꼬리를 올리고는 다시 페니에게 집중했다.

"우리 엄마한테 왜 화가 나냐고?"

미카가 되물었다. 페니가 어떤 마음으로 자신을 찾아왔는지, 어디까지 마음이 열린 건지 알 수 없었다. 하지만 미카는 페니가 택한 길이라면 기꺼이 쫓아갈 수 있었다. 결국 모든 길은 페니에게로 향했다. 오로지 페니만이 미카의 목적지였다.

"나를 안 믿어줘서."

늘 화를 내서, 늘 불행해서, 딸에게 일어난 일을 견디지 못해서. 하지만 미카는 엄마에게 화가 났던 것만큼 엄마를 이해했다. 엄마는 딸이 상처받았다는 사실을, 그 무게를 감당할 수 없었을 것이다. 엄마는 최선을 다했다. 미카 역시 최선을 다했다. 늘 그러하듯 딸에게 엄마라는 존재는 악당 아니면 성인이다. 모든 건 동화에서 시작된다. 사악한 계모는 딸을 질투한다. 벽난로 근처에서 재투성이로 자게 하거나 무도회에 못 가게 막는다. 그때 요정 대모가 나타나 주인공의 모든 꿈을 이뤄준다. 왜 그 중간은 없는 걸까?

"넌 왜 엄마한테 화가 났어?"

"나만 두고 죽어서요. 답장도 할 수 없는 거지 같은 편지만 써놓고 떠나서요. 그리고 나를 아시아 식료품점에 한 번도 데려간 적이 없어서요."

눈물이 점점 잦아들었고, 페니의 숨도 한결 가벼워졌다.

"페니."

미카가 뻐근하게 아려오는 가슴의 통증을 느끼며 속삭였다. 캐롤라인의 죽음은 페니를 미카와 같은 길로 밀어 넣었다. 엄마와 단절되는 길. 두 사람 모두 같은 길을 걸었다. 그 상실감은 이루 말할 수 없다. 두 아이는 자기 발로 삶을 개척해야 하는 숲속에 떨어진 셈이다. 보고 배울 엄마 없이 혼자서 자기 자신을 발견해야 하는 모험이다. 그게 페니가 미카를 찾은 이유가 아니었을까. 미카도 페니에게 원하는 게 있었기 때문에 아이를 만났다. 모든 걸 다 제자리로 돌려놓을 길을 얻기 위해, 페니에게서 구원을 찾기 위해. 죄를 빌고자 하는 마음이었다. 하지만 그건 말도 안 되는 욕심이었다.

"조금 더 말해줘. 아빠한테는 왜 화가 난 거야?"

물론 미카는 그 이유를 짐작할 수 있었다. 그러나 페니와의 관계가 자신과 엄마와의 관계처럼 침묵으로 일관하며 곪아 터지는 걸 원치 않았다.

"둘이 잤잖아요."

페니가 퉁명스럽게 말했다.

"부인하진 않을게. 그런데 정확히 뭐가 거슬리는 거야? 나라서……? 아빠가 다른 여자랑 잤으면 달라졌을까? 완전히 낯선 사람이었으면?"

갤러리를 구경하던 사람들이 점점 줄어들었고, 시간은 늦어지고 있었다.

"정말 불편해요, 이런 얘기."

페니가 새침하게 말했다.

미카는 다시 침묵에 대해 생각했다. 침묵은 깨야 하는 것이다.

"꼭 이야기할 필요는 없지만, 난 우리가 서로 대화를 해야 한다고 생각해."

페니는 침묵을 고수하다가 마침내 입을 열었다.

"당신은 내 사람이었어요. 완전히 내 사람이어야 하잖아요. 아빠가 아니라. 차라리 낯선 사람이었다면 기분이 나았을지도 모르겠어요. 아마 그래도 열은 받았을걸요. 우리 아빠는 너무 한결같아요. 그래서 나는 아빠에게 많이 의지했어요. 무슨 뜻인지 알죠? 우리 엄마, 아빠한테는 엄청난 러브 스토리가 있었어요. 그래서 아빠가 다른 사람이랑 만나는 걸 지켜보는 건 기분이 좀 이상해요."

"그러니까 너는 변하고 싶은데, 네 주변의 모든 사람은 늘 한결같았으면 좋겠다는 거지?"

"그런 거죠."

페니가 턱을 치켜들며 대꾸했다.

미카는 미소를 지었지만 목소리에는 웃음기를 지웠다.

"그건 좀 불공평한 것 같은데."

"인생은 원래 불공평해요."

"맞는 말이네."

"아무튼, 그래서 둘이 어떤 사이인데요? 진짜…… 진지하게 만나는 거예요?"

미카는 잠자코 볼 안쪽의 살을 씹었다. 만약 페니가 솔직하게 마음을 드러낸 거라면 미카도 응당 따라야 했다. 아직 진실을 받아들일 준비가 되어 있지 않다고 해도.

"음, 적어도 나는 그랬어. 너희 아빠는 어땠는지 몰라도."

토머스는 자신이 좋아하지 않는 사람이랑은 함께 할 수 없다는 말을 했었다. 미카는 목에 가시가 걸린 것처럼 쓰라렸다.

"내가 좋아했어. 재밌고 웃기잖아. 처음엔 우리 둘 다 너 없이 시간을 보내는 게 적적해서 그런 줄 알았어. 네가 없는 우리 사이에는 거리감이 있었으니까. 그런데 같이 보내는 시간이 점점 달라졌어. 아빠와 이야기해 봐."

미카가 페니에게 말했다.

"해봤어요."

페니가 대답했다.

"아빠가 그러더라고요. 미카가 자기를 행복하게 해줬대요."

"네 아빠도 나를 행복하게 해줬어."

미카가 말했다. '함께 있을 때 진짜 내 모습이 드러나야 그 사람이 진정한 짝이다'라는 말이 있지 않던가?

"아무튼 전 마음이 너무 지쳤어요."

페니가 마지막 눈물을 닦아내며 말했다.

"나도. 그래도 네가 와줘서 정말 기뻐. 학교는?"

미카는 다정한 눈빛으로 페니를 바라보며 흘러내린 머리카락을 넘겨주었다.

"으."

페니가 탄식했다.

"주말에 길게 쉬려고 며칠 결석계를 냈어요. 어차피 3학년은 별로 중요하지도 않으니까."

"글쎄, 그건 아닌 거 같은데."

미카가 꾸중했다.

페니는 배시시 웃으며 미카의 팔에 팔짱을 꼈다.

"빨리 구경시켜 주세요. 그림에 대한 모든 이야기를 듣고 싶어요. 특히 나의 어떤 부분에서 영감을 얻었는지. 이제 내가 평생 미카의 뮤즈 아니에요?"

미카는 페니를 이끌고 갤러리를 돌아다니다가 세스와 함께 온 하야토를 소개해 주었다. 얼마 지나지 않아 준비한 와인은 동이 났고, 치즈도 바닥을 드러냈다. 친구들이 미카의 뺨에 작별 인사를 건넸고, 리프는 배달 업무를 처리하기 위해 자신의 가게로 떠났다. 그리고 하나와 페니, 찰리와 투안 그리고 미카만 남았다.

하나가 잔을 들어 올렸다.

"미카를 위하여!"

목소리가 소음보다 훨씬 컸다.

"한동안 숲에서 네 시체를 수습해야 할까 봐 두려웠지. 하지만 이제 나의 작은 아기 새가 둥지를 날아간 기분이야. 내 소중한 아기 거북이가 드디어 바다로 첫발을 내딛고……."

미카는 자신의 잔을 하나의 잔에 부딪혔다.

"비유는 그만하면 됐어."

그리고 모두 함께 와인을 마셨다. 페니는 탄산음료를 한 모금 들이켰다. 그 순간, 하나의 얼굴에 만연하던 행복이 놀라움으로 바뀌었다. 미카는 순식간에 변한 친구의 표정에 무슨 일인가, 싶은 마음으로 입구를 돌아보았다. 이제 막 갤러리로 들어서는 토머스의 보습이 보였다.

* * *

토머스가 거기에 있었다. 짙은 남색 스웨터를 입고 청바지 주머니에 손을 꽂아 넣은 평소 모습 그대로. 하나, 투안, 찰리와 페니에게 차분히 고개를 끄덕이며 정중하게 인사를 건넨 그의 시선이 미카에게 향했다.

"미카."

토머스는 미카를 똑바로 바라보며 인사했다.

미카는 잠시 말을 잇지 못하고 눈을 깜빡였다.

"아, 왔어요?"

겨우 인사만 하는 수준이었다.

그는 조금 더 가까이 다가오며 말했다.

"다시 봐서 좋네요."

미카는 모두가 자신과 토머스를 바라보고 있다는 걸 느낄 수 있었다.

"네, 저도요."

어떻게 대답을 했는지 모르겠다.

"이 초상화들……."

토머스는 모든 걸 꿰뚫는 듯한 눈으로 갤러리를 돌아보았다.

"놀라운 화가였네요. 이렇게 재능이 뛰어난 줄 몰랐습니다. 페니에게 보내준 그림을 보고 너무 놀랐어요. 그리고 여기 작품들은 정말 할 말이 없네요……."

미카는 마른침을 삼켰다.

"몇 가지 새로운 시도를 하고 있어요. 팔레트나 나이프도 써보고, 스패출러 질감을 다양하게 쓰면서 획을 긋는 법이나 색감도……."

말끝이 자연스럽게 흐려졌다. 다시 침묵이 감돌았다. 미카는 정적을 이겨낼 주제를 계속해서 떠올렸다.

"아, 페니를 데리고 와줘서 고마워요."

그와 동시에 토머스가 물었다.

"잠깐 나갈까요?"

두 사람은 입을 다물었다. 그러고는 서로를 보며 씩 웃었다. 토머스가 먼저 입을 열었다.

"잠깐 축하 커피라도 한잔하러 갈래요?"

미카는 멈칫하며 페니를 돌아보았다. 페니는 눈을 깜빡이며 미소 짓더니 턱을 살짝 끄덕였다. 미카는 토머스를 향해 돌아서며 대답했다.

"좋죠."

"좋네요."

토머스가 말했다. 그리고 방을 가로질러 출입문을 힘껏 열었다.

미카는 코트를 찾아 입고 어깨를 으쓱했다. 그러다가 출입문 앞에서 멈춰 섰다. 갤러리 청소를 해야 하지 않을까. 친구들에게 작별 인사를 해야 하지 않을까.

"갈까요?"

토머스가 물었다.

"네, 가요."

미카는 고민을 멈추고 대답했다. 산뜻한 공기처럼 입안이 개운했다. 미카는 토머스가 열어주는 문을 통해 걸어갔고, 토머스가 그 뒤를 따랐다.

페니에게

오늘은 네 열여섯 번째 생일이야. 그리고 아쉽게도 엄마는 그 모습을 보지 못하겠네. 널 처음 품에 안았을 때, 나는 네 작은 뺨에 얼굴을 문지르며 귓가에 대고 약속했어. 널 위해 강해질게. 무조건적으로 널 사랑할게. 언제나 내가 곁에 있을게. 그랬는데 약속을 어기고 더 많은 시간을 함께해주지 못해서 미안해.

16년 전 오늘, 병원에서 집으로 돌아오는 비행기에서 난 널 한 번도 내려놓지 않았어. 네가 너무 작았거든. 너를 다치게 할까 봐, 혹시라도 무슨 일이 일어날까 봐 너무 무서웠어. 나는 몇 년 동안 네가 자라는 모습을 지켜봤어. 생후 7개월에 처음 기더니, 걸음마 떼는 데는 딱 두 달이 더 걸리더라. 그때부터는 콘센트 플러그에 마개를 씌우고, 날카로운 모서리마다 테이프를 붙이고, 계단 앞에 울타리를 쳤어. 온 집 안을 어린이 보호 시설로 꾸몄지. 근데 넌 호기심도 많고 고집도 센 아이였어. 울타리를 끌어내리고, 콘센트 마개를 뽑아 던지고, 날카로운 모서리를 씹더라. 아기라기보다는 강아지 같았어. 나는 모든 위험으로부터 어떻게 널 보호해야 할지 하루도 고민하지 않은 적이 없어. 시간이 흐르고 미지의 세계를 향한 네 갈증은 점점 더 심해졌어. 어떤 장애물도 네가 넘지 못하는 건 없었어. 나는 네가 무엇이든 정복하고, 산을 오르고, 가슴을 두드리며 늘 승리에 포효하는 모습을 상상하곤 했단다.

한 살이 되고 반년이 더 지나니까 넌 인도를 뛰어다니기 시작했어. 두 살 때는 처음으로 킥보드를 탔지. 나는 네 뒤를 쫓으며 인도를 달렸어. 너는 내가 너만큼 빨리 달리지 않거나 넘어지기 전에 붙잡으면 항상 울었거든. 그렇게 행복한 시간들이 흐릿하게 흘러갔어. 네가 철봉에 매달리는 동안 나는 철봉 밑에서 너를 기다렸어. 네가 조심스럽게 가로지르는 정글짐 밑에서 너를 따라 걸었지. 마음을 졸이며 언제든 너를 구하려고 말이야. '제발 조심해, 제발 너무 빨리 가지 마'라고 생각하면서. 흐르는 시간을 붙잡고 내 작은 꼬맹이를 지키려던 모든 시도가 무색해. 결국 우리는 앞으로 나아가는 것도, 늙어가는 것도, 죽어가는 것도 멈출 수 없어.

네 살 무렵이 되면서부터 너는 '왜?'라는 질문을 끊임없이 퍼붓기 시작했어. '왜 양치질을 해야 해? 왜 그만 놀아야 해? 왜 나는 엄마, 아빠랑 다르게 생겼어?' 그때 머리에 벼락을 맞은 것처럼 소름이 돋았어. 내 불안이 꿰뚫린 기분이었지. 내가 너에게 충분하지 않으면 어떡하나 늘 조마조마했어. 내가 절대 대답할 수 없는 질문을 할까 봐 무서웠어. 갑자기 다른 누군가가 나타나 너를 데려가 버리면 어떡하나 두려웠어. 넌 내 딸이지만, 동시에 누군가의 첫 아이였잖니. 손가락에서 무언가가 미끄러질 때 움켜쥐는 건 인간의 자연스러운 본능이야. 그래서 난 우리가 다르게 생긴 건 중요하지 않다고 대답했어. 중요한 건 우리가 서로 사랑하는 마음이라고. 나는 네 눈에 어리는 불만을 봤지만 무시했어. 그 후로도 몇 년 동안 넌 내게 정말 많은 질문을 던졌어. 난 대답은 했지만, 그게 옳은 대답은 아니었다고 생각해. 내 날카로운 불안감을 분명 우리 딸도 느꼈을 거야. 너무 미안해. 내가 너에게 말해주지 않은 모든 것들에 미안하다, 페니.

안방 침실 옷장 맨 위 선반(멕시코 여행에서 네 아빠가 사준 끔찍한 모자 뒤)에 상자가 있을 거야. 그 안에 네 출생증명서 원본과 입양 서류, 그리고 내가 네 생모에게 보낸 소포 사본이 들어 있어. 네 생모의 이름은 '미카 스즈키'야. 우린 비공개 입양으로 진행했어. 그래서 그 사람이 너를 환영해줄지 모르겠어. 물론 엄마는 네가 환영받길 간절히 바라.

세상을 향한 너의 갈증에 그 사람이 답이 되어주길 바라. 내가 대답해주지 못했던 모든 질문을 그 사람이 해주었으면 해. 엄마는 더 이상 네 발목을 잡고 싶지 않아. 돌아보지 말고 씩씩하게 앞으로 나아가 줘. 전부 버리고 가도 돼. 내가 더 이상 필요치 않아도 허락할게. 내 소중한 딸이 낳아준 엄마를 찾아가는 길을 축복할게. 내가 대답해 줄 수 없던 모든 것들을 다시 물을 기회를 얻었음에 감사할게. 엄마는 이제야 알겠어. 전에는 몰랐거든. 부모가 된다는 건 결국 아이를 사랑하고, 보내주는 거라는 걸 말이야.

너를 사랑하는 엄마가

감사의 말

저는 이 책을 광기에 사로잡혀 집필했습니다. 한 권의 책을 출판하고 다음 책을 쓰는 사이에 이 소설을 썼어요. 저는 이 책을 완성하는 동안 말 그대로 정신적, 육체적 한계를 모두 뛰어넘었습니다.

그러면서 저녁 식사에도 집중하지 못하고, 휴대 전화를 꺼내들어 짧은 토막글을 쓰고, 완벽한 대화 구절을 떠올리느라 하던 일을 중단하면서 제 가족들도 한계까지 몰아붙였죠. 이 책을 통해 전에는 글로 표현할 수 없던 부모와 자식 간의 유대감도 탐구했습니다. 4년 전, 쌍둥이를 출산한 후로 제가 이 아이들을 얼마나 사랑할 수 있는지를 깨닫고 소스라치게 놀랐습니다. 모성은 여러모로 두려운 감정이더군요. 캐롤라인이 소설 말미에 남긴 편지처럼 모성은 진정으로 누군가를 사랑하고, 그들을 놓아주는 능력입니다. 이 이야기를 풀어나가는 동안 인내심을 가지고 기다려준 제 아이들과 남편 크레이그에게 감사를 전합니다. 그리고 제가 다음 책을 집필하기 시작 후로

552

도 꾸준히 인내심을 보여준 것에도요(알고 보니 매번 이렇게 저를 기다려 주었더군요). 크레이그, 당신은 늘 나의 가장 커다란 지지자였어요. 당신은 말과 행동 그리고 무조건적인 사랑으로 내가 있는 그대로 충분한 사람이라는 걸 알려줬어요. 또 항상 든든한 버팀목이 되어주신 부모님과 다른 가족들에게도 감사를 전합니다.

에린과 조엘, 나의 에이전트이자 친구들. 두 분과 함께였기에 이 험난한 여정을 헤쳐나갈 수 있었습니다. 또 저만큼이나 이 책을 사랑해 주셔서 고마워요. 더 나아가 저의 끊임없는 '혹시 검토 끝나셨나요?'라는 메일을 참아주신 부분에 대해서도 무한한 감사를 드립니다. 두 분의 편집 실력 덕분에 이 소설은 제가 생각하지 못했던 영역으로 발전했습니다. 에린, 제가 하고 싶었던 이야기를 찾을 수 있게 도와주셨어요. 조엘, 적절한 단어를 찾지 못하겠네요. 그냥 이렇게 말할게요. 당신은 제게 두 번째 기회를 열어주었어요. 또한 처음부터 이 책의 집필을 지지해준 Alloy and Folio의 직원 모두에게도 감사 인사를 전합니다.

제 편집자 루시아는 이 책을 읽고 책에 담긴 영혼을 들여다봐주었죠. 출판사 William Morrow의 모든 팀원에게도 감사합니다. 리엣 스테릭, 아산테 시몬스, 켈리 루돌프, 제니퍼 하트, 제스 라이온스, 아멜리아 우드, 플로이 시리판트(표지를 확인하고 숨이 막혔어요!), 마지막으로 제시카 로즐까지 전부요.

타미, 의사 대신 변호사가 돼줘서 고마워요. 저를 대신해 열심히 일해줘서 감사합니다. 당신과 랜디의 늦은 밤과 근무 시간 외 상담 전화가 큰 도움이 되었어요. 두 분은 생각하신 것보다 훨씬 더 많은 도움이 되었답니다.

그리고 마지막으로 이 책을 읽은 모든 독자 여러분, 독서 모임과 서점의 모든 분! 여러분 덕분에 이 책을 쓸 수 있었습니다. 진심으로 감사드립니다.

완벽한 미카의 거짓말

초판 1쇄 인쇄	2024년 7월 18일
초판 1쇄 발행	2024년 7월 25일

지은이	에미코 진
옮긴이	김나연

책임편집	이원지
디자인	studio forb
책임마케팅	김서연, 김예진, 김소희, 김찬빈, 박상은, 이서윤, 최혜연
마케팅	유인철
경영지원	백선희, 권영환, 이기경
제작	제이오

펴낸이	서현동
펴낸곳	㈜오팬하우스
출판등록	2024년 5월 16일 제2024-000141호
주소	서울특별시 강남구 테헤란로 419, 11층 (삼성동, 강남파이낸스플라자)
이메일	info@ofh.co.kr

ⓒ 에미코 진

ISBN 979-11-988099-3-3 (03840)

모모는 ㈜오팬하우스의 출판브랜드입니다.